ଆଦିମ ଅରଣ୍ୟ

ଆଦିମ ଅରଣ୍ୟ

ବିଭୂତି ପଟ୍ଟନାୟକ

ବ୍ଲାକ୍ ଈଗଲ୍ ବୁକ୍ସ
ଭୁବନେଶ୍ୱର, ଓଡ଼ିଶା

BLACK EAGLE BOOKS
Dublin, USA

ଆଦିମ ଅରଣ୍ୟ / ବିଭୂତି ପଟ୍ଟନାୟକ

ବ୍ଲାକ୍ ଇଗଲ୍ ବୁକ୍ସ : ଭୁବନେଶ୍ୱର, ଓଡ଼ିଶା • ଡବ୍ଲିନ୍, ଯୁକ୍ତରାଷ୍ଟ୍ର ଆମେରିକା

BLACK EAGLE BOOKS

USA address:
7464 Wisdom Lane
Dublin, OH 43016

India address:
E/312, Trident Galaxy, Kalinga Nagar,
Bhubaneswar-751003, Odisha, India

E-mail: info@blackeaglebooks.org
Website: www.blackeaglebooks.org

First Edition: 1994

First International Edition Published by
BLACK EAGLE BOOKS, 2022

ADIMA ARANYA
By **Bibhuti Pattanaik**

Cover & Interior Design: Ezy's Publication

ISBN- 978-1-64560-097-8 (Paperback)

Printed in the United States of America

ଆଦିବାସୀମାନେ ହିଁ ଭାରତ ଭୂଖଣ୍ଡର ଆଦିମ ଅଧିବାସୀ। ଆର୍ଯ୍ୟମାନେ ଭାରତ ଆସିଲାପରେ ସୈନ୍ଧବ ଗାଙ୍ଗେୟ ସମତଳ ଭୂମି ଆଦିବାସୀମାନଙ୍କଠାରୁ ଛଡ଼େଇ ନେଇ ସେମାନଙ୍କୁ ପାହାଡ଼ ପର୍ବତ ଘେରା ଦୁର୍ଗମ ଅରଣ୍ୟକୁ ବିତାଡ଼ିତ କରିଥିଲେ। ବ୍ରିଟିଶ ସରକାର ଭାରତ ଅଧିକାର କଲାପରେ ଆଦିବାସୀମାନଙ୍କଠାରୁ ଅରଣ୍ୟ ସମ୍ପଦ ଉପରେ ଥିବା ସେମାନଙ୍କର ଅଧିକାର ଛଡ଼ାଇ ନେଇଥିଲେ। ଦେଶ ସ୍ୱାଧୀନ ହେଲା ପରେ ସ୍ୱଦେଶୀ ସରକାର ଆଦିବାସୀମାନଙ୍କୁ ଅରଣ୍ୟ ସମ୍ପଦ ଉପରେ ଥିବା ସେମାନଙ୍କର ଅଧିକାର ଫେରାଇ ଦେବା ପରିବର୍ତ୍ତେ ଦେଶୀ, ବିଦେଶୀ କମ୍ପାନୀମାନଙ୍କୁ ଅରଣ୍ୟରେ ଖଣିଜ, ବନଜ ସମ୍ପଦ ଲୁଟ୍ କରି ସେମାନେ କଳକାରଖାନା ବସାଇବା ପାଇଁ ଅନୁମତି ଦେଇ ଆଦିବାସୀମାନଙ୍କୁ ବିସ୍ଥାପିତ କରି ଚାଲିଛନ୍ତି।

ଭାରତ ଭୂଖଣ୍ଡର ଆଦିମ ଅଧିବାସୀ ଭୂମିପୁତ୍ର ଆଦିବାସୀମାନେ ଆଜି ବାସଚ୍ୟୁତ, ବିସ୍ଥାପିତ, ଶରଣାର୍ଥୀ।

ଆଦିବାସୀ ଜୀବନର ଏହି ମର୍ମନ୍ତୁଦ ପ୍ରେକ୍ଷାପଟ୍ଟରେ ଗଢ଼ି ଉଠିଛି ଏ ଉପନ୍ୟାସର କଥାବସ୍ତୁ। କେନ୍ଦୁଝରର ମାଝିପଡ଼ାର ମାଆ ଛେଉଣ୍ଡ କାନୁକୁ ଗୁରୁମାଆ ନିଜ ପୁଅ ବନୁଠାରୁ ଅଧିକ ଯତ୍ନରେ ବଢ଼ାଇଥିଲେ, ପଢ଼ାଇଥିଲେ। କାନୁ ପାଠପଢ଼ି ହାକିମ ହେଲେ ମାଝିପଡ଼ାରୁ ଦୁଃଖ ଯିବ। ସାହୁକାର, ଜଙ୍ଗଲ ଜମାଦାର, ଠିକାଦାରମାନଙ୍କ ଶୋଷଣ, ଅତ୍ୟାଚାରରୁ ବଞ୍ଚି ବର୍ତ୍ତି ଯିବେ ମାଝିପଡ଼ା, ଧାମପାଲିର ଆଦିବାସୀମାନେ।

କାନୁ ମାଝି ପାଠପଢ଼ି ହାକିମ ହେଲା। ଆଇ.ଏ.ଏସ୍.

ଅଫିସର। ଜିଲ୍ଲା କଲେକ୍ଟର। ତା'ର ପିଲାଦିନର ଖେଳସାଥୀ ଧାନୀକୁ ବାହାହେବ ବୋଲି କଥା ଦେଇଥିଲା କାନୁ। କିନ୍ତୁ ବଡ଼ ହାକିମ ହେଲା ପରେ ଧାନୀ ଭଳି ଅପାଠୋଇ ଧାଙ୍ଗଡ଼ିକୁ ବାହାହେଲେ ସେ ତା' ସହିତ ପାଦ ମିଳାଇ ଚାଲି ପାରିବ ନାହିଁ ବୋଲି ତା'ର ଉପର ଅଫିସର୍ ଅଣଆଦିବାସୀ ଆଇ.ଏ.ଏସ୍. ଅଫିସରଙ୍କ ଝିଅକୁ ବାହାହୋଇ ପଡ଼ିଲା କାନୁ। ଅନାର୍ଯ୍ୟରୁ ଆର୍ଯ୍ୟ ହୋଇଗଲା।

ମାଝିପଡ଼ା ମାଟିତଳୁ ମୂଲ୍ୟବାନ ଖଣିଜ ପଦାର୍ଥର ସନ୍ଧାନ ମିଳିଲା। ଭାରତ ସରକାର ସେଇ ଗାଁ ମାଟିରେ କାରଖାନା ପ୍ରତିଷ୍ଠା ପାଇଁ ନିଷ୍ପତ୍ତି ନେଲେ। ମାଝିପଡ଼ାର ଆଦିବାସୀମାନଙ୍କୁ ପଡ଼ା ଛାଡ଼ି ଉଠିଯିବାକୁ ନୋଟିସ୍ ଜାରି ହେଲା। ଗୁରୁମାଆ, ବନ୍ଟୁ, ଧାନୀ ଓ ଅନ୍ୟମାନେ ବିସ୍ଥାପନ ଆଦେଶର ପ୍ରତିବାଦ କଲେ। କାନୁ ମାଝି କଲେକ୍ଟର ଦିଆସିଲି କାଠି ଭଳି ଜଳି ସେ ଲିଭିଗଲେ। ଦିନେ ରାତିରେ ମାଝିପଡ଼ା ଛଣଛପର ଚାଳଘରେ ନିଆଁ ଲାଗିଗଲା। ଧାନୀ ଧର୍ଷଣର ଶିକାର ହୋଇଗଲା। ଭାଙ୍ଗି ପଡ଼ିଲା ପ୍ରତିରୋଧର ପ୍ରାଚୀର। ହାକିମ ବାବୁ କାନୁ କଲେକ୍ଟର ପୀଡ଼ିତା ଧାନୀକୁ ଦେଖିବାକୁ ଆସି କଟା ଘାଆରେ ଚୂନ ଲଗାଇ ଦେଲା।

ଓଡ଼ିଆ କଥା ସାହିତ୍ୟର ଶିଖର ପୁରୁଷ ବିଭୂତି ପଟ୍ଟନାୟକଙ୍କ ଏହି କାଳଜୟୀ ଉପନ୍ୟାସ ଅବଲମ୍ବନରେ ନିର୍ମିତ ଅମୀୟ ପଟ୍ଟନାୟକଙ୍କ ପ୍ରଯୋଜିତ ଓଡ଼ିଆ ଚଳଚିତ୍ର 'ହାକିମବାବୁ' ୧୯୮୫ ମସିହାରେ ପୂର୍ଣ୍ଣ ପ୍ରେକ୍ଷାଳୟରେ ମୁକ୍ତିଲାଭ କରି ଦର୍ଶକମାନଙ୍କ ଉଚ୍ଛ୍ୱସିତ ପ୍ରଶଂସା ଲାଭ କରିଥିଲା।

।। ଏକ ।।

ଧାଡ଼ିଧାଡ଼ି ଶାଳ ଶାଗୁଆନ ଗଛ ଉଢୁଆଳ କରି ରଖିଛି ଉତ୍ତର ପଟ ଆକାଶ। ଦକ୍ଷିଣ ପଟେ ପାହାଡ଼ ଆଉ ପାହାଡ଼। ପାହାଡ଼ ଦେହରେ ଚିତ୍ରିତ ହଳଦିଆ ଗାଲିଚା ଭଳି ଫୁଲଫୁଟା ସୋରିଷ କ୍ଷେତ। ମଝିରେ ଝରଣା। ଝରଣାର ଜଳ ଯେଉଁଠି ଉଚ୍ଚ ପାହାଡ଼ ତଳକୁ ଲମ୍ଫ ଦେଉଛି, ତାହାରି ବାମ ପାଖରେ ଏକ ସମୁଚ୍ଚ ଶିଳାଖଣ୍ଡ।

ଆଜିନୁହେଁ, ଧାନୀ ଖୁବ୍ ପିଲାଦିନୁ ଝରଣା ପାଖ ଏଇ ମୁଣ୍ଡା ପାହାଡ଼ ପାଖକୁ ବେଳ ଅବେଳରେ ଛୁଟି ଆସେ। କାନୁ ସହିତ ହାତ ଧରାଧରି ହୋଇ ଦଉଡ଼ି ବୁଲେ। ଝରଣା କୂଳର ଏପାଖର ସେପାଖକୁ- ଏ ଗଛ ବୁଦାରୁ ସେ ଗଛ ବୁଦା ମୂଳକୁ। ଧୋବଲି, ଝୁମୁରି ଆଉ ତା'ର ଅନ୍ୟ ସାଙ୍ଗମାନେ ତାକୁ ଥଟ୍ଟା କରନ୍ତି- କାନୁ ବର ଆଉ ଧାନୀ କନିଆ- !

ସେଇ ବୟସରେ ବି କାନୁ ତା'ର ବର ବୋଲି ସାଙ୍ଗ-ସାଥୀମାନଙ୍କଠାରୁ ଥଟ୍ଟା ପରିହାସ ଶୁଣିଲେ ତା'ର କିଶୋରୀ ରକ୍ତରେ ନିଆଁ ଲାଗି ଯାଉଥିଲା- ଅରଣ୍ୟର ଅଗ୍ନି- ଗୋଟାଏ ଜାଗାରେ ଲାଗିଗଲେ ଆଖି ପିଛୁଳାକେ ଚାରି ଆଡ଼କୁ ମାଡ଼ିଯାଏ- ଶୁଖିଲା ଗଛଡାଳପତ୍ର ସହିତ ପୋଡ଼ି ପାଉଁଶ ହୋଇଯାଏ କେତେ କଞ୍ଚା ଗଛ ଦେହ ଜଳେ। ମନର ଅରଣ୍ୟରେ ବି ନିଆଁ ଲାଗିଯାଏ।

ତା'ପରେ ଖାଲି ଗଦାଗଦା ପାଉଁଶ। ସେ ପାଉଁଶ ତଳେ ବେଳେବେଳେ ଦିକ୍‌ଦିକ୍ ହୋଇ ଜଳୁଥିବା ନିଆଁ ଦିଶିଯାଏ, ଯେତେବେଳେ ଅମାନିଆ ପବନ ଉପର ପରସ୍ତ ପାଉଁଶ ଉଡ଼ାଇ ନେଇ ବଣ ସାରା ବିଛେଇଦିଏ।

ଯୁବତୀ ହୋଇଗଲା ପରେ ସେଇ ନିଆଁ ଧାସରେ ନିଇତି ଶିଝୁଛି ଧାନୀ। ଅନେକ ଥର ଭାବିଛି ସେ କାନୁକୁ ଭୁଲିଯିବ, ସେ ଆଉ ଏ ମାଝିପଡ଼ାର ଧାଙ୍ଗଡ଼ା ହୋଇ ନାହିଁ। ସେ ସହରର ବାବୁ, କେତେ ପାଠ ପଢ଼ିଛି। ଗଦା ଗଦା ବହି। ପାହାଡ଼ିଆ ମାଟି ତାଡ଼ି ଧାନ, ହରଡ଼, ସୋରିଷ ବଦଳରେ ସେ କାଗଜକଲମରେ ଚାଷ କରୁଛି।

ପୋଡୁଚାଷରେ ଧାନ, ହରଡ଼, ସୋରିଷ ଫସଲ ମିଳେ, କାଗଜକଲମ ଚାଷରେ ମିଳେ ଖୁବ୍ ବଡ଼ ସରକାରୀ ଚାକିରୀ।

ଏସବୁ ତା'ର ଗୁରୁମାଆଙ୍କଠାରୁ ଶୁଣା କଥା। କାନୁକୁ ପ୍ରଶଂସା କରି ଗୁରୁମାଆ ଯେତେ କଥା କହନ୍ତି, ସେଥିରେ ମୁହଁରେ ସେ ଖୁବ୍ ଖୁସି ହୋଇଥିବା ଭଳି ଦେଖାଇ ହେଲେ ବି ମନେ ମନେ ଖୁବ୍ ଭୟ ପାଇଥାଏ। କାଠିକୁଟାର ବସା ଛାଡ଼ି ଡେଣା ଲାଗିଲା ପରେ ଚଢ଼େଇମାନେ ଆକାଶକୁ ଉଡ଼ିଗଲା ପରେ ବି ସଞ୍ଜ ହେଲେ ବାଟ ଚିହ୍ନି ପୁଣି ସେମାନେ ସେଇ ବସାକୁ ଫେରି ଆସନ୍ତି। ସେମିତି ପାଠ ପଢ଼ି ବଡ଼ ହାକିମ ହେଲେ ବି କାନୁ ଫେରି ଆସିବ ବଣ ପାହାଡ଼ ଘେରା ଏଇ ମାଝିପଡ଼ା ମାଟିକୁ। ଗୁରୁମାଆ ଏକଥା କହିଲାବେଳେ ଦୃଢ଼ ଆତ୍ମବିଶ୍ୱାସରେ ତାଙ୍କ ଦୁଇ ଆଖିପତା ବୁଜି ହୋଇ ଆସେ। କିନ୍ତୁ ତାଙ୍କ କଥାକୁ ବିଶ୍ୱାସ କରିପାରେ ନାଇଁ ଧାନୀ। ତା' ମନରେ ପରତେ ହୁଏ ନାଇଁ ମାଝିପଡ଼ାକୁ ସହରରୁ ଫେରି ଆସିଲା ପରେ ବି କାନୁ ତା' ସହିତ ଝରଣାକୂଳରେ ଦଉଡ଼ି ବୁଲିବ, କଣ୍ଟାବୁଦାରେ ତା' ପାଦରେ କଣ୍ଟାଫୁଟି ରକତ ବାହାରିଲେ ସେ ଯେତେ 'ନାଇଁ' 'ନାଇଁ' କଲେ ବି ଓଠ ଲଗାଇ ତା' ପାଦରୁ ବାହାରୁଥିବା ରକତକୁ ଶୋଷିନେବ।

ଏଇ କଥାକୁ ବିଶ୍ୱାସ କରେ ନାଇଁ ବୋଲି ତା'ର ସାଙ୍ଗ ସାଥୀମାନେ କାନୁ ସହିତ ତା'ର ନାଁକୁ ଯୋଡ଼ି ଥଟ୍ଟା ପରିହାସ କଲେ ଆଗଭଳି ତାକୁ ଆଉ ଭଲ ଲାଗେ ନାହିଁ। ମୁହଁରେ ଆଗଭଳି ମିଛିମିଛିକା ରାଗି ମନେ ମନେ ଖୁସି ହୋଇପାରେ ନାଇଁ। ତାକୁ ଲାଗେ ସବୁ କେମିତି ଗୋଳମାଳ ହୋଇଯାଇଛି। କାନୁ ତା'ଠାରୁ ଅନେକ ଦୂରକୁ ଚାଲିଯାଇଛି- ଅନେକ ଦୂର-

ଅରଣ୍ୟ କଡ଼ରେ ଯେଉଁ ପିଚୁ ରାସ୍ତା ଗଡ଼ ଡେଇଁ ଯୋଡ଼ା, ବଡ଼ବିଲ, ବଲାଣି ଆଡ଼କୁ ଲମ୍ବି ଯାଇଛି, ଯାହା ଉପରେ ଲୁହାପଥର ବୋଝେଇ ଟ୍ରକ୍ ହରଦମ୍ ଯାଆଆସ କରେ, ସେଇ ସଡ଼କକୁ ଶୂନ୍ୟ ଦୃଷ୍ଟିରେ ଚାହିଁରହେ ଧାନୀ- କାହାର ମୁହଁ ଦେଖିବା ଆଶାରେ କିଏ ଜାଣେ ?

ଆଜି ବି ପାଣି ମାଠିଆ କାଖରେ ଧରି ଝରଣା କୂଳକୁ ପାଣି ନେବାପାଇଁ ଆସେ। ଝରଣା ପାଣିରେ ସାଙ୍ଗମାନଙ୍କ ସାଙ୍ଗରେ ଗାଧାଏ। ଧୋବଲି, ଝୁମୁରି ତା' ଉପରକୁ ଆଞ୍ଜୁଳା ଆଞ୍ଜୁଳା ପାଣି ପକାଇ ତା' ମୁଣ୍ଡ ଓଦାକରି ଦିଅନ୍ତି। କିନ୍ତୁ ସେମାନଙ୍କ ସହିତ ସେ ଆଗଭଳି ପାଣି ଫୋପଡ଼ା ଖେଳ ଖେଳିପାରେ ନାହିଁ। ସେମାନେ ତାକୁ ଓଦା କରିଦିଅନ୍ତି। ସେମାନଙ୍କ ମଥା ଓଦା କରିବା ପାଇଁ ଧାନୀ ଆଞ୍ଜୁଳାଏ ପାଣି ବି ପକାଇପାରେ ନାହିଁ।

ଏବେ ମଧ୍ୟ ସେ ଉଜୁଡ଼ା ଜହ୍ନ ରାତିରେ ଦିନେ ଦିନେ ଏକୁଟିଆ ଏଇ ପାହାଡ଼ ମୁଣ୍ଡା ଉପରକୁ ଚାଲିଆସେ। ଜହ୍ନ ଆଲୁଅରେ ତା'ର ସାରା ଦେହ ଭିଜିଯାଏ; କିନ୍ତୁ ମନ ରହିଯାଏ ଦରପୋଡ଼ା ଶୁଖିଲା କାଠ ଭଳି।

ଅନ୍ୟ ଧାଙ୍ଗଡ଼ା ଧାଙ୍ଗିଡ଼ି ହାତ ଧରାଧରି ହୋଇ, ଅଣ୍ଟାରେ ଅଣ୍ଟାରେ ହାତ ଛନ୍ଦି ମନ ମଉଜରେ ଗୀତ ବୋଲି ନାଚୁଥିବା ବେଳେ ସେ ଏକାକୀ ଝରଣା କୂଳ ପଥର ମୁଣ୍ଡା ଉପରେ ବସି ଛୋଟ ଛୋଟ ଗୋଡ଼ି ପକାଉଥାଏ ପାଣି ଭିତରକୁ।

ସେଦିନ ସେ ହୀରା, ଝାମ୍ପୁରି ଆଉ ଅନ୍ୟ ସହଚରୀମାନଙ୍କ ସାଙ୍ଗରେ ଶୁଖିଲା ହରଡ଼ ଗଛକୁ କାଠ ପିଟଣାରେ ପିଟିପିଟି ହରଡ଼ ହାମଦାନୀ କରୁଥିଲା। ହୀରା ଆଉ ଝାମ୍ପୁରି ପିଟଣା ପିଟାଇ ତାଳେ ତାଳେ ଅଣ୍ଟା ହଲାଇ ନାଚୁଥିଲେ ଆଉ ଗୀତ ପଦେ ପଦେ ଯୋଡ଼ିଦେଇ ଧାନୀକୁ ଟାଣୁଥିଲେ- ବୋଲ୍- ବୋଲ୍- ତୁ ବି ଗୀତ ମେଲି ଦେ-

ଆଣ୍ଠୁଲୁଚା କସ୍ତା ଶାଢ଼ୀ ପଣତରେ ମୁହଁରୁ ଝାଳ ପୋଛିନେଇ ଧାନୀ ନାହିଁ ନାହିଁ କରି କେବଳ ସେମାନଙ୍କ ଗୀତର ଦୁଆ ଧରୁଥିଲା।

ଉଦୁଉଦିଆ ଖରାବେଳର ଆଲୁଅ ତିଳ ତଣ୍ଡୁଳିତ ହୋଇ ଝରି ପଡୁଥିଲା ଗଛ ଫାଙ୍କରେ। ଶୁଖିଲା ଗଛରୁ ପିଟୁଣି ମାଡ଼ ଖାଇ ହରଡ଼ ସବୁ ତଳେ ଜମାହୋଇ ଯାଉଥିଲା।

ଏହି ସମୟରେ ଗୋଟାଏ ଫଟଫଟିଆର ଆବାଜ ଶୁଣାଗଲା ଦୂରରୁ। ଜଙ୍ଗଲ ଜମାଦାର ମଟର ସାଇକେଲ ଚଢ଼ି ବେଳ ଅବେଳରେ ଏଇ ବାଟ ଦେଇ ଗଡ଼କୁ ଯାଏ। ତା'ର ଫଟଫଟିଆର ଶବ୍ଦ ଶୁଣି ହୀରା, ମୋତି ଆଉ ଝାମ୍ପୁରି ଠରାଠରି ହେଲେ। ଏକୁଟିଆ ଧାଙ୍ଗିଡ଼ିମାନଙ୍କୁ ଦେଖିଲେ ଜଙ୍ଗଲ ଜମାଦାରକୁ ଶୋଷହୁଏ। ତଣ୍ଟି ଶୁଖିଯାଏ, ସେ ମଟର ସାଇକେଲ ଉପରେ ହାମୁଡ଼େଇ ପଡ଼ି ଦମ୍ ନିଏ। କଲରା ପତରିଆ ନିଶରେ ହାତମାରି ନିଶାଗ୍ରସ୍ତ ଭଳି କହେ- ହେ କୁଳି! ଆଞ୍ଜୁଳାଏ ପାଣି ଦିଅ। ଖୁବ୍ ଶୋଷ ହେଉଛି- ତମର ଧରମ ହେବ- ମୋ ପରି ନିଶବାଲା ବର ମିଳିବ।

ସବୁଥର ସେମାନଙ୍କୁ ଏକୁଟିଆ ଦେଖାହେଲେ ତା'ର ସେଇ ଗୋଟିଏ କଥା। ସେଇ ଏକା ଶୋଷ, ତା'ର କଥା ଶୁଣି ସେମାନେ ହସି ହସି ଲୋଟିଯାଆନ୍ତି। ସେଇ ତରଙ୍ଗିତ ହସରେ ସେମାନଙ୍କ ସୁଗଠିତ ଦେହର ଯୌବନ ରେଖା ସବୁ ଆହୁରି ସ୍ପଷ୍ଟ ହୋଇଉଠେ। ଓଠ ଚାଟେ ଜଙ୍ଗଲ ଜମାଦାର। ଶୋଷରେ ତା'ର ତଣ୍ଟି ଅଠା ଅଠା ହୋଇଆସେ।

ସେମାନେ ହସି ହସି ମୁଠା ମୁଠା ଧୂଳି ବାଲି ତା' ଉପରକୁ ଫିଙ୍ଗିଦେଇ କହନ୍ତି- ନେ, ପାଣି ନେ- ପାଣି-

ଜଙ୍ଗଲ ଜମାଦାର ରାଗ ଆଉ ଅପମାନରେ କଟମଟ କରି ଚାହେଁ। ତା'ପରେ

ଗାଡ଼ି ଫଟଫଟ କରି ସେ ମଝି ରାସ୍ତାରେ ଚାଲିଯିବା ଆଗରୁ ସେମାନଙ୍କୁ ଅଭିଶାପ ଦେଇଯାଏ- ମତେ ପିଇବା ପାଇଁ ପାଣି ନଦେଇ, ମୋ ଆଖିକୁ ଧୂଳି ପକାଇଲ- ତମମାନଙ୍କୁ ଭୂତ ବର ମିଳିବ।

ଜଙ୍ଗଲ ଜମାଦାର ଆସୁଛି ବୋଲି ଧାନୀ ତା'ର ଅସଜଡ଼ା ଶାଢ଼ୀକୁ ସଜାଡ଼ି ନେଲାବେଳେ ଗୁରୁମା'ଙ୍କ ପୁଅ ବନୁ ତେଣୁ ଧଇଁ ସଇଁ ହୋଇ ଧାଇଁ ଆସି କହିଲା- ତୁ ଏଠି କ'ଣ କରୁଛୁ? କାନୁ ଆଇଚି- କାନୁ! ନିଜେ ମଟର ସାଇକେଲ ଚଢ଼ି ଆଇଚି-

କାନୁର ନାଁ ଶୁଣି ଧାନୀ ହାତରୁ କାଠ ପିଟଣା ତଳେ ପଡ଼ିଗଲା।

ହସ ଚାପି ରଖିବା ପାଇଁ ନିଜ ମୁହଁରେ ନିଜେ ହାତ ଚାପିଧରି ହୀରା କହିଲା - କାନୁ ଆଇଚି ବୋଲି ତୁ କାଠ ହୋଇଗଲୁ କାହିଁକି? ତୋର କ'ଣ ହେଲା?

ହୀରାର କଥା ଶୁଣି ମୋତି ଆଉ ଝାମ୍ପୁରି ଖିଲି ଖିଲି ହସି ଉଠିଲେ।

ସେଇ ସଂକ୍ରାମକ ହସର ଗୋଟିଏ ଛୋଟ ଢେଉ ଚହଲି ଆସି ଧାନୀର ଓଠକୁ ମଧ୍ୟ ପଲ୍ଲବିତ କରିଦେଲା।

ଅନେକ ଦିନ ପରେ ଦେଖା। ଅନେକ ବଦଳିଯାଇଛି କାନୁ। ଗୋଟାଏ ପାଇଜାମା ଉପରେ ରଙ୍ଗିନ୍ ଗେଞ୍ଜି ପିନ୍ଧିଛି। ନାକ ତଳର ନିଶ ସରୁ କଳା ଗାରଟିଏ ଭଳି ଏମୁଣ୍ଡରୁ ସେମୁଣ୍ଡ ଯାଏ ଲମ୍ବିଯାଇଛି। ମୁଣ୍ଡକୁଣ୍ଡା କେମିତି ସହରି ସହରି। ସିଧୁ ମାଝିର ପୁଅ, ଗୁରୁମା'ଙ୍କ ଆଦରର ଛାତ୍ର ଭଳି ଚିହ୍ନି ହେଉନି।

ଧାନୀ ତାକୁ ଯେତେ ନିରେଖି ନିରେଖି ଚାହୁଁଛି, ସେତେ ଭୟ ଓ ସନ୍ଦେହରେ ମନ ତା'ର ଭରିଯାଉଛି। ମୁହଁର ଭଙ୍ଗୀ ବଦଳି ଯାଇଛି।

କାହ୍ନୁ ପଚାରୁଛି- ମତେ ଏମିତି ଅଚିହ୍ନା ଆଖିରେ ଅନେଇଛୁ କ'ଣ? ମତେ ପିଲା ଦିନୁ ଦେଖି ଆସୁଛୁ। ତୋ ସାଙ୍ଗରେ ଏଇ ବଣ ପାହାଡ଼ରେ କେତେ ହାତ ଧରାଧରି ହୋଇ ଦଉଡ଼ିଛେ ବୁଲିଛେ-

ଧାନୀ ତଥାପି ତା'ର ପ୍ରିୟ ପୁରୁଷ ସମ୍ପର୍କରେ ନିଃସନ୍ଦେହ ହୋଇପାରୁନି।

ପଚାରୁଛି- ତୁ ତ ଆଗର କାନୁ ହୋଇ ନାହୁଁ। ଅଛୁ? ଏଇ ତୋର ବେଶ ପୋଷାକ, କଥାଭାଷା, ମତେ ତ ତୁ ଆଉ ଜଣେ ଆଉ ଜଣେ ମନେ ହେଉଛୁ-

ଧାନୀର କଥା ଶୁଣି ହସି ହସି ସେ ପାହାଡ଼ ମୁଣ୍ଡା ଉପରେ ଲୋଟିପଡୁଛି କାନୁ।

ଉତ୍ତର ଦେଉଛି- ସହରରେ ରହି ରହି ମୋ ଉପର ଚେହେରା ସିନା ବଦଳିଯାଇଛି, ଭିତର ମୁଁ କେବଳ ତୋର କାନୁ ହୋଇ ରହିଛି-

: ଏ ଗାଁକୁ ଆସିଲେ ତୁ ଧାନୀ ଧାନୀ ହେଉ। ସହରକୁ ଗଲେ ତୁ ଆଉ ଜଣେ।

ମୁଁ ଜାଣେ, ତୁ ଚାକିରି କଲେ, ହାକିମ ହେଲେ ଏ ବଣପାହାଡ଼, ଗଛଲତା, ମହୁଲି ଫୁଲର ବାସ୍ନା, ସୋରିଷ ଫୁଲର ରଙ୍ଗ- ବଣ ଝରଣା- ସବୁ ଭୁଲିଯିବୁ-

ଅନେକ ଦିନୁ ମନ ଭିତରେ କହିବ କହିବ ହୋଇ କହି ପାରିନଥିବା କଥାସବୁ ଜମିରହି ଚାପା ପଡ଼ି ଯାଇଥିଲା। ଏକୁଟିଆ କାନୁକୁ ପାଖରେ ପାଇବା ମାତ୍ରେ ସେ ମନର ସବୁ ବୋଝ ଅଜାଡ଼ି ଦେଇ ହାଲୁକା ହୋଇଗଲା।

ଧାନୀର କଥା ଶୁଣି ଚମକି ଉଠିଲା କାହ୍ନୁ। ତା'ର ବାଲ୍ୟ ବାନ୍ଧବୀଠାରୁ ଏଭଳି ଅଭିଯୋଗ ଶୁଣିବ ବୋଲି ସେ ଆଶା କରିନଥିଲା। ତା' ମହୁଁରୁ ହସ ଲିଭିଗଲା। ମୁହଁ ଗମ୍ଭୀର ହୋଇଗଲା। ଆଖିର ଚାହାଣୀ ବଦଳିଗଲା।

ସେଥିରେ ମଧ୍ୟ ଭୟ ପାଇଗଲା ଧାନୀ। ଆଜିକାଲି ସେ ଠିକ୍ କାନୁର ମନ କଥା ଠଉରାଇ ପାରେ ନାଇଁ। ତା'ର ସବୁ ଅନୁମାନ ଭୁଲ ହୋଇଯାଏ। କେଉଁ କଥା କହିଲେ କାନୁ ଖୁସି ହେବ, ଠିକ୍ ସେ ବୁଝିପାରେ ନାହିଁ।

ସେ ଡରିଡରି ପଚାରିଲା- ତୁ ସତରେ ମୋ କଥା ଶୁଣି ରାଗିଗଲୁ? ସତ କହୁଛୁ- ସହରରେ ରହିଲେ ବି ତୁ ଆମର ଏଇ ବଣ ପାହାଡ଼ ଗଛ ଝରଣା କଥା ଭୁଲି ଯାଇନାହୁଁ?

ଉଠି ଠିଆ ହେଲା କାନୁ।

ଆକାଶକୁ ଉଢୁଆଳ କରି ଠିଆ ହୋଇଥିବା ଡେଙ୍ଗା ଡେଙ୍ଗା ଗଛମାନଙ୍କୁ ଚାହିଁ କହିଲା-

: ମୁଁ ଛୁଆ ଥିବାବେଳେ ମୋ ମା' ମରିଗଲା, ତା' କଥା ମୋର ଭଲକରି ମନେ ନାହିଁ; କିନ୍ତୁ ବାଆର କଥାସବୁ ଗୋଟି ଗୋଟି ମନେଅଛି। ମା' ମଲାବେଳେ ବାଆ ସାହୁକାରଠାରୁ ଟଙ୍କା ଋଣ ଆଣିଥିଲା। ଶୁଝିପାରିଲା ନାହିଁ ବୋଲି ତାକୁ ସାହୁକାର ଘରେ ଗୋତି ହୋଇ ଖଟିବାକୁ ପଡ଼ିଲା। ପିଲା ଭିତରେ ମୁଁ ଏକା। ତୋ ବାପା ଜିମା ସେ ମୋତେ ଛାଡ଼ିଦେଇ ଯାଇଥିଲା। ଆମେ ଦୁହେଁ ମାଆ ଛେଉଣ୍ଡ ପିଲା, ମୋଠାରୁ ସାନ ହେଲେ ବି ମତେ ଆଗ ଶୁଆଇ ସାରି ତୁ ପଛରେ ଶୋଉଥିଲୁ। ବଣର ମିଠା ମିଠା କୋଳି କୁନି କୁନି ପାଦରେ ତୋଳି ଆଣୁଥିଲୁ। ଥରେ ମତେ ଜର ହେଲା, ତାତି ଓହ୍ଲାଇଲା ନାଇଁ। ତୋ ବାପା ମୋ ବାପାକୁ ଖବର ଦେଲା- ମତେ ଦେଖିବାକୁ ଦିନକ ପାଇଁ ଆସିବା ଲାଗି ବାଆ ସାହୁକାର ପାଖରେ କେତେ ଅଳି କଲା। ତା' ପାଦ ଧରିଲା, ଗୋତିର ମୁକ୍ତି ନାହିଁ, ସାହୁକାର ଘରୁ ଲୁଚି ଲୁଚି ମୋ ବାଆ ମତେ ଦେଖିବା ପାଇଁ ପଳେଇ ଆସିଥିଲା, ସକାଳେ। ମତେ କୋଳରେ ଧରି ବଇଚି- ଘୋଡ଼ାରେ ଚଢ଼ି ଆସିଲେ ସାହୁକାରର ବରକନ୍ଦାଜ, ବାଆକୁ ମାଡ଼ ଦେଇ ଜୋର୍ କରି ଟାଣି

ନେଇଗଲେ- ମୁଁ ଜରରେ ଗୋଟା ସୁଦ୍ଧା ଥରୁଥିଲି- ଜୁଲୁ ଜୁଲୁ କରି ଅନେଇ ଥିଲି- କାନ୍ଦିବାକୁ ଚାହୁଁଥିଲେ ମଧ କାନ୍ଦିବା ପାଇଁ ବଳ ପାଉନଥିଲା। ଏ ଦୃଶ୍ୟ ମୁଁ କେବେହେଲେ ଜୀବନରେ ଭୁଲିନାଇଁ। ଏକଥା କଲେଜ ହଷ୍ଟେଲରେ ମନେ ପଡ଼ିଗଲେ ମୋ ଦେହର ରୁମ ସବୁ ଟାଙ୍କୁରି ଉଠେ। ମୋ ବାଆ କୋଳରୁ ଗୁରୁମାଆଙ୍କ କାଖକୁ ଆସିଲାପରେ ତୁ ସିଂଘାଣିନାକି ମୋ ମୁଣ୍ଡ ଆଉଁସି ଦେଇ କହୁଥିଲୁ- କାନ୍ଦ୍‌ନା- କାନ୍ଦ୍‌ନା କାନୁ- ମୁଁ ତତେ କୋଳି ତୋଳି ଦେବି-

କାହ୍ନୁର କଥା ଶୁଣି ଧାନୀର ସବୁ ଦୁଃଖ ପାଣିରେ ଲୁଣ ଭଳି ମିଳେଇଗଲା। ମୁହଁରେ ଫୁଟି ଉଠିଲା ବିଲୋଳ ହସ। ସେ କାନୁର ଅଣ୍ଟା ପାଖରେ କୁତୁକୁତୁ କରିଦେଇ ପଚାରିଲା- ତୋର ସବୁକଥା ମନେ ଅଛି ନା? ଗୁରୁମା'ଙ୍କ କଥା- ତୋ କଥା ସେ ସବୁବେଳେ କହନ୍ତିରେ କାନୁ।

ଧାନୀ ତା' ଅଣ୍ଟା ପାଖରେ ହାତ ଆଙ୍ଗୁଠିରେ ସଲ ସଲ କରିଦେଲେ ତାକୁ ଏମିତି କୁତୁକୁତୁ ଲାଗେ ଯେ ସେ ଦଣ୍ଡିକିରି ମାଛ ଭଳି ଡେଉଁଥାଏ।

ଏଥର ମଧ ସେ ପଥର ମୁଣ୍ଡା ଉପରୁ ଉଠିପଡ଼ି ଦୂରକୁ ପଳାଇଲା। କହିଲା- ଯବାନ୍ ସ୍ତ୍ରୀଲୋକ ହୋଇଗଲୁଣି- ତୋଠାରୁ ଛୁଆଳିଆମି ଯାଇନି ଦେଖୁଛି। ଆଉ ଗୁରୁମା'-

ଗୁରୁମା'ଙ୍କ କଥା ମନେପଡ଼େ ନାଇଁ?

: ତୋର ଗୁରୁମା', ମୋର ସେ ଅସଲ ମାଆ। ବାଆ ସାହୁକାର ଘରକୁ ଟାଣି ହୋଇଗଲା ବେଳେ ବନୁର ମାଆ, ତୋର ଗୁରୁମାଆ, ମତେ ତ କାଖେଇ ନେଇଥିଲେ। ବାଆକୁ ଭରସା ଦେଇଥିଲେ- ମୋ ପୁଅ ବନୁ ପଛ, କାନୁ ମୋର ଆଗ। ମୁଁ ତା'ର ଦାୟିତ୍ୱ ନେଲିରେ ସିଧୁ! ତାକୁ ପାଠ ପଢ଼େଇ ମଣିଷ କରିବି। ସେ ତାଙ୍କ କଥା ଅକ୍ଷରେ ଅକ୍ଷରେ ପାଳିଥିଲେ। କାହାର ଜନମ କଲା ମାଆ ବି ନିଜ ପୁଅ ପାଇଁ ଏମିତି କରିବ ନାଇଁ। ସେ ମତେ ତାଙ୍କ ଆଶ୍ରମ ସ୍କୁଲରେ ନେଇ ପାଠ ପଢ଼ାଇ ନଥିଲେ ମୁଁ ଆଜି ମଧ୍ୟ ବଣରୁ ଚଢ଼େଇ ଧରିବା ପାଇଁ ଫାନ୍ଦ ବସାଉଥା'ନ୍ତି- କଣ୍ଟ୍ରାକ୍ଟର ଧାନ କିଆରୀକୁ କାଳେ ହାତୀ ଖେଦିଯିବ- ସେଥିପାଇଁ ରାତି ଅନିଦ୍ରା ହୋଇ ମଶାଲ ଜାଳୁଥାଆନ୍ତି। ଗୁରୁମାଆ ମତେ କଲେଜରେ ପଢ଼ାଇବେ ବୋଲି ନିଜ ପୁଅ ବନୁର ପାଠପଢ଼ା ଅଧାରଖି ମତେ ସହରକୁ ପଠାଇଲେ- ଟଙ୍କାପଇସା ଯୋଗାଇଲେ- ଏକଥା ଦେହଧରି ବଞ୍ଚିଥିବା ଯାଏ ମୁଁ ଭୁଲିଯିବି କେମିତି?

ସନ୍ଦେହର ମେଘ କଟିଗଲା ଧାନୀର ମନ ଆକାଶରୁ। ହଜେଇ ବସିଥିବା

ଆତ୍ମପ୍ରତ୍ୟୟ ସେ ଫେରି ପାଇଲା। କାନୁର ହାତ ପାପୁଲି ଉପରେ ହାତ ରଖି ସେ ଖୁବ୍ ନିମ୍ନ କଣ୍ଠରେ ପଚାରିଲା-

- ସମସ୍ତଙ୍କ କଥା ମନେରଖିଛୁ। ଆଉ ମୋ କଥା ? ମୁଁ ଯେ ତୋ ପାଇଁ-

ତାକୁ କଥା ଶେଷ କରିବାକୁ ନଦେଇ କାନୁ ଧାନୀକୁ ଛାତି ଉପରକୁ ଭିଡ଼ିନେଲା। ତା'ର ଅଲରା ବାଳକୁ ସାଉଁଳି ଦେଇ କହିଲା- ତୋ କଥା ମୋର ସବୁବେଳେ ମନେପଡ଼େ ଲୋ ଧାନୀ! ରାତିରେ ତାରାଫୁଟା ଆକାଶକୁ ଚାହିଁଲେ ତୋ ମୁହଁ ଦିଶିଯାଏ- ନିଦୁଆ ରାତିର ଶୀତୁଆ ପବନରେ ତୋ ଗୀତ କାନରେ ଶୁଭିଯାଏ- ମୁଁ ବଡ଼ ଚାକିରୀ ପାଇଁ ପରୀକ୍ଷା ଦେଇଛି- ହାମିକ ଚାକିରୀ- ପାଇଲା ମାତ୍ରେ ତତେ ମୋ ପାଖକୁ ଉଡ଼ାଇନେବି-

: ଯାଃ, ମିଛ କଥା। ତୁ ଚାକିରୀ ପାଇ ହାକିମ ବାବୁ ହେଲେ ତୋ ବାଆ କ'ଣ ମତେ ଘରକୁ ବୋହୂ କରି ନବ!

ବାଆ ମନାକଲେ ବି ତତେ ଯାତ୍ରାରୁ ଘିଞ୍ଚିନେବି ଲୋ ଧାନୀ। ତୋ ବାଆକୁ ଚାଉଳ ଦଶଖଣ୍ଡି ଧାନ ଦଶଖଣ୍ଡି ଦେଇ ଖୁସି କରିଦେବି। ଯୋଉଁମାନେ ବାହାଘରକୁ ନାଚିବାକୁ ଆସିବେ- ସେ ଧାଙ୍ଗିଡ଼ିମାନଙ୍କୁ ଶାଢ଼ୀ ଦେବି- ତତେ ଘିଞ୍ଚିନେବି-

କଥା କହୁ କହୁ ଧାନୀର ପଣତ ଶାଢ଼ୀକୁ ଝିଙ୍କିନେଲା କାନୁ।

ଝଙ୍କା ଗଛରୁ ଦୁଇଟି ଚଢ଼େଇ ଫୁର୍‌କିନି ଦୂର ଆକାଶ ଆଡ଼କୁ ଉଡ଼ିଗଲେ।

ଦୂରରୁ ବନୁର ପାଟି ଶୁଭିଲା- ହେ କାନୁ!

ଦୂରକୁ ଘୁଞ୍ଚିଗଲା ଧାନୀ।

କହିଲା- ଏଇ ବନୁଭାଇ ଆଉଚି। ମୋ କାନି ଛାଡ଼-

ବନୁ କାନୁର ସମବୟସୀ। କିନ୍ତୁ ପୋଷାକରେ ଚାକଚକ୍ୟ ନାହିଁ। ସେଇ ଆଣ୍ଠୁଲୁଚା ଲୁଗା। ଦେହରେ ଖଣ୍ଡେ ଫତେଇ। ହାତରେ ଖଣ୍ଡେ ଲାଠି।

ସେ ଦୁହିଁଙ୍କୁ ଦେଖି ସେ ଠିଆ ହୋଇଗଲା।

: ତମେ ଦୁହେଁ ଏଠାରେ ବସି ମଜା କରୁଛ। ତତେ ମୁଁ ଚାରିଆଡ଼େ ଖୋଜି ବୁଲୁଛି। ମାଆ ତୋ ପାଇଁ ଚିନି ପକାଇ ଗୁର୍‌ପୁଣି ପିଠା କରିଚି- ସକାଳୁ ଲଗାଇଚି ତତେ ଡାକି ଆଣିବା ପାଇଁ- ତୋ ବାଆକୁ ପଚାରିଲି- ସେ କହିଲା- ତୁ ପାହାଡ଼ ବୁଲି ଯାଇଛୁ-

: ଗୁରୁମାଆ ମିଛରେ ଗୁର୍‌ପୁଣି ପିଠା କଲେ ବନୁଭାଇ। ତାକୁ କ'ଣ ଆଉ ସେ ପିଠା ରୁଚିବ ? ସହରରେ କେତେ ମସଲା ଦିଆ ପିଠା- ବିସ୍‌କୁଟି- ଜାଣିଛୁ ନା- ସେ କୁଆଡ଼େ ସହରରେ ସାହେବ ହେବ।

: ହବ ତ ! ସେ କ'ଣ ଏତେ କଷ୍ଟ କରି ପାଠ ପଢ଼ିଛି ଠିକାଦାର ଫସଲ
କିଆରୀରେ ହାତୀ ହୁରୁଡ଼ାଇବା ପାଇଁ ? ସେ ଆମ ମାଙ୍ଝିପଡ଼ାର ଆକାଶ ଦୀପ। ବଡ଼
ଚାକିରୀ କରି ସେ ଆମ ଦୁଃଖ ଘୁଞ୍ଚାଇବ। ଜଙ୍ଗଲ କଣ୍ଟ୍ରାକ୍ଟର, ସାହୁକାର,
ଜମାଦାରମାନଙ୍କର ଶୋଷଣ ଦୂର ହେବ–

କଥା କହିଲା ବେଳେ ବନୁର ଆଖି ଦୁଇଟା ନୂତନ ଆଶାର ଆଲୁଅରେ
ଝଲମଲ କରୁଥିଲା–

ଧାନୀ ପରିହାସ କରି ମନ୍ତବ୍ୟ ଦେଲା–

: ତା' ବାଆ ସାହୁକାରର ଗୋତି ଥିଲା, ସେ ପାଠ ପଢ଼ି ସରକାରର ଗୋତି
ହେବ– ଆମର କି ଉପକାର କରିବ କହ ତ !

ବନୁ ତା'ର ସେ ଉପହାସର ଧାରକୁ ଦହରା କରିଦେବା ପାଇଁ ଉତ୍ତର ଦେଲା–

: ପାଠପଢ଼ାର ମହତ କ'ଣ ବୁଝିବୁ ଧାନୀ! ତତେ ତ କହି କହି ଥକିଗଲି –
ମାସକେ ଦୁଇଦିନ ବି ଆଶ୍ରମ ବିଦ୍ୟାପୀଠକୁ ଗଲୁନାଇଁ–

: ମୁଁ ଇସ୍କୁଲକୁ ଯିବି– ଆଉ ବୁଆ ପାଇଁ ଭାତ ରାନ୍ଧିବ କିଏ ? ଗେଣ୍ଠୁ ଶାଗ
ତୋଳିବ କିଏ ? ଗରିବ ଲୋକ ପାଠ ପଢ଼ିଲେ ପେଟ ପୋଷିହୁଏ ? ଆଉ ଭୋକିଲା
ପେଟରେ କ'ଣ ପାଠପଢ଼ାରେ ମନଲାଗେ ?

ବନୁ ଆଖି ମିଟିମିଟି କରି ଥରେ ଧାନୀ ମୁହଁକୁ ଅନେଇଲା। ତା'ର ସେଇସବୁ
ଅସମାହିତ ପୁରୁଣା ପ୍ରଶ୍ନ।

ତା'ପରେ କାହ୍ନୁର ହାତ ଧରି ଟାଣି ନେଉ ନେଉ କହିଲା–

: ଶୁଣିଲୁ ତ ! ନିତି ଯେଉଁମାନେ ଖଟି ଖାଆନ୍ତି, ପାଠ ପଢ଼ିବାକୁ ସେମାନଙ୍କର
ବେଳ ନଥାଏ। ପେଟକୁ ଖାଇବାକୁ ନଦେଇ ଖଡ଼ି, ସିଲଟ ଦେଲେ କେଉଁ ଆଦିବାସୀ
ପିଲା ପାଠ ପଢ଼ିବାକୁ ଆଶ୍ରମ ବିଦ୍ୟାପୀଠକୁ ଯିବ ?

କାହ୍ନୁ ସବୁ ଶୁଣିଲା କିଛି ଉତ୍ତର ଦେଲା ନାହିଁ।

।। ଦୁଇ ।।

ପାଚିଲା କଦଳୀ ଭଳି ଦେହର ରଙ୍ଗ । ଧୋବ ଫର ଫର ବେକରୁ ପାଦ ଯାଏ ଲମ୍ବା ପୋଷାକ, ଲମ୍ବାଚଉଡ଼ା ଚେହେରା, ଧାରୁଆ ନାକ ଆଉ ବହଳ ଭ୍ରୂଲତା, ଓଠରେ ଦୁଧଫେଣ ଭଳି ଲାଖି ରହିଥିଲା ଚେନାଏ ହସ । ବାମ ହାତରେ ବାଇବେଲ, ଆଦି ଗ୍ରନ୍ଥ ଆଉ ଡାହାଣ ହାତରେ ଆଶୀର୍ବାଦର ମୁଦ୍ରା ।

ପ୍ରଭୁ ଯୀଶୁଙ୍କ ବାଣୀ ପ୍ରଚାର ପାଇଁ ପ୍ରଥମେ ସେ ଆସିଥିଲେ ବଣ ପାହାଡ଼ ଘେରା ଆଦିବାସୀ ଅଞ୍ଚଳକୁ । ଅନ୍ୟ ସାତ ଜଣ ଝିଅଙ୍କ ଭଳି ମୀରୁ ମଧ୍ୟ ପଡ଼ାର ସ୍ତ୍ରୀଲୋକଙ୍କ ପଛରେ ଠିଆ ହୋଇ ମୁହଁ ଗଳାଇ ଏଇ ନବାଗତ ମହାପୁରୁଷଙ୍କୁ ଝାଟିମାଟି କୁଡ଼ିଆ ଘର ପିଣ୍ଡା ଉପରେ ବସିଥିବା ଦେଖି ମୁଗ୍ଧ ହୋଇ ଯାଇଥିଲା ।

ସେତେବେଳେ ନୂଆ ହୋଇ ରାସ୍ତା ଏକଡ଼ ପାହାଡ଼ ତଳେ ଖୋଲା ଯାଇଥାଏ ଆଶ୍ରମ ସ୍କୁଲ । ସେଇ ସ୍କୁଲ ମାଷ୍ଟରଙ୍କୁ ସାଙ୍ଗରେ ଧରି ପାଦ୍‌ରୀ ସାଇବ ସୁସମାଚାର ପ୍ରଚାର ପାଇଁ ପାଦରେ ଚାଲି ଚାଲି ଘୂରି ବୁଲୁଥାଆନ୍ତି । ତାଙ୍କ ସାଙ୍ଗରେ ଥାଆନ୍ତି ଜଣେ ଟୋକା ଡାକ୍ତର । ହାତରେ ଔଷଧ ବାକ୍‌ସ ଧରି ସାଇକେଲ ଚଢ଼ି ସେ ଆଗରୁ ଥରେ ଅଧେ ଏଇ ଅଣଓସାରିଆ ପାହାଡ଼ି ରାସ୍ତାରେ ଯିବା ଆସିବା କରିଥିବା ଲକ୍ଷ୍ୟ କରିଥିଲା ମୀରୁ- କିନ୍ତୁ ସେ' ଯେ ଏଇ ପାଦ୍‌ରୀ ସାହେବଙ୍କର ଖାସ୍ ଲୋକ, ଏକଥା ତାକୁ ଜଣା ନଥିଲା ।

ପାଦ୍‌ରୀ ସାହେବ ଯେମିତି ଲମ୍ବା, ତାଙ୍କର ଦେହର ରଙ୍ଗ ଯେମିତି ଗୋରା, ଡାକ୍ତର ବାବୁ ସେତିକି ଗେଡ଼ା ଆଉ ତାଙ୍କ ଦେହର ରଙ୍ଗ ମଧ୍ୟ ବେଶ୍ କଳା । ସତର ବର୍ଷର ମୀରୁ ଆଖି କିନ୍ତୁ ପାଦ୍‌ରୀ ସାହେବଙ୍କ ପାଖରୁ ଫେରିଆସି ସେଦିନ ଏଇ କଳାରଙ୍ଗର ଗେଡ଼ା ଲୋକଙ୍କ ଉପରେ ସ୍ଥିର ହୋଇ ଯାଇଥିଲା- ମୁହୂର୍ତ୍ତ କେତୋଟି ପାଇଁ ।

ଆଉ ଦିନେ ଏଇ ବାଙ୍ଗରା ଡାକ୍ତର ଯେ ତା'ର ବାପାର ଜୀବନ ରକ୍ଷା କରିବ; ଝାଡ଼ାବାନ୍ତି ରୋଗରେ ପଡ଼ି ମରୁ ମରୁ ବଞ୍ଚିଯିବ ଭାଦୀ ଭାଝି; ସେଦିନ ସେକଥା

ଜାଣିନଥିଲା ମୀରୁ ଏବଂ ଏକଥା ମଧ୍ୟ ତାଙ୍କୁ ଜଣାନଥିଲା, ଏଇ ଡାକ୍ତର ବାବୁ ହେବ ତା'ର ନିୟତି; ଦିନେ ତା' ପାଦତଳେ ଆଣ୍ଠୁମାଡ଼ି ବସି କହିବ; ମୀରୁ! ମୁଁ ତତେ ବାହା ହେବାକୁ ଚାହେଁ-

ନାହିଁ ନାହିଁ କରି ଶେଷରେ ହଁ କରି ଦେଇଥିଲା ମୀରୁ। ଡାକ୍ତରକୁ ବାହା ହୋଇ ଖୀରଷ୍ଟାନ୍ ହୋଇ ଯାଇଥିଲା। ତା'ର ଧର୍ମ ବଦଳ ସହିତ ନାଁ ବି ବଦଳି ଯାଇଥିଲା- ମୀରୁ ହୋଇଥିଲା ମେରୀ।

କିନ୍ତୁ ଏ ଖଣ୍ଡମଣ୍ଡଳରେ ସମସ୍ତେ ତାଙ୍କୁ ଡାକନ୍ତି ଗୁରୁ ମାଆ। ସେ ଆଶ୍ରମ ସ୍କୁଲର ପ୍ରଧାନ ଶିକ୍ଷୟିତ୍ରୀ। ତାଙ୍କର ପୁଅ ବନ ବିହାରୀ- ବନୁ।

ବନୁ ଯେତେବେଳେ ସାନ ପିଲା- ତା'ର ବାପା ଅଖା ବସନ୍ତରେ ପଡ଼ି ଆରପାରିକୁ ଚାଲି ଯାଇଥିଲେ। ରୋଗୀ ସେବା କରିବାକୁ ଯାଇ ଶେଷରେ ସେ ନିଜେ ହୋଇଥିଲେ ସେ ସମୟର ଅସାଧ୍ୟ ବସନ୍ତ ରୋଗର ଶିକାର।

ମଲା ଆଗରୁ ସ୍ତ୍ରୀଙ୍କୁ ପାଖକୁ ଡାକି କହିଥିଲେ- ଦେଖ ମେରୀ! ମୁଁ ଚାଲିଲି- କାମ ଅଧା ରହିଲା- ଆଦିବାସୀ ଲୋକଙ୍କ ପ୍ରଧାନ ଶତ୍ରୁ ସେମାନଙ୍କର ନିରକ୍ଷରତା- ସ୍ୱାଧୀନତା ପରେ ଦେଶର ଉନ୍ନତି ପାଇଁ ଯେଉଁସବୁ ଯୋଜନା ହେଉଛି- କୋଟି କୋଟି ଟଙ୍କା ଆଦିବାସୀ ଉନ୍ନୟନ ଲାଗି ବ୍ୟୟବରାଦ ହେଉଛି- ଶିକ୍ଷା ଅଭାବରୁ ଅନ୍ଧବିଶ୍ୱାସ, କୁସଂସ୍କାରଗ୍ରସ୍ତ ଆଦିମ ଆଦିବାସୀମାନେ ତା'ର ଫଳ ଭୋଗ କରିପାରୁ ନାହାନ୍ତି। ସେମାନଙ୍କ ପାଇଁ ବରାଦ ହୋଇଥିବା ଟଙ୍କା ବାଟମାରଣା ହୋଇଯାଉଛି- ତମେ ସେମାନଙ୍କ ମଧ୍ୟରେ ଶିକ୍ଷାର ପ୍ରସାର ଘଟାଅ- ପ୍ରଭୁ ଯୀଶୁ ତମର ସହାୟତା କରିବେ-

ବାବାଙ୍କ ମୃତ୍ୟୁ ପରେ ମାଆ ଡିଆସିଲି କାଠି ଜଳିଉଠି ଲିଭିଗଲା ପରି ତେଜିଉଠି ପୁଣି ଭାଙ୍ଗି ପଡ଼ିଥିଲେ। ବନୁକୁ ପାଖରେ ବସାଇ କହିଥିଲେ- ଦେଖ, ତୋ ବାବା ଅଣଆଦିବାସୀ, ସହର ଅଞ୍ଚଳର ଲୋକ ହେଲେ ବି ଆମ ଆଦିବାସୀମାନଙ୍କ ମଙ୍ଗଳ ପାଇଁ କାମ କରି ଶେଷରେ ଏଇ ଆମରି ଗହଣରେ ଆଖି ବୁଜିଲେ। ହେଲେ ଆମ ଆଦିବାସୀ ଲୋକଙ୍କର ଆଖି ଖୋଲିଲା ନାହିଁ। ଖଡ଼ି, ସିଲଟ, ବହି, ଖାତା ମାଗଣା ଦେଲେ ବି ପାଠ ପଢ଼ିବାରେ କାହାରି ମନ ନାହିଁ- ଖାଲି ଖେଳ ଛୁଟିରେ ଗୁଡ଼, ଗଜାମୁଗ ଜଳଖିଆ ଦିଆଯାଏ ବୋଲି ତାକୁ ଖାଇବା ଲୋଭରେ ଯେଉଁମାନେ ସ୍କୁଲକୁ ଆସନ୍ତି- ଗୁଡ଼, ଗଜାମୁଗ ଖାଇସାରିଲା ପରେ ସେମାନେ ସ୍କୁଲ ଛାଡ଼ି ପଳାନ୍ତି ଘରକୁ ନହେଲେ ବଣକୁ- ତୁ ବି ସେଇମାନଙ୍କ ଭିତରୁ ଜଣେ- ଏକା କାନୁ-

କାନୁ ଉପରେ ମାଆର ଯେତିକି ଭରସା, ତା'ଉପରେ ସେତିକି ଅନାସ୍ଥା। ମାଆଙ୍କ ଅଭିଯୋଗ ଶେଷରେ ଅଭିମାନରେ ପରିଣତ ହୋଇଯାଏ।

ସେ ତାକୁ ଶେଷକଥା ଶୁଣାଇ ଦିଅନ୍ତି- ତୋର ବାବାଙ୍କର ଶେଷ ଇଚ୍ଛା ଥିଲା ମୁଁ ଏ ଅଞ୍ଚଳରେ ଆଦିବାସୀ ପିଲାମାନଙ୍କୁ ପାଠ ପଢ଼ାଇ ମଣିଷ କରିବି- ସେମାନେ ଯେପରି ଦେଶର ଉନ୍ନୟନ ଯୋଜନାରେ ଅଂଶଗ୍ରହଣ କରିପାରିବେ। କିନ୍ତୁ ମୁଁ ନିଜ ପୁଅକୁ ଯେତେବେଳେ ପାଠପଢ଼ାରେ ମନଯୋଗ ଦେବାପାଇଁ ପ୍ରବର୍ତ୍ତାଇ ପାରିଲି ନାହିଁ; ଅନ୍ୟ ପିଲାଙ୍କୁ ପାଠ ପଢ଼ିବାକୁ ରାଜି କରିପାରିବି କିପରି ?

ମାଆଙ୍କର ଏ ପ୍ରଶ୍ନର ଉତ୍ତର ବନୁକୁ ଜଣା ନଥିଲା।

ଝାଡ଼ଖଣ୍ଡୀ ଡେମ୍‌କା ମୁଣ୍ଡା ତାକୁ ଧମକେଇ ଯାଇଥିଲା-ଦେଖ୍ ବନୁ! ତୋ ମାଆ ଆଶ୍ରମ ସ୍କୁଲ୍‌ର ମାଷ୍ଟ୍ରାଣୀ ହୋଇ ଆଦିବାସୀ ପିଲାଙ୍କୁ କୁଇ, ସାନ୍ତାଳୀ ଭାଷାରେ ଶିକ୍ଷା ନଦେଇ ଓଡ଼ିଆ, ଇଂରେଜି ଭାଷାରେ ପାଠ ପଢ଼ାଉଛନ୍ତି। ଏ ଭାଷାରେ ପାଠ ପଢ଼ିଲେ ଆମ ଆଦିବାସୀ ଭାଷା, ସଂସ୍କୃତି ନଷ୍ଟ ହୋଇଯିବ- ଉନ୍ନତି ନାମରେ ଆମକୁ ଜାତୀୟ ସ୍ରୋତରେ ମିଶାଇବାକୁ ଯାଇ ଆମର ସର୍ବନାଶ କରାଯାଉଛି- ଖବରଦାର୍- ଆମ ଆଦିବାସୀମାନଙ୍କୁ ଅଣଆଦିବାସୀ ଭାଷାରେ ଶିକ୍ଷାଦେଲେ ଆମେ ଝାଡ଼ଖଣ୍ଡୀମାନେ ବରଦାସ୍ତ କରିବୁ ନାହିଁ- ବଣରେ ବଣରେ ନିଆଁ ଜଳିବ-

ଡେମ୍‌କା ମୁଣ୍ଡାର ସାବଧାନବାଣୀ ମାଆ କାନରେ ପହଞ୍ଚାଇଦିଏ ବନୁ।

ମାଆ ମେରୀ ରାଗରେ ଜଳିଉଠନ୍ତି, ଚଢ଼ା ଗଳାରେ କୁହନ୍ତି- କୁଇ, ମୁଣ୍ଡାରୀ, ସାନ୍ତାଳୀ କି ଜୁଆଙ୍ଗ୍, କୁରୁଖ୍ ଭାଷାରେ ପାଠ ପଢ଼ିଲେ ଖୁବ୍ ବେଶୀରେ ତମେସବୁ ଅଫିସ୍‌ର ପିଅନ୍ କି କଳ କାରଖାନାର ଜଗୁଆଳ ହୋଇ ରହିବ- ଡାକ୍ତର, ଇଂଜିନିୟର, ବଡ଼ ହାକିମ ହେବା ତ ଦୂରର କଥା- କିରାଣୀଟିଏ ହେବାକୁ ହେଲେ ଉଚ୍ଚ ଶିକ୍ଷା ଦରକାର- ଆଉ ଓଡ଼ିଆ ଇଂରେଜି, ହିନ୍ଦୀ ଭାଷା ଛାଡ଼ି କେହି ଉଚ୍ଚଶିକ୍ଷା ପାଇପାରିବେ ନାହିଁ! ଆଦିବାସୀମାନଙ୍କୁ ଚିରଦିନ ଅନ୍ଧାରରେ ରଖି ରାଜନୀତିକ ମୁନାଫା ଲୁଟିବା ପାଇଁ ଝାଡ଼ଖଣ୍ଡୀ- ମାନଙ୍କର ଏ ଆଉ ଏକ ପ୍ରକାର ଚାଲ୍।

ମାଆର ଭୈରବୀ ମୂର୍ତ୍ତି ଦେଖି ମନେ ମନେ ଭୟ ପାଇଯାଏ ବନୁ, ଅପରାଧୀଟି ଭଳି ମୁଣ୍ଡ ତଳକୁ କରି ସେ ପାଖ ବଣକୁ ପଳାଇଯାଏ- ଯେଉଁଠି ଡେମ୍‌କା ମୁଣ୍ଡା କାଠ କାଟିବାକୁ ଯାଇଥିବା ମାଝିପଢ଼ାର ଲୋକଙ୍କୁ ମେଳାଇ ଜୟପାଳଜୀଙ୍କ ବାଣୀ ଶୁଣାଉଥାଏ-

ଦିନେ ପାଦ୍‌ରୀ ସାହେବ ବାଇବେଲ୍ ହାତରେ ଧରି ଆଦିବାସୀମାନଙ୍କୁ ବୁଝାଇଥିଲେ; ପ୍ରଭୁ ଯୀଶୁ ହେଉଛନ୍ତି ସେମାନଙ୍କର ତ୍ରାଣକର୍ତ୍ତା। ସେମାନେ ଖ୍ରୀଷ୍ଟଧର୍ମ ଗ୍ରହଣ କଲେ, ସୁସମାଚାର ପାଠ କଲେ, ସମସ୍ତ ପ୍ରକାର ଦୁଃଖକଷ୍ଟରୁ ମୁକ୍ତି ପାଇଯିବେ।

ଏବେ ସରଳ ନିରୀହ ଆଦିବାସୀମାନଙ୍କୁ ଅଣଆଦିବାସୀମାନଙ୍କ ଶାସନ

ଶୋଷଣରୁ ମୁକ୍ତ କରିବା ପାଇଁ ବିହାରର ଝାଡ଼ଖଣ୍ଡୀ ନେତା ଜୟପାଲ ସିଂହ ନିଜର ଚର ଅନୁଚରମାନଙ୍କୁ ପଠାଇଛନ୍ତି ଓଡ଼ିଶା, ମଧ୍ୟପ୍ରଦେଶ, ପଶ୍ଚିମବଙ୍ଗର ଆଦିବାସୀ ଅଞ୍ଚଳକୁ। ସ୍ୱତନ୍ତ୍ର ଝାଡ଼ଖଣ୍ଡ ଗଠନରେ ହିଁ ଆଦିବାସୀମାନଙ୍କର ମୁକ୍ତି- ସେଇ ବାଣୀ ପ୍ରଚାର କରିବା ପାଇଁ ଡେମ୍‌କା ମୁଣ୍ଡା କେନ୍ଦୁଝରର ବଣ, ଜଙ୍ଗଲ ଘୂରି ବୁଲୁଛି। ଆଦିବାସୀ ଭାଷା ବ୍ୟତୀତ ଅନ୍ୟ ଭାଷାରେ ଶିକ୍ଷା ଗ୍ରହଣ ନକରିବାକୁ ବୁଝାଇବାରେ ଲାଗିଛି-

ଡେମ୍‌କାକୁ ଦିନେ ବନୁ ବୁଝାଇଥିଲା- କନ୍ଧ, ଜୁଆଙ୍ଗ, ସାନ୍ତାଳ ପିଲାଏ ଓଡ଼ିଆ, ଇଂରେଜି ଭାଷାରେ ଉଚ୍ଚଶିକ୍ଷା ନପାଇଲେ ସେମାନେ ଶାସନକଳର ତଳ ପାହାଚରେ ପିଅନ ନହେଲେ ଦରୱାନ୍ ହୋଇ ବସି ରହିଥିବେ। ପାହଚର ସିଡ଼ି ଚଢ଼ି ଉପରକୁ ଉଠିପାରିବେ ନାହିଁ। ବଡ଼ ହାକିମ ହୋଇପାରିବେ ନାଇଁ। ଅଣ ଆଦିବାସୀମାନେ ସବୁଦିନେ ଆମ ଉପରେ ହାକିମି କରୁଥିବେ-

ତା' କଥା ଶୁଣି ଅନ୍ୟମାନେ ମଧ୍ୟ ମୁଣ୍ଡ ଟୁଙ୍ଗାରିଲେ, ସହମତି ପ୍ରକାଶ କଲେ, ସେଥିରେ ଖୁବ୍ ତାତି ଯାଇଥିଲା ଡମ୍‌କା।

କହିଲା- ଏସବୁ ଆଦିବାସୀମାନଙ୍କୁ ଚିରଦିନ ନିଜର ଅଧୀନସ୍ଥ କରି ରଖିବା ପାଇଁ ଅଣଆଦିବାସୀମାନଙ୍କର ଚକ୍ରାନ୍ତ- ତୋର ମାଆ ଆମ ଜାତିର ହେଲେ ବି ତୋ ବାପା ପବିତ୍ର ପାତ୍ର ଥିଲା ଅଣଆଦିବାସୀ ଖ୍ରୀଷ୍ଟିଆନ୍- ତୁ ଦୋମିଶା ପିଲା- ତୁ ଆଦିବାସୀମାନଙ୍କ ସ୍ୱାର୍ଥ କଥା କ'ଣ ଜାଣିବୁ? ଜଣେ ଅଧେ ଆଦିବାସୀ ପିଲା ହାକିମ କିମ୍ବା ଶହେ ଦୁଇଶହ କିରାଣୀ ହୋଇଗଲେ ଆମର ଦୁଃଖ ଯିବ ନାଇଁ- ଆମେ ଚାହୁଁ ଅଲଗା ଝାଡ଼ଖଣ୍ଡ ରାଜ୍ୟ- ଆମେ ରାଜା ହେବାକୁ ଚାହୁଁ- ଆମର ରାଜା ଆମେ- ଆମର ଦାବି ସ୍ୱତନ୍ତ୍ର ଝାଡ଼ଖଣ୍ଡ- ସେଥିପାଇଁ ଆମକୁ ଆନ୍ଦୋଳନ ଗଢ଼ି ତୋଳିବାକୁ ହେବ- ଝାଡ଼ ଜଙ୍ଗଲରେ ନିଆଁ ଜଳିବ- ନିଆଁ ଜଳିବ-

ଡେମ୍‌କା ମୁଣ୍ଡା କଥା କହିଲାବେଳେ ତା' ଆଖିରୁ ଅଗ୍ନି ବର୍ଷା ହୋଇଯାଏ, ଯେଉଁ ମୂରୁଖ ଆଦିବାସୀମାନେ ତା' କଥା ଶୁଣନ୍ତି, ସେମାନେ ମାତିଯାଆନ୍ତି।-

ଡେମ୍‌କା ସହିତ କଣ୍ଠ ମିଳାଇ ଚିତ୍କାର କରନ୍ତି- ଆମର ଦାବି ଅଲଗା ଝାଡ଼ଖଣ୍ଡ!

ତା'ର ବାପା ଆଦିବାସୀ ନଥିଲେ; ସେ ତାଙ୍କର ରକ୍ତରୁ ଜନ୍ମ। ସେଥିପାଇଁ ତା' ଅପେକ୍ଷା ଡେମ୍‌କା କଥାକୁ ତା'ର ପଡ଼ା ପଡ଼ୋଶୀ ବେଶୀ ବିଶ୍ୱାସ କରନ୍ତି।

ଅଣଆଦିବାସୀ ସରକାର ବିରୋଧରେ ଆନ୍ଦୋଳନ ଗଢ଼ି ତୋଳିବା ପାଇଁ ଡେମ୍‌କା ଆଉ ତା'ର ସାଥୀ ସହଚରମାନେ ଘଞ୍ଚ ଜଙ୍ଗଲ ଭିତରେ ଯେଉଁଠି ସୂରୁଜ ଦେବତାଙ୍କ ଆଲୁଅ ସୁଦ୍ଧା ଭଲକରି ଗହଳ ଗଛ ପତର ଭେଦ କରି ମାଟି ଛୁଇଁପାରେ ନାଇଁ- ସେଠାରେ ଘାଟି ଗଢ଼ନ୍ତି- ଜୁଆଙ୍ଗ, ସାନ୍ତାଳ, କନ୍ଧ, କୋହ୍ଲ ଧାଙ୍ଗଡ଼ାମାନଙ୍କୁ

ଧନୁତୀରକୁ ଅସ୍ତ୍ର ଭାବରେ ବ୍ୟବହାର କରିବାକୁ କୌଶଳ ଶିଖାନ୍ତି- ପୋଲିସ୍ ଗାଡ଼ି ଉପରେ କିପରି ଲୁଚିଛପି ଆକ୍ରମଣ କରିବାକୁ ହେବ- ତା'ର ଉପାୟ ବତାନ୍ତି- ଜଙ୍ଗଲ ଚାରିଦିଗରେ ବଣୁଆ ଗରିଲାମାନେ ପହରା ଦେଉଥାଆନ୍ତି- ପୋଲିସ ଆସିବା ସୂଚନା ପାଇଲା ମାତ୍ରେ ଶିଙ୍ଗା ବାଜିଉଠେ- ପାହାଡ଼ ଖୋଲରେ ଗଛ ଉଢୁଆଳରେ ଧନୁତୀର ଚାଳନା ଶିକ୍ଷା କରୁଥିବା ଧାଙ୍ଗଡ଼ାମାନେ ଆଖି ପିଛୁଳାକେ ଲୁଚିଯାଆନ୍ତି-

ଦେଶ ସ୍ୱାଧୀନତା ପାଇଲାପରେ ଆଦିବାସୀ ଅଞ୍ଚଳରୁ ଗୋତିପ୍ରଥା ଉଠିଯାଇଛି। ସାହୁକାରମାନଙ୍କର ଶୋଷଣର ମାତ୍ରା ଊଣା ପଡ଼ିଛି। କିନ୍ତୁ ସାହୁକାର ବଦଳରେ ଆଦିମ ଆଦିବାସୀମାନଙ୍କ ଆଦି ବାସଭୂମି ଅରଣ୍ୟ ଉପରେ ଜଙ୍ଗଲ କଣ୍ଟ୍ରାକ୍ଟରମାନଙ୍କର ଲୋଲୁପ ଦୃଷ୍ଟି, ଜଙ୍ଗଲରୁ ଆଦିବାସୀମାନଙ୍କ ନାମରେ ବେଆଇନ ଭାବରେ କାଠ କାଟି ସେମାନେ ସହରକୁ ବୋହି ନେଉଛନ୍ତି। ଲକ୍ଷ ଲକ୍ଷ ଟଙ୍କା ଲାଭ କରୁଛନ୍ତି। ଜଙ୍ଗଲର କେନ୍ଦୁପତ୍ର, ଶାଳମଞ୍ଜି, ମହୁଲ ଫୁଲ ନାମକୁ ମାତ୍ର ମୂଲ୍ୟରେ ସଂଗ୍ରହ କରି ତେଲକଳ, ବିଡ଼ି କାରଖାନା ଆଦି ଦେଶୀମଦ ଭାଟି ବିକ୍ରୀ କରି ହୋଇଛନ୍ତି କୋଟିପତି। ପରିଶ୍ରମୀ ସରଳ ଆଦିବାସୀମାନଙ୍କୁ ମଦ ପିଆଇ ମାତାଲ କରି, ଟଙ୍କାର ଲୋଭ ଦେଖାଇ ଶହ ଶହ ଏକର ଜମିରେ ଆରମ୍ଭ କରିଛନ୍ତି ଚାଷବାସ। ଅରଣ୍ୟ କ୍ରମଶଃ ବୃକ୍ଷ ବିହୀନ ହୋଇ ଫସଲ କ୍ଷେତ ହୋଇଯାଇଛି।

ଡେମ୍‌କା ମୁଣ୍ଡା ଆଉ ତା'ର ଧନୁର୍ଦ୍ଧାରୀ ସାଥୀ ସହଚରମାନେ ଅରଣ୍ୟବାସୀ କନ୍ଧ, ସାନ୍ତାଳ, ଜୁଆଙ୍ଗ ଲୋକଙ୍କୁ ଜଙ୍ଗଲି କଣ୍ଟ୍ରାକ୍ଟରମାନଙ୍କ ଶୋଷଣ ଅତ୍ୟାଚାର ବିରୁଦ୍ଧରେ ମତାଇ ସ୍ୱତନ୍ତ୍ର ଝାଡ଼ଖଣ୍ଡ ଗଠନ ଆନ୍ଦୋଳନର ଶିଳାନ୍ୟାସ କରୁଛନ୍ତି। ବନୁ ଜାଣେ- ନିଜର ରାଜନୈତିକ ସ୍ୱାର୍ଥ ସିଦ୍ଧି ପାଇଁ ଏଇଟା ସେମାନଙ୍କର ଅଲଗା ପ୍ରକାର ଶୋଷଣ। ପୋଲିସ ବିରୁଦ୍ଧରେ ଲଢ଼େଇଦେଇ ସେମାନେ ଖସିଯାଆନ୍ତି- ପୋଲିସ ଗୁଳିରେ କଟା ଗଛ ଭଳି ଲୋଟି ପଡ଼ନ୍ତି ନିରୀହ ଆଦିବାସୀ ଧାଙ୍ଗଡ଼ା ଧାଙ୍ଗିଡ଼ି!

ପୋଲିସ୍‌ର ବନ୍ଧୁକ, କମାଣ ପାଖରେ ଧନୁଶରର କି ଅବା ଶକ୍ତି!

ଗୋଟିଏ ଆଶ୍ରମ ସ୍କୁଲର ଗରିବ ଶିକ୍ଷୟିତ୍ରୀ ବିଧବା ମାଆର ସେ ସନ୍ତାନ। ବାବା ତା'ର ସମତଳ ଅଞ୍ଚଳର ଖ୍ରୀଷ୍ଟିଆନ୍ ବୋଲି ଆଦିବାସୀ ଲୋକେ ତାକୁ ପୂରା ବିଶ୍ୱାସ କରନ୍ତି ନାହିଁ। ସେମାନଙ୍କ ବିଶ୍ୱାସରେ ବିଷ ମିଶାଇ ଦେଇଛି ଡେମ୍‌କା ମୁଣ୍ଡା। ସେ କିପରି ଜଙ୍ଗଲ କଣ୍ଟ୍ରାକ୍ଟରମାନଙ୍କ ଶୋଷଣ ବିରୁଦ୍ଧରେ ସେମାନଙ୍କୁ ସଙ୍ଗଠିତ କରିପାରିବ?

ଏଇ ଭାବନାରେ ସେ ପାଠ ପଢ଼ିବା କଥା ଭୁଲିଯାଏ। ମାଝିପଡ଼ାର ସାଙ୍ଗସାଥୀମାନଙ୍କୁ ମେଳାଇ ଦଳ ଗଢ଼େ।

ଜଙ୍ଗଲ କଣ୍ଟ୍ରାକ୍ଟରମାନେ ଟଙ୍କା ଲାଞ୍ଚ ଦେଇ ସରକାରୀ କର୍ମକର୍ତ୍ତାମାନଙ୍କୁ ହାତରେ ରଖିଥାଆନ୍ତି। ପୋଲିସ୍, ଜଙ୍ଗଲ ଗାର୍ଡ୍, ଫରେଷ୍ଟ ରେଞ୍ଜର- ସମସ୍ତେ ସେମାନଙ୍କର କିଣା ଚାକର, ଜାଳିବା ପାଇଁ ଗଛ ଡାଳଟାଏ କାଟିଲେ ନିରୀହ ଆଦିବାସୀମାନଙ୍କୁ ଜଙ୍ଗଲ ଜଗୁଆଳ ଥାନାକୁ ଧରିନିଏ। ପୋଲିସ୍ ଦାରୋଗା ମାଡ଼ ଦିଏ, ଥାନାରୁ ଖଲାସ ହେବା ପାଇଁ ଅଣ୍ଟାଗୁଞ୍ଜା ଦେବାକୁ ହୁଏ। କିନ୍ତୁ ହଜାର ହଜାର ଟଙ୍କାର ଦାମିକା ଶାଳ, ଶାଗୁଆନ୍, କଷି କାଠର ଗଛ ଟ୍ରକ୍‌ରେ ଲଦାହୋଇ ଚୋରାରେ ଚାଲାଣ ହୋଇଗଲାବେଳେ ଜଙ୍ଗଲ ଗାର୍ଡ୍‌ର କୁମ୍ଭକର୍ଣ୍ଣ ନିଦ ଭାଙ୍ଗେ ନାହିଁ, ଥାନାରେ ଖବର ଦେଲେ ପୋଲିସ ଦାରୋଗା ଓଲଟି ସେମାନଙ୍କୁ ଧମକ ଦିଏ।

ସେମାନେ ମିଳିତ ଭାବରେ ପ୍ରତିବାଦ କଲେ ଥାନାବାବୁ କହେ-

- ଠିକ୍ ଅଛି। ମୁଁ ଜଙ୍ଗଲ କଣ୍ଟ୍ରାକ୍ଟର ନାମରେ ଏତଲା ନେଉଛି, ତା' ନାମରେ ବେଆଇନ୍ କାଠ କାଟିବା ଅଭିଯୋଗରେ କଚେରୀରେ ମାମଲା ହେବ- କଣ୍ଟ୍ରାକ୍ଟର ବିରୁଦ୍ଧରେ କିଏ କିଏ ସାକ୍ଷୀ ଦେବ କୁହ-

ବନୁ ଯେଉଁ ଆଦିବାସୀ ଲୋକଙ୍କୁ ସାଙ୍ଗରେ ସାକ୍ଷୀ ଦେବାକୁ ନେଇଥାଏ, ସେମାନେ ପରସ୍ପର ମୁହଁକୁ ଚାହାନ୍ତି, ସେମାନଙ୍କ ଚାହାଣି ଆଗେ ମାଟିକୁ ଛୁଏଁ। କେହି ବିଲେଇ ବେକରେ ଘଣ୍ଟି ବାନ୍ଧିବାକୁ ରାଜି ହୁଅନ୍ତି ନାହିଁ।

ଥାନାବାବୁ ସେମାନଙ୍କର ନାସ୍ତିବାଣୀ ଶୁଣି ବନୁ ଉପରକୁ ଖିଙ୍କାରି ହୋଇଉଠନ୍ତି, ଟେବୁଲ ଉପରେ ରୋଲବାଡ଼ିକୁ ସଶବ୍ଦରେ ପିଟିଦେଇ ଚିତ୍କାର କରନ୍ତି-

- ଶାଳା ଡରୁଆ ମେଣ୍ଢା ! ସାକ୍ଷୀ ଦେବାକୁ ସାହସ ନାହିଁ, ଥାନାରେ ଅଭିଯୋଗ କରିବାକୁ ପାଟିରେ ବାଟୁଳି ବାଜୁ ନାହିଁ ? ଶିଆଳ ନାଁ ଶୁଣିଲେ ଅତର୍ଛରେ ମୂତି ପକଉଚ ଆଉ ସିଂହକୁ ମାରିବା ପାଇଁ ମନରେ ଲୋଭ ! ତମେ ଶଳା ସବୁ ମିଛୁଆ- ତମ କଥାକୁ ବିଶ୍ୱାସ କରି ଏତଲା ଦେଲେ ମୋ ଚାକିରୀ ଗୋଲ ହୋଇଯିବ- ହଟୋ- ହଟୋ- ଇହାଁସେ !

ବନୁ ମୁହଁ ଥମ୍ ଥମ୍ କରି ବାହାରିଆସେ। ସାକ୍ଷୀ ଦେବାପାଇଁ କେହି ରାଜି ହେଲେ ନାହିଁ ବୋଲି ସେମାନଙ୍କୁ ସେ ଦୋଷ ଦେଇପାରେ ନାହିଁ। କଣ୍ଟ୍ରାକ୍ଟର ପଇସାବାଲା ଲୋକ, କୋର୍ଟ, କଚେରୀରେ କୁଆଡ଼େ ଟଙ୍କାପଇସାର ଖେଳ ଚାଲେ। ଯାହାର ଯେତେ ବେଶୀ ଟଙ୍କା- ତା'ର ସେତେ ବଡ଼ ଓକିଲ- ତା'ର ଜିତ୍!

ରାତି ଅଧରେ ଗଛକଟା ଶବ୍ଦ ଶୁଣିଲେ ତା'ର ନିଦ ଭାଙ୍ଗିଯାଏ, ନିଜ ଛାତି ଭିତରେ ସେ ହାତୁଡ଼ି ପାହାରର ଶବ୍ଦ ଶୁଣିପାରେ! ତା'ର ଇଚ୍ଛା ହୁଏ ସେ ମଣ୍ଡଘରୁ ସବୁ ଯୁଆନ୍ ଟୋକାଙ୍କୁ ଡାକିବ, ଡେମ୍‌କା ମୁଣ୍ଡା ଭଳି ସେମାନଙ୍କୁ ହାତରେ ଧନୁତୀର

ଧରି ପାରିଧିରେ ବାହାରିବା ଲାଗି ବୁଝାଇବ, ବଣଠେଙ୍କୁଆ କି ମିରିଗ ଶିକାର ପାଇଁ ପାରିଧି ନୁହେଁ; ବେଆଇନ୍ ଗଛ କାଟି ଜଙ୍ଗଲକୁ ପଦା କରି ଦେଉଥିବା ଦୁର୍ବୃତ୍ତମାନଙ୍କ ମସ୍ତକ ଶିକାର ଲାଗି ଯୁଦ୍ଧ ଅଭିଯାନ!

ବନୁର ଏ ବଣ୍ୟ ଭାବନାରେ ଚମକିଉଠନ୍ତି ମାଆ ମେରୀ।

କହନ୍ତି- ଯେଉଁମାନେ ଗଛ କାଟୁଛନ୍ତି ସେମାନେ ମୂଲିଆ। ଯେ ଗଛ କଟାଉଛି ସେ ସହରରେ ଶୀତତାପ ନିୟନ୍ତ୍ରିତ କୋଠରୀରେ ସହରରେ ବସିଛି। ତମର ଧନୁର ତୀର ସେମାନଙ୍କ ଦେହରେ ଆଞ୍ଚୁଡ଼ା ଦାଗ ସୁଦ୍ଧା ଆଙ୍କିପାରିବ ନାହିଁ- ମୁଣ୍ଡ କାଟିବା ତ ଦୂରର କଥା! ମରିବେ ଆମ ଭଳି ଗରିବ କାଠୁରିଆ- ଆଉ ସେଇ ଅପରାଧରେ ପୋଲିସ୍ ତମ ସମସ୍ତଙ୍କୁ ଧରିନେଇ ଜେଲ୍‌ରେ ଭର୍ତ୍ତି କରିଦେବ- ଫାଶୀଖୁଣ୍ଟରେ ଲଟକେଇ ଦେବ-

ବନୁ ଅସ୍ଥିର ହୋଇ ପ୍ରଶ୍ନକରେ- ଏ ଅରଣ୍ୟ ଆମର, ଏଇ ଆମର ଜନନୀ। ତା'ର ଫଳମୂଳ ଆମର ଆହାର- ତା'ର ଝରଣା ଜଳ ଆମର ପାନୀୟ। ତୁ ତ ନିଜେ ମତେ ଅନେକ ଥର ବୁଝାଇଛୁ ଏ ଜଙ୍ଗଲ ଆମର ଜନନୀ, ଏଇ ପାହାଡ଼ ଆମର ଦେବତା। ସେମାନେ ଯେ ଗଛ କାଟିବା ନାମରେ ଆମ ମାଆର ହାତଗୋଡ଼ କାଟି ନେଉଛନ୍ତି, ଆମେ କ'ଣ କେବଳ ସେ ଧ୍ୱଂସର ଦୃଶ୍ୟ ଚୁପ୍‌ଚାପ୍ ଦେଖୁଥିବା; ଏହାର ପ୍ରତିକାରର କିଛି ଅନ୍ୟ ଉପାୟ ନାହିଁ?

ମାଆ ମେରୀ ତା' ମୁହଁରୁ ଝାଳ ପୋଛିଦିଅନ୍ତି। ନିଜ ବେକରେ ଝୁଲୁଥିବା କ୍ରୁଶକୁ ଛୁଇଁ ଶାନ୍ତ କଣ୍ଠରେ ଉତ୍ତର ଦିଅନ୍ତି- ଅଛି, ଏକମାତ୍ର ଭରସା କାନୁ, ଯଦି ବେଶୀ ପାଠ ପଢ଼ି ସେ ବଡ଼ ହାକିମ ହୁଏ- ସେ ନିଶ୍ଚୟ ଏ ଅରଣ୍ୟର ଦୁଃଖ ଘୁଞ୍ଚାଇବ। ଆଦିବାସୀମାନଙ୍କୁ ପଢ଼ିବା ପାଇଁ ସରକାର ଟଙ୍କା ଦେଉଛନ୍ତି- ଚାକିରିରେ ସେମାନଙ୍କ ଲାଗି ସ୍ଥାନ ସଂରକ୍ଷଣ କରାଯାଇଛି- ସେଥିପାଇଁ ମୋ ପାଖରେ ଯାହା ସଞ୍ଚୟ ଥିଲା ସବୁ ଉଜାଡ଼ିଦେଇ ମୁଁ ତାକୁ ପାଠ ପଢ଼ାଇଛି। ଇଚ୍ଛା କରିଥିଲେ କାନୁ ବଦଳରେ ତତେ କଲେଜରେ ପଢ଼ାଇ ପାରିଥାଆନ୍ତି। କିନ୍ତୁ ତୋ ବାପା ଥିଲେ ଖ୍ରୀଷ୍ଟିଆନ- ତୋ ଲାଗି ପାଠ ପଢ଼ିବା ପାଇଁ ଷ୍ଟାଇପେଣ୍ଡ୍ ନାହିଁ- ପାସ୍ କଲେ ବି ଚାକିରୀରେ ସ୍ୱତନ୍ତ୍ର ସ୍ଥାନ ସଂରକ୍ଷିତ ହୋଇ ରହିନାଇଁ-

ତାକୁ ପାଠ ପଢ଼ାଇବା ପାଇଁ ଯତ୍ନ ନକରି ସିଧୁ ମାଝିର ପୁଅ କାନୁକୁ ମାଆ ତା'ର ଗହଣା ବିକି କାହିଁକି ପାଠ ପଢ଼ାଇଥିଲା, ସେକଥା ସେଦିନ ଜାଣିଗଲା ପରେ ବନୁର ମନ ତୃପ୍ତିରେ ଭରି ଯାଇଥିଲା।

ସେ ମାଆର କାନ୍ଧରେ ମୁହଁ ଘଷି କହିଥିଲା- ନା, ମାଆ ତୁ ଠିକ୍ କରିଛୁ,

କାନୁକୁ ନପଢ଼ାଇ ମତେ ପଢ଼ାଇଥିଲେ ବି ମୁଁ କେବେ ଚାକିରି କରିବାକୁ ସହରକୁ ଯାଇନଥାନ୍ତି- ଏ ଗଛଲତା, ଝରଣା ପାହାଡ଼ ଛାଡ଼ି ମୁଁ ସେଠାରେ ରହିପାରି ନଥାନ୍ତି- ଆଉ କାନୁ ତ ମୋଠାରୁ ଅଲଗା କେହି ନୁହଁ- ସେ ମୋର ଭାଇ, ବନ୍ଧୁ ସବୁକିଛି। ଆମର ଦେହ ଦୁଇଟା- ମନ କିନ୍ତୁ ଗୋଟାଏ-

ଆଉ କାନୁ ବି ଠିକ୍ ମାଆର ମନ ରଖି ଖୁବ୍ ପରିଶ୍ରମ କରି ପାଠ ପଢ଼ିଛି। ମାଆର ଅଙ୍କର ହିସାବ ମିଳିଯାଇଛି। ଆଇ.ଏ.ଏସ୍. କୁଆଡ଼େ ଏ ଦେଶର ଚାକିରି ଭିତରେ ରାଜା। ସେଇ ଚାକିରି ଲାଗି ପରୀକ୍ଷା ଦେଇ କାନୁ ପଡ଼ାକୁ ଆସିଛି ବୋଲି ଆନନ୍ଦରେ ତା'ର ଆଜି ଆଉ ପାଦ ମାଟିରେ ଲାଗୁ ନାହିଁ।

କାନୁର କାନ୍ଧ ଉପରେ ହାତ ପକାଇ ବାଟରେ ଆସିଲାବେଳେ ସେ ତାକୁ କହିଲା- ଜାଣୁନା ଜଙ୍ଗଲ କଣ୍ଟ୍ରାକ୍ଟର ଚୁହାଡ଼ ସିଂ କହିଯାଇଛି ସେ ଜଙ୍ଗଲରୁ ବେଆଇନ୍ ଗଛ କାଟି ନେଇଛି ବୋଲି ପୋଲିସ୍ ଫାଣ୍ଡିରେ ଯିଏ ଖବର ଦେବ, ତା' ଉପରେ ସେ ଟ୍ରକ୍ ମଡ଼ାଇଦେବ- ଆଜିକାଲି କାଠ ଟ୍ରକ୍ ସାଙ୍ଗରେ ତା'ର ଗୁଣ୍ଡାମାନେ ବି ଆସୁଛନ୍ତି- ମଦ ପିଇ ଉଦ୍‌ବାର୍ଯ୍ୟ ହେଉଛନ୍ତି- ଆଠ ଦିନ ତଳେ ଭୂଇଁଆପଡ଼ାର ଦୁଇଟା ବଢ଼ିଲା ଝିଅଙ୍କୁ ଟ୍ରକ୍‌ରେ ଉଠାଇ ନେଇଛନ୍ତି- ସେମାନଙ୍କ ଅତ୍ୟାଚାରରେ ଆଉ ଏ ଜଙ୍ଗଲ ଅଞ୍ଚଳରେ ରହି ହେବନାଇଁ-

ବନୁର କଥା ଶୁଣି କାନୁର ଆଖିଡୋଳା ରାଗରେ ଝଲସି ଉଠିଲା।

ସେ ଠିଆ ହୋଇଯାଇ କହିଲା-

-ସେଇଥିପାଇଁ ତ ମୁଁ ଚାକିରୀ କରିବାକୁ ଚାହୁଁ ନଥିଲି ! ଗୁରୁମାଆ ମୋ କଥା ଶୁଣିଲେ ନାଇଁ- ଯୁଆନ୍ ଟୋକାମାନେ ମୂଲ ଲାଗିବାକୁ ଗଡ଼କୁ ଗଲେ କି ଚାକିରୀ କରିବାକୁ ସହରକୁ ଗଲେ ତ ଆମ ପଡ଼ାର ଝିଅବୋହୂମାନଙ୍କୁ ହଇରାଣ ହରକତ୍ କରିବାକୁ ସେମାନଙ୍କର ସାହସ ବଢ଼ିଯାଇଛି-

ନା, ନା, ତୁ ଚାକିରୀ କର। ସାଇବ ହଅ। ତୁ ସାଇବ ହେଲେ ପୋଲିସ ଆମର ବୋଲ ମାନିବ। ଫରେଷ୍ଟ ଗାର୍ଡ଼, ଅଫିସର ଆମକୁ ଭୟ କରିବେ। ତୁ ବଡ଼ ଚାକିରୀ କରି ସାଇବ ହେବୁ ବୋଲି ତ ମାଆ ଚାତକ ଭଳି ଚାହିଁ ବଇଚି-

ସେ ଦୁହେଁ ଜଙ୍ଗଲ ଛାଡ଼ି କଚା ରାସ୍ତା ଉପରକୁ ଉଠିଲେ। ରାସ୍ତା କଡ଼ରେ ଚୁହାଡ଼ ସିଂର ଦଲାଲ ଗୁଲାବ ଦାସର ତେଜରାତି ଦୋକାନ। ତା'ର ଦୋକାନ ପିଣ୍ଡାରେ ତାଙ୍କ ପଡ଼ାର ଗଞ୍ଜିଆକୁ ଦେଖି ବନୁର ଆଖି ଦୁଇଟା ରଡ଼ନିଆଁ ଭଳି ଜଳିଉଠିଲା।

ସେ କାନୁକୁ ଠାରିଦେଇ କହିଲା- ଏଇ ଗଞ୍ଜିଆ ଗୁଲାବ ଦାସର ହାତବାରିଶି। ଏ ମଧ୍ୟ ଭୂଇଁଆ ସାହି ଝିଅ ଦୁଇଟା ଖବର ଜାଣେ-

ତା'ର କଥା ଶୁଣି କାନୁର ମୁହଁର ମାଂସପେଶୀ କଠିନ ହୋଇଗଲା।

ସେ ଖୁବ୍ ଚାପା କଣ୍ଠରେ କହିଲା-

- କିନ୍ତୁ ମୋ ଧାନୀ ଦେହରେ କିଏ ଯଦି ହାତ ଲଗାଏ ମୁଁ ତା'ର ତଣ୍ଟି କଣା କରି ରକ୍ତ ପିଇଯିବି-

ସଞ୍ଜବେଳର ପାତଳା ଅନ୍ଧାର ଭିତରେ ହସିଉଠିଲା ବନୁ।

କହିଲା- ଧାନୀ ଉପରେ ତୋର ଭାରି ଶରଧା, ନା ?- ଆରେ ତୁ ଗଲେ ବି ମୁଁ ଅଛି- ତୋ ଧାନୀ ଦେହରେ ହାତ ଲଗାଇବାକୁ କାହାର ଏତେ ସାହସ !

॥ ତିନି ॥

ରାସ୍ତା କଡ଼ରେ ଗୁଲାବ ଦାସର ଏ ତେଜରାତି ଦୋକାନ। ବାମପଟେ ଘନଘୋର ଅରଣ୍ୟ। ଡାହାଣ ପଟେ କଚ୍ଚା ରାସ୍ତା ଆର କଡ଼େ ମାଝିପଡ଼ା, ଆଉ ଭୂଇଁଆପାଲି ପ୍ରଭୃତି ଆଦିବାସୀ ପଡ଼ା। ସକାଳ ହେଲେ ଆଦିବାସୀ ମର୍ଦ୍ଦ, ତିର୍ଲା ନିଜର ହାତହତିଆର ଧରି ଏଇ ଦୋକାନ କଡ଼ ରାସ୍ତା ଉପରେ ଜମା ହୁଅନ୍ତି। କଣ୍ଟ୍ରାକ୍ଟରମାନେ ନିଜ ନିଜ ଚାହିଦା ଅନୁସାରେ ରେଜା, କୁଲି ଏଠାରୁ ଟ୍ରକ୍‌ରେ ଉଠାଇ କାମ ଜାଗାକୁ ନେଇଯାଆନ୍ତି। ପୁଣି ସଞ୍ଜବେଳକୁ ସେମାନେ ଫେରିଆସନ୍ତି ଶ୍ରାନ୍ତକ୍ଳାନ୍ତ ଦେହମନ ନେଇ। ସକାଳେ ଟ୍ରକ୍‌ରେ ବସି ଗଲାବେଳେ ସେମାନେ ଦେଖାଯାଉଥାନ୍ତି ଫୁଲ, ପତ୍ର ଭରା ତେଜିୟାନ୍ ଗଛ ଭଳି; ସନ୍ଧ୍ୟାରେ ଟ୍ରକ୍‌ରୁ ଓହ୍ଲାଇଲାବେଳେ ସେମାନେ ଦିଶୁଥାଆନ୍ତି ଗଛହଣା ଝାଉଁଳା ଡାଳପରି।

ଗୁଲାବ ଦାସର ତେଜରାତି ଦୋକାନରେ ସେମାନେ ନାଗୁଆ ଗରାଖ। ଦିନସାରା ହାଡ଼ଭଙ୍ଗା ଖଟଣି ପରେ ସେମାନେ ଠିକାଦାରଠାରୁ ଯେଉଁ ମୂଲ ଆଣିଥାଆନ୍ତି; ସେ ଟଙ୍କାରୁ ଗୋଟାଏ ବଡ଼ ଅଂଶ ଖରଚ ହୋଇଯାଏ ଏଇ ଗୁଲାବ ଦାସର ଦୋକାନରେ।

ଏ ଅପନ୍ତରା ଆଦିବାସୀ ଅଞ୍ଚଳରେ ଗୁଲାବ ଦାସର ଏକଚାଟିଆ କାରବାର। ସେ ଯାହା ଦରଦାମ୍ କହେ, ସେଇ ଦାମ୍ ଦେଇ ଲୋକଙ୍କୁ ଜିନିଷ କିଣିବାକୁ ହୁଏ। ଅନ୍ୟ ଯେଉଁମାନେ ଏଠାରେ ତେଜରାତି ଦୋକାନ ଖୋଲିବାକୁ ଆସିଛନ୍ତି କେହି ତିଷ୍ଠି ନାହାନ୍ତି। ଗୁଲାବ ଦାସର ପୋଷା ଗୁଣ୍ଡାମାନେ ସେମାନଙ୍କ ଦୋକାନ ଲୁଟି ନେଇଛନ୍ତି। ଦୋକାନ ଉଠାଇ ପଳାଇବାକୁ ସେମାନେ ବାଟ ପାଇନାହାନ୍ତି।

ଗୁଲାବ ଦାସର ଏ ତେଜରାତି ଦୋକାନର ଗୋଟିଏ ଛୋଟ ଇତିହାସ ମଧ୍ୟ ଅଛି। ତା'ର ବାପା ଗୋଲିଆ ଦାସ ଥିଲା ସାହୁକାରର ପିଆଦା, ବରକନ୍ଦାଜ। ଏ ଆଖପାଖ ଆଦିବାସୀ ଅଞ୍ଚଳରେ ଥିଲା ତା'ର ଅଖଣ୍ଡ ପ୍ରତାପ। ସେ ସ୍ୱାଧୀନତା ପୂର୍ବବର୍ତ୍ତୀ କାଳର କଥା। ଅରଣ୍ୟର ଏହି ଆଦିମ ଅଧିବାସୀ ଆଦିବାସୀ-ମାନଙ୍କଠାରୁ ଅରଣ୍ୟ ଉପରେ ଥିବା ସେମାନଙ୍କର ପୂର୍ବ ଅଧିକାର ୧୮୯୪ ସାଲରେ ଇଂରେଜ ସରକାର

ଆଇନ୍ କରି କାଢ଼ିନେଲେ। ଖଣିଜ ଆଉ ଉଦ୍ଭିଦ ସମ୍ପଦ ଭରା ଏଇ ଆଦିବାସୀ ଅଞ୍ଚଳ ଉପରେ ବ୍ରିଟିଶ ସରକାରଙ୍କ ଆଧିପତ୍ୟ ପ୍ରତିଷ୍ଠିତ ହେଲା। ସେହି ସୁଯୋଗରେ ସମତଳ ଅଞ୍ଚଳର ସୁଧଖୋର ସାହୁକାରମାନେ ଏଇ ସରଳ ଆଦିବାସୀମାନଙ୍କ ଉପରେ ବିସ୍ତାର କରିଥିଲେ ଶୋଷଣର ମାୟାଜାଲ। ମହୁଲ ଫୁଲରୁ ମଦ ତିଆରି କରିବାର ଅଧିକାର ଆଦିବାସୀମାନଙ୍କ ହାତରୁ କାଢ଼ିନିଆ ଯାଇଥିଲା। ସରକାରୀ ଆଦେଶ ନମାନି କୌଣସି ଆଦିବାସୀ ମହୁଲି ରାନ୍ଧିଲେ ସେମାନଙ୍କୁ ଥାନାକୁ ଧରି ନିଆଯାଇ ଜୋରିମନା କରାଯାଉଥିଲା। ସେହି ଜୋରିମନା ଟଙ୍କା ଯୋଗାଡ଼ କରିବାକୁ ନିରୀହ ଆଦିବାସୀମାନଙ୍କୁ ସାହୁକାର ମହାଜନମାନଙ୍କର ଦ୍ୱାରସ୍ଥ ହେବାକୁ ପଡୁଥିଲା। ନିରକ୍ଷର ଆଦିବାସୀ କାଗଜରେ ଟିପଚିହ୍ନ ଦେଇ ଟଙ୍କା ଋଣ ଆଣେ,- ଯେତେ ଟଙ୍କା ପରିଶୋଧ କଲେ ମଧ୍ୟ ତାକୁ ଋଣଦାଉରୁ ମୁକ୍ତି ମିଳେ ନାହିଁ। ଫଳରେ ସେମାନଙ୍କୁ ଗୋତି ଖଟିବାକୁ ହୁଏ।

ସାହୁକାର ନିଜେ ନିଏ ସରକାରଙ୍କଠାରୁ ମହୁଲି ମଦଭାଟି ବସାଇବା ଲାଗି ଲାଇସେନ୍ସ। ଆଦିବାସୀମାନଙ୍କର ଭାତ ନଖାଇଲେ ଚଳେ। ମହୁଲି ମଦ ନପିଇଲେ ଚଳେ ନାହିଁ। ସାହୁକାର ଭାଟିରୁ ଅଧିକ ଟଙ୍କା ଦେଇ ଦେଇ ମଦ କିଣିବାକୁ ପଡ଼େ। ଟଙ୍କା ନଥିଲେ ସେଥିପାଇଁ ମଧ୍ୟ ତାକୁ ଋଣ କରିବାକୁ ହୁଏ। ଋଣଟଙ୍କା ଆଦାୟ କରିବାକୁ ସାହୁକାର ପିଆଦା ଗୋଲିଆ ଦାସ ମାଝିପଡ଼ା, ଭୂଇଁଆପାଲିକୁ ଘୋଡ଼ା ଚଢ଼ି, ଲାଠି ଧରି ଯାଏ। ଋଣ ଟଙ୍କା ଫେରସ୍ତ ନପାଇଲେ ଆଦିବାସୀମାନଙ୍କୁ ପାଣଛୁଆଁ କରି ସେମାନଙ୍କ ଜାତି ନିଏ।

ସେଥିପାଇଁ ଗୋଲିଆ ଦାସର ଆଦିବାସୀମାନଙ୍କ ମଧ୍ୟରେ ପ୍ରଚଳିତ ଥିଲା ଆଉ ଗୋଟିଏ ନାମ- ପାଣଛୁଆଁ ଦାସ ! କେହି କେହି ତା'ର ପଛଆଡ଼େ ତାକୁ ଗୋଲାମ ଦାସ ବୋଲି ଡାକୁଥିଲେ !

ବ୍ରିଟିଶ୍ ଶାସନ କାଳରେ ଗୋଲାମ ଦାସର ନାମ ଶୁଣିଲେ ଏ ଅଞ୍ଚଳରେ ଆଦିବାସୀମାନଙ୍କର ମେରୁଦଣ୍ଡ ହାଡ଼ ଭୟରେ ଥରି ଉଠୁଥିଲା। ସେମାନଙ୍କ ଭିତରେ କଥାବାର୍ତ୍ତା ହେଉଥିଲେ- ମଲେ ସିନା ଯମର ଭେଟ, ବଞ୍ଚିଥିଲେ ସାକ୍ଷାତ ଯମ ଦେବତା ଗୋଲାମ ଦାସ !

ଦେଶ ସ୍ୱାଧୀନ ହେଲା। ଗୋତି ପ୍ରଥା ଉଠିଲା। ଆଦିବାସୀମାନେ ଅନ୍ୟମାନଙ୍କ ଭଳି ଭୋଟ ଦେବାର ଅଧିକାର ପାଇଲେ। ଅରଣ୍ୟ ଉପରେ ସେମାନେ ସେମାନଙ୍କର ପୂର୍ବ ଅଧିକାର ଫେରି ନପାଇଲେ ମଧ୍ୟ ଅରଣ୍ୟଜାତ ପଦାର୍ଥ ଭୋଗ କରିବାର ସୁବିଧାସୁଯୋଗ ସେମାନଙ୍କୁ ଦିଆଯିବ ବୋଲି କୁହାଗଲା।

ସାହୁକାର ତା'ର ଲୋଟା, କମ୍ବଳ, ଛତା ଧରି ଅନ୍ୟ ବାଟରେ ଚାଲିଗଲେ। ପାଣଛୁଆଁ ଗୋଲାପ ଦାସ ହାତରେ ସେତେବେଳେ ଅନେକ ଟଙ୍କା। ସେ ତା' ପୁଅ ଗୁଲାବ ଦାସ ପାଇଁ ଏହି ରାସ୍ତା କଡ଼ରେ ଗୋଟିଏ ଟାଇଲି ଛପର ଘର ତିଆରି କରି ତେଜରାତି ଦୋକାନ ଖୋଲିଦେଲା। କିରୋସିନି, ଦିଆସିଲି, ତେଲ, ଚାଉଳଠାରୁ ଆରମ୍ଭ କରି ପିକା ପର୍ଯ୍ୟନ୍ତ- ସେମାନଙ୍କର ସବୁ ଦରକାରୀ ଜିନିଷ ତା' ଦୋକାନରେ ମିଳୁଥିଲା। ସଞ୍ଜ, ସକାଳ- ଦୁଇ ପହର ଗୁଲାବ ଦାସର ଦୋକାନରେ ଗରାଖମାନଙ୍କର ଗହଳି ଲାଗି ରହୁଥିଲା।

ଦିନେ ଗୁଲାବ ଦାସ ଘଡ଼ିଏ ରାତିରେ ତା'ର ଦୋକାନ ବନ୍ଦ କରିବାକୁ ବାହାରିଛି ଦେଖିଲା ଗୋଟାଏ ବ୍ରହ୍ମ ରାକ୍ଷସ ଭଳି ଅନ୍ଧାରରେ ରାସ୍ତା ଉପରେ ଟ୍ରକ୍‌ଟାଏ ଛିଡ଼ା ହୋଇଛି। ଏ କଚ୍ଚା ରାସ୍ତାରେ କଦବା, କ୍ୱଚିତ୍ ଟ୍ରକ୍ ଆସେ। ଟ୍ରକ୍‌ରୁ ଡ୍ରାଇଭର, କଣ୍ଡକ୍ଟର ଓହ୍ଲାଇ ଆସିବା ଦେଖି ଗୁଲାବ ଭାବିଲା- ସେମାନେ ହୁଏତ ତା' ଦୋକାନରୁ ବିଡ଼ି, ଦିଆସିଲି- କିମ୍ବା ସେଇଭଳି କିଛି ଜିନିଷ କିଣିବେ।

ସେ ଦୋକାନ କବାଟରେ ତାଲା ନଦେଇ ପଚାରିଲା-କ'ଣ କିଣିବ ବାବୁ?

ନାଲି ଜାମା ପିନ୍ଧିଥିବା ମଜବୁତ୍, ଶାଳଗଛ ଭଳି ଡେଙ୍ଗା ଡ୍ରାଇଭର ଉତ୍ତର ଦେଲା-

- ଲୋକ!

- ଲୋକ? ଲୋକ ତ ମୋ ଦୋକାନରେ ବିକ୍ରି ହୁଅନ୍ତି ନାହିଁ?- ଗୁଲାବ ଦାସ ନିଜ ଉତ୍ତରର ରସିକତାରେ ନିଜେ ହସି ଉଠିଥିଲା।

ଡ୍ରାଇଭର ମଧ୍ୟ ରହସ୍ୟମୟ ଭାବରେ ଓଲଟି ପ୍ରଶ୍ନ କଲା- ତା'ହେଲେ ତମେ କି ଦୋକାନୀ?

କଥାଟା ଗୁଲାବ ଦାସକୁ ଖୁବ୍ କୌତୁହଳଜନକ ମନେ ହୋଇଥିଲା। ସେ ପାଣଛୁଆଁ ଗୋଲାମ ଦାସ ପିଆଦର ପୁଅ। ଛାର୍ ଜଣେ ଟ୍ରକ୍ ଡ୍ରାଇଭର ପାଖରେ କଥା କୁହାରେ ହାରିଯିବ?

ସେ ପଚାରିଲା- ଲୋକ କ'ଣ କରିବ?

- ଜଙ୍ଗଲରେ କାଠ କଟା ହୋଇ ପଡ଼ିଛି, ଭିତରକୁ ଟ୍ରକ୍ ଯାଇପାରିବ ନାହିଁ। ରାସ୍ତା ନାହିଁ। ଅନ୍ଧାର ରାତି। ଲୋକ ଦରକାର ସେ କାଠ ଗଡ଼କୁ ଏ ଟ୍ରକ୍ ଉପରକୁ ବୋହି ଆଣିବା ପାଇଁ। ପ୍ରତି ମରଦ ଲୋକ ପିଛା ପାଞ୍ଚ ଟଙ୍କା ମଜୁରୀ। ବିଶ୍, ପଚାଶ ଲୋକ ଜରୁରତ୍। ଆଉ ଯେତେ ଲୋକ ଯୋଗାଡ଼ କରି ଆଣିବ, ତମକୁ ସେତେ ଚାରିଅଣା କମିଶନି ମିଳିବ। ଯାଅ- ଜଲ୍‌ଦି-

ଲୋକ ଯୋଗାଡ଼ କରିଦେଲେ ଯେ କମିଶନି ମିଳେ, ସେକଥା ଗୁଲାବ ଦାସକୁ ଜଣାନଥିଲା। ଏ ହେଉଛି ପଚାଶ ପଞ୍ଚାବନ କଥା। ଦେଶ ସ୍ୱାଧୀନ ହୋଇଛି। ବ୍ରିଟିଶ୍ ଶାସନ ବଦଳରେ ଆରମ୍ଭ ହୋଇଛି କଂଟ୍ରୋଲ କମିଶନିର ରାଜତ୍ୱ।

ସେଦିନ ରାତିରେ ଭୂଇଁଆପାଲି, ମାଝିପଡ଼ାରୁ ପଚାଶ ଜଣ ଯବାନ୍ ମରଦ ଅଡ଼େଇ ଆଣିଥିଲା ଗୁଲାବ। ଜଙ୍ଗଲର ଅସଲ ଶାଳ, ପିଆଶାଳ କାଠଗଡ଼ ରସିରେ ବନ୍ଧାହୋଇ ଟଣାହୋଇ ଆସିଥିଲା ରାସ୍ତାକଡ଼କୁ, ବ୍ରହ୍ମରାକ୍ଷସ ଟ୍ରକ୍‌ର ଅସୁର ପେଟ ଭର୍ତ୍ତି ହୋଇଯାଇଥିଲା କାଠଗଡ଼ରେ।

ଆଦିବାସୀ ମୂଲିଆମାନଙ୍କର ମୂଲ ତୁଟାଇଦେଇ ଟ୍ରକ୍ ଡ୍ରାଇଭର ଚୂହାଡ଼ ସିଂ ଯୋଡ଼ାଏ ଦଶଟଙ୍କିଆ ନୋଟ୍ କମିଶନୀ ବାବଦ ବଢ଼ାଇ ଦେଇଥିଲା ଗୁଲାବ ଦାସ ହାତକୁ। ଜଣପିଛା ଚାରଣା କମିଶନୀ ହାରରେ ପଚାଶ ଜଣ ଲୋକ ହିସାବରେ ଗୁଲାବର ଗାଏ ମୋଟ ପ୍ରାପ୍ୟ ହେଉଥିଲା ବାରଟଙ୍କା ଆଠଣା। କୋଡ଼ିଏ ଟଙ୍କାରୁ ବାରଟଙ୍କା ଆଠଣା କାଟି ରଖି ଅବଶିଷ୍ଟ ଟଙ୍କା ସେ ଚୂହାଡ଼ ସିଂ ହାତକୁ ବଢ଼ାଇ ଦେଇଥିଲା।

କିନ୍ତୁ ରେଜା ଟଙ୍କା ଫେରସ୍ତ ନେବାପାଇଁ ହାତ ବଢ଼ାଇ ନଥିଲା ଚୂହାଡ଼ ସିଂ।

କହିଥିଲା- ତମେ ଆଜିଠାରୁ ମୋର ଦୋସ୍ତ ହେଲ। ରେଜା ଟଙ୍କା ଫେରାଫେରି କାହିଁକି? ଏ ଜଙ୍ଗଲରୁ କାଠବୁହା କାମ ତ ଆରମ୍ଭ ହେଲା- ଏଣିକି ମତେ ନିୟମିତ ଆସିବାକୁ ହେବ। ତମେ ହେଲ ଏ ଆଦିବାସୀ ଲୋକଙ୍କର ମୁରବି; ମୋର ଦୋସ୍ତ। ସୁବିଧା ଅସୁବିଧାରେ ସାହାଯ୍ୟ କରିବ- ରଖ ସେ ଟଙ୍କା।

ସେଦିନ ଟଙ୍କାର ମୂଲ୍ୟ ଥିଲା ଅନେକ ବେଶୀ। ସେଦିନର କୋଡ଼ିଏ ଟଙ୍କା ଆଜିର ମୂଲ୍ୟରେ ପ୍ରାୟ ଶହେ ଟଙ୍କା। ଖୁସିରେ ଗୁଲାବର ଆଖି ଦୁଇଟା ଅନ୍ଧକାରରେ ବାଘର ଆଖି ଭଳି ଚିକ୍ ଚିକ୍ କରି ଉଠିଥିଲା। ପବନ ନନ୍ଦନ ହନୁମାନଙ୍କ ଉଦ୍ଦେଶ୍ୟରେ ଦୁଇହାତ ଟେକି ନମସ୍କାର କରି ଆନନ୍ଦ ଗଦ୍‌ଗଦ୍ କଣ୍ଠରେ କହିଥିଲା - ଆଉ କେବେ ଲୋକ ଦରକାର ହେଲେ ମତେ ଖବର ଦେବ।

- ଅଲବତ୍।

ତାକୁ ଆଶ୍ୱାସନା ଦେଇ ବିକଟାଳ ହର୍ଣ୍ଣ ବଜାଇ ଚୂହାଡ଼ ସିଂ ଟ୍ରକ୍ ଚଳାଇ ଚାଲି ଯାଇଥିଲା, ପୋଡ଼ା ମୋବିଲିର ଗନ୍ଧରେ ସେ ପବିତ୍ର ରାତ୍ରିର ବାୟୁମଣ୍ଡଳ କିଛି ସମୟ ପାଇଁ ଦୂଷିତ ହୋଇ ଯାଇଥିଲା।

ତା'ପରେ ଅନେକ ଥର କାଠଗଡ଼ରେ ଟ୍ରକ୍ ବୋଝେଇ କରି ଚୂହାଡ଼ ସିଂ ତା'

ଦୋକାନ ସାମ୍ନାରେ ଧୂଳି ଉଡ଼େଇ ଚାଲିଯାଇଛି। କିନ୍ତୁ ଟ୍ରକ୍‌ରେ କାଠ ଉଠାଇବା ପାଇଁ ଆଉ କେବେ ଲୋକ ଯୋଗାଡ଼ କରିଦେବାକୁ ସେ ଗୁଲାବକୁ କହି ନାହିଁ। ସେ ଟ୍ରକ୍‌ରେ ନିଜର ମୂଲିଆ ସାଙ୍ଗରେ ନେଇ ଆସେ। ମାଝିପଡ଼ା, ଭୂଇଁଆପାଲି ଲୋକଙ୍କ ଦେହ-ମେହନତ ଦରକାର ହୁଏ ନାହିଁ, ଗଛ କଟା ହୋଇ ଜଙ୍ଗଲ ପଦା ହୋଇଗଲା ପରେ ସଡ଼କ ପାଖରୁ ଜଙ୍ଗଲ ଯାଏ ଟ୍ରକ୍ ଯିବାଭଳି ଓସାରିଆ ରାସ୍ତା ମଧ୍ୟ ତିଆରି ହୋଇଯାଇଛି। ଟ୍ରକ୍ ଜଙ୍ଗଲ ଭିତରକୁ ଚାଲିଥାଏ। ତେଣୁ ଗୁଲାବ ଦାସ କେବଳ ଟ୍ରକ୍ ଯିବାଆସିବା ଲକ୍ଷ୍ୟ କରେ, ଟ୍ରକ୍‌ରେ କାଠ ବୋଝେଇ ହେବାର ଦୃଶ୍ୟ ଦେଖିପାରେ ନାହିଁ।

କିନ୍ତୁ ମାସ କେତୋଟି ପରେ ଚୂହାଡ଼ ସିଂ ଦିନେ ଟ୍ରକ୍ ଅଟକାଇ ଗୁଲାବ ସିଂର ଦୋକାନ ଦ୍ୱାର ମୁହଁରେ ଠିଆ ହେଲା। ତାକୁ ଦେଖିବା ମାତ୍ରେ ଦୋକାନରୁ ବାହାରକୁ ଚାଲି ଆସିଲା ଗୁଲାବ।

- କ'ଣ ଖବର ଡ୍ରାଇଭର ବାବୁ? ଆଜି କ'ଣ ଲୋକ ଦରକାର?

ଚୂହାଡ଼ ସିଂ ତା'ର ବାମ ହାତରେ ପିଲାଙ୍କୁ ଗେହ୍ଲା କଲା ଭଳି ନିଜର ଦାଢ଼ି ସାଉଁଳି ଦେଉ ଦେଉ କହିଲା- ନା, ଆଜି ନୁହେଁ; ଆସନ୍ତା ଏଗାର ତାରିଖ ଦିନ ଶହେ ଆଦିବାସୀ ମରଦ, ମାଇକିନା ଦରକାର-

ଗୁଲାବ ବିସ୍ମୟରେ ପଚାରିଲା- ଜଙ୍ଗଲରେ କ'ଣ, ଏତେ କାଠ କଟା ହୋଇ ପଡ଼ିଛି ଯେ ଦଶ ପଚାଶ ନୁହେଁ, ଏକବାରେ ଏକ ଶହ-

- ଏଥର କିନ୍ତୁ ମୁଁ ଟ୍ରକ୍‌ରେ କାଠ ଲୋଡ଼୍ କରିବାକୁ ଆସିବି ନାଇଁ। ଦିଲ୍ଲୀରୁ ଜଣେ ବଡ଼ ମିନିଷ୍ଟର ଆସୁଛନ୍ତି। ନଈ ଉପରେ ପୋଲ ହେବ। ଆଉ ଟ୍ରକ୍ ବସ୍ ବୁଲି ବୁଲି ଯିବା ଆସିବା କରିବେ ନାହିଁ। ସିଧା ନଈ ଉପର ପୋଲ ଦେଇ ଗାଡ଼ି ତମ ଗଡ଼ରେ ପଶିବ।

ଗୁଲାବ ଦାସକୁ ଏଥର ନଈ ଉପରେ ପୋଲ ତିଆରି ହେଉଥିବାର ଦୃଶ୍ୟ ଜକ ଜକ ଦେଖାଗଲା। ପୋଲ ତିଆରି ପାଇଁ ମୂଲିଆ ରେଜା ଦରକାର।

ସେ ହସିଦେଇ କହିଲା- ପୋଲ ତିଆରି କାମପାଇଁ ଲୋକ ଦରକାର ତ! ଏଗାର ତାରିଖରୁ କେତେଦିନ କାମ ଚାଲିବ?

ଚୂହାଡ଼ ସିଂ ତା'ର ଭ୍ରମ ସଂଶୋଧନ କରିଦେଇ କହିଲା- ନା, ନା, ମାଟିକାମ ପାଇଁ ମୂଲିଆ ନୁହଁନ୍ତି, ସଭାପାଇଁ ଶ୍ରୋତା ଦରକାର। ମିନିଷ୍ଟର ସଭା କରିବେ। ପୋଲ ତିଆରି ପାଇଁ ଶୁଭ ଦେବେ। ସେଇ ଶୁଭସଭା ପାଇଁ ଶ୍ରୋତା ଦରକାର। ସେଇ ସଭାରେ ଦୁଇ ହଜାର ଆଦିବାସୀ ମରଦ ମାଇକିନିଆ ନିଜ ପୋଷାକ ପିନ୍ଧି ଉପସ୍ଥିତ ରହିବେ।

ମୋ ଉପରେ ଶହେ ଆଦିବାସୀ ନେବା ଦାୟିତ୍ୱ ଦିଆଯାଇଛି। ସେମାନେ ମୋ ଟ୍ରକ୍‌ରେ ବସି ଯିବେ- ସଭାରେ ଆଗଧାଡ଼ିରେ ବସିବେ- ମନ୍ତ୍ରୀ କହିବାକୁ ଉଠିଲାବେଳେ 'ଜିନ୍ଦାବାଦ' କହିବେ- ମଝିରେ ମଝିରେ ତାଳି ଦେବେ- ସଭା ଶେଷରେ ଜୟହିନ୍ଦ୍- ହେଲା ? ହଁ, ଯେଉଁମାନେ ସଭାକୁ ଯିବେ ସେମାନଙ୍କ ଜଣପିଛା ଦୁଇ ଟଙ୍କା ମଜୁରୀ- ଗୋଟିଏ ଲେଖାଁ ଖାଇବା ପୁଡ଼ିଆ- ବାସ୍। ସଭା ଶେଷରେ ପୁଣି ମୋ ଟ୍ରକ୍‌ରେ ବସି ଫେରି ଆସିବେ। ଆଉ ତମର ଜଣପିଛା କମିଶନି ଦୁଇ ଅଣା- ଶହେ ଲୋକଙ୍କୁ ଗାଏମୋଟ ବାରଟଙ୍କା ଆଠଣା। ଗୁଲାବ ଦାସ ଡ୍ରାଇଭର ମୁହଁରୁ କଥା ଛଡ଼ାଇ ଆଣି ହିସାବ ନିକାଶ କରିଦେଲା।

ତା'ପରେ ତା' ମୁହଁରେ ଚହଟିଗଲା ଜହ୍ନ ଆଲୁଅ ଭଳି ଆଞ୍ଜୁଳାଏ ହସ। ଆଗେ ନେତାମାନଙ୍କ ଭାଷଣ ଶୁଣିବା ପାଇଁ ଲୋକେ ପିମ୍ପୁଡ଼ି ଭଳି ଧାଡ଼ି ବାନ୍ଧି ଆପେ ଆପେ ଗଡ଼କୁ ଯାଉଥିଲେ। ଖାଇବା ପାଇଁ ସାଙ୍ଗରେ ଚାଉଳ ଭଜା କି ଚୁଡ଼ାଗୁଡ଼ ସାଥିରେ ନେଇ ଯାଉଥିଲେ। ଏବେ ଯୁଗ ବଦଳିଛି, ଯିଏ ସଭା କରିବ, ସେ ଟ୍ରକ୍ ପଠାଇ ମଜୁରି ଦେଇ ଲୋକ ଗୋଟାଉଛି। ମଜୁରି ସାଙ୍ଗକୁ ଖାଇବା ପୁଡ଼ିଆ ମଧ୍ୟ ଦେଉଛି। ସବୁ ସଭାସମିତିରେ ଆଦିବାସୀ ଲୋକେ ଆଗ ଧାଡ଼ିରେ ବସୁଛନ୍ତି। ଗହଣା ଭିତରେ ନିମ କାଠି, ସଭା ମଧ୍ୟରେ ଆଦିବାସୀ।

ଚୁହାଡ଼ ସିଂ କଥା ଶୁଣି ସେ ବୁଝି ଯାଇଥିଲା ଯେ ସ୍ୱାଧୀନତା ପରେ ଦେଶ ସତରେ ଉନ୍ନତି କରୁଛି, ତା'ନହେଲେ କୋଉ ଆଦିବାସୀ ଟ୍ରକ୍‌ରେ ବସି ଯିବାଆସିବା କରିବା ପାଇଁ ଦୁଇ ଟଙ୍କା ମଜୁରି ପାଉଥିଲା !

ସେ ମଧ୍ୟ ମନେ ମନେ ଗାନ୍ଧି ମହାରାଜାଙ୍କ ଜୟଧ୍ୱନି କରି ସଭାପାଇଁ ଲୋକ ସଂଗ୍ରହ କାମରେ ଲାଗି ଯାଇଥିଲା।

ତା'ପରେ ଥରେ ନୁହେଁ, ଅନେକ ଥର ସଭାପାଇଁ ଟ୍ରକ୍ ଭର୍ତ୍ତି ଆଦିବାସୀ ପଠାଇଛି। ଗୁଲାବ ଦାସ। କମିଶନି ଟଙ୍କାରେ ଟାଇଲଘର ଭାଙ୍ଗି ପକ୍‌କାଘର ତୋଳିଛି। ଆଦିବାସୀ ଗ୍ରାମ ପାଇଁ ଚିନି-କିରୋସିନୀର ଡିଲର ହୋଇଛି। ସେମାନଙ୍କୁ ଚିନି-କିରୋସିନୀ କଂଟ୍ରୋଲ ରେଟ୍‌ରେ ନଦେଇ ମଧ୍ୟ ଖାତାରେ ସେମାନଙ୍କ ଟିପଚିହ୍ନ ରଖିଛି। କଂଟ୍ରୋଲ ଜିନିଷ ଚୋରାରେ ବିକ୍ରିକରି ଦେଇଛି। ସ୍ୱାଧୀନ ଦେଶରେ ଦ୍ରୁତ ଉନ୍ନତି କରିବାର ମନ୍ତ୍ର ସେ ଶିଖିଯାଇଛି ଚୁହାଡ଼ ସିଂ ପାଖରୁ।

ଟ୍ରକ୍ ଡ୍ରାଇଭର ଚୁହାଡ଼ ସିଂ ମଧ୍ୟ ମନ୍ତ୍ରୀଙ୍କ ସଭାକୁ ଲୋକ ସପ୍ଲାଇ କରି ହୋଇଛି ଟ୍ରକ୍ ମାଲିକ। ତା'ପରେ ସ୍ୱୟଂ ଜଙ୍ଗଲ କଣ୍ଟ୍ରାକ୍ଟର। ତା'ର ବ୍ୟବସାୟର ସାମ୍ରାଜ୍ୟ ବଢ଼ିଛି। ଗଛ କଟାହୋଇ ପଦା ହୋଇଯାଉଥିବା ଅଞ୍ଚଳକୁ ଟ୍ରାକ୍ଟରରେ ଚିରି ସେ

ଆରମ୍ଭ କରିଛି ଚାଷ। ହଳିଆ, ମୂଲିଆ ରଖିଛି। ବେକାର ଆଦିବାସୀମାନଙ୍କୁ ମିଳିଛି ହାତୀ-ଖେଦା କାମ।

ଗୁଲାବ ଦାସର ବୟସ ହୋଇଆସୁଛି। କାନ ପାଖରୁ ଆରମ୍ଭ ହୋଇ ମୁଣ୍ଡର ଅଧେ କଳା କେଶ ଧଳା ହୋଇଗଲାଣି।

ଆଜିକାଲି ସେ ଏକୁଟିଆ ଲୋକ ଯୋଗାଡ଼ କରିପାରେ ନାହିଁ, ଆଦିବାସୀମାନେ ସଭାସମିତିକୁ ଯାଇ ଚାଲକ, ଚତୁର ହୋଇଗଲେଣି। କୋଳରେ ଧରି ଯାଉଥିବା ସାନ ଦୁଧଖିଆ ପିଲାପାଇଁ ମଧ୍ୟ ସେମାନେ ଅଲଗା ମଜୁରୀ, ଖାଦ୍ୟ ପ୍ୟାକେଟ୍ ଦାବି କରୁଛନ୍ତି। କାମପାଇଁ ଡାକିବାକୁ ଗଲେ ଗୋଡ଼ ଲମ୍ବାଉଛନ୍ତି। ମୂଲ ବଢ଼ାଇବା ପାଇଁ କଟାଳ କରୁଛନ୍ତି।

ସେଥିପାଇଁ ତାକୁ ଏଇ ମାଝିପଡ଼ାର ଗଞ୍ଜିଆ ମାଝିକୁ ହାତବାରିସି କରିବାକୁ ପଡ଼ିଛି।

କଣ୍ଟ୍ରୋଲ ଜିନିଷ ନେଉଥିବା ପ୍ରମାଣଖାତାରେ ଆଦିବାସୀ ମାନଙ୍କଠାରୁ ଟିପଚିହ୍ନ ଆଣିବା ପାଇଁ ଗଞ୍ଜିଆ ମୁଣ୍ଡପିଛା ଗୋଟାଏ କଣା ପଇସା ନିଏ। ସଭାସମିତିରେ ଲୋକ ସପ୍ଲାଇ ପାଇଁ ଜଣପିଛା ତା'ର କମିଶନ ଦୁଇ ପଇସା। ତା'ଛଡ଼ା ମଝିରେ ମଝିରେ ତାକୁ ଝାଡ଼ଖଣ୍ଡୀ ବାଲା ଆସି ଉସ୍‌କେଇ ଦେଇଯାଆନ୍ତି। ସମତଳ ଅଞ୍ଚଳର ଅଣଆଦିବାସୀ ଲୋକେ ମାଳ ଅଞ୍ଚଳର ଆଦିବାସୀମାନଙ୍କୁ ଶୋଷଣ କରୁଛନ୍ତି ବୋଲି ଡେମ୍‌କା ମୁଣ୍ଡା ତା' କାନରେ ମନ୍ତ୍ର ଫୁଙ୍କି ଦେଇଯାଏ। ବିଗିଡ଼ିଯାଏ ଗଞ୍ଜିଆ ମାଝିର ଦିମାକ୍। ସେ ଅଡ଼ି ବସେ- ନାଇଁ ବାବୁ! ଆମ ନିଜ ଜାତିଭାଇ ବେକରେ କୁରାଢ଼ୀ ଚୋଟ ମାରିପାରିବୁ ନାଇଁ। ଝାଡ଼ଖଣ୍ଡୀ ଲୋକେ ମାତିଲେଣି-

ଗୁଲାବ ଦାସ ବୁଝେ, ଏସବୁ ଗଞ୍ଜିଆର ନିଜ ମନର କଥା ନୁହେଁ। ଡେମ୍‌କା ମୁଣ୍ଡାର ଶିକ୍ଷାର ଫଳ। ଦବିଗଲେ ସେ ହାରିଯିବ। ଆଉ ଗଞ୍ଜିଆ ମାଝିକୁ କେମିତି କାବୁ କରିବାକୁ ହେବ ତାକୁ ସେ ମନ୍ତ୍ର ମଧ୍ୟ ଜଣା ଅଛି। ସେଥିପାଇଁ ତାକୁ ମଝିରେ ମଝିରେ ଅନ୍ୟ ଭାବରେ ସନ୍ତୁଷ୍ଟ କରିବାକୁ ହୁଏ। ମଦ ପିଆଇବାକୁ ପଡ଼େ। ତାକୁ ହାତରେ ନରଖିଲେ ବ୍ୟବସାୟ ଅଚଳ- ସେଥିପାଇଁ ତାକୁ ମଝିରେ ମଝିରେ ଖଣ୍ଡେଅଧେ ଖଦି, ଫତେଇ କିଣି ଦେବାକୁ ହୁଏ-

ତେବେ ଗଞ୍ଜିଆ ମାଝି ପିଲାଟା ଭଲ। ବୟସ ବଢ଼ିଲେ ବି ବୁଦ୍ଧି ବଢ଼େ ନାହିଁ। ତାକୁ ମଦ ପିଆଇ ମାତାଲ କରିଦେଲେ ଆଦିବାସୀ ଝିଅକୁ ମଧ୍ୟ ସେ ଟ୍ରକ୍‌ରେ ଉଠାଇଦିଏ। ନିଜେ ନପାରିଲେ ବାଟ ବତାଇଦିଏ-

କାନୁ ଆଉ ବନୁ ସହିତ ଧାନୀ ରାସ୍ତା ଦେଇ ଗଲାବେଳେ ଗୁଲାବ ଦାସ

ସେଦିନ ଆଖି ଠାରିଦେଇ କହିଲା- ମୁନିଆ ମାଝିର ଝିଅ ତ ବେଶ୍ ଡଉଲଡାଉଲ ହୋଇଗଲାଣିରେ ଗଞ୍ଜିଆ। କାହିଁ ତାକୁ ଦିନେ ହେଲେ ତ ଚୁହାଡ଼ ସିଂ ଟ୍ରକ୍‌ରେ ଉଠାଇଦେଲୁ ନାହିଁ! ସିଂହ ପୁଅ ମତେ ଅନେକ ଥର ତା' କଥା କହିଲାଣି। ସହରରେ ଦୁଇ ଚାରି ଦିନ ରହି ବୁଲିଆସିବ। ନୂଆ ଶାଢ଼ି ପାଇବ। ସାବୁନ, ବାସ୍ନାତେଲ ମାଖିବ। ଭଲ ଜିନିଷ ଖାଇବ। କେତେ ନୂଆ ଜାଗା ଦେଖିବ- ତୁ ଥରେ ତାକୁ ବୁଝାଇଶୁଝାଇ ଦେଖ- ତୋର ତ ଅସାଧ କିଛି ନାହିଁ- ମୋଟା କମିଶନି ପାଇବୁ-

ବାମ ପାଖ ଗାଲରେ ଗୋଟାଏ ଶୁଖିଲା ଘାଆ ଦାଗ ଦେଖାଇ ଗଞ୍ଜିଆ ଉତ୍ତର ଦେଲା-

- ଏ ଦାଗଟା ଦେଖୁଛ ଦାସ ବାବୁ! ଥରେ ସଭାକୁ ଛୁଆ କାଖେଇ ଯିବା ପାଇଁ କହିଥିଲି ବୋଲି ତା' ବାପା ମତେ ମାରି ମାରି ଏ ଦଶା କରିଛି। ତା' କଥା ଆଉ କହ ନାଇଁ। ତା' ଉପରେ ଡମ୍‌କା ମୁଣ୍ଡାର ବି ଆଖି। ହେଲେ ସେ ଠାକୁରଙ୍କ ଅମୁଣିଆ- ଲୋଭ କଲେ ମାଡ଼-

ଗୁଲାବ ଦାସ ତଥାପି ଆଶା ଛାଡ଼ିଲା ନାହିଁ।

ଗଞ୍ଜିଆ ଆଡ଼କୁ ଗୋଟାଏ ମାଗଣା ପିକା ବଢ଼ାଇ ଦେଇ କହିଲା- ଠାକୁରଙ୍କ ଅମୁଣିଆ କ'ଣ କହୁଛୁ? କୋଉ ଠାକୁର ଚୁହାଡ଼ ସିଂଠାରୁ ବଡ଼? ସହରରେ ତା'ର ଦୁଇ ଦୁଇଟା ଉଞ୍ଚା ଉଞ୍ଚା କୋଠା। ଝାଡ଼ ଆଲୁଅ ବତୀ ଲାଗିଛି। ଦିନରାତି କଳ ଗାଉଣା ଗୀତ ଗାଉଛି। ଶୁକୁଟା ମାଝିର ଝିଅ ଚିନି ଯାଇଥିଲା ତା' ଘରକୁ। ତାକୁ ପଚାରିବୁଟି- ସହରରୁ ଫେରିଲାବେଳେ ନୂଆକରି ଲୁଗାଶାଢ଼ୀ, ସାବୁନ୍, ବାସ୍ନାତେଲ- ଟଙ୍କା- କେତେ କଥା ଆଣି ଫେରିଲା। ଏସବୁ ଭାଗ୍ୟରେ ଥିଲେ ମିଳେ-

ରାସ୍ତା ପାର ହେଲାବେଳେ ବନୁ ତା' ଆଡ଼କୁ ଯେପରି ନିଆଁ ଭଳି ଆଖିଡ଼ୋଳା ଚିକ୍ ଚିକ୍ କରି ଅନାଇଥିଲା, ଗଞ୍ଜିଆ ସେକଥା ସେପର୍ଯ୍ୟନ୍ତ ସୁଦ୍ଧା ଭୁଲି ନଥିଲା।

ସେ ଉତ୍ତର ଦେଲା- ତୁ କେବଳ ଧାନୀକୁ ଅନାଇ ଦେଖିଲୁ ଦାସ ବାବୁ! ତା' ଆଗରେ ଗଞ୍ଜି, ପ୍ୟାଣ୍ଟ୍ ପିନ୍ଧି ଯେଉଁ ଧାଙ୍ଗଡ଼ା ଯାଉଥିଲା ତାକୁ ଚାହିଁ ନାହୁଁ। ସେ ମାଝିପଡ଼ାର କାନୁ, ଜନମ ହୋଇଛି କଂସକୁ ମାରିବା ପାଇଁ। ବନୁ କହୁଥିଲା- ଚୁହାଡ଼ ସିଂ ଗୋଟାଏ କଂସେଇ। କାନତରାଟି ନୁହଁ; କଂସ। ଧାନୀ ତା'ର ଭୋଗରେ ଲାଗିବ- ଏ ଭାଗ୍ୟ ତା'ର ନାହିଁ। ତା' କଥା ଛାଡ଼, ଚିନି କଥା ନିଆରା। ଶାଶୂଘରୁ ଫେରିଛି ଯେ ସେ ଆଉ ବାପଘର ଛାଡ଼ି ଯିବାପାଇଁ ମନ ବଳାଉ ନାହିଁ। ତା' ମରଦ କୁଆଡ଼େ ସହରରେ ରିକ୍‌ସା ଟାଣୁଛି- ଚିନିକୁ ନେଉ ନାଇଁ- ନିଜ ମରଦ ଉପରେ ଦାଉ ସାଧିବାକୁ ଚିନି ସହରକୁ ଯାଉଛି-

ଗୁଲାବ ଦାସ ଦୋକାନ ପିଣ୍ଡାକୁ ଆଉ ଦୁଇ ଜଣ ଗରାଖ ଉଠିଲେ। ଅନ୍ଧାର ହୋଇଆସୁଥିଲା, ଗପସପ ଭିତରେ ଏକଥା ସେମାନଙ୍କର ଖିଆଲ ନଥିଲା।

ଗୁଲାବ ଦାସ ଉଠିଯାଇ ଆଗ ଲଣ୍ଠନ ଲଗାଇଦେଲା। ଚାପା ପଡ଼ିଗଲା ଧାନୀ ପ୍ରସଙ୍ଗ।

ଲଣ୍ଠନ ସଜାଡ଼ି ଗଦିରେ ବସିପଡ଼ି ଗୁଲାବ ପଚାରିଲା-ସୋରିଷ କଥା କ'ଣ ହେଲାରେ ଗଞ୍ଜିଆ ? ସୋରିଷ ଫସଲ ତ ଉଠିବା ବେଳ ହେଲା।

ପିକାରେ ଗୋଟାଏ ଲମ୍ବା ଟାଣ ଦେଇ ଧୂଆଁ ଛାଡୁ ଛାଡୁ ଗଞ୍ଜିଆ ଉତ୍ତର ଦେଲା-

- ସେମାନେ କହୁଛନ୍ତି ସୋରିଷ ସବୁ ସରକାରକୁ ବିକିବେ। ତତେ ଦେବେନାଇଁ, ତୁ କୁଆଡ଼େ ଦାମ୍ ବେଶୀ ଦେଲେ ବି ଓଜନରେ ଠକୁଛୁ-

ଗଞ୍ଜିଆର କଥା ଶୁଣି ଗୁଲାବ ଦେହରେ ନିଆଁ ଲାଗିଲା ଭଳି ଚମକି ଉଠିଲା।

ହଠାତ୍ ଆକାଶରୁ ଖସିପଡ଼ିଲା ଭଳି ମୁଖଭଙ୍ଗୀ କରି କହିଲା- ରାମ ! ରାମ ! ଏ ମିଛ ଅପବାଦ ମୋ ନାମରେ କିଏ ଦଉଛି ମତେ ଆଗ ତା' ନାଁ କହ। ମୁଁ ତା' ଜିଭ ଓପାଡ଼ିଦେବି। ତା' ଆଖି ତାଡ଼ି ଦେବି। ମୁଁ ପୁଣି ଓଜନରେ ଠକେ ? ହାୟ ରାମ ! ଛି- ଛି- ମୋ ନାମରେ ଯିଏ ଏ ମିଛ ପ୍ରଚାର ଚଳାଇଛି ତାକୁ ହନୁମାନଜୀ ଲାଙ୍ଗୁଡ଼ରେ ବାନ୍ଧି ସମୁଦ୍ରରେ ପକାଇଦେବେ- ତା' ନାକକାନରେ ପାଣି ପଶିଯିବ- ସେ ବୁଡ଼ି ଯାଉଥିବା ବେଳେ ତାକୁ ସାପ, ମାଛ, କୁମ୍ଭୀର ଖାଇଯିବେ- ହଁ, ଏଇ ଦେଖ ! ଫଟୋ ଭିତରେ ହନୁମାନଜୀ କେମିତି ବସିଛନ୍ତି- ମୁଁ ତାଙ୍କୁ ଦୋକାନ ଖୋଲିବା ମାତ୍ରେ ଫୁଲଚନ୍ଦନ ଦିଏ, ମୁଁ ଓଜନ ଠକିବି ?

ଗୁଲାବ ଦାସ କଥା କହୁଥାଏ, ଗରାଖ ଦୁଇ ଜଣଙ୍କ ଜିନିଷ ମଧ୍ୟ ଓଜନ କରୁଥାଏ। ରାଗରେ ତା'ର ହାତ, ଦଣ୍ଡୀ ଥରୁଥାଏ।

ପିକାଟଣା ଶେଷ କରି ଗଞ୍ଜିଆ କହିଲା- ଏ ଦୁର୍ନାମ ତୋର କିଏ ପ୍ରଚାର କରୁଛି, ତୁ କଣ ଜାଣିନାହୁଁ ଦାସ ବାବୁ ! ସେଇ ବନୁ ବାବୁ- ତୋ ହନୁ ଠାକୁରଠାରୁ ବନୁ ବାବୁ ସେମାନଙ୍କ ଆଖିରେ ବଡ଼ ଦେବତା। ସେ ସବୁ ଆଦିବାସୀ ସୋରିଷ ଚାଷୀଙ୍କୁ ମତାଉଛି- ସରକାରୀ ସମବାୟକୁ ସୋରିଷ ବିକ; ଗୁଲାବ ଦାସ ମସ୍ତ ଠକ-

ବନୁ ନାମ ଶୁଣି ଗୁଲାବ ଦାସ ଦିଆସିଲି କାଠି ଭଳି ଜଳିଉଠି ପୁଣି ସାଙ୍ଗେ ସାଙ୍ଗେ ଲିଭିଗଲା।

।। ଚାରି ।।

ମାଝିପଡ଼ାର ମଣ୍ଡଘର।

କେଉଁ ଆଦିମ କାଳରୁ ଏଇ ମଣ୍ଡଘର ହୋଇଆସିଛି ବାଡୁଅ ଧାଙ୍ଗଡ଼ା ଆଉ ଆଉଆଡ଼ି ଧାଙ୍ଗଡ଼ିମାନଙ୍କର ରାତ୍ରିର ଶୟନ କୋଠରୀ; ଦିନବେଳେ ପ୍ରୌଢ଼, ବୃଦ୍ଧମାନଙ୍କର ବିଶ୍ରାମ ଘର, ବିଚାର ଆଲୋଚନା ମଞ୍ଚ। ମଣ୍ଡଘରର ମାଟି ପିଣ୍ଡା ଖୁବ୍ ଉଚ୍ଚ, ଚାଳରେ ଝୁଲୁଥାଏ ଢୋଲ। ରାତିରେ ଶୋଇବା ଆଗରୁ ଆଦିବାସୀ ଧାଙ୍ଗଡ଼ାମାନେ ଢୋଲ ମାଦଳ ବଜାଇ ଗୀତ ବୋଲନ୍ତି। ଅଣ୍ଟାରେ ହାତ ଛନ୍ଦିଦେଇ ସେଇ ବାଜାର ତାଳେ ତାଳେ ନାଚ ଆରମ୍ଭ କରନ୍ତି ସାନ୍ତାଳି ଧାଙ୍ଗଡ଼ି। ମଣ୍ଡଘରର ଗୀତବାଜାରେ ମାଝିପଡ଼ାର ଚାରିପଟେ ଘେରି ରହିଥିବା ଅରଣ୍ୟ ପାହାଡ଼ ପ୍ରତିଧ୍ୱନିତ ହୋଇଉଠେ।

ଦିନବେଳେ ଧାଙ୍ଗଡ଼ାମାନେ କାମକୁ ବାହାରିଗଲେ ବୁଢ଼ୀମାନେ ସେଇ ମଣ୍ଡଘରେ ବସି ଏକାଠି ଗପସପ କରନ୍ତି। ଥଣ୍ଡା ପଡ଼ିଥିଲେ ନିଆଁଜାଳି ଦେହ ଉଷୁମେଇ ନିଅନ୍ତି।

ସେଦିନ ସିଧୁ ମାଝି କାଠନିଆଁ ପାଖରେ ହାତଗୋଡ଼ ଜାକି ମଣ୍ଡଘରେ ନିଆଁ ପୋଉଥିଲା, ମାଘ ମାସର ବାଘୁଆ ଶୀତ, ମଜ୍ଜା ଥରି ଯାଉଥିଲା ଶୀତୁଆ ପବନରେ।

ତା'ର ଚାରିପଟେ ଘେରି ବସିଥିଲେ ମୁନିଆ, ଗୁରିଆ ଆଉ ଶୁକୁଟା।

ଶୁକୁଟା ପଚାରିଲା- କାନୁ ତ ଚାକିରୀ କରିବାକୁ ସହର ଗଲା। ତୋର ଆଉ ଦୁଃଖ କ'ଣ ? ମୁହଁ ଶୁଖାଇ ସେତେବେଳୁ ସେମିତି ବସିରହିଲୁ କାହିଁକି ? ମୋର ସିନା ଝୁଅଟା ଯେ ମୁଁ ତା'ପାଇଁ ଭୋଗୁଛି- ବାହା ଦେଲା ପରେ ବି ବୋଝ ଉଠିଲା ନାଇଁ-

ଶୁକୁଟାର ଦୁଃଖ ସମସ୍ତେ ଜାଣନ୍ତି।

ଭଲ ପାତ୍ର ଦେଖି ସେ ଝିଅର ବାହା ଦେଇଥିଲା। ଖୁବ୍ ଶକ୍ତ ସବଳ ଯୁଆନ୍ ଜାମାତା- ମନୁଆ। ଝୋଲା ଟଙ୍କା ଦେଇ ଶୁକୁଟା ମାଝିର ଝିଅ ଚିନିର ହାତ ଧରିଥିଲା। ସମସ୍ତେ ଖୁସି ହୋଇଯାଇ ଥିଲେ। ଶୁକୁଟାର ପୁଅ ରାଜା ରାଜକାଶରେ ରକ୍ତବାନ୍ତି କରି

ଆରପାଖକୁ ଚାଲି ଯାଇଥିଲା। ଝିଅ ବାହା ହେଲା ପରେ ସେ ଭାବିଥିଲା ଝିଅ ଦେଇ ସେ ପୁଅ ଫେରି ପାଇଲା। ଶୁକୁଟାର ସୁଖଦୁଃଖରେ ସେ ତା'ର ସାହାଭରସା ହେବ।

ଚିନି ଭଳି ଝିଅ ଏ ଆଖପାଖ ପାଞ୍ଚଖଣ୍ଡ ବଣୁଆ ଗାଁରେ ନଥିଲେ। ତା'ର ଗଢ଼ଣ ଯେମିତି ସ୍ୱାସ୍ଥ୍ୟ ବି ସେମିତି। ସତେ ଯେମିତି କଳା ମୁଗୁନି ପଥରରେ ତିଆରି ଦୁର୍ଗାମୂର୍ତ୍ତି ! କାମଧନ୍ଦାରେ କେହି ତାକୁ ବାରିପାରୁ ନଥିଲେ। ଗୋଟାଏ ଯୁଆନ୍ ଧାଙ୍ଗଡ଼ାର ବଳ ତା'ର ଦେହରେ, ମନୁଆ ସହିତ ତାକୁ ବେଶ୍ ମାନିଥିଲା।

କିନ୍ତୁ ବାହା ହେବାପରେ ଚାରିମାସ ବର ସହିତ ଘରସଂସାର କରିଛି କି ନାହିଁ, ସେ ଦିନେ ବାପଘରକୁ ଫେରିଆସିଲା। ଆଉ ମନୁଆ ପାଖକୁ ଫେରିଯିବା ପାଇଁ ମନ କଲା ନାହିଁ।

କାହିଁକି ?

ଶୁକୁଟା ମାଝି ଯେତେ ପଚାରିଲେ ବି କୌଣସି ଉତ୍ତର ଦେଇନଥିଲା ଚିନି। ସାଇପଡ଼ିଶା ସାଙ୍ଗସାଥି ପଚାରି ପଚାରି ଥକିଗଲେ, ହେଲେ ସ୍ୱାମୀଘର ଛାଡ଼ି ଚାଲି ଆସିଥିବାର କାରଣ ସେ ଖୋଲି କହିନଥିଲା।

ଦିନେ ବନୁ ଆସି ଯିଦ୍ ଧରି ବସିଲା-

- ସତ କଥା କହ। ମନୁଆ ତତେ ଘରୁ ତଡ଼ି ଦେଇଛି ? ଆଉ ଗୋଟାଏ ସ୍ତ୍ରୀ ଲୋକ ରଖି ତତେ ଅଣହେଳା କରିଛି ?

ବନୁକୁ ଏକା ମାଝିପଡ଼ାର ସମସ୍ତେ ମାନ୍ୟ କରନ୍ତି। ସେ ଗୁରୁମାଆଙ୍କ ପୁଅ, କାନୁର ସାଙ୍ଗ। ତା'ପାଖରୁ କଥା ନୁଚାଇ ରଖିବା ପାପ।

ସେ ସୁକୁ ସୁକୁ ହୋଇ କାନ୍ଦିଉଠି କନ୍ତା ଶାଢ଼ୀ ଘୁଞ୍ଚାଇ ପିଠି ଦେଖାଇଥିଲା, ଚିନିର ପିଠିରେ ଗୋଲ ହୋଇ ଗୋଟାଏ ପୋଡ଼ାଦାଗ।

ବନୁ ମୁଣ୍ଡକୁ ପିତ୍ତ ଚଢ଼ି ଯାଇଥିଲା। ସେ ଖୁବ୍ ରାଗିଯାଇ କହିଥିଲା- ମନୁଆ ତୋ ପିଠିରେ ଏ ତତଲା ଲୁହାର ଚିଆଁ ଦେଇଛି- ମଦପିଇ ମାତାଲ ହୋଇ ତତେ ମାଡ଼ ଦେଇଛି- ଏକଥା ତୁ ଆଜିଯାଏ କହିନାହୁଁ କାହିଁକି ?

ଏଥର ଚିନି ସୁକ୍ ସୁକ୍ କାନ୍ଦଣା ଛାଡ଼ି ଦେଇ କଇଁକଇଁ ହୋଇ କାନ୍ଦିଉଠିଲା।

କହିଲା- ନା, ସେ ନୁହଁ- ପୋଲିସ୍-

ପୋଲିସ୍ ଚିନି ପିଠିରେ ଚିଆଁ ଦେଇଛି କାହିଁକି ? ସେ ଚୋରି କରୁଥିଲା ? ବଣରୁ ବେଆଇନ୍ କାଠ କାଟୁଥିଲା ? ଚୋରା ମଦ ରାନ୍ଧୁଥିଲା ?

-ନା, ଧାନ କାଟି-

ଧାନ କାଟି।

ଏଇ ଶବ୍ଦଟା ଶୁଣିବା ମାତ୍ରେ ଏକା ବନୁ ନୁହଁ, ଶୁକୁଟା, ଗୁରିଆ ଆଉ ମାଝିପଡ଼ାର ଅନ୍ୟମାନେ ଚମକି ଉଠିଥିଲେ। ସମସ୍ତଙ୍କ ଶୋଇଲା ଚେତନାରେ ଚିଆଁ ଲାଗି ଯାଇଥିଲା।

ସାହୁକାରର ଜମିରୁ ଧାନ କାଟିନେଇଛି ମନୁଆ। ପୋଲିସ ଧରିନେଇଛି ତାକୁ। ସେଥିପାଇଁ ଚିନି ବାପଘରକୁ ପଳାଇଆସିଛି। କିନ୍ତୁ ମନୁଆ ଧାନକାଟି ନେଲେ ପୋଲିସ ଚିନି ପିଠିରେ ଚିଆଁ ଦେଇଛି କାହିଁକି ?

ଶୁକୁଟା କହିଲା- କଥାଟା କିଛି ଭଲ ଜଣା ପଡୁନାହିଁ ବନୁ ବାବୁ! ତମେ ଟିକିଏ ଚିନିର ଶଶୁର ଘର ଗାଁକୁ ଯାଇ ଖବର ବୁଝିଆସ-

ଖବରଟା ସେତେବେଳେ ଆଉ ଗୋପନ ରଖିପାରି ନଥିଲା ଚିନି।

ସାହୁକାରର ଜମିରୁ ପାଚିଲା ଧାନ କାଟିଆଣି ରାତାରାତି ତାକୁ ମକଚି ଅମଳ କରି ମାଟି ଘୁମରେ ଲୁଚାଇ ଦେବାକୁ କହିଥିଲା ମନୁଆ। ଧାନ ଲୁଚାଇ ଦେଇ ଘର ଛାଡ଼ି ବଣକୁ ସେ ପଳାଇଗଲା। କିନ୍ତୁ ସଜ ମଳା ପାଚିଲା ଧାନର ବାସ୍ନାକୁ ଚିନି ଲୁଚାଇ ରଖିପାରିଲା ନାଇଁ। ସାହୁକାରର ପିଆଦା ଆଉ ପୋଲିସ ତାକୁ ଧରିନେଲେ ଥାନାକୁ। ତା'ଠାରୁ ଜାଣିବାକୁ ଚାହିଁଲେ କେଉଁଠି ଲୁଚିକରି ଅଛି ମନୁଆ ? ସେ ଜାଣିନାହିଁ ବୋଲି ଯେତେ ଆଖି ଛୁଇଁ, ବାପ ରାଣ ପକାଇ ସତ କହୁଛି ବୋଲି ବୁଝାଇଲେ ବି ସେମାନେ ମାନିଲେ ନାହିଁ। ଥାନାବାବୁ ତା'ପରେ ଅସଭ୍ୟ ଭାଷାରେ ତାକୁ ଗାଳିଦେଲେ। ଏଭଳି କଞ୍ଚା ଅସଭ୍ୟ କଥା କାନ ଉଠିଲା ଦିନୁ ଶୁଣିନଥିଲା ଚିନି। ସେ କାନରେ ହାତଦେଇ କେବଳ କାନ୍ଦିବାକୁ ଲାଗିଲା।

ତା'ପରେ ଥାନାର ବଡ଼ବାବୁ ଆସିଲେ ତା'ଠାରୁ କଥା କାଢ଼ିବା ପାଇଁ। ବାପ ବୟସୀ ବଡ଼ବାବୁଙ୍କ ପାଦ ଧରି କେତେ କନ୍ଦାକଟା କଲା, ନେହୁରା ହେଲା, ଧାନଚୋରି କଥା ମାନିଗଲା। କିନ୍ତୁ ମନୁଆ କୁଆଡ଼େ ଯାଇଛି; ସେକଥା ତାକୁ ଜଣାନାହିଁ ବୋଲି ବୁଝାଇଲେ ବି ସେ ବୁଝିଲେ ନାହିଁ।

ତାଙ୍କ ପାଟିରୁ ବି ସେମିତି ଅସଭ୍ୟ କଥାମାନ ବାହାରି ସାରା ଘରର ପବନକୁ ଦୂଷିତ କରିଦେଲା।

ତା'ପରେ ସେ କହିଲେ- ଏ ଶାଳୀକୁ ଗାଳିଦେଲେ ତା' ପାଟିରୁ କଥା ବାହାରିବ ନାଇଁ।

ଏ ମାଇକିନିଆ ପିଠିରେ ଲୁହା ତତାଇ ଚିଆଁ ଦିଅ- ଗୋଜିଆ ତତଲା ତେଣ୍ଟା

ତା' ପିଠିରେ ଗୋଟାଏ ନାଲି ପଗଡ଼ିଆ ମାଡ଼ି ଧରିଲା- ଖୁବ୍ ଗୋଟାଏ ଅତର୍ଚ୍ଛିଆ ଚିତ୍କାର କରି ମୂର୍ଚ୍ଛା ହୋଇଗଲା ଚିନି।

ଝିଅର କଥା ଶୁଣି ଶୁକୁଟା ମଣ୍ଡଘର କାନ୍ଥରେ ମୁଣ୍ଡ ପିଟିଦେଇ କହିଲା- ଶୁଣୁଛ- ଶୁଣୁଛ ସବୁ ? ମୋ ଛୁଆଟାକୁ ସେମାନେ କେମିତି ହୀନସ୍ତା କରି ମାରିଛନ୍ତି ? ଏତେ କଷ୍ଟ ସହି ମତେ ଆଜିଯାଏ କିଛି କହିନାଇଁ-

ଗୁରିଆ ମାଝି କହିଲା- ଏଇ ତ ସବୁ କଥା ମୁହଁ ଖୋଲି ଚିନି କହିଲା। ତୁ ଥାନାବାବୁର କ'ଣ କରୁଛୁ କର। ମାଡ଼ ଖାଇବାକୁ ତ ଆମର ଜନମ ହୋଇଛିରେ- ଶୁକୁଟା ଭାଇ! କହିଲେ ଆମେ ତାଙ୍କର କ'ଣ କରିପକାଇବା ?

ଚିନି ମୁହଁକୁ ତଳକୁ ପୋତି କହିଲା- ଥାନାବାବୁ ମତେ ତାଗିଦ୍ କରିଦେଇଥିଲେ- ଏ ଚିଆଁ ଦେବା କଥା କାହା ଆଗରେ କହିଲେ, ସେମାନେ ତାକୁ ଗୁଳିକରି ମାରିଦେବେ। ଯୋଉଠି ଥିଲେ ବି ସେମାନେ ତାକୁ ଖୋଜି ବାହାର କରିବେ- ସେଇଥିପାଇଁ ଡରି ଡରି କାହାକୁ କିଛି କହୁନଥିଲି-

ସେତେବେଳକୁ କ୍ରୋଧ ଆଉ ଅପମାନରେ ବନୁର ଆଖି ଦୁଇଟା ନିଆଁପିଣ୍ଡୁଳା ଭଳି ଜଳୁଥିଲା।

ସେ ପଚାରିଲା- ଯେଉଁମାନେ ମନୁଆକୁ ସାହୁକାର କିଆରୀରୁ ପାଚିଲା ଧାନ କାଟିନେବାକୁ କହିଥିଲେ; ସେ ଝାଡ଼ଖଣ୍ଡୀମାନେ ତୋ ଉପରେ ଥାନା ଭିତରେ ଏଭଳି ଅତ୍ୟାଚାର ହେଉଥିଲାବେଳେ କ'ଣ କରୁଥିଲେ ? ତୋ ବର ମନୁଆ କ'ଣ କଲା ?

ଏଥର ଚିନିର ଆଖିର ଚାହାଣୀ ଧରିତ୍ରୀ ମାତା ଉପରୁ ତଳୁ ଉଠି ଉପରମୁହାଁ ହେଲା। ତା' ବାପା, ଦାଦି, ଭାଇମାନଙ୍କ ଉପରେ ଆଖି ବୁଲେଇନେଇ କହିଲା-

- ମୁଁ ତାକୁ ବି ହାତଯୋଡ଼ି କେତେ କାକୁତିମିନତି ହୋଇ କହିଛି- ସାହୁକାର ଜମିର ଫସଲ ଉପରେ ପାପ ଆଖି ପକାନାଇଁ। କିନ୍ତୁ ସେ କ'ଣ ମୋ କଥା ଶୁଣିଲା ? ଓଲଟି ଆଖି ତରାଟି ମତେ କହିଲା- ସେଇଟା ସାହୁକାର ନୁହଁରେ ଚିନି! ସେଇଟା ଆମର ଦିକୁ- ଦିକୁ- ଶତ୍ରୁ! ଦେଶ ସ୍ୱାଧୀନ ହେଲାପରେ ଗୋତିପ୍ରଥା ସିନା ଉଠିଯାଇଛି- ହେଲେ ମଣିଷ ଗୋତି ନଖଟି ବର୍ତ୍ତମାନ ଆଦିବାସୀର ଜମି ଗୋତି ଖଟୁଛିରେ ଚିନି! ଏ ଜମି ଗୋତିର ନାଁ ବନ୍ଧକ। ସରକାର ଆଇନ କରିଛି ଆଦିବାସୀ ଜମି ବନ୍ଧକ ଦେଇ ସାହୁକାରଠାରୁ ଟଙ୍କା ଆଣିପାରିବ- ସେ ଟଙ୍କା ଶୁଝଟ ନଯିବା ଯାଏ ଜମି ଭୋଗ କରୁଥିବ ସାହୁକାର। ମୋର ଆଈବୁଢୀ ବେମାର ପଡ଼ିଥିବା ବେଳେ ବାବା ଲକ୍ଷ୍ମୀଧର ସାହୁକାରଠାରୁ ଟଙ୍କା ଦୁଇଶହ ଆଣି ଝରଣାକୂଳ ଜମିଟା ବନ୍ଧା ଦେଇଥିଲା। ବାବା ସାହୁକାର ଜମିରେ ମୂଲ ଖଟି ଖଟି ମଲା- ସେ ଦୁଇଶହ ଟଙ୍କା ଶୁଝଟ ହେଲାନାଇଁ- ମୁଁ

ସାତ ବରଷ କାଳ ମାସକରୁ ଅଧେ ଦିନ ଟଙ୍କା ଶୁଝିବା ପାଇଁ ତା' ବିଲରେ ମାଗଣା ଖଟିଲି- ନେହୁରା ହେଲି- ସେ ଝରଣାକୂଳ ଜମିଟା ମତେ ଫେରେଇ ଦେ- ବାପପୁଅ ଦୁଇଶହ ଟଙ୍କା ପାଇଁ ଏତେ ଦିନ ମାଗଣା ମୂଲ ଲାଗିଲୁ- ସେ ଟଙ୍କା କେବେ ଶୁଝଟ ହବ- କେବେ ଆମର ବନ୍ଧକ କବଲା ଫେରସ୍ତ ମିଳିବ? ସାହୁକାର ଶୁଣିଲା ନାଇଁ- ହସିଦେଇ କହିଲା- ତୁ' ତ ସହରର ଚର୍ଚ୍ଚକୁ ଯାଉଛୁ- ଦି'ଅକ୍ଷର ପାଠ ପଢ଼ିଛୁ- ଖବରକାଗଜ ପଢୁଥିବୁ-ଆଜିକାଲି ପାଞ୍ଚ ବର୍ଷରେ ବ୍ୟାଙ୍କ୍‌ରେ ଟଙ୍କା ରଖିଲେ ଦୁଇଗୁଣା ହୋଇଯାଉଛି। ତୋ ବାପା ଯେଉଁଦିନୁ ଦୁଇଶହ ଟଙ୍କା ନେଇଥିଲା-ମୁଁ ବ୍ୟାଙ୍କ୍‌ରେ ରଖିଥିଲେ ଦୁଇ ଦୁଣେ ଚାରି, ଚାରି ଦୁଣେ ଆଠ, ଆଠ ଦୁଣେ ଷୋଳ, ଷୋଳ ଦୁଣେ ବତିଶି- ଅର୍ଥାତ୍ ବତିଶ ଶହ ଟଙ୍କା ହୋଇଥାଆନ୍ତା। ତମେ ବାପପୁଅ ଦୁହେଁ ମସ୍ତ ଠାପୁଆ- ତମେ ଏମିତି ମୋ ଜମିରେ କି କାମ କରିଛ ଯେ ବତିଶି ଶହ ଟଙ୍କା ଶୁଝିଯିବ? ତା'ଛଡ଼ା ତୁ ତୋ ଶଶୁରକୁ କନ୍ୟା ସୁନା ଝୋଲା ଟଙ୍କା ଦେବାକୁ ଚାରିଶହ ଟଙ୍କା ନେଇଛୁ- ଆଉ ଝରଣାକୂଳିଆ ଜମି କ'ଣରେ। ଯା- ଯା- ଯା-

ସାହୁକାର କଥା ଶୁଣି ମନୁଆ ଚୁପ୍ ରହିଥିଲା। ତାକୁ ବାହାହେବ ବୋଲି ସାହୁକାରଠାରୁ ଚାରିଶହ ଟଙ୍କା ଆଣି କନ୍ୟାସୁନା ବାବଦ ଦେଇଛି ବୋଲି ଜାଣି ଚିନି ମଧ୍ୟ ଚୁପ୍ ରହିଥିଲା। କିନ୍ତୁ ହଠାତ୍ ଦିନେ ଗହନ ରାତିରେ ଗଭୀର ଅରଣ୍ୟରେ ବାଜି ଉଠିଲା ମାଦଳ ବାଜା। ଚିନିର ଶାଶୁଘର ଧରମପାଲିରେ ଆସି ପହଞ୍ଚିଲା ତାନା ସୋରେନ୍। ବିହାରର ଧାନ୍‌ବାଦର ଶିବୁ ସୋରେନ୍‌ଙ୍କର ଶିଷ୍ୟ- ମୁଣ୍ଡରେ ଶୁଆପକ୍ଷିଆ ସବୁଜ ପଟି ବାନ୍ଧି ସେ ଗାଁ ଗାଁ ଖେଦିଗଲା- କହିଗଲା- ଧାନ୍‌କାଟି- ଧାନ୍‌କାଟି-! ଆମର ଜମି ବନ୍ଧକ ରଖି ସମତଳ ଅଞ୍ଚଳର ସାହୁକାର ଆମରି ଜମିରେ ଆମରି ଶ୍ରମରେ ସୁନାର ଫସଲ ଫଳାଇ ତା'ର ଫଳ ଭୋଗ କରୁଛି- ଆମକୁ ଚଢ଼ା ଦାମ୍‌ରେ ସେଇ ଧାନ ବିକି ଟଙ୍କା ନେଇ ସହରରେ କୋଠା ତୋଳୁଛି- କଳକାରଖାନାରେ ଟଙ୍କା ଖଟାଉଛି- ଆମେ ଏଣେ ଭୋକ ଉପାସରେ ମରୁଛୁ- ଆଦିବାସୀମାନଙ୍କୁ ସାହୁକାର, ସରକାରର ଶୋଷଣରୁ ମୁକ୍ତ କରିବା ପାଇଁ ଶିବୁ ସୋରେନ୍ ଗଢ଼ିଛି ଝାଡ଼ଖଣ୍ଡ ମୁକ୍ତି ମୋର୍ଚ୍ଚା- ମୋର୍ଚ୍ଚାର ଆଦେଶ- ପାଚିଲା ଧାନ କାଟିନିଅ- ଏ ଜମି ଆମର- ଏ ଫସଲ ଆମର- ଧାନ୍‌କାଟି- ଧାନ୍‌କାଟି- ଲଙ୍ଗଳ ଯା'ର, ଜମି ତା'ର!

ତାନା ସୋରେନ୍‌ର କଥା ଶୁଣି ମନୁ ହେମ୍ବ୍ରମ୍‌ର ଶୀତଳ ରକ୍ତ ଉଷୁମ ହୋଇ ଯାଇଥିଲା। ଝରଣା କୂଳରେ ସେ ଜମି ଖଣ୍ଡକ ତା'ର ବାବାର ଜମି। ତା' ନିଜ ଜମିରେ ସେ ବର୍ଷ ବର୍ଷ ଧରି କେବଳ ମୂଲିଆ ହୋଇ ରହିଛି। ଲୁହା ଲଙ୍ଗଳରେ ମାଟି ତାଡ଼ି ଫସଲ ଠିଆ କରିଛି। ପାଚିଲା ଧାନ କାଳେ ବଣର ହାତୀ, ଭାଲୁ ଉଜାଡ଼ି

ଦେବେ ବୋଲି ସେ ରାତି ଉଜାଗର ହୋଇ ଜଗି ବସିଛି। ଆଉ ସେ ଫସଲ ଅମଳ ହୋଇ ଉଠିଯାଇଛି ଲକ୍ଷ୍ମୀଧର ସାହୁକାରର ଅମାରକୁ! ସେ ମୂଲ ବାବଦ ପାଇଛି ଦୁଇ ସେର ଧାନ ନହେଲେ ତିନି ଟଙ୍କା ମଜୁରି! ଚିନି ଆଖିର ଲୁହ ପୋଛିଦେଇ କହିଥିଲା-

-ତାନା ସୋରେନ୍ କଥା ଶୁଣିଲା ଦିନୁ ତା' ଆଖିକୁ ଆଉ ନିଦ ଆଇଲା ନାଇଁ। ନିଦରେ ମଧ୍ୟ ସେ ବିଳିବିଳେଇବାକୁ ଲାଗିଲା ମୋ ଜମି- ମୋ ଜମି- ମୁଁ ତାକୁ କେତେ ବୁଝାଇଲି। ତୋ ବାବା ଜମି ବନ୍ଧକ ଦେଇଛି- ସେ ସାହୁକାରର ଜମି- ତୋ ବାବା ତ ସାହୁକାରର ପାଚିଲା ଧାନ କାଟି ଆଣିନଥିଲା! ତୁ ଧାନ କାଟି ଆଣିଲେ ଧରମ ସଇବ ନାଇଁ-

କିନ୍ତୁ ଧରମପାଲିର ମନୁଆ ସ୍ତ୍ରୀର କଥା ମାନିଲା ନାଇଁ। ଧାନ କାଟି ଆଣିଲା। ପୋଲିସ ବନ୍ଧୁକ ଉଞ୍ଚାଇ ତାକୁ ଧରିବା ପାଇଁ ଘର ଘର ବୁଲି ଖାନ୍‌ତଲାସ କଲା। ରାସ୍ତା ଉପରେ ଛକି ବସିଲା। ଚିନିକୁ ଧରି ନେଇ ତା' ପିଠିରେ ଚିଆଁ ଦେଲା। ସେଇଦିନୁ ଆଉ ମନୁଆ ଘରକୁ ଫେରିନାଇଁ। କିନ୍ତୁ ଅଧ ରାତିରେ ଘୋର ଝାଡ଼ ଜଙ୍ଗଲ ଭିତରେ ସାଗୁଆ ପଟି ବନ୍ଧା ମୋର୍ଚ୍ଚା ସେନାମାନଙ୍କର ଶିଙ୍ଗା ବାଜିଉଠେ। ସାହୁକାରର ଜମି ଉଜୁଡ଼ିଯାଏ। ଧାନ କାଟି ନିଆଯାଏ। ପୋଲିସ ଧାନ ଚୋରମାନଙ୍କର ପତ୍ତା ପାଏ ନାଇଁ।

ମନୁଆ ଘର ଛାଡ଼ି ଚାଲିଯିବା ପରେ ପୋଲିସ୍ ନିତି ଆସି ଘର ଖାନତଲାସ କରିବାକୁ ଲାଗିଲା। ଜୀବନ ଭୟରେ ଘର ଛାଡ଼ି ଚିନି ପଳାଇଆସିଲା ବାପ ଘରକୁ।

ସେଇ ଯେ ଆସିଛି, ଆଉ ଯାଇ ନାହିଁ। ମନୁଆର କିଛି ଖବର ନାଇଁ। ଅନେକଙ୍କର ଧାରଣା ପୋଲିସ ଡରରେ ସେ ସଆଁତାଳ ପ୍ରଗଣା ପଳାଇଯାଇଛି। ଆଉ କାହାରି କାହାରି ମତରେ ସେ କେଉଁ କୋଇଲାଖଣିର କୁଲି କାମିନୀକୁ ବାହା ହୋଇ ଧାନବାଦରେ ଅଛି। ଆଉ ଚିନିକୁ ପାଖକୁ ନେବ ନାଇଁ।

କେଉଁ କଥା ସତ, କେଉଁ କଥା ମିଛ ସେକଥା ଚିନି ଜାଣିପାରେ ନାଇଁ। ବର୍ଷ ପରେ ବର୍ଷ ବିତିଯାଏ। ପୌଷର ପତ୍ରଝଡ଼ା ଗଛରେ ନୂଆ ପତ୍ର କଅଁଳିଉଠେ। ଫୁଲଫଳରେ ଗଛ ରଙ୍ଗ ଛିଞ୍ଚିଯାଏ ବଣଜଙ୍ଗଲ ସାରା! ବସନ୍ତ ଚାଲିଯାଏ। ଆକାଶରୁ ଅଗ୍ନି ବୃଷ୍ଟି ହୁଏ। ଶୁଖିଲା ଗଛରେ ନିଆଁ ଲାଗିଯାଏ। ଜଳିଯାଏ ଜଙ୍ଗଲର ସବୁଜ ସମ୍ପଦ।

ପାହାଡ଼ ଉପରେ ଏକାକିନୀ ଠିଆ ହୋଇ ଆକାଶକୁ ଅନାଏ ଚିନି, ଜଙ୍ଗଲକୁ କାନ ଡେରେ। ଶିଙ୍ଗା ଧ୍ୱନି ଶୁଣାଯାଏ ନାଇଁ। ମନୁଆର ଦେଖା ମିଳେ ନାଇଁ। ତା'ର ଯୌବନ ପଲ୍ଲବିତ ଦେହ ଡେଙ୍ଗା ଶାଳଗଛ ଭଳି ଶୂନ୍ୟ ଆକାଶକୁ ମୁହଁକରି ରହିଥାଏ-

ସେ ଗଛରେ ଧଳା ଧଳା ଫୁଲସବୁ ଫୁଟି ଝଡ଼ିଯାଏ- ଫଳ ଧରେ ନାହିଁ। ମଞ୍ଜି ଗୋଟାଇବା ପାଇଁ କେଉଁ ଶାଳମଞ୍ଜି ବ୍ୟବସାୟୀ ଠିକା ନିଏ ନାହିଁ!

ଏମିତି ତା'ର ହାନିମାନିଆ ଜୀବନ। ବୁଢ଼ା ବାପା ବେକରେ ସେ ଗୋଟାଏ ପଥର ବୋଝ ହୋଇ ରହିଯାଏ।

ଚଇତ ଜହ୍ନ ରାତିରେ ମାଦଳ ବଜାଇ ଧାଙ୍ଗଡ଼ା-ଧାଙ୍ଗଡ଼ିମାନେ ଅଣ୍ଟାରେ ଅଣ୍ଟାରେ ହାତଛନ୍ଦି ନାଚ କଲାବେଳେ ତା' ଆଖିକୁ ଲୁହ ଆସିଯାଏ। ସେ ମଣ୍ଡଘର ପିଣ୍ଡା ଖୁମ୍ବକୁ ଭରାଦେଇ ଶୁଖିଲା କାଠ ଭଳି ଠିଆ ହୋଇଥାଏ, ନାଚିବାକୁ କେହି ଡାକିଲେ ସେ ଯାଏ ନାହିଁ-

ତା'ର ଧାଙ୍ଗଡ଼ା କେଉଁ ବଣଜଙ୍ଗଲରେ ମୁଣ୍ଡରେ ସବୁଜ ପଟି ବାନ୍ଧି ମୋର୍ଚ୍ଚା ସେନା ସାଙ୍ଗରେ ସାହୁକାରମାନଙ୍କ ଜମିରୁ ଧାନ କାଟୁଛି- ଆଉ ସେ ଅନ୍ୟ କେଉଁ ଧାଙ୍ଗଡ଼ା ସାଙ୍ଗରେ ଏଠାରେ ମନ ଖୁସିରେ ନାଚ କରିବ?

ଦିନେ ଜଙ୍ଗଲରୁ କାଠ ଗୋଛାଏ ମୁଣ୍ଡେଇ ଚିନି ଘରକୁ ଫେରୁଥିଲା। ବାଟରେ ଦେଖା ହୋଇଗଲା ଗୁଲାବ ଦାସ ସହିତ।

ସେ ବାଟ ଓଗାଳି ଠିଆ ହୋଇଗଲା। ତା' ସାମ୍ନାରେ କହିଲା- କିଏ, ଶୁକୁଟା ମାଝିର ଝିଅ କି?

ଗୁଲାବ ଦାସ ଦୋକାନରୁ କେତେଥର ଲୁଣ କିରାସିନୀ କିଣି ଆଣିଛି ଚିନି। ତାକୁ ଦେଖି ଚିହ୍ନି ନପାରିବାର କିଛି କାରଣ ନଥିଲା।

ସେ ମୁଣ୍ଡ ସଳଖ କରି ଠିଆ ହେଲା।

କହିଲା- ହଁ ବାବୁ! ମୁଁ ଚିନି-

ଆଃ, ତୋ ନାମଟି ଯେମିତି ଗଳାର ସ୍ୱର ବି ସେମିତି ଭାରି ମିଠା। ବିନା ଚିନିରେ ବି ତୋ ହାତରୁ ଚା' ଖାଇଲେ କୁଆଡ଼େ ଚା' ମିଠା ଲାଗେ-

- କୋଉ ହାରାମଜାଦା ଏକଥା ତମକୁ କହୁଥିଲା ବାବୁ! ତା' ନାଁ କୁହ - ମୁଁ ତା'ର ତଣ୍ଟି କଣା କରି ଚିଁ ଚିଁ ରକତ ପିଇଯିବି।

ଚିନିର କଣ୍ଠସ୍ୱର ଚିନିଭଳି ମିଠା ହେଲେ ବି ତା' କଥାଗୁଡ଼ାକ ନିମକାଠି ଭଳି ପିତା।

କିନ୍ତୁ ଗୁଲାବ ଦାସ ସେଦିନ ତା' ରଣଚଣ୍ଡୀ ରୂପ ଦେଖି ଦବିଯାଇ ନଥିଲା।

କହିଥିଲା- ଭଲ କଥା କହିଲେ ତୁ ଏମିତି ରାଗିଯାଉଛୁ କାହିଁକି? କଣ୍ଟ୍ରାକ୍ଟର ବାବୁ କହୁଥିଲେ, ତୋ ବର କୁଆଡ଼େ ଏଇ କେଇଦିନ ହେଲା ଗଡ଼କୁ ଆସିଛି- ତତେ ଖବର ପଠାଇଛି ଯିବାପାଇଁ, ଯିବୁ? ସେ ତ ପୋଲିସକୁ ଡରି ତୋ ସହିତ ଦେଖା

କରିବାକୁ ଏଠାକୁ ଆସି ପାରୁନାଇଁ। ଖବରଟା ଦେବାକୁ ଦୋକାନରେ ଗରାଖମାନଙ୍କୁ ବସାଇଦେଇ ଛୁଟି ଆସିଥିଲି-

ମନୁଆ କଥା ଶୁଣିବା ମାତ୍ରେ ଚିନି ମୁଣ୍ଡରୁ କାଠ ଗୋଛା ଦୁମ୍‌କିନି ତଳେ ପଡ଼ିଯାଇଥିଲା।

ବଦଳି ଯାଇଥିଲା ତା'ର ମୁହଁର ଭଙ୍ଗୀ। ସେ ହାତ ପାହାନ୍ତାରେ ସତେ ଯେମିତି ଆକାଶର ଚନ୍ଦ୍ରକୁ ମୁଠାଇ ଧରିଛି, ସେମିତି ମୁଖଭଙ୍ଗୀ କରି କହିଥିଲା- ତମେ ସତ୍ କହୁଚ ବାବୁ? ମୋ ମୁଣ୍ଡ ଛୁଇଁ କୁହ-

ସାଙ୍ଗେ ସାଙ୍ଗେ ଗୁଲାବ ଦାସ ଆଶୀର୍ବାଦ କରିବା ଭଙ୍ଗୀରେ ଚିନିର ମୁଣ୍ଡରେ ହାତ ରଖି କହିଲା-

: ମୁଁ ତ ଆଉ ନିଜ ଆଖିରେ ଗଡ଼ରେ ମନୁଆକୁ ଦେଖିନାଇଁ! କଣ୍ଟ୍ରାକ୍ଟର ବାବୁ ଦେଖିଛି- ତୋ ବର ତାଙ୍କ ହାତରେ ଖବର ପଠାଇଛି, ତୁ କଣ୍ଟ୍ରାକ୍ଟର ବାବୁ ଟ୍ରକ୍‌ରେ ବସି ଯିବୁ- ପୁଣି ତାଙ୍କ ଟ୍ରକ୍‌ରେ ବସିଲେ ସେ ତତେ ଓହ୍ଲାଇ ଦେଇ ଯିବେ-

ଅନେକଥର ଟ୍ରକ୍‌ରେ ବସି ଚିନି କଣ୍ଟ୍ରାକ୍ଟରର ବନ୍ଧ ବାଡ଼ ମାଟି କାମ କରିବାକୁ ଯାଇଛି, ପୁଣି ସେଇ ଟ୍ରକରେ ବସି ଫେରିଆସିଛି। କଣ୍ଟ୍ରାକ୍ଟର ଟ୍ରକ୍‌ରେ ବସି ଯିବା ଆସିବା କଥା ତା ପାଇଁ ନୂଆ ନୁହେଁ; କିନ୍ତୁ ଏ ତ ମୂଲ ଲାଗିବାକୁ ଯିବା କଥା ନୁହଁ-

ଏତେ ବର୍ଷ ପରେ ସ୍ୱାମୀ ମୁହଁ ଦେଖା କରିବାକୁ ଯିବା କଥା। ସେ ଯିବ?

ବାବାକୁ ପଚାରିବା କଥା ଶୁଣିବା ମାତ୍ରେ ଗୁଲାବ ଦାସ କହିଲା- ପଚାରିବୁ ନାଇଁ? ଅଲବତ୍ ପଚାରିକରି ଯିବୁ, ପଛକେ ମତେ ଦୋଷଦେବୁ ନାଇଁ-

ଗୁଲାବ ଦାସ ନିଜ ଉପରୁ ଦୋଷ ଛଡ଼ାଇଦେଲା। ଚିନିର କୁନ୍ଦିଲା କୁନ୍ଦିଲା ଦେହରେ ଭରା ଯୌବନ, କଣ୍ଟ୍ରାକ୍ଟର ଅନେକ ଦିନ ହେଲା ତା' ସାଙ୍ଗରେ ଲଗାଇଛି - ପାଞ୍ଚ ଶହ, ହଜାରେ ଯାହା କମିଶନ୍ ନେବ ନିଅ ଦାସେ! ସେ ଶୁକୁଟା ମାଝିର ଝିଅ ଚିନିକୁ ଥରେ ମୋ ଟ୍ରକ୍‌ରେ ଉଠାଇଦିଅ- ଗଡ଼ରେ ଥରେ ମୋ ଭିଲ୍ଲାରେ ପାଦ ପକାଇଲେ ଆଉ ଥରେ ଫେରିବାକୁ ସେ ମନ କରିବ ନାଇଁ-

ପାଞ୍ଚ ଟଙ୍କା, ଦଶ ଟଙ୍କା ନୁହେଁ; ପାଞ୍ଚ ଶହ, ହଜାରେ କମିଶନ୍! କେତେ ଗୁଡ଼, ଚାଉଳ, ପିକା, କିରୋସିନୀ ବିକିଲେ ପାଞ୍ଚ ଶହ ଟଙ୍କା ଲଫା ମିଳେ?

ଗୁଲାବ ଦାସ ଲୋଭରେ ପଡ଼ିଯାଇଥିଲା। ସ୍ୱାମୀ ପାଖରୁ ପଳାଇଆସି ଚିନିର ଦେହ ଉପବାସ ରହି ରହି ଶୁଖି କଣ୍ଟା ହୋଇଗଲାଣି। ଉପବାସୀକୁ ଆହାର ଦେବା ତ ଧର୍ମର କଥା! କଣ୍ଟ୍ରାକ୍ଟର ପାଖରେ ଚିନିକୁ ଭୋଗ ଲଗାଇ ପାଞ୍ଚ ଶହ, ହଜାରେ କମିଶନି ସହିତ ଯଦି ସେ କିଛି ପୁଣ୍ୟ କମାଏ, କ୍ଷତି କ'ଣ?

ଅନେକ ଦିନ ହେଲା ଧର୍ମ କରି ସେ ପୁଣ୍ୟ ସଞ୍ଚିପାରି ନାହିଁ। ଏଇ ହେଉଛି ଧର୍ମ କରିବାର ମଉକା। ସେଥିପାଇଁ ଚିନିକୁ ଧରିବା ପାଇଁ ଫାଶ ବସାଇବାକୁ ସେ କେତେ ଭାବନା ଚିନ୍ତା କରିଛି। ଗଞ୍ଜିଆଠାରୁ ଚିନିର ବାପଘରେ ରହିବାର ଇତିହାସ ସଂଗ୍ରହ କରିଛି। ଧାନକାଟି ଆନ୍ଦୋଳନରେ ଯୋଗଦେଇ ପୋଲିସ ଡରରେ ଫେରାର୍ ହୋଇଯାଇଛି ମନୁ ହେମ୍ବ୍ରମ୍- ଚିନିର ବର, ତା'ର ଫେରିବା ବାଟକୁ ଚାହିଁ ବସିଛି ଚିନି। ଅନ୍ୟ କାହାକୁ ବାହା ହେବା ପ୍ରସ୍ତାବ ଶୁଣିଲେ ତମ୍ପ ସାପ ଭଳି ଫଁ ଫଁ ହେଉଛି। ସେ ସାପକୁ ପଦ୍ମତୋଳା ବୋଲି ଧରି କଣ୍ଟ୍ରାକ୍ଟର ପେଡ଼ିରେ ପୂରାଇବା ପାଇଁ ସେ ଉପାୟ ଖୋଜି ବାହାର କରିଛି।

ଫାନ୍ଦରେ ଶେଷରେ ପାଦ ଦେଇଛି ଚିନି। ବର ପାଖକୁ ଯିବ ବୋଲି ମୁଣ୍ଡା ବରଫ ତରଳି ଜଳ ହୋଇଗଲା ଭଳି ଗୋଟାସୁଦ୍ଧା ଭଳିଯାଇଛି।

ଝିଅର କଥା ଶୁଣି ଶୁକୁଟା ମନା କରିପାରି ନଥିଲା। ଏତେ ବର୍ଷ ପରେ ଜୋଇଁ ଖବର ପଠାଇଛି ଝିଅକୁ ଦେଖା କରିବା ପାଇଁ, ସେ ଅବା ବାରଣ କରିପାରି ଥାଆନ୍ତା କିପରି ?

ତା' ଆରଦିନ ଭୋଅରୁ ଭୋଅରୁ ନୂଆ ହଳଦିଆ କପ୍ତା ପିନ୍ଧି ଚିନି ଗୁଲାବ ଦାସ ଦୋକାନ ପାଖରେ ପହଞ୍ଚି ଯାଇଥିଲା। ତାକୁ କଣ୍ଟ୍ରାକ୍ଟର ଟ୍ରକ୍‌ରେ ଉଠାଇଦେଇ ଆସି ପବନ କୁମାରଙ୍କ ଫଟୋ ପାଖରେ ଆଣ୍ଠୁମାଡ଼ି ବସି ପ୍ରାର୍ଥନା କରିଥିଲା- ମୋର କିଛି ଦୋଷ ନାହିଁ ହନୁମାନଜୀ ! ସେ ଆପେ ଆପେ ବଳି ପଡ଼ିବାକୁ ଯାଉଛି। ତା' ବାପାଠାରୁ ଯଜ୍ଞ-ବଳି ହେବା ପାଇଁ ମଧ୍ୟ ଅନୁମତି ନେଇଯାଇଛି !

ଦୁଇଦିନ ପରେ ଚିନି ଗଡ଼ରେ ରହି ଫେରି ଆସିଥିଲା। ନୂଆ ପାଟଶାଢ଼ୀ ପିନ୍ଧିଥିଲା, ନୂଆ ନାଇଲନ୍ ଫିତାରେ ମୁଣ୍ଡ ବାନ୍ଧିଥିଲା। ସାଙ୍ଗରେ ବାସ୍ନା ତେଲ, ପାଉଡ଼ର ଡବା, ନଖ ପଚା ରଙ୍ଗ ଆଉ ସାବୁନ ଆଣିଥିଲା, ମହ ମହ ବାସ ସାବୁନ୍।

କିନ୍ତୁ ମୁହଁରେ ତା'ର ହସ ନଥିଲା।

ଶୁକୁଟା ପଚାରିଲା- ତା' ସାଙ୍ଗରେ ଦେଖା ହେଲା ?

- ନାଇଁ, ସେ ଯାହା ଘରେ ରହୁଥିଲା, ତା' ସାଙ୍ଗରେ ଦେଖା ହେଲା। ସେ ଆଉ ଗୋଟାଏ ବାହା ହୋଇଛି। ଗୋଟାଏ ପିଲା ହୋଇଛି, ମତେ ଖୋଜୁଥିଲା କହିବାକୁ ଯେ- ମୁଁ ତା' ପାଇଁ ଆଉ ଅନେଇ ବସିବି ନାଇଁ।

ଏ ପାଟଶାଢ଼ୀ, ନୂଆ ସୁନାର କାନଫୁଲ ତତେ ତା'ହେଲେ ଦେଲା କିଏ ?

- କଣ୍ଟ୍ରାକ୍ଟର ବାବୁ। କହିଛି- ମନୁଆ ତତେ ଛାଡ଼ି ଆଉ ଗୋଟାଏ ସ୍ତ୍ରୀ ଲୋକକୁ

ଧରି ରହିଛି, ମକଦ୍ଦମା କରି ତା'ଠାରୁ ମୋ ପାଇଁ ଖୋରାକୀ ପୋଷାକୀ ଆଦାୟ କରିବ- ତା'ନହେଲେ ତାକୁ ଜିଅଲ୍ ଖଟାଇବ- କଣ୍ଟ୍ରାକ୍ଟର ବାବୁ ଭାରି ଭଲ ଲୋକ-

ଝିଅର କଥା ଶୁଣି ଶୁକୁଟା ମାଝିର ମୁଣ୍ଡ ଘୂରିଗଲା। ଲଜ୍ଜା ଅପମାନରେ ତା'ର ମୁହଁ କଳା ପଡ଼ିଗଲା।

ଚିନିର ଗାଲରେ ଗୋଟାଏ ଶକ୍ତ ଚଟକଣା ବସାଇଦେଇ ସେ ଗର୍ଜି ଉଠିଲା - ସାବଧାନ! ଆଉ ଦିନେ ଯେପରି ସେ ସଇତାନ ଟ୍ରକ୍‌ରେ ନଉଠୁ- ସେ ଭଲଲୋକ ବୋଲି ମତେ ନକହୁ-

ବହୁଦିନ ପରେ ବାପ ହାତରୁ ମାଡ଼ ଖାଇଲା ଚିନି। ତା'ର ନିଶା କଟିଗଲା।

।। ପାଞ୍ଚ ।।

ସିଧୁ ମାଝିର ସେଇ ଝାଟିମାଟିର ପଲା।

କେଉଁଦିନୁ ଭାଙ୍ଗି ଭୁଷୁଡ଼ି ପଡ଼ିବାର କଥା। ଗତ ସନ ବରଷା ଛାଟ ଖାଇ କାନ୍ଥ ଅତରାଏ ଖସି ପଡ଼ିଥିଲା। ଧାନୀର ବାପା ମୁନିଆ ମାଝି ଦିହ ମେହନତ କରି ମାଟି ଚକଟି ବାଉଁଶ ଝାଟି ଦେଇ ପୁଣି ତାକୁ ତୋଳି ଦେଇଥିଲା।

ଖୁଣ୍ଟକୁ ଆଉଜି ବସି ସିଧୁ ମାଝି ପିକା ଟାଣୁଥିଲା। ତା' ଭଙ୍ଗା ଘରକୁ ମୁନିଆ ମାଝି ଛାଉଁଥିବା ଦେଖି ପଚାରି ଥିଲା- ଆଉ କାହିଁକି ସେ ଭଙ୍ଗା ଘରକୁ ମରାମତି କରୁଛୁ ମୁନିଆ ! ସେ ଘର ଆଉ କାହା କାମରେ ଲାଗିବ ? କାନୁ ତ ଗଲା ସହର- ମୁଁ ମଣ୍ଡଘର ପିଣ୍ଡାରେ ରାତି ପୁହାଇ ଦେଲେ ହେଲା-

ସିଧୁ ଦାଦାର କଥାରେ କାନ ଦେଇନଥିଲା ମୁନିଆ ମାଝି।

- ନିତି ନ ହେଲେ ବି ମାସକେ, ବରଷକେ ଥରେ ଅଧେ ତ ଆସିବ କାନୁ। ରହିବ କେଉଁଠି ? ଯଦି ଦେଖିବ ଯେ ତା'ର ସାତ ପୁରୁଷର ଭିଟାମାଟି ଉଜୁଡ଼ି ଯାଇଛି, ତା' ମନ ଭାଙ୍ଗିଯିବ ନାଇଁ ?

ମୁନିଆ ନୂଆ କରି ତୋଳି ଦେଇଥିଲା ତା'ର ସିଧୁ ଦାଦାର ଘର। ଝିଅ ଧାନୀ ଢାଉଆ ରଙ୍ଗମାଟିରେ ସେ ଘର କାନ୍ଥକୁ ଲିପି ଚିକ୍ ଚିକ୍ କରି ଦେଇଥିଲା।

ସେଇଦିନୁ ପରବ ପରବାଣିରେ ଧାନୀ ନିୟମିତ ସିଧୁ ମାଝିର ଘରକୁ ନିଚିପର କରି ଲିପାପୋଛା କରେ। ପ୍ରତିଦିନ ସଞ୍ଜ ସକାଳେ ଆସି ଝାଡୁ ଦେଇଯାଏ।

ରଜ ପରବ ଆସୁଛି ବୋଲି ସେଦିନ ମଧ୍ୟ ଧାନୀ ମନ ଲଗାଇ ଢାଉ ରଙ୍ଗର ମାଟିରେ ଲିପୁଥିଲା।

ସେଇବାଟ ଦେଇ ଯାଉଥିଲା ଚିନି। ଧାନୀର କାନ୍ଥ ଲିପା ଦେଖି ହସିଦେଲା।

କହିଲା- କାନୁର ଘରଣୀ ହେବୁ ବୋଲି ଆଜିଠାରୁ ଘର ସଜାଉଛୁ ଧାନୀ ? କିଏ ରହିବ ଏ ଘରେ ? ମୁଁ ସେଥର ଯେ ଗଡ଼କୁ ଯାଇଥିଲି- ଶୁଣି ଆସିଲି, କାନୁ ବଡ଼ ସାଇବ ହୋଇଗଲାଣି। ସରକାରୀ କୋଠିରେ ରହୁଚି। ସେ କଅଣ ଏ ସନ୍ତସନ୍ତିଆ

ଝାଟିମାଟି ଘରେ ଆଇଲେ ରହିବ? ବାହାଘର ସଇଲେ ତ ତତେ ଉଡ଼ାଜାହାଜରେ ବସାଇ ଫୁର୍‌କିନି ଉଡ଼ିଯିବ ସହରକୁ-

ଚିନିର କପାଳ ପୋଡ଼ି ଯାଇଚି। ତା'ର ବର ମନୁ ପୋଲିସ ଡରରେ କୁଆଡ଼େ ଯାଇ ଲୁଚିଛି ଯେ ଆଉ ଆସିବ କି ନାଇଁ ଜଣା ନାଇଁ। ଭାରି ଦୁଃଖରେ ଦିନ କାଟୁଛି ଚିନି। ତା'ଠାରୁ ବଅସରେ ଚାରି ପାଞ୍ଚ ବରଷ ବଡ଼ ହେଲେ ବି ସେମାନେ କେତେଦିନ ଶାଗ ତୋଳିବାକୁ ଯାଇଛନ୍ତି। ଚଇତି ପୁନେଇରେ ଅଣ୍ଟାରେ ହାତ ଛନ୍ଦାଛନ୍ଦି ହୋଇ ଗୀତ ବୋଲିଛନ୍ତି। ବାହାଘର ପରେ ଶାଶୂ ଘରୁ ଫେରି ତା' ବରର ଦୁଷ୍ଟାମୀ କଥା କହି କେତେ ହସାଇଛି, କେତେ ରସାଇଛି ଏଇ ଚିନି! ଆଜିକାଲି ଦେଖା ହେଲେ ଡବଡବ କରି ଚାହେଁ- କଅଣ କହିବ କହିବ ହୁଏ- କିଛି କହିପାରେ ନାଇଁ- ଆଜି ଏତେ ଦିନପରେ ତାକୁ ଥଟ୍ଟା କରୁଥିବା ଦେଖି ଧାନୀର ମନଟା ଖୁସି ହୋଇଗଲା।

ସେ ତାକୁ ପାଖକୁ ଡାକି କହିଲା- ମୁଁ କ'ଣ ଏ ଘର କାନୁ ପାଇଁ ଲିପୁଛି? ସେଦିନ ତ ଗଡ଼ରେ ଯାତରା ହେଉଥିଲା- "ମାନଭଞ୍ଜନ"- ଦେଖିଥିଲୁ ପରା! ସବୁ କାହ୍ନୁମାନେ ଦଗାଦିଆ- ଖାଲି ବୁଢ଼ା ମଣିଷ ଶୀତ କାକରରେ କୋଉଠି ମୁଣ୍ଡ ଗୁଞ୍ଜିବ?- ସେଇ କାନୁ ବାପୁର କଥା ଭାବି ଲିପାପୋଛା କରିଦେଇ ଆଉଚି- ରହ- ଲିପା ସରିଲାଣି- ସାଙ୍ଗ ହୋଇ ଟୁବ ଗାଡ଼ିଆକୁ ଗାଧେଇ ଯିବା-

ଧାନୀ ସାଙ୍ଗରେ ଚିନି ବି ହାତ ଲଗାଇଦେଲା। କାମ ସରିଗଲା ସହଳ ସହଳ।

ଦୁହେଁଯାକ ପାଖ ଟୁବ ଗାଡ଼ିଆକୁ ଗାଧୋଇ ବାହାରିଲେ।

ସକାଳର ସୂର୍ଯ୍ୟ ସେତେବେଳକୁ ମୁଣ୍ଡ ଉପରକୁ ଉଠି ଆସିଲେଣି। ଟାଇଁ ଟାଇଁ ଖରା। ନିଆଁ ବରଷୁଛି ଆକାଶରୁ। ଟୁବ ଗାଡ଼ିଆରେ ବୁଡ଼ଟାଏ ମାରିଦେଲେ ଦେହରେ ଜୀବନ ପଶିବ- ସେଥିପାଇଁ ତତଲା ଭୂଇଁକୁ ଡେଇଁ ଡେଇଁ ସେମାନେ ଚାଲି ଯାଉଥିଲେ।

ଧାନୀର କାନି ଟାଣିଦେଇ କହିଲା- ହେ ନୁନି! ଟିକିଏ ଧୀରେ ଚାଲ- ମୋ ପାଦ ପୋଡ଼ିଯାଉଚି-

ଧାନୀ ପଛକୁ ବୁଲି ତା' ମୁହଁକୁ ଚାହିଁଲା।

ଚିନି ଗଳା ବସାଇ ଧୀର କଣ୍ଠରେ କହିଲା- ତତେ ଗୋଟାଏ କଥା କହିବି। ନାହିଁ କହିବୁ ନାଇଁ?

- କି କଥା? କହୁନୁ କାହିଁକି?

- ବାହା ହେଲା ପରେ ମୋ କଥା ଭୁଲିଯିବୁ ନାହିଁ ତ?

ଶାଢ଼ୀ କାନିରେ ଗୋଟାଏ ଗଣ୍ଠି ପକାଇ ଦେଇ ଧାନୀ କହିଲା- ଏଇ ଗଣ୍ଠି

ପଡ଼ିଲା । ଆଉ ତୋ କଥା ଭୁଲିବି ନାଇଁ । ଗଣ୍ଠି ଦେଖିଲେ ତୋ କଥା ମନେ ପଡ଼ିଯିବ । କହ- କଅଣ କହୁଥିଲୁ-

ଚିନିର ମୁହଁରେ ମେଘ ଘୋଟିଗଲା । ଦୁଃଖର ମେଘ ।

ସେ ମୁହଁ ତଳକୁ କରି କହିଲା- ତାକୁ ଆଣିବାକୁ ଗଡ଼କୁ ଯାଇଥିଲି ବୋଲି ବାପୁଠାରୁ ବୁଢ଼ୀଦିନେ ମାଡ଼ ଖାଇଲି । ହେଲେ ମନ ବୁଝୁନାଇଁ । ସେ ତ ସାହୁକାର ଜମିରୁ ଧାନକାଟି ଆଣିଥିଲା । କାଳେ ପୋଲିସ ଧରିନେଇ ଜେଲ୍‌ରେ ପୂରାଇ ମାଡ଼ ଦେବ ବୋଲି ଲୁଚି ଜଙ୍ଗଲ ଭିତରକୁ ପଳାଇଥିଲା । ମତେ ଛାଡ଼ି ଆଉ ଗୋଟାକୁ ବାହା ହୋଇଗଲା କେମିତି ? ମନ ବୁଝୁନାଇଁ । ସେ ଠିକାଦାର ଚୂହାଡ଼ ସିଂ ମତେ ମିଛ କହିଛି-

- ତୁ ସେ ଠିକାଦାର କଥା ବିଶ୍ୱାସ କଲୁ ? ଛି- ଛି-

ଧାନୀର ଛି, ଛି ଶୁଣି ଚିନି ଆଖିକୁ ଲୁହ ଆସିଗଲା ।

ସେ କହିଲା- ତୋ ହାତ ଧରୁଛି ଧାନୀ, ତୁ ମୋର ଛୋଟ କଥା ରଖିବୁ । ବାହା ହେଲାପରେ କାନୁକୁ କହି ମୋ ବରକୁ ମୋ ପାଖକୁ ଧରି ଆଣିବୁ । ତା' ନାଁରେ ପୋଲିସ୍ କେଶ୍ ଚାଲିଛି-କାନୁ ବଡ଼ ହାକିମ - ସେ ଚାହିଁଲେ କେଶ୍ ଉଠାଇଦବ-

ଚିନିର କଥା ଶୁଣି ଧାନୀର ମନ ଘର ଧରିଗଲା । ଏଇ କଥା କହିବ ବୋଲି ସେ କେତେଥର ଢୋକ ଗିଳିଛି !

ତା' ଉପରେ ବଡ଼ ଭରସା କରି ବଞ୍ଚି ରହିଛି ଚିନି ।

ସେ କହିଲା- ନଈରେ ମାଛ, ଗଛ ଅଗରେ କଇଁଆ; ଆଉ ତୁ ଚୂଲି ଉପରେ ପଲମ ବସାଇ ମାଛ ଝୋଳ କରିବୁ ବୋଲି ରାନ୍ଧୁଣୀ ସାଜିଛୁ ! କାନୁର ଦେଖା ଦରଶନ ନାଇଁ-

ଚିନି ନିଜକୁ ନିଜେ ବୁଝାଉଥିଲା ଭଳି କହିଲା- ତତେ ଛାଡ଼ି କାନୁ ରହିପାରିବ ନାଇଁ ଲୋ ଧାନୀ ! ମତେ ଗଞ୍ଜିଆ ମାଝି କହୁଥିଲା- ତୋ ଉପରେ ବି କୁଆଡ଼େ ସେ ଠିକାଦାର ଆଖି ପକାଉଥିଲା- କଥାଟା ଶୁଣି କାନୁ ଗରଜି ଉଠିଲା- କହିଲା, ଧାନୀ ଉପରେ ଯିଏ ଖରାପ ନଜର ପକାଇବ; ମୁଁ ତା'ର ଆଖି ଦୁଇଟା ତାଡ଼ି ଆଣିବି-

ଚିନିର କଥା ଶୁଣି ହସି ପକାଇଲା ଧାନୀ । ତା' ମନର ସବୁ ସନ୍ଦେହ ନିମିଷକ ଭିତରେ ଫୁଟା ମାଠିଆର ପାଣି ଭଳି ଏଣେ ତେଣେ ଇଡ଼ି ହୋଇଗଲା ।

ଦୁହେଁଯାକ ତରତର ହୋଇ ଟୁବ ଗଡ଼ିଆ ଆଡ଼କୁ ଚାଲିଗଲେ ।

ଖରାବେଳ ଗଡ଼ିଗଲା । ନୁଆଣିଆ ଛପର ଚାଳ ଉପରେ ଓହ୍ଲାଇ ଆସିଲା ମହଳଣ ଖରା ଆଉ ଗଛର ଲମ୍ବା ଛାଇ ।

ପିଣ୍ଡା ଉପରେ ବସି ସିଧୁ ମାଝି ନାଲି ଚା' ଦେହରେ ମୁଠାଏ ମୁଢ଼ି ଭସାଇଦେଇ

ଭୋକ ମାରୁଥିଲା। ଏଠାରେ ମୁଢ଼ି ସହଜରେ ମିଳେ ନାହିଁ। କାଲି ମୁନିଆ ହାଟକୁ ଯାଇଥିଲା। ତା' ପାଇଁ ଟଙ୍କାକର ମୁଢ଼ି କିଣି ଆଣିଥିଲା, କଂସାଏ ନାଲି ଚା'ରେ ମୁଠାଏ ମୁଢ଼ି! ସରିଯିବ ବୋଲି ଅଳପ ଅଳପ ମୁଢ଼ି ସେ ଖରଚ କରୁଚି।

ଅଣନିଃଶ୍ୱାସୀ ହୋଇ ଧାଇଁ ଧାଇଁ ଆସି ଗୁରିଆ ଠିଆ ହୋଇଗଲା ତା' ଓଳି ତଳେ। ଦମ୍ ନେଇସାରି କହିଲା- ତତେ ସରକାରୀ ପିଅନ୍ ଖୋଜୁଚି ସିଧୁ ଦାଦା!

ସରକାରୀ ପିଆଦା!

ଚା' କଂସାଟା ସିଧୁ ହାତରେ ଚହଲିଗଲା, ଚା' ଢାଳି ହୋଇଗଲା ପିଣ୍ଡା ଉପରେ, ସରକାରୀ ପିଆଦା ତାକୁ କାହିଁକି ଖୋଜୁଛି?

ଜଙ୍ଗଲରୁ କାଠ କାଟିଲେ କି ଜନ୍ତୁଜୁନ୍ତା ମାଇଲେ ଦୋଷ ହୁଏ। ଫାଣ୍ଡିବାବୁ ପିଆଦା ପଠାଇ ଦୋଷୀ ଲୋକକୁ ଧରିନିଏ। ଫାଣ୍ଡି ଭିତରେ ପୂରାଇ ମାଡ଼ଦିଏ। ନହେଲେ ଜୋରିମାନା କରେ। କିନ୍ତୁ ସେ' ତ ଆଜିକାଲି ଜଙ୍ଗଲକୁ କାଠ କାଟି ଯାଏନାଇଁ, ଜନ୍ତୁ ଶିକାର କରେ ନାହିଁ। ତାକୁ ଧରି ନେବାପାଇଁ ସରକାରୀ ପିଆଦା ଆସିଛି କାହିଁକି!

ସେ କାନ୍ଦ କାନ୍ଦ ହୋଇ କହିଲା- ମୁଁ କି ଦୁଷ କଲିରେ ଗୁର! ମତେ ସରକାରୀ ପିଆଦା ଧରି ନେବାକୁ ଆସିଛି କାହିଁକି?

ତା'ର କାନ୍ଦ କାନ୍ଦ ଥରିଲା କଣ୍ଠର ସ୍ୱର ଶୁଣି ଗୁରିଆ ମାଝି ହସିଦେଲା। କହିଲା- ଆଜିକାଲି ତୋ କାନକୁ ଭଲ ଶୁଣାଯାଉ ନାହିଁ। ମୁଁ ତତେ ସରକାରୀ ପିଅନ କହୁଛି, ତତେ ଶୁଣାଯାଉଛି ପିଆଦା! ମିଛୁଟାରେ ମନ ଖରାପ କରୁଛୁ। ଡାକପିଅନ ଆସିଛି- ଟଙ୍କା ଆଣିଛି- ତତେ ଯିବାପାଇଁ ଖବର ପଠାଇଛି- ମଣ୍ଡଘର ପିଣ୍ଡାରେ ବସିଛି-

ମାଝିପଡ଼ା ଗାଁକୁ ଡାକବାଲା ଆସିବା କଥା ନୁହେଁ। ମାଝିପଡ଼ାକୁ କେହି ଚିଠି ଦିଅନ୍ତି ନାହିଁ। ଟଙ୍କା ପଠାଇବ କିଏ?

ବେଳେବେଳେ ଋଣ ଟଙ୍କା ଆଦାୟ ପାଇଁ ଡାକରେ ସରକାରୀ ନୋଟିସ୍ ଆସେ। ମାଝିପଡ଼ାର ଲୋକେ ପାଠଶାଠ ଜାଣନ୍ତି ନାହିଁ। ସରକାରୀ ଚିଠିପତ୍ର ଆସିଲେ ସେମାନେ ଧାଆନ୍ତି ଗୁରୁମାଆଙ୍କ ପାଖକୁ- ଆଶ୍ରମ ସ୍କୁଲକୁ।

ଟଙ୍କା ନେଇ ପିଅନ ଆସିଛି।

ଏଥର ତା'ର ସୋରିଷ କିଆରୀ ଖଣ୍ଡକ ଭଲ ଉତୁରିଛି। ଆମଦାନୀ ହେବାକୁ ଆହୁରି ପନ୍ଦର କୋଡ଼ିଏ ଦିନ ବାକି। ସୋରିଷ ଅମଳ ହେଲେ ସେ ସରକାରୀ ଘରେ ମାପି ଦେଇ ଆସିବ। ଗୁଲାବ ଦାସକୁ ବିକିବ ନାହିଁ। ବନୁ ମନା କରିଦେଇ ଯାଇଛି।

ହେଲେ ସୋରିଷ ଅମଳ ନହେଉଣୁ ସରକାରୀ ପିଅନ ହାତରେ ଆଗତୁରା ଟଙ୍କା ପଠାଇଲା କିଏ କାହିଁକି ?

ଦୋଦୋପାଞ୍ଚ ହୋଇ ଗୁରିଆ ସାଙ୍ଗରେ ଚାଲି ଚାଲି ସିଧୁ ମଣ୍ଡଘର ପାଖକୁ ଗଲା। ସରକାରୀ ଡାକ ପିଅନ କେବେ କେମିତି ଆସିଲେ ମଣ୍ଡଘର ପାଖରେ ବସି ଡକାଇ ପଠାନ୍ତି। ପଡ଼ାର ଆଉ ପାଞ୍ଚଜଣଙ୍କୁ ପଚାରି ଲୋକ ଚିହ୍ନଟ କରନ୍ତି। ଚିଠିପତ୍ର ଦେଇ ଯାଆନ୍ତି।

କିନ୍ତୁ ଏ ଯେ ମନି ଅଡ଼ର୍ !

କେବଳ ଟିପଚିହ୍ନ ଦେଲେ ଚଳିବ ନାହିଁ। ଟଙ୍କା ନେଇଥିବା ପ୍ରମାଣ ସ୍ୱରୂପ ଜଣେ କେହି ସାକ୍ଷୀ ପଡ଼ିବା ଦରକାର। ସାକ୍ଷୀ ଦସ୍ତଖତ ଜାଣିଥିବା ଦରକାର। ମାଝିପଡ଼ାରେ ସେମିତି ପଢୁଆ ଲୋକ କିଏ ?

ଅଗତ୍ୟା ସିଧୁ, ଗୁରିଆ ପିଅନ ବାବୁଙ୍କ ସାଙ୍ଗରେ ଆଶ୍ରମ ସ୍କୁଲକୁ ଗଲେ।

ସିଧୁ ଟିପ ଦେଲା। ଗୁରୁମାଆ ମେରୀ ସାକ୍ଷୀ ପଡ଼ିଲେ।

: ଏତେ ଗୁଡ଼ାଏ ଟଙ୍କା ପଠାଇଛି କିଏ ମାଆ ! ଦଶ କୋଡ଼ିଏ ନୁହଁ- ଏକବାରେ ଦୁଇଶହ ଟଙ୍କା !

ମାଆ ମେରୀ ହସିଦେଇ କହିଲେ- ଆମ କାନୁ ଟଙ୍କା ପଠାଇଛି ସିଧୁ ! ଟ୍ରେନିଂରୁ ଫେରି ସେ ଏସ୍.ଡ଼ି.ଓ. ହୋଇଛି। ମନି ଅର୍ଡ଼ର ଫାରମରେ ଲେଖିଛି- ପରେ ଆହୁରି ବେଶୀ ଟଙ୍କା ପଠାଇବ-

ମଆଙ୍କ ମୁହଁରୁ କଥାଟା ଶୁଣି ସିଧୁ ମାଝିର ମୁହଁ ହସରେ ହସରେ ଝଲସି ଉଠିଲା। କଥା କହୁ କହୁ ଅତି ଆନନ୍ଦରେ ତା'ର ପାଟି ଖନି ମାରିଗଲା। ଖନେଇ ଖନେଇ ସେ କହିଲା- ମୋ କାନୁ- କାନୁ- କାନୁଆ- ତା' ଦିହ ମୁଣ୍ଡ କେମିତି ଅଛି ପିଅନ ବାବୁ! ସେ ଭଲ ଅଛି ତ ? ତାକୁ କହିବ ମତେ ଟଙ୍କା ପଠାଇବା ଦରକାର ନାଇଁ, ମୋର ଟଙ୍କା କ'ଣ ହେବ ?- ଦେହ ମିହନତ କଲେ ଗୋଟାଏ ପେଟକୁ କିଛି ନଅଣ୍ଟ ନାଇଁ- ଯାହା ପଠାଇବ ଏଇ ମାଆଙ୍କ ପାଖକୁ ପଠାଇବ- ମୁଁ ମୂରୁଖ ଲୋକ-

ଡାକ ପିଅନ ଆବାକାବା ହୋଇ ଠିଆ ହୋଇଛନ୍ତି।

ସିଧୁ ବ୍ୟାକୁଳ ହୋଇ ପଚାରୁଛି- କୋଉ ମୂଲକରେ ମୋ କାନୁ ଅଛି ବାବୁ !

ଘରକୁ ଆସିବ ନାଇଁ ? ତା' ଦିହ ଭଲ ଅଛି ତ ? ତମେ ଟଙ୍କା ଆଣିଲାବେଳେ ସେ ଆଉ କ'ଣ କହୁଥିଲା ?

ଡାକ ପିଅନ ଏଥର ହସିଦେଲେ।

ବୁଝାଇଲେ- ଟଙ୍କା ଡାକରେ ଆସିଥିଲା। ଚିଠି ଯେମିତି ଆସେ। ମୁଁ ତମ ପୁଅ

ପାଖକୁ ଟଙ୍କା ଆଣିବାକୁ ଯିବି କାହିଁକି ? ସେ ଯାହା ଲେଖିବାର କଥା ମନି ଅର୍ଡ଼ର ଫାରମ୍‌ରେ ଲେଖିଛନ୍ତି-

ଡାକ ପିଅନ ବାବୁ ଯିବାପାଇଁ ସାଇକେଲ ଧଇଲେ।

କୁଆଡୁ ଥିଲା ଖବର ପାଇ ମୁନିଆ ମାଝି ଗୋଟାଏ ଗଞ୍ଜା ଧରି ଆସି ପହଞ୍ଚିଗଲା।

କହିଲା- ପିଅନ ବାବୁ! ଏ କୁକୁଡ଼ାଟା-

ଡାକ ପିଅନ ବାବୁ ପଚାରିଲେ- ଇଏ କଅଣ ?

ଗୁରିଆ ଦାନ୍ତ ଦେଖାଇ ହସିଲା।

କହିଲା- ଆମ ମାଝିପଡ଼ାର କାନୁ ବଡ଼ ହାକିମ ହୋଇ ଟଙ୍କା ପଠାଇଛି, ତମେ ଟଙ୍କା ନେଇ ଆସିଛ। ଖାଲି ହାତରେ ଫେରିବ ? ଆମେ ମାଝି ଲୁକ। ଆମେ ଆଉ କ'ଣ ଦେଇପାରିବୁ ? ଇଏତ କାନୁର ଶଶୁର ହେବ- ଖବର ପାଇ ଶରଧାରେ ଏଇ କୁକୁଡ଼ା ପକ୍ଷୀଟା ତମ ପାଇଁ ଆଣିଛି-

ସାଇକେଲ ହାଣ୍ଡଲ୍‌ରେ କୁକୁଡ଼ାଟାକୁ ବାନ୍ଧି ଝୁଲାଇ ପିଅନ ବାବୁ ଚାଲିଗଲେ। ଗଞ୍ଜାର କଅଁ କଅଁ ଶବ୍ଦ ଧୀରେ ଧୀରେ ପବନରେ ମିଳେଇଗଲା।

ଦୁଇଶହ ଟଙ୍କାର କାଗଜ ନୋଟ୍ ଧରେଇ ଦେଇ ମାଆ ମେରୀ କହିଲେ-

- ଏ ଟଙ୍କା ନିଅ ସିଧୁ! କାନୁର ପ୍ରଥମ ରୋଜଗାର ଟଙ୍କା। ପଡ଼ାର ସାଇପଡ଼ିଶା ମିଳିମିଶି ଭୋଜି କରି ଖାଇବ-

ତାଙ୍କ ପାଦ ତଳେ ବସି ପଡ଼ି ସିଧୁ ଗୁହାରି କଲା- ଏ ଟଙ୍କାଟା ତମେ ରଖ ମାଆ! ସେ' ତ ତମରି ହାତ ଗଢ଼ା ମଣିଷ। ଏ ଟଙ୍କାରେ ଆଶ୍ରମ ସ୍କୁଲ ପିଲାଙ୍କୁ ମିଠେଇ କିଣି ବାଣ୍ଟିଦେବ- ମୁଁ ତ ଚାନ୍ଦ୍‌ବଙ୍ଗାକୁ ବଳି ମାନସିକ କରିଛି। ସେଇ ବଳି ଦିନ ଭୋଜି ହେବ- ମଣ୍ଡଘରକୁ ସେଦିନ ଭୋଜି ଖାଇବାକୁ ଯିବାକୁ ହେବ ମାଆ!

ମାଆ ମେରୀଙ୍କ ମୁହଁରେ ଫୁଟି ଉଠିଲା ପରିତୃପ୍ତିର ହସ।

ବେକରେ ଝୁଲୁଥିବା ରୂପାରେ ତିଆରି କ୍ରସ୍‌କୁ ଛୁଇଁ ସେ ମନେ ମନେ ସ୍ୱଗତୋକ୍ତି କରି ଉଠିଲେ- କାହ୍ନୁ ମଣିଷ ହୋଇଛି। ବଡ଼ ଚାକିରୀ କରିଛି। ପ୍ରଥମ ଦରମା ଟଙ୍କା ବାପ ପାଖକୁ ପଠାଇଛି। ଏକଥା ଜାଣିଲେ ତାଙ୍କର ସ୍ୱର୍ଗୀୟ ଆତ୍ମା ନିଶ୍ଚୟ ଶାନ୍ତି ପାଇବ।

।। ଛଅ ।।

କେନ୍ଦୁଝରର ଆଦିବାସୀ ଅଧ୍ୟୁଷିତ ପାହାଡ଼ ଅରଣ୍ୟଘେରା ଅପନ୍ତରା ଗୋଟିଏ ପଡ଼ା ଗାଁ; ମାଝିପଡ଼ା। ସେଇ ଗାଁର ଜଣେ ଆଦିବାସୀ ପିଲା ଆଇ.ଏ.ଏସ୍. ଅଫିସର ହେବ, ଏକଥା କେହି ସ୍ୱପ୍ନରେ ଭାବିନଥିଲେ। ଆଶ୍ରମ ସ୍କୁଲର ଗୁରୁମାଆ ମେରୀ ନୁହଁନ୍ତି କି ନିଜେ କାହ୍ନୁ ମାଝି ମଧ୍ୟ ନୁହଁ, ସେ ଧରି ନେଇଥିଲା ପାଠ ପଢ଼ି ପାଶ୍ କରିଗଲେ ସେ କିରାଣୀଟିଏ କି ସ୍କୁଲ ଶିକ୍ଷକଟିଏ ହୋଇଯିବ। ସେଇ ଲକ୍ଷ୍ୟ ନେଇ ସେ ବି.ଏ. ପାଶ୍ କରିଥିଲା।

କିନ୍ତୁ ତା'ର ଭାଗ୍ୟ ବଦଳିଗଲା ଏମ୍.ଏ. ପାଶ୍ କଲା ପରେ। ଅନ୍ୟ କେତେଜଣ ସାଙ୍ଗମାନଙ୍କ ସହିତ ମିଶି ସେ ଆଇ.ଏ.ଏସ୍. ପରୀକ୍ଷାରେ ବସିଥିଲା। କୃତି ବ୍ୟକ୍ତିମାନଙ୍କ ମଧ୍ୟରେ ତା'ର ନାମ ଥିଲା ଅନେକ ତଳେ; କିନ୍ତୁ ଆଦିବାସୀମାନଙ୍କ ସଂରକ୍ଷିତ କୋଟା ସିଢ଼ିର ପାହାଚରେ ପାଦରଖି ପ୍ରାୟ ସତୁରି ଜଣ ସଫଳ ସବର୍ଣ୍ଣ ପ୍ରାର୍ଥୀଙ୍କୁ ପାଦରେ ପାତାଳକୁ ଚାପି ସେ ଉପରକୁ ଉଠିଗଲା। ଆଲାଏଡ଼୍ ସର୍ଭିସ୍ ବଦଳରେ ସେ ପାଇଗଲା ଆଇ.ଏ.ଏସ୍ !

ତା'ପରେ ଟ୍ରେନିଂ ପାଇଁ ତା'ର ମସୌରୀ ଯିବା କଥା।

ପରାମର୍ଶ ପାଇଁ ସେ ଯାଇଥିଲା ଆଦିବାସୀ ଗ୍ରାମମଙ୍ଗଳ ବିଭାଗ ମନ୍ତ୍ରୀଙ୍କ ପ୍ରାଇଭେଟ୍ ସେକ୍ରେଟେରୀ ବିଶ୍ୱାଳ ବାବୁଙ୍କ ପାଖକୁ। ଆଇ.ଏ.ଏସ୍. ପରୀକ୍ଷା ଫର୍ମରେ ପ୍ରାର୍ଥୀଙ୍କୁ ଜାଣିଥିବା ଦୁଇଜଣ ବିଶିଷ୍ଟ ଲୋକଙ୍କ ନାମ ଓ ଠିକଣା ଉଲ୍ଲେଖ କରିବାକୁ ହୁଏ। ଆଦିବାସୀ ଗ୍ରାମମଙ୍ଗଳ ବିଭାଗ ମନ୍ତ୍ରୀ ତାଙ୍କ ଅଞ୍ଚଳର ଲୋକ। ତାଙ୍କ ନାମ ଓ ଠିକଣା ସେଇ ଫର୍ମରେ ଉଲ୍ଲେଖ କରିବା ଉଦ୍ଦେଶ୍ୟରେ ସମ୍ମତି ପାଇଁ ସେ ମନ୍ତ୍ରୀଙ୍କ ପାଖକୁ ଯାଇଥିଲା। ମନ୍ତ୍ରୀ ତାଙ୍କ ପ୍ରାଇଭେଟ ସେକ୍ରେଟେରୀ ବିଶ୍ୱାଳ ବାବୁଙ୍କୁ କହି ଦେଇଥିଲେ- ତାକୁ ସାହାଯ୍ୟ କରିବା ପାଇଁ।

ସେଇ ସୂତ୍ରରେ ତାଙ୍କ ସହିତ ତା'ର ପରିଚୟ।

ସେ ତାକୁ ସେଦିନ ଅଭୟ ଦେଇଥିଲେ- ଯେତେବେଳେ ଯାହା ସୁବିଧା ଅସୁବିଧା ହେବ, ମତେ କୁହ। ମୁଁ ମନ୍ତ୍ରୀଙ୍କୁ କହି ସବୁ ବ୍ୟବସ୍ଥା କରିଦେବି।

ସୁବିଧା ଅସୁବିଧାରେ ବିଶ୍ୱାଳ ବାବୁଙ୍କ ସହାୟତା ଗ୍ରହଣ କରିବା ପାଇଁ ସେ କେବେ କୁଣ୍ଠିତ ହୋଇନଥିଲା।

ଟ୍ରେନିଂ ପାଇଁ ସେ ମସୌରୀ ଯାଉଛି ବୋଲି ଶୁଣିସାରି ବିଶ୍ୱାଳ ବାବୁ ପଚାରିଥିଲେ- ମସୌରୀ ଯିବ। ଗରମ ଲୁଗାପଟା ନେଉଛ ତ ?

ପାଠ ପଢ଼ିଲାବେଳେ ସେ ଯେଉଁ ସରକାରୀ ଷ୍ଟାଇପେଣ୍ଡ୍ ପାଉଥିଲା, ସେଥିରେ ସେ ଗୋଟାଏ ପୂରାହାତ ସୁଏଟର ଆଉ ସାଲ୍ କିଣିଥିଲା।

ସେଇ ଦୁଇଖଣ୍ଡ ଗରମ ବସ୍ତ୍ର ନାମ ଶୁଣି ବିଶ୍ୱାଳ ବାବୁ ହସିଥିଲେ।

ପଚାରିଥିଲେ- ଗରମ ସୁଟ୍, ଉଲେନ୍ ବ୍ଲାଙ୍କେଟ୍ ? ନାହିଁ ?

ଓଡ଼ିଶାର ରାଜଧାନୀ ସହରରେ ବେଶୀ ଥଣ୍ଡା ପଡ଼େ ନାହିଁ। ଗରମ ସୁଟ୍‌ର ଆବଶ୍ୟକତା ସେଥିପାଇଁ ସେ ଅନୁଭବ କରି ନଥିଲା।

ତା'ର ଅପ୍ରସ୍ତୁତ ଅବସ୍ଥା ଦେଖି ବିଶ୍ୱାଳ ବାବୁଙ୍କ ମୁହଁରେ ଅଭିଭାବକସୁଲଭ ଏକ ସ୍ନେହସଜଳ ଭଙ୍ଗୀ ଫୁଟି ଉଠିଥିଲା।

ସେ କହିଥିଲେ- ସମୁଦ୍ରଠାରୁ ପ୍ରାୟ ଦୁଇ ହଜାର ଫୁଟ ଉଚ୍ଚରେ ମସୌରୀ ସହର। ଖୁବ୍ ଥଣ୍ଡା ପଡ଼େ। ତା' ଛଡ଼ା ଟ୍ରେନିଂରୁ ଫେରିଲେ ତମେ ଆମ ରାଜ୍ୟର ଜଣେ ବଡ଼ ପ୍ରଶାସନିକ ଅଫିସର ହେବ। ଗରମ ସୁଟ୍ ନହେଲେ ଚଳିବ କିପରି ? ମୋ ସାଙ୍ଗରେ ଚାଲ- ଆଉ ଡେରି କର ନାହିଁ। ଦରଜି ସୁଟ୍ ତିଆରି କରି ଦେବାକୁ ଅନେକ ସମୟ ଚାହିଁବ-

ଆଦିବାସୀ ଉନ୍ନୟନ ବିଭାଗର ସରକାରୀ ଜିପ୍ ଚଢ଼ି ସେ କ୍ୟାପିଟାଲ୍ ମାର୍କେଟକୁ ଯାଇଥିଲା। ଖୁବ୍ ଦାମୀ ଟେରିଉଲ୍ କନାର ସୁଟ୍ କନା କିଣି ସହରର ଏକ ଅଭିଜାତ ଦରଜି ଦୋକାନରେ ସିଲେଇର ବରାଦ ଦେଇଥିଲେ ବିଶ୍ୱାଳ ବାବୁ। ମୂଲ୍ୟବାନ୍ ଉଲେନ୍ ବ୍ଲାଙ୍କେଟ୍ ମଧ୍ୟ କିଣି ଦେଇଥିଲେ। କମ୍ବଳର ଦେହ ଚଢ଼େଇର ପର ପରି କିପରି ନରମ, କଅଁଳ ଗାଧୁଆବେଳର ଖରା ଭଳି କି ଗରମ !

ସେ ସୁଟ୍ ଆଉ ବ୍ଲାଙ୍କେଟ୍‌ର ଟଙ୍କା କିଏ ଦେଇଥିଲା ଜାଣେ ନାହିଁ କାହ୍ନୁ। ହୁଏତ ତାଙ୍କ ଅଞ୍ଚଳର ମନ୍ତ୍ରୀ କିମ୍ବା ତାଙ୍କ ସରକାରୀ ଦପ୍ତର ଏ ଖର୍ଚ୍ଚ ବହନ କରିଥିଲା, ସେକଥା ବିଶ୍ୱାଳ ବାବୁ ତାକୁ କେବେ ଜାଣିବାକୁ ଦେଇନଥିଲେ।

ସେ ସୁଟ୍ ପିନ୍ଧି ଫୁଲ୍ ସାଇଜର ମିରର୍ ଆଗରେ ଠିଆ ହେଲାବେଳେ ସେ ନିଜକୁ ନିଜେ ଚିହ୍ନି ପାରିନଥିଲା। ଏଇ କ'ଣ ମଣ୍ଡଘର ପିଣ୍ଡାରେ ମାଘ ପର୍ବରେ ମହୁଆ ମଦ ପିଇ ମାତାଲ ହୋଇ ଢୁଙ୍ଗ୍‌ଢୁଙ୍ଗା ଧରି ଗୀତ ବୋଲୁଥିବା କାନୁ ମାଝି ! ସିଧୁ ମାଝିର ପୁଅ ! ମାଆ ମେରୀଙ୍କ ଗେହ୍ଲା ପ୍ରିୟ ଛାତ୍ର ! ଧାନିର ବାକ୍‌ଦତ୍ତା କାନୁ !

ଏଇ ପୋଷାକ ତାକୁ ଅଲଗା ଏକ ପରିଚୟ ଆଣି ଦେଇଥିଲା, ତାକୁ ଏକ ଭିନ୍ନ ପ୍ରକାର ମଣିଷ କରିଦେଇଥିଲା।

ସେଇ ଗରମ ସୁଟ୍ ଆଉ ପଶମୀ କମ୍ବଳ ନଥିଲେ ମସୌରୀରେ ଖୁବ୍ ହଇରାଣ ହୋଇଥାଆନ୍ତା କାହ୍ନୁ। ତା'ର ସହ- ଶିକ୍ଷାନବିସମାନେ ସମସ୍ତେ ଥିଲେ ସଂଭ୍ରାନ୍ତ, ମାର୍ଜିତ ଏବଂ ସୁଟ୍ ପରିହିତ ପୁଅଝିଅ। ସେ ପୋଷାକ ନଥିଲେ ସେ ଅନ୍ୟମାନଙ୍କ ପାଖରେ ପରିହାସର ପାତ୍ର ହୋଇଥାଆନ୍ତା। ସେଥିପାଇଁ ମସୌରୀରେ ଟ୍ରେନିଂ ନେଉଥିବା ବେଳେ ବିଶ୍ୱାଳ ବାବୁଙ୍କ ପ୍ରତି ମନେ ମନେ ଖୁବ୍ କୃତଜ୍ଞବୋଧ କରିଥିଲା।

ଟ୍ରେନିଂରୁ ଫେରି ବାଲେଶ୍ୱର ଜିଲ୍ଲାର ସଦର ମହକୁମାରେ ଏସ୍.ଡି.ଓ. ଭାବରେ ନିଯୁକ୍ତି ପାଇବାରେ ମଧ୍ୟ ବିଶ୍ୱାଳ ବାବୁ ତାକୁ ଯଥେଷ୍ଟ ସାହାଯ୍ୟ କରିଥିଲେ। ସେ ମନ୍ତ୍ରୀଙ୍କ ପ୍ରାଇଭେଟ୍ ସେକ୍ରେଟେରୀ। ତାଙ୍କର ଅଦୃଶ୍ୟ ଲମ୍ବା ହାତ ଅନେକ ଦୂର ଲମ୍ବିଯାଏ। ତା' ପାଇଁ ତାଙ୍କର ସେ ଦୃଶ୍ୟମାନ ହାତ ସବୁବେଳେ ଏକ ଅଭୟ ମୁଦ୍ରାରେ ଉତ୍ତୋଳିତ ହୁଏ!

ଆଦିବାସୀ ଉନ୍ନୟନ ବିଭାଗ କମିଶନର ଆସିଥାଆନ୍ତି ତା'ର ସବଡିଭିଜନ୍ ପରିଦର୍ଶନ କରିବାକୁ, ତାଙ୍କ ଗାଡ଼ିରେ ଆସିଥାଆନ୍ତି ବିଶ୍ୱାଳ ବାବୁ। ସେ ତାଙ୍କୁ କମିଶନର ସାହେବଙ୍କ ସହିତ ଡାକବଙ୍ଗଳାରେ ରହିବାକୁ ନଦେଇ ନିଜେ ଗାଡ଼ି ନେଇ ନିଜ କ୍ୱାର୍ଟର୍ସକୁ ନେଇଆସିଥିଲା।

ଆପତ୍ତି କରିନଥିଲେ ବିଶ୍ୱାଳ ବାବୁ।

କିନ୍ତୁ ସେ ତାଙ୍କ ଅଫିସ୍ ଆକାଉଣ୍ଟାଣ୍ଟ୍ ଆଚାର୍ଯ୍ୟଙ୍କୁ ଡାକି ଯେତେବେଳେ ଏକ ହଜାର ଟଙ୍କା ତା' ବାପା ସିଧୁ ମାଝି ନାମରେ ମିନି ଅର୍ଡ଼ର କରି ପଠାଇଦେବାକୁ ଟଙ୍କା ବାହାର କରୁଥିଲା, ସେଥିରେ ସେ ହଠାତ୍ ଆପତ୍ତି ଉଠାଇଲେ।

- ବାପାଙ୍କ ପାଖକୁ ଏକ ହଜାର ଟଙ୍କା? ତମର କ'ଣ ମୁଣ୍ଡ ଖରାପ ହୋଇଗଲାଣି କାହ୍ନୁ ବାବୁ!

କାହ୍ନୁ ହସିଦେଇ କହିଥିଲା- ମୋ ବାପା ଖୁବ୍ ଗରିବ ଲୋକ। ମତେ ବଡ଼ କଷ୍ଟରେ ମଣିଷ କରିଛି। ଝାଟିମାଟି ଘର ଛାଉଣି ହୋଇନଥିବ। ବୁଢ଼ା ବାପା ମୋର ଭୋକ ଉପାସରେ ରହିଥିବ- ମୁଁ ପ୍ରଥମ ଦରମା ପାଇଲି- ଏକ ହଜାର ଟଙ୍କା ପଠାଇବି ନାହିଁ?

ବିଶ୍ୱାଳ ବାବୁ ଉତ୍ତର ଦେଇଥିଲେ- ମୋ ବାପା ବି ଖୁବ୍ ଗରିବ ଥିଲେ କାହ୍ନୁ ବାବୁ। ମୁଁ ବି କିରାଣୀ ଚାକିରି କରି ପେଟରୁ କାଟି ବାପାଙ୍କ ପାଖକୁ ଟଙ୍କା ପଠାଉଥିଲି। ସବୁ ତାଙ୍କର ଅଫିମ ନିଶାରେ ଗଲା- ଦାରିଦ୍ର୍ୟ ଦେହର ଚମଡ଼ା ଭଳି ମଲା ପର୍ଯ୍ୟନ୍ତ

ତାଙ୍କ ସହ ଲାଗି ରହିଥିଲା। ବାପାଙ୍କ ଦାରିଦ୍ର୍ୟ ଦୂର କରିବାକୁ ହେଲେ ଝାଟିମାଟି ଘର ଛପର କରି କିଛି ଲାଭ ନାହିଁ। କୋଠାଘର ତୋଳିବା ପାଇଁ ଟଙ୍କା ସଂଚୟ କର। ବାପାଙ୍କୁ ଏକ ହଜାର ଟଙ୍କା ପଠାଇଲେ ସେ ତାକୁ ଝାଟିମାଟି ଘରେ ରଖିବେ କେଉଁଠି ? ଏ ହଜାରେ ଟଙ୍କାର ନୋଟ୍ ଫୁଟା ଚାଳ ବାଟେ ଝରୁଥିବା ବରଷା ପାଣିରେ ଭିଜି ନଷ୍ଟ ହୋଇଯିବ- ତା' ନହେଲେ ଟଙ୍କା ଅଛି ଜାଣିଲେ ଚୋର ତସ୍କର ଲୁଟିନେବେ-

ସତେ ତ ! ସେ ଝାଟିମାଟି ଘରେ ବାପା ଏକ ହଜାର ଟଙ୍କା ରଖିବ କେଉଁଠି ?

ବିଶ୍ୱାଳ ବାବୁ ଅଭିଜ୍ଞ ଲୋକ। ତାଙ୍କର କଥାର ପ୍ରତିଟି ଶବ୍ଦ ସୁନା ଅସରପି ଭଳି ମୂଲ୍ୟବାନ୍ ମନେ ହୋଇଥିଲା କାହ୍ନୁକୁ। ସେ ଏକ ହଜାର ସଂଖ୍ୟାକୁ କାଟି ଦୁଇଶହ ଟଙ୍କା କରିଦେଇଥିଲା। ତା'ଠାରୁ କମ୍ ଟଙ୍କା ପଠାଇବା ପାଇଁ ତାକୁ ଲଜ୍ଜା ଲାଗିଥିଲା।

ତା' ଚାକିରି ଜୀବନରେ ଏ ଅଞ୍ଚଳକୁ ପ୍ରଥମ ଥର ଆସିଛନ୍ତି କମିଶନର ସାହେବ। ଅଫିସ ତରଫରୁ ତାଙ୍କୁ ଗୋଟାଏ ପାର୍ଟି ଦେବାର ବ୍ୟବସ୍ଥା କରିଛି କାହ୍ନୁ। ଏକ ନୈଶ୍ୟଭୋଜିର ଆୟୋଜନ କରିଛି।

କମିଶନର ନାୟକ ବାବୁ ଖୁବ୍ ଗମ୍ଭୀର ପ୍ରକୃତିର ଲୋକ।

ନୈଶ୍ୟ ଭୋଜି ଆସରରେ ସେ ତା' ସହିତ କରମର୍ଦ୍ଦନ କଲାବେଳେ କିନ୍ତୁ ନିଜ ମୁହଁର ଗାମ୍ଭୀର୍ଯ୍ୟ ରକ୍ଷା କରିପାରିଲେ ନାହିଁ। ତାଙ୍କ ମୁହଁ ହସର ଆଲୋକରେ ଉଦ୍ଭାସିତ ହୋଇଉଠିଲା, ପାଖରେ ବସିଥିବା ତାଙ୍କର କନ୍ୟା ସହିତ ପରିଚୟ କରିଦେଇ କହିଲେ- ମିଟ୍ ଦିସ୍ ବ୍ରାଇଟ୍ ୟଂ ମାନ୍! ଏ ଜୁଏଲ ଆମଙ୍ଗ୍ ଦ୍ୟ ନିଉ କାଡର୍!

ନବାଗତ ଆଇ.ଏ.ଏସ୍.ମାନଙ୍କ ମଧ୍ୟରେ ସେ ଏକ ରତ୍ନ! ପ୍ରଶଂସାସୂଚକ ମନ୍ତବ୍ୟ ଶୁଣି କାହ୍ନୁ ଏଭଳି ଅପ୍ରସ୍ତୁତ ଆଉ ଅପ୍ରତିଭ ହୋଇପଡ଼ିଲା ଯେ ତାଙ୍କ ଝିଅ ମେଘମାଳା ମୁହଁକୁ ଚାହିଁ ଦେଖିବା ସେଇ ମୁହୂର୍ତ୍ତରେ ଆଉ ସମ୍ଭବ ହେଲା ନାହିଁ।

ସମସ୍ତଙ୍କ ସାମ୍ନାରେ ମିଷ୍ଟର ନାଏକଙ୍କର ଏଭଳି ଖୋଲାଖୋଲି ପ୍ରଶସ୍ତିବାଣୀ ଶୁଣି ତା' ଦେହରୁ ଗୋଟାଏ ଝାଳ ବହି ଯାଇଥିଲା। ତାକୁ ଜଣାଥିଲା କମିଶନର ସାହେବ କନିଷ୍ଠ ଅଫିସରମାନଙ୍କୁ କଂପ୍ଲିମେଣ୍ଟ ଦେବାରେ ଖୁବ୍ କୃପଣ। ତାଙ୍କ ମୁହଁରୁ ପଦେ ପ୍ରଶଂସା ଶୁଣିବା ଅର୍ଥ ପ୍ରମୋଶନର ତୀଖ ପାହାଡ଼ର ଅନେକ ଉପରକୁ ନିର୍ବିଘ୍ନରେ ଉଠିଯିବା !

ଭୋଜନ ସମୟରେ ସେ କମିଶନର ସାହେବଙ୍କ ପାଖ ଟେବୁଲ୍‌ରେ ହିଁ ବସିଥିଲା। ହଠାତ୍ ସେ ଲକ୍ଷ୍ୟ କଲା, ତା' ପ୍ଲେଟ୍‌ରେ ଥିବା ଦୁଇଟା ବଡ଼ ମାପର ରସଗୋଲା ଆଉ ଗୋଟାଏ ପ୍ଲେଟ୍ ଆଣି କଣ୍ଟା ଚାମଚରେ ଉଠାଇନେଲା ମେଘମାଳା।

ତା' କାନ ପାଖରେ ଚାପା କଣ୍ଠରେ କହିଗଲା- ଆପଣଙ୍କ ସ୍ୱାସ୍ଥ୍ୟ ମୋଟା ହେବା ଦିଗରେ ଗତି କରୁଛି। ସାବଧାନ ରହନ୍ତୁ। ଛେନା, ଶର୍କରା ଜାତୀୟ ପ୍ରୋଟିନ୍ ଏଡ଼ାଇ ଯାଆନ୍ତୁ। ଆଇ ଲାଇକ୍ ସ୍ଲିମ୍ ସ୍ମାର୍ଟ ଟଲ୍ ବୟ-

ଝିଅର କଥା ଶୁଣି କମିଶନର ସାହେବ ମୃଦୁ ଶବ୍ଦ କରି ହସିଲେ।

ଏକ ମଧୁର-ଲଜ୍ଜାରେ କାହ୍ନୁ ମାଝିର କାନମୂଳ ଲାଲ ହୋଇଗଲା।

ତା' ଆରଦିନ କମିଶନର ସାହେବଙ୍କ ସାଙ୍ଗରେ ଫେରିଯିବା ଆଗରୁ ବିଶ୍ୱାଳ ବାବୁ ପଚାରିଲେ- କମିଶନର ସାହେବଙ୍କ କନ୍ୟାରତ୍ନଟିକୁ କିପରି ଲାଗିଲା କାହ୍ନୁ ବାବୁ ?

ଆଗରୁ କାହ୍ନୁ ବୋଲି ଡାକୁଥିଲେ ବିଶ୍ୱାଳ ବାବୁ। ଆଇ.ଏ.ଏସ୍. ପାଇଲା ପରେ 'ତମେ' ଶବ୍ଦଟା 'ଆପଣ'ରେ ପରିବର୍ତ୍ତିତ ହୋଇନଥିଲେ ମଧ୍ୟ ନାମ ଶେଷରେ ବାବୁ ଶବ୍ଦଟି ସେ ଯୋଗ କରିଛନ୍ତି। କାହ୍ନୁ ଆପତ୍ତି କରୁଥିଲା। ସେ ଶୁଣି ନାହାନ୍ତି।

ସେ ଉତ୍ତର ଦେଇଥିଲା- ମତେ ଆଉ ଲାଗିବ କ'ଣ ? ଭଲ ତ-

- ହଁ, ଖବ୍ ଭଲ। ଆନ୍‌ଥ୍ରୋପଲଜିରେ ଏମ.ଏ.। ଓଡ଼ିଶାର ଆଦିବାସୀମାନଙ୍କ ସମ୍ପର୍କରେ ଗବେଷଣା କରୁଛନ୍ତି। କିନ୍ତୁ ତାଙ୍କଠାରେ ଜ୍ଞାନର କିଛି ଅହଂକାର ଦେଖିଲ ? ଯେମିତି ନମ୍ର, ସେମିତି ଭଦ୍ର। କାଲି ରାତିରେ ମୁଁ ତାଙ୍କୁ କହିଦେଇଛି, ଆଦିବାସୀ ସମାଜ ସମ୍ପର୍କରେ ଯଦି ଗବେଷଣା କରିବା କଥା, ତା'ହେଲେ ଆମର ଏଇ କାହ୍ନୁ ବାବୁଙ୍କୁ ଗାଇଡ୍ କର। ଆଉ କମିଶନର ସାହେବ ମୋ କଥା ଶୁଣି କ'ଣ ମନ୍ତବ୍ୟ ଦେଲେ ଜାଣ ? କହିଲେ- ଖାଲି ଗାଇଡ୍ କାହିଁକି ? କାହ୍ନୁ ମାଳାର ଗାଇଡ୍, ଗାର୍ଡ଼ିଏନ୍, ଫିଲସଫର୍- ସବୁକିଛି ହୋଇପାରେ-

- ମୁଁ କିଛି ଠିକ୍ ବୁଝିପାରୁ ନାହିଁ ବିଶ୍ୱାଳ ବାବୁ!

- ବୁଝିବ- ସବୁ ଠିକ୍ ବୁଝିବ- ଆଜି ତ ସାହେବଙ୍କ ଗାଡ଼ି ହର୍ଣ୍ଣ ଦେଲାଣି। ଆଉ କେବେ ଆସି ସବୁ ଭଲକରି ବୁଝାଇଦେଇ ଯିବି- ହେଁ- ହେଁ-

।। ସାତ ।।

ମଣିଷମାନଙ୍କୁ ନେଇ ଯେପରି ସମାଜ, ଗଛମାନଙ୍କୁ ନେଇ ସେହିପରି ଅରଣ୍ୟ। ମଣିଷ ମରିଗଲେ ଯାଇ ତା'ର ମୃତଦେହକୁ ଗଛର କାଠରେ ପୋଡ଼ି ପାଉଁଶ କରି ଦିଆଯାଏ; କିନ୍ତୁ ଖରାଦିନେ ଅନେକ ଗଛ ମରିବା ଆଗରୁ ପୋଡ଼ି ପାଉଁଶ ହୋଇଯାଆନ୍ତି ଆପେ ଆପେ। ପାହାଡ଼ ଉପରେ ଦେହକୁ ଦେହ ଘସିହୋଇ ଥିବା କେତେଦିନର ପୁରୁଣା ପୁରୁଣା ଗଛ ଦେହରେ କେଜାଣି କେମିତି କେଉଁଠୁ ଆସି ନିଆଁ ଲାଗିଯାଏ। ଗଛ ଜଳେ, ପତ୍ର ଜଳେ, ପାହାଡ଼ ଜଳେ। ସେଇ ଜଳନ୍ତା ନିଆଁରେ ରାତିର ଆକାଶ ଲାଲ୍ ହୋଇଯାଏ। ସରକାରୀ ଦରମାଖିଆ କର୍ମଚାରୀ ଦେଖନ୍ତି- କେହି କିଛି କହନ୍ତି ନାହିଁ। ରାସ୍ତା ଉପରେ ଗାଡ଼ି ମଟରରେ ଯାଉଥିବା ଲୋକେ ଦୂର ପାହାଡ଼ରେ ଏ ଅଗ୍ନି-ଉତ୍ସବ ଦେଖି କହନ୍ତି- ଦାବାଗ୍ନି- ଦାବାଗ୍ନି।

କିନ୍ତୁ ଦାବାଗ୍ନି ଭିନ୍ନ ମଧ୍ୟ ଅରଣ୍ୟରେ ନିଆଁ ଜଳେ। ଭୂମିହୀନ ଆଦିମ ଆଦିବାସୀମାନେ ଚାଷଜମି ତିଆରି କରିବା ପାଇଁ ଅରଣ୍ୟରେ ନିଆଁ ଲଗାଇଦିଅନ୍ତି। ଗଛର ପୋଡ଼ା ପାଉଁଶରେ ମାଟିର ଉର୍ବରତା ବଢ଼େ। ସେଇ ପୋଡ଼ାଭୂଇଁରେ ସେମାନେ ଆରମ୍ଭ କରନ୍ତି ପୋଡୁଚାଷ !

ବଣ ଗାରଡ଼, ପୋଲିସ୍ ଦାରୋଗା ବାବୁ ପୋଡୁଚାଷ କରି ପେଟ ପୋଷୁଥିବା ବନବାସୀମାନଙ୍କୁ ଧମକ ଦିଅନ୍ତି- ଜଙ୍ଗଲ ପୋଡ଼ିବା ଅପରାଧ। ପୋଡୁଚାଷ ବେଆଇନ୍। ଯେଉଁମାନେ ଏଭଳି ବେଆଇନ୍ କାମ କରିଛ ସେମାନଙ୍କ ହାତରେ, ଅଣ୍ଟାରେ ଲୁହାର ଶିକୁଳି ଲାଗିବ। ଥାନାକୁ ଟଣା ହୋଇଯିବ। ଜେଲରେ ପଶିବ। ଘଣା ପେଲିବ। କତା ବାଡ଼େଇବ। କୁହ- କିଏ ଏ ବେଆଇନ୍ କାମ କରିଛ ?

ଆମେ- ଆମେ- ଆମେ ସମସ୍ତେ।

ସେମାନେ ସମସ୍ୱରରେ ସ୍ତ୍ରୀ ପୁରୁଷ, ଛୁଆ ପିଲା, ଧାଙ୍ଗଡ଼ା ଧାଙ୍ଗଡ଼ି ଗୋଟିଏ ଉତ୍ତର ଦିଅନ୍ତି- ଆମେ ଆମେ- ଆମକୁ ଜେଲ ଭିତରକୁ ନିଅ- ଖାଇବାକୁ ଦିଅ- ପିନ୍ଧିବାକୁ ଖଦି ଦିଅ-

ଦିଅ ଦିଅ ଚିତ୍କାରରେ ଅରଣ୍ୟ ଚମକିଯାଏ।

ପୋଲିସ ଦାରୋଗା ଅନାନ୍ତି ବଣ ଗାରଡ଼ ମୁହଁକୁ। ବଣ ଗାରଡ଼ ଚାହିଁ ରହେ ଜଙ୍ଗଲ ଅଧିକାରୀ ବାବୁ ଭଞ୍ଜ ବାବୁଙ୍କ ମୁହଁକୁ।

ଧାନକାଟି ପରେ ଜଙ୍ଗଲପୋଡ଼ି। ଏସବୁ ଝାଡ଼ଖଣ୍ଡୀମାନଙ୍କ କାରସାଦି। ପୋଲିସ ଦାରୋଗା ଚେତାବନୀ ଶୁଣାନ୍ତି- ଦୋଷ କଲେ ଦଣ୍ଡ ପାଇବ। ଭାତ ଡାଲି, ଖଦି ଗାମୁଛା କ'ଣରେ! ଜଙ୍ଗଲ ପୋଡ଼ିବା ଘୋର ପାପ। ସରକାର ଏ ପାପ ବରଦାସ୍ତ କରିବେ ନାଇଁ। ଥାନାକୁ ଚାଲ-

ସେମାନଙ୍କ ସମ୍ମିଳିତ କଣ୍ଠର ପ୍ରତିବାଦର ପ୍ରତିଧ୍ୱନି ଉଠେ- ଏ ଜଙ୍ଗଲ ଆମର। ଆମେ ଜଙ୍ଗଲି ମଣିଷ। ବାପ ଅଜା ଚଉଦ ପୁରୁଷରୁ ଆମେ ଏ ଜଙ୍ଗଲ ମାଆର କୋଳରେ ବଢ଼ିଆସିଛୁ। ଜଙ୍ଗଲ ପୋଡ଼ିଲେ ଆମେ ଥାନାକୁ ଯିବୁ କାହିଁକି?

ଜଙ୍ଗଲ ଅଧିକାରୀ ଜିପ୍‌ରୁ ଓହ୍ଲାଇ ତଳକୁ ଆସନ୍ତି। ନିଜର ଥନ୍ତଲ ପେଟରେ ଧୀରେ ଧୀରେ ହାତ ବୁଲାଇ ଆଉଁସି ଦିଅନ୍ତି। ସୁନା ଫ୍ରେମ୍‌ର ଚଷମାକୁ ନାକ ଉପରକୁ ଟେକିଦେଇ କହନ୍ତି-ଝାଡ଼ଖଣ୍ଡୀମାନେ ତମକୁ ଭୁଲ୍ କଥା କହିଛନ୍ତି। କୁଶିକ୍ଷା ଦେଉଛନ୍ତି। ଏ ଜଙ୍ଗଲର ଗଛଲତା, ପାହାଡ଼, ନଈ ସବୁ ସରକାରର। ଏ ଗଛସବୁ ନିଆଁ ଲଗାଇ ଜାଳିଦେଲେ ସରକାରର କେତେ ଲୋକସାନ୍ ଜାଣ? ମୁଁ କହିରଖୁଛି- ପୋଡୁଚାଷ ବେଆଇନ୍- ସତ କଥା ମାନିଯାଅ- ମିଛ କହିବା ପାପ- ଆକାଶରେ ପେନୁ ସବୁ ଦେଖୁଛି- ମିଛ କହିଲେ ବାଘ ମାଡିବ- ଗୋମଡ଼କ ପଡ଼ିବ।

ସେମାନେ କେହି କିଛି ଉତ୍ତର ଦେଲେ ନାହିଁ। ଜମା ହୋଇଥିବା ନଙ୍ଗଳା ଛୁଆଗୁଡ଼ାକ ଧଳା ଧଳା ଦାନ୍ତ ଦେଖାଇ ହସିଦେଲେ।

ରାଗିଗଲେ ଜଙ୍ଗଲ ଅଧିକାରୀ।

ଚିତ୍କାର କରିଉଠିଲେ- ଜଙ୍ଗଲରେ ତମ ଭିତରୁ କିଏ ନିଆଁ ଲଗାଇଛି ମାନିଯାଅ- ନହେଲେ ମୁଁ ଫଉଜ ନେଇ ଆସିବି-ଗୁଳି ଚାଲିବ-

ବନ୍ଧୁକ ଗୁଳି ନାଁ ଶୁଣି ପୋଡୁଚାଷୀ ବନବାସୀମାନେ ଭୟରେ ଆଖି ବୁଜି ପଛକୁ ଘୁଞ୍ଚି ଆସିଲେ।

ଆଗେଇ ଗଲା ବନ୍ଦୁ।

କହିଲା- ଜଙ୍ଗଲ ପୋଡ଼ି ପାପ, ଏକଥା ସତ। କିନ୍ତୁ ଖାଇବା ବିନା ପେଟ ପୋଡ଼ିଗଲେ ପାପପୁଣ୍ୟ କଥା କିଏ ଭାବେ? ସରକାର ଖଣି ମାଲିକ, କାଗଜ କଳ ମାଲିକକୁ ଜଙ୍ଗଲର କାଠ ବାଉଁଶ, ପାହାଡ଼ର ଲୁହାପଥର ବିକିଦେଇ କୋଟି କୋଟି ଟଙ୍କା କମାଉଛି। ଆଉ ଆମେ ଯେଉଁମାନେ ଜଙ୍ଗଲ ମଣିଷ ଏଇ ମାଟି କାମୁଡ଼ି

ପଡ଼ିରହିଛୁ- ଆମକୁ ସରକାର ଦେଉଛି କ'ଣ ? ଆମେ ପୋଡୁଚାଷ କଲେ ଗୁଳି ଖାଇ ମରିବୁ- ଆଉ ରାତାରାତି ଚୂହାଡ଼ ସିଂ ଆଉ ତା'ର ଦଳବଳ ଗଛ କାଟି ଟ୍ରକ୍‌ରେ ନଦି ନେଇ ଯାଉଛନ୍ତି- ଚୋରା କାଠ ବ୍ୟବସାୟ କରୁଛନ୍ତି, ତାଙ୍କ ହାତରେ କିଏ ଲୁହା ଶିକୁଳି ଲଗାଉଛି ?

ବନୁର କଥା ଶୁଣି ବଣ ଗାରଡ଼ ଜଙ୍ଗଲ ଅଧିକାରୀଙ୍କୁ ଠାରିଦେଲା, ଏଇ ହେଉଛି ନାଟର ଗୋବର୍ଦ୍ଧନ। ଏଇ ଟୋକା ଲୋକଙ୍କୁ ମତାଇ ଜଙ୍ଗଲ ପୋଡୁଛି।

ଜଙ୍ଗଲ ଅଧିକାରୀ ଭଞ୍ଜ ବାବୁ ଆଗକୁ ମାଡ଼ିଆସି ଥାନା ଦାରୋଗାଙ୍କୁ ନିର୍ଦ୍ଦେଶ ଦେଲେ-

- ଏଇ ଟୋକା ଏମାନଙ୍କ ଲିଡ଼ର୍। ପୋଡୁଚାଷ ପାଇଁ ମତାଉଛି, ଯାକୁ ବାନ୍ଧିଆଣ-

ଆଖି ପିଛୁଡାକେ ମାଝିପଡ଼ା, ଭୂଇଁଆପାଲି ଆଉ ଆଖପାଖ ଗାଁର ଆଦିବାସୀମାନେ ବନୁକୁ ଘେରି ଠିଆ ହୋଇଗଲେ। ଏକ ସ୍ୱରରେ ପ୍ରତିବାଦ କଲେ-

- ବନୁ ଆମକୁ ମତାଇ ନାହିଁ। ତାକୁ ବାନ୍ଧିବ କାହିଁକି ?

ସେଇ ସମ୍ମିଳିତ ପ୍ରତିବାଦର ସ୍ୱର ପାହାଡ଼ ଗୁମ୍ଫାରେ ପ୍ରତିଧ୍ୱନିତ ହୋଇ ଫେରିଆସିଲା, ସତେ ଯେପରି ସାରା ଅରଣ୍ୟ ଚିତ୍କାର କରି ପ୍ରତିବାଦ କରୁଛି !

ଜଙ୍ଗଲ ଅଧିକାରୀ ଭଞ୍ଜ ବାବୁ ବୁଦ୍ଧିମାନ ଲୋକ।

ସେ ବନବାସୀମାନଙ୍କର ଯିଦ୍ କଥା ଜାଣନ୍ତି। ଥରେ ମାତିଗଲେ ସେମାନଙ୍କୁ ଅଟକାଇବା କଷ୍ଟ। ସେ ଚାଲି ଚାଲି ବନୁ ପାଖକୁ ଗଲେ। କଅଁଳେଇ କଅଁଳେଇ କହିଲେ- ବନୁ! ତମେ ଆଶ୍ରମ ବିଦ୍ୟାଳୟ ଗୁରୁମାଆଙ୍କ ପୁଅ। ପାଠଶାଠ ପଢ଼ିଛ। ଆଇନ୍ କାନୁନ୍ ଜାଣିଛ। ଆମେ ଆଇନ୍‌ର ଚାକର। ଆଇନ୍ ଆମକୁ ଯେକୌଣସିମତେ ମାନି ଚଳିବାକୁ ହେବ- ତମେ ଆମ ଅଫିସକୁ ଆସ- ପଢ଼ାଲୋକଙ୍କୁ ବୁଝେଇଦିଅ- ଜଙ୍ଗଲ ତମର ମାଆ- ମାଆ ଦେହରେ କେହି ନିଆଁ ଲଗାଇଦିଏ ନାହିଁ, ନିଆଁ ଲଗାଏ ?

ଜଙ୍ଗଲ ଅଧିକାରୀଙ୍କ କଥାରେ କୌଣସି ସଠିକ୍ ଉତ୍ତର ଦେଇପାରିଲା ନାହିଁ ବନୁ। ସତେ ତ ! ଜଙ୍ଗଲ ସେମାନଙ୍କର ଜନନୀ। ଯାହା କୋଳରେ ସେମାନଙ୍କର ଜନମ- ସେମାନେ ତା' ଦେହରେ ନିଆଁ ଲଗାଇବା କ'ଣ ପାପ ନୁହେଁ?

କିନ୍ତୁ ସେ ଜଙ୍ଗଲ ଅଧିକାରୀଙ୍କ ସହିତ ଜିପ୍‌ରେ ବସି ତାଙ୍କ ଅଫିସକୁ ଗଲାନାହିଁ।

କହିଲା- ମୁଁ ଦରପାଠୁଆ ଲୋକ ବାବୁ ! ଆଇନ କାନୁନ୍ କିଛି ଜାଣେ ନାହିଁ। କାନୁ ଆସୁ- ସେ ଯାଇ ଆପଣଙ୍କ ସାଙ୍ଗରେ କଥାବାର୍ତ୍ତା କରି ଆସିବ-

- କାନୁ ? କାନୁଟି କିଏ ?- ଜଙ୍ଗଲ ଅଧିକାରୀ ପଚାରିଲେ।

- କାହ୍ନୁ ମାଝି, ଆଇ.ଏ.ଏସ୍।

ମାଆଙ୍କଠାରୁ ଶୁଣିଥିବା କାନୁର ପୂରା ନାମ ଓ ପଦବୀ ଏକା ନିଃଶ୍ୱାସକେ କହିଦେଇ ବନୁ ହସିଦେଲା।

ଚାବୁକ୍‌ର ପ୍ରହାର ଭଳି ଶୁଣାଗଲା ବନୁ ପାତ୍ରର କଥା।

ସତେ ତ ! ଏଇ ମାଝିପଡ଼ାର କାନୁ ମାଝି ଆଇ.ଏ.ଏସ୍. ଅଫିସର ହୋଇଛି। ଏମାନେ ତାଙ୍କରି ଲୋକ !

ଜଙ୍ଗଲ ଅଧିକାରୀ ପଛକୁ ଘୁଞ୍ଚିଆସି ଜିପ୍‌ରେ ଉଠିପଡ଼ିଲେ।

ଆଜିକାଲି ଦିନକାଳ ବଦଳୁଛି। ଯେଉଁମାନେ ଫରେଷ୍ଟ ଅଫିସରଙ୍କ ନାମ ଶୁଣିଲେ ଭୟରେ ଥରହର ହେଉଥିଲେ, ପୋଲିସ ଦାରୋଗାଙ୍କ ଧମକ ଶୁଣିଲେ ପାତାଳରେ ପଶୁଥିଲେ, ଧରା ପଡ଼ିବେ ବୋଲି ଘର ଛାଡ଼ି ବଣଜଙ୍ଗଲରେ ଲୁଚୁଥିଲେ, ସେମାନେ ଆଜିକାଲି ଦଳବାନ୍ଧି ଥାନା ଘେରାଓ କରୁଛନ୍ତି, ଫରେଷ୍ଟ ରେଞ୍ଜର ସାହେବଙ୍କ ଜିପ୍‌କୁ ଲକ୍ଷ୍ୟ କରି ଧନୁରୁ ତୀର ଛାଡୁଛନ୍ତି !

ସେମାନେ ଫେରିଗଲେ। ନିଜ ଅଫିସକୁ ମଧ୍ୟ ଫେରି ଆସିଲେ ଜଙ୍ଗଲ ଅଧିକାରୀ, ଅରଣ୍ୟ ଜଗୁଆଳ !

ବଣ ଗାରଡ଼କୁ ଲକ୍ଷ୍ୟ କରି ଜଙ୍ଗଲ ଅଧିକାରୀ ପାଟିକରି ଉଠିଲେ-

- ତୋର ସବୁ ଖବର ଭୁଲ- ବନୁ ତ ଝାଡ଼ଖଣ୍ଡୀ ନୁହଁ। କାହ୍ନୁ ମାଝିର ଲୋକ। ଶଳା ତୋ କଥାରେ ପଡ଼ି ତା' ହାତରେ ହାତକଡ଼ି ଲଗାଇଥିଲେ ମୋର ଚବିଶଘଣ୍ଟିଆ ବଦଳି ହୋଇ ଯାଇଥାଆନ୍ତା।

ଜଙ୍ଗଲ ଗାର୍ଡ଼ ଚରଣ ବରାଳ ଡରିଯାଇ କହିଲା- ଭୁଲ୍ ହୋଇଯାଇଛି ସାର୍ ! ମନୁ ହେମ୍ବ୍ରମ ଝାଡ଼ଖଣ୍ଡ ମୁକ୍ତିମୋର୍ଚ୍ଚାର ଲୋକ। ସାହୁକାରର ଧାନକ୍ଷେତରୁ ପାଚିଲା ଧାନ କାଟିନେଇଛି। ସମସ୍ତଙ୍କୁ ମତାଉଛି- ଧାନ କାଟି- ଧାନ କାଟି- ତାଆରି ଶଶୁର ଶୁକୁଟା ମାଝି ଏଇ ମାଝିପଡ଼ାର ଲୋକ। ମନୁ ହେମ୍ବ୍ରମକୁ ପୋଲିସ୍ ଖୋଜୁଛି। ସେ ତା' ଗାଁ ଧରମପାଲିରେ ନାହିଁ। ଘରେ ତାଲା ପଡ଼ିଛି। ତା' ସ୍ତ୍ରୀ ଚିନି ଆସି ରହୁଛି ତା' ବାପା ପାଖରେ- ମାଝିପଡ଼ାରେ। ମନୁ ହେମ୍ବ୍ରମ ଶଶୁର ଘରକୁ ଲୁଚି ଲୁଚି ଆସୁଛି- ସମସ୍ତଙ୍କୁ ମତାଉଛି-ଜଙ୍ଗଲ ପୋଡ଼-

- ତତେ ଏ ଖବର କିଏ ଦେଲା ବରାଳ !

- ଗୁଲାବ ଦାସ। ରାସ୍ତା ଛକରେ ତା'ର ଦୋକାନ। ମାଝିପଡ଼ାର ସବୁ ଲୋକଙ୍କ ଗତାଗତ ତାକୁ ଭଲକରି ଜଣା। ଚିନିକୁ ସେ ଚୂହାଡ଼ ସିଂ ଟ୍ରକ୍‌ରେ ଗଡ଼କୁ ପଠାଇଦେଇଛି ବୋଲି ମନୁଆ ତା' ତଣ୍ଟି ଚିପି କୁଆଡ଼େ ଗଛରେ ଟାଙ୍ଗି ଦେଇଯିବ ବୋଲି ଧମକ

ଦେଇ ଯାଇଛି। ନିଜେ ଥାନାରେ ଏତଲା ଦେଇଯାଇଛି ଗୁଲାବ ଦାସ। ରାତି ଅଧରେ ବଣ ମଝିରେ ଶିଙ୍ଗାଧ୍ୱନି ଶୁଣିଲେ ତା'ର ବିଛଣାରେ ପାଇଖାନା ହୋଇଯାଉଛି- ସେ ଅନେକ ଥର ମନୁ ହେମ୍ବ୍ରମକୁ ଅନ୍ଧାର ରାତିରେ ବେକରେ ସବୁଜ ପଟି ଗୁଡ଼ାଇ ଯିବାର ଦେଖିଲାଣି-

ଜଙ୍ଗଲ ଅଧିକାରୀ ଭଞ୍ଜ ବାବୁ ସାଙ୍ଗେ ସାଙ୍ଗେ ଥାନାକୁ ଫୋନ୍ କଲେ। ଦାରୋଗା ବାବୁଙ୍କୁ ଅଫିସକୁ ଆସିବା ପାଇଁ ହେବ। ଶୁକୁଟା ମାଝିକୁ ଗିରଫ କରିବାକୁ ପଡ଼ିବ।

ତା'ପରେ ସେ ବରାଳକୁ କହିଲେ- ଶୁକୁଟା ମାଝି ଗିରଫ ହେଲେ ତାକୁ କୋର୍ଟରେ ହାଜର କରିବାକୁ ହେବ। ପ୍ରମାଣ କରିବାକୁ ପଡ଼ିବ ଯେ ସେ ଜଙ୍ଗଲ ପୋଡ଼ିବା ପାଇଁ ଲୋକଙ୍କୁ ମତାଉଥିଲା- ବେଆଇନ ମଦ ରାନ୍ଧୁଥିଲା- ଏଥିପାଇଁ ସାକ୍ଷୀ, ପ୍ରମାଣ ଲୋଡ଼ା- ଯା- ଗୁଲାବ ଦାସକୁ କହି ସାକ୍ଷୀ ଯୋଗାଡ଼ କର-

ସାଇକେଲ ଧରି ଚରଣ ବରାଳ ବାହାରିଗଲା ଗୁଲାବ ଦାସ ଦୋକାନକୁ।

ଦାରୋଗା ବାବୁ ଜିପ୍ ନେଇଆସି ପହଞ୍ଚିଗଲେ।

ଗୋଟାଏ ସିଗାରେଟ୍‌ର ନିଆଁ ଲଗାଇ ଧୂମପାନ କଲେ ଭଞ୍ଜ ବାବୁ।

ଉପଦେଶ ଦେଲେ- Fear is the key. ଆଦିବାସୀ ଲୋକଙ୍କୁ ଭୟଭୀତ କରି ନରଖିଲେ ଜଙ୍ଗଲ ଉଜୁଡ଼ିଯିବ। ଏଥିପାଇଁ ଜଙ୍ଗଲପୋଡ଼ି ଅଭିଯୋଗରେ ସମସ୍ତଙ୍କ ଅଣ୍ଟାରେ ଦଉଡ଼ି ବାନ୍ଧି ଟାଣିବା କିଛି ଦରକାର ନାହିଁ। One is enough. ଆପଣ ଜଙ୍ଗଲ ପୋଡ଼ି ଆଉ ବେଆଇନ ମହୁଲ ରନ୍ଧା ଅଭିଯୋଗରେ ଏକା ଶୁକୁଟା ମାଝିକୁ ଧରି ଆଣି ହାଜତରେ ଭର୍ତ୍ତି କରିଦିଅନ୍ତୁ। ସାକ୍ଷୀ ଯୋଗାଡ଼ କରିବା ପାଇଁ ମୁଁ ଚରଣ ବରାଳକୁ ପଠାଇଛି-

ଜଙ୍ଗଲ ଅଧିକାରୀଙ୍କ ପରାମର୍ଶ ଶୁଣି ଦାରୋଗା ବାବୁଙ୍କ ମୁହଁ ପ୍ରସନ୍ନ ହୋଇଉଠିଲା।

ସେ କହିଲେ- ସେ ସଂଘବଦ୍ଧ ଲୋକଙ୍କ ଧ୍ୱନି ଶୁଣି ଆପଣ ଯେପରି ପଛଘୁଞ୍ଚା ଦେଇ ଜିପ୍ ଚଢ଼ି ପଳାଇ ଆସିଲେ, ମୋ ମନ ଖରାପ ହୋଇଯାଇଥିଲା ସାର୍। ସ୍ପଟ୍ ଉପରକୁ ଯାଇ ଆକସନ୍ ନନେଲେ ତା'ର ରିଆକ୍‌ସନ୍ ଲୋକଙ୍କ ଭିତରେ ଭାରି ଖରାପ ହୁଏ। ଲୋକଙ୍କର ଭୟ ଭାଙ୍ଗିଯାଏ। ପୋଲିସର ଆଣ୍ଠ ନଇଁଯାଏ। କିନ୍ତୁ ମହୁଲରନ୍ଧା ଦଫାଟା ଯୋଡ଼ିବା ପାଇଁ କହୁଛନ୍ତି କାହିଁକି ସାର୍?

- ଗୋଟାଏ ଦଫାରୁ ଖସିଲେ ଆଉ ଗୋଟାଏ ଦଫାରେ ଯେପରି ତା'ର ଦଫାରଫା ହୋଇଯାଏ- ସେଇଥିପାଇଁ। କାହ୍ନୁ ମାଝି ଆଇ.ଏ.ଏସ୍. ନାମ ଶୁଣି ମାଝିପଡ଼ା

ଲୋକଙ୍କ ସାଙ୍ଗରେ ଆଉ ବଢ଼ାବଢ଼ି କରିବା ପାଇଁ ମୋର ଇଚ୍ଛା ହୋଇନଥିଲା। କିଏ ଜାଣେ, ଆଜି ସେ ଏସ.ଡି.ଓ., କାଲି ଏ ଜିଲ୍ଲାକୁ କଲେକ୍ଟର ହୋଇ ଆସିପାରେ। ମନ୍ତ୍ରୀଙ୍କର ସେ ଗେହ୍ଲା ପୁଅ। ସେଥିପାଇଁ ସାମ୍ନା- ସାମ୍ନି ଗୁଳି ନଚଳାଇ ପଛରୁ ଛୁରୀ ମାରିବାଟା ଭଲହେବ ବୋଲି ଭାବି ପଳାଇଆସିଲି। ଷ୍ଟାଟେଜିକାଲ୍ ରିଟ୍ରିଟ୍!

ଜଙ୍ଗଲ ଅଧିକାରୀ ଭଞ୍ଜ ବାବୁ ସ୍ଥାନୀୟ ପଲିଟିସିଆନ୍-ମାନଙ୍କର ମାଇଁ ଡିଅର ମ୍ୟାନ୍। ସମସ୍ତଙ୍କୁ ଖୁସି କରି ରଖିଥାଆନ୍ତି। ଇଲେକ୍ସନ୍ ଚାନ୍ଦାଠାରୁ ଆରମ୍ଭ କରି ଘରତୋଳା ବେଳେ ଅଉଲ ଶାଳ, ପିଆଶାଳ କାଠ ନିଜ ଖର୍ଚ୍ଚରେ ଟ୍ରକ୍‌ରେ ଲଦି ପଠାଇଦିଅନ୍ତି। ସେ' ଯେ କାହ୍ନୁ ମାଝି ଆଇ.ଏ.ଏସ୍. ନାମ ଶୁଣି ଏମିତି ପଛଘୁଞ୍ଚା ଦେବେ, ସେକଥା ତାଙ୍କର ଅବିଶ୍ୱାସ୍ୟ ମନେ ହୋଇଥିଲା।

ତାଙ୍କ ମୁହଁରୁ ଅସଲ କାରଣ ଜାଣିଗଲା ପରେ ତାଙ୍କ ପ୍ରତି ଗଭୀର ଭକ୍ତିଭାବ ଆସିଗଲା।

ଭଞ୍ଜ ବାବୁ ସାବଧାନ କରିଦେଲେ- ଶୁକୁଟା ମାଝି ଏକୁଟିଆ ଥିଲାବେଳେ ତାକୁ ଗିରଫ କରି ଆଣିବେ। ତା'ନହେଲେ ଗଣ୍ଡଗୋଳ ଲାଗିଯିବ।

ଜଙ୍ଗଲ ଅଧିକାରୀଙ୍କ ପରାମର୍ଶକୁ ଶିରୋଧାର୍ଯ୍ୟ କରି ଦାରୋଗା ବାବୁ ଜିପ୍‌ରେ ଉଠିପଡ଼ିଲେ।

।। ଆଠ ।।

ବିଶ୍ୱାଳ ବାବୁଙ୍କ ସେଇ କଥା ପଦକ କାହ୍ନୁର କାନରେ ଗୀତର ମୂର୍ଚ୍ଛନା ଭଳି ବାରମ୍ବାର ଅନୁରଣିତ ହେଉଥାଏ। ଅଫିସରେ କାମ କଲାବେଳେ, କ୍ୱାର୍ଟରରେ ଏକୁଟିଆ ଥିବା ସମୟରେ-ମେଘମାଳାର ମୁହଁ ଦିଶି ଯାଉଥାଏ- ଶୁଭି ଯାଉଥାଏ ବିଶ୍ୱାଳ ବାବୁଙ୍କର ସେଇ କଥା ପଦକ- କାହ୍ନୁ ମାଳାର ଗାଇଡ୍, ଗାର୍ଡ଼ିଆନ୍, ଫିଲସଫର୍- ସବୁକିଛି ହେବାରେ ମୋର ଆପତ୍ତି ନାହିଁ- ଏଇଟା କମିଶନର ସାହେବଙ୍କ ଉକ୍ତି କିମ୍ବା ବିଶ୍ୱାଳ ବାବୁଙ୍କ ନିଜସ୍ୱ କଳ୍ପନା-ସେ ଠିକ୍ ଜାଣେ ନାହିଁ। କିନ୍ତୁ ସେଇ କଥା ଭାବିବା ମାତ୍ରେ ତା'ର ରକ୍ତକୋଷରେ ଏକ ଯୁଦ୍ଧ ବାଜଣା ସେ ଶୁଣି ପାରୁଥାଏ।

ଆଇ.ଏ.ଏସ୍. ପାଇଲା ପରେ ଅଣଆଦିବାସୀ ଅଫିସରମାନେ ତାକୁ ହାଲୋ, ହାଲୋ କହୁଥିଲେ ମଧ୍ୟ ସେ ସେମାନଙ୍କ ଆଖିରେ ଈର୍ଷାର ନୀଳ ଅଗ୍ନି ଦେଖିପାରେ। ସେ ଯେ ତା'ଉପରେ ଥିବା ଅନେକ ସବର୍ଣ୍ଣ ପ୍ରାର୍ଥୀଙ୍କୁ ସଂରକ୍ଷିତ କୋଟାର ଅସ୍ତ୍ର ପ୍ରୟୋଗ କରି ତଳକୁ ଚାପି ନିଜେ ଉପରକୁ ଉଠିଆସିଛି; ସେ ଏ ପଦବୀର ଯୋଗ୍ୟ ଅଧିକାରୀ ନୁହେଁ- ଏଭଳି ଏକ ଧାରଣା ସେ ସେମାନଙ୍କର କଥାଭାଷା, ଭାବଭଙ୍ଗୀରେ ଲକ୍ଷ୍ୟ କରିପାରେ।

କାହ୍ନୁ ଜାଣେ, ସେ ଯେଉଁ ସମାଜ ଭିତରେ ମଣିଷ ହୋଇଛି, ସେ ସମାଜରେ ଜାତିଭେଦ ବରଗଛର ଓହଳ ଭଳି ମାଟିର ଅନେକ ଗଭୀରକୁ ମାଡ଼ିଯାଇଛି। ସବର୍ଣ୍ଣ-ଅସବର୍ଣ୍ଣ, ଗିରିଜନ-ହରିଜନ, ଆଗୁଆ-ପଛୁଆ ଜାତି- କେତେ ଭାଗରେ ବିଭକ୍ତ ଏଇ ଭାରତବର୍ଷ। କେବଳ ସ୍ଥାନ ସରଂକ୍ଷଣ କରି ଅବହେଳିତ, ନିର୍ଯାତିତ ଲୋକଙ୍କୁ ସରକାରୀ ଚାକିରୀରେ ଭର୍ତ୍ତି କରିଦେଲେ ଏ ସମାଜ ବଦଳିଯିବ ନାହିଁ। ଜଣେଅଧେ କିଏ ମନ୍ତ୍ରୀ ହୋଇଗଲେ କିମ୍ବା ଆଠ ଦଶ ଜଣ ଆଦିବାସୀ, ହରିଜନ ଆଇ.ଏ.ଏସ୍. କିମ୍ବା ଓ.ଏ.ଏସ୍. ଅଫିସର ହୋଇଗଲେ ଅବସ୍ଥାର ପରିବର୍ତ୍ତନ ଘଟିବ ନାହିଁ। ସାମାଜିକ, ଅର୍ଥନୈତିକ ବୈଷମ୍ୟ ଦୂର ହୋଇଯିବ ନାହିଁ।

ସରକାରୀ ଶକ୍ତିଠାରୁ ସାମାଜିକ ଶକ୍ତି ଅଧିକ ଶକ୍ତିଶାଳୀ। ସରକାରର ଯେତେ

ଶୀଘ୍ର ପତନ ଓ ପରିବର୍ତ୍ତନ ହୁଏ; ସମାଜ ସେତେ ଶୀଘ୍ର ବଦଳିଯାଏ ନାହିଁ। କେତେ ହଜାର ବର୍ଷର ଏଇ ସନାତନ ସମାଜ- ଶକ୍, ହୁନ, ମୋଗଲ, ପଠାଣ, ଇଂରେଜ-କେତେ ବୈଦେଶିକ ଶକ୍ତି ଏ ଦେଶରେ ରାଜତ୍ୱ କରି ଯାଇଛନ୍ତି; କିନ୍ତୁ କେହି ଭାରତୀୟ ସମାଜକୁ ଓଲଟପାଲଟ କରିଦେଇ ପାରିନାହାନ୍ତି। ତା'ଭଳି କେତେଜଣ ଆଦିବାସୀ ଯୁବକ ବଡ଼ ପ୍ରଶାସନିକ ଅଫିସର ହୋଇଗଲେ, ସେମାନେ ସମାଜକୁ ନିଜ ଇଚ୍ଛା ଅନୁସାରେ ବଦଳାଇ ଦେଇପାରିବେ; ଏକଥା ସେ ଭାବିପାରେ ନାହିଁ।

ବରଂ ତାକୁ ଏଇ ସମାଜବ୍ୟବସ୍ଥା ମଧ୍ୟରେ ରହି ନିଜର କର୍ତ୍ତବ୍ୟ ପାଳନ କରିବାକୁ ହେବ, ସେ ବର୍ଣ୍ଣବିଭକ୍ତ ସମାଜ ଭିତରେ ଏକ ନୀଳବର୍ଣ୍ଣ ଶୃଗାଳ, ସେ ପାଲଗଦା ଉପରେ ବସି ନିଜକୁ ଡେଙ୍ଗା ଲୋକଟିଏ ବୋଲି ଭାବି ଆତ୍ମପ୍ରସାଦ ଲାଭ କରୁଛି; କିନ୍ତୁ ସାମାଜିକ ମାପକାଠିରେ ସେ ଅନ୍ୟ ଅନେକଙ୍କଠାରୁ ଅନେକ ଛୋଟ। କେନ୍ଦୁଝର ମାଝିପଡ଼ାର ଜଣେ ଦରିଦ୍ର ଆଦିବାସୀ ପରିବାରର ସନ୍ତାନ !

ସେ' ଯେ ଆଜି ଜୀବନର ଏଭଳି ଏକ ସ୍ତରକୁ ଉଠି ଆସିଛି, ସେଥିରେ ତା'ର ବାବା, ଦାଦି କିମ୍ବା ମାଝିପଡ଼ାର ଆଦିବାସୀ ଆତ୍ମୀୟମାନଙ୍କର ବିଶେଷ କୌଣସି ଅବଦାନ ନାହିଁ। ପ୍ରଥମେ ତାକୁ ଆଶ୍ରମ ବିଦ୍ୟାଳୟର ଗୁରୁମାଆ କଲେଜରେ ପଢ଼ିବା ପାଇଁ ଯୋଗ୍ୟ କରି ଗଢ଼ିଥିଲେ- ଆଉ ଏମ.ଏ. ପଢ଼ିଲାବେଳେ ରାଜନୀତି ବିଜ୍ଞାନର ପ୍ରଫେସର ଡକ୍ଟର ଦାସ ଉତ୍ସାହ ଦେଇନଥିଲେ ସେ କ'ଣ ଆଇ.ଏ.ଏସ୍. ପରୀକ୍ଷାରେ ବସିବାର ସାହସ ପାଇଥାଆନ୍ତା !

ଆଉ ବିଶ୍ୱାଳ ବାବୁ !

ଏଇ କେତେବର୍ଷ ଧରି ସେ ତା'ର ଅଭିଭାବକ ଭଳି ତାକୁ ସାହାଯ୍ୟ କରିଆସିଛନ୍ତି। ତା' ମନ ଭିତରୁ ସକଳ ପ୍ରକାର ହୀନମନ୍ୟତା ଦୂର କରିଦେଇଛନ୍ତି। ଠିକ୍ ସମୟରେ ପାଠ ପଢ଼ିଲାବେଳେ ଷ୍ଟାଇପେଣ୍ଡ୍ ଟଙ୍କା ପାଇବାଠାରୁ ଆରମ୍ଭ କରି ଟ୍ରେନିଂରୁ ଫେରିଲା ପରେ ଭଲ ପୋଷ୍ଟିଂ ପାଇବା ପର୍ଯ୍ୟନ୍ତ- ସବୁଥିରେ ସେ ସାହାଯ୍ୟ କରିଆସିଛନ୍ତି। ତାଙ୍କର ସୁପାରିଶ ଯୋଗୁ ତ କମିଶନର ନାୟକ ସାହେବଙ୍କ ବଜ୍ରକଠିନ ହୃଦୟ ଜ୍ୱଳନ୍ତ ମହମ ଭଳି ତରଳିଯାଇଛି।

ଆଉ ତାକୁ ସବୁଠାରୁ ବେଶୀ ଅବାକ୍ କରିଦେଇଛି କମିଶନର ସାହେବଙ୍କ କନ୍ୟା ମେଘମାଳା। ସେଇ ପ୍ରଥମ ପରିଚୟରେ ମଧ୍ୟ ତାଙ୍କ ବାପାଙ୍କର ଜଣେ ଅଧୀନସ୍ଥ ଜୁନିଅର୍ ଅଫିସର୍ ପ୍ରତି ତାଙ୍କର ବନ୍ଧୁତ୍ୱପୂର୍ଣ୍ଣ ଆନ୍ତରିକତା ତା'ର ସବୁ ହିସାବର ଯୋଗଫଳ, ଭାଗଫଳକୁ ଭୁଲ୍ ପ୍ରମାଣିତ କରିଦେଇଛି !

ଏଇ କେଇଦିନ ହେଲା ତା'ର ଭାବନାର କେନ୍ଦ୍ରବିନ୍ଦୁ ହୋଇଯାଇଛି ମେଘମାଳା ।

ଅରଣ୍ୟ ମଧ୍ୟରେ ସ୍ପର୍ଦ୍ଧିତ ଭଙ୍ଗୀରେ ଠିଆ ହୋଇଥିବା ଥୋକା ଥୋକା ଲାଲ୍ ଫୁଲରେ ଭର୍ତ୍ତି ଡେଙ୍ଗା ଗଛଟି ଭଳି ମେଘମାଳା...

ଆନ୍‌ଥ୍ରୋପଲଜିରେ ଏମ.ଏ.; ଆଦିବାସୀ ସମାଜ ଉପରେ ଗବେଷଣା ପାଇଁ ବ୍ୟଗ୍ର ସେଇ କମିଶନର-କନ୍ୟା ହଠାତ୍ ତା' ପ୍ରତି ଏତେ ସଦୟ ହୋଇଉଠିଲା କାହିଁକି ?

କାହ୍ନୁ ମନରେ ସଂଶୟ ବେଶୀ ଦିନ ସ୍ଥାୟୀ ହେଲା ନାହିଁ ।

ହଠାତ୍ ଦିନେ ଗାଡ଼ି ଧରି ଆସି ପହଞ୍ଚିଲେ ବିଶ୍ୱାଳ ବାବୁ । ତାଙ୍କ ଆସିବା ବିଷୟରେ କୌଣସି ପୂର୍ବ ସୂଚନା ସୁଦ୍ଧା ସେ ପାଇ ନଥିଲା । ଅଫିସରୁ ଫେରି ସେ ପୋଷାକ ବଦଳାଉଛି, ଶୁଣାଗଲା ବିଶ୍ୱାଳ ବାବୁଙ୍କ ପାଟି ।

ଟ୍ରାଉଜର ଉପରେ ଶାର୍ଟ ଗଳାଇଦେଇ ତରତର ହୋଇ ବାହାରିଆସିଲା କାହ୍ନୁ ।

- ଆର ସପ୍ତାହରେ ମୋର ଥିଲା କ୍ୟାପିଟାଲ ଯିବାର କାର୍ଯ୍ୟକ୍ରମ । ଯାଇଥିଲେ ଆପଣଙ୍କ ସହିତ ଦେଖା ହୋଇଥାଆନ୍ତା । ଖବର ନଦେଇ ହଠାତ୍ ଆପଣ... ?

- ମତେ ଖବର ଦେଇ ଆସିବା ଲାଗି ତମ କମିଶନର ସାହେବ ସୁଯୋଗ ଦେଲେ କେଉଁଠି ? ଏଠାରୁ ଫେରିଲା ପରେ ମତେ ବସାଇଉଠାଇ ଦେଲେ ନାହିଁ । ନବାଗତ ଅଫିସରମାନଙ୍କ ମଧ୍ୟରେ ତମେ କୁଆଡ଼େ ଏକ ରତ୍ନ; ଏହା ତାଙ୍କ ଜହୁରୀ ଦୃଷ୍ଟିରେ ଧରାପଡ଼ି ଗଲାଦିନୁ ସେ ଖାଲି କାନୁ କାନୁ ହେଉଛନ୍ତି । ଆଉ ମିସ୍ ବାବା ତ ବାଆଁରେଇ ବାଆଁରେଇ ତମ କଥା, ତମ ଘର କଥା ଚାରି ଥର ପଚାରି ଗଲେଣି !

- ମିସ୍ ବାବା ପୁଣି କିଏ ?

- କିଏ ଆଉ ? ମିସ୍ ମେଘମାଳା ନାୟକ । କାହ୍ନୁ ମଧ୍ୟ ହସିଦେଲା । କହିଲା- ସେସବୁ କଥା ଥାଉ । ଆପଣ ଚାରି ଘଣ୍ଟା ଧରି ଗାଡ଼ିରେ ବସି ବସି ଆସିଛନ୍ତି । ଅଣ୍ଟା ପିଠି ଲାଗି ଯାଉଥିବ । ଧୁଆଧୋଇ ହୋଇ ଜଳଖିଆ ଖାଇ ଟିକିଏ ରିଲାକ୍‌ସ କରନ୍ତୁ-

ତା'ପରେ ସେ ପିଅନକୁ ଡାକି ଗାଡ଼ିରୁ ବିଶ୍ୱାଳ ବାବୁଙ୍କ ଜିନିଷପତ୍ର ନେଇଆସିଲା । ଜଳଖିଆ ତିଆରି କରିବା ପାଇଁ ବରାଦ କଲା ।

ଜଳଖିଆ ଖାଇବସିଲା ବେଳେ ହିଁ ବିଶ୍ୱାଳ ବାବୁ ପ୍ରସଙ୍ଗଟି ଉତ୍‌ଥାପନ କଲେ ।

- କମିଶନର ସାହେବ ତମକୁ ଜାମାତା କରିବାକୁ ଚାହାନ୍ତି । ମିସ୍ ବାବା ମଧ୍ୟ ପ୍ରଥମ ଦେଖାରେ ତମ ପ୍ରେମରେ ପଡ଼ି ଯାଇଛନ୍ତି । ଯିଦ୍ ଧରି ବସିଛନ୍ତି ଯଦି ବାହାହୁଏ କେବଳ ମିଷ୍ଟର ମାଝିଙ୍କୁ ବାହାହେବି- ସେ ଆଦିବାସୀ ଛଦ୍ମବେଶରେ ଜଣେ ଦେବଦୂତ-

ମଝିରେ ବାଧା ଦେଲା କାହ୍ନୁ । ଏଇଭଳି କିଛି ଘଟିବାକୁ ଯାଉଛି, ତାହା ସେ

ବିଶ୍ୱାଳ ବାବୁଙ୍କ ଆଭାସ, ଇଙ୍ଗିତରୁ ଅନୁମାନ କରି ପାରିଥିଲା। ଏଥିପାଇଁ ନଥିଲା ତା'ର କୌଣସି ମାନସିକ ପ୍ରସ୍ତୁତି।

- ଏକଥା କ'ଣ ସମ୍ଭବ ବିଶ୍ୱାଳ ବାବୁ! ମୁଁ ଏକ ଦରିଦ୍ର ଆଦିବାସୀ ଘରର ପିଲା। କମିଶନର ସାହେବଙ୍କ ଭଳି ଜଣେ ଅଣଆଦିବାସୀ ସବର୍ଣ୍ଣ ସଂଭ୍ରାନ୍ତ ବ୍ୟକ୍ତି ମୋ ଭଳି ଜଣେ ମାଝି ପିଲା ସହିତ ନିଜ ଝିଅ ବାହାଦେବେ? ତା'ଛଡ଼ା ମିସ୍ ନାୟକ ଜଣେ ସୁନ୍ଦରୀ ଶିକ୍ଷିତା ସ୍ମାର୍ଟ ଲେଡ଼ି- ହାଇ ସୋସାଇଟିର ମହିଳା-

ବିଶ୍ୱାଳ ବାବୁ ପୋଖତ ଲୋକ। ଅବିବାହିତମାନଙ୍କ ମନସ୍ତତ୍ତ୍ୱ ସମ୍ପର୍କରେ ତାଙ୍କର ଗଭୀର ଅନ୍ତର୍ଦୃଷ୍ଟି।

ସେ ବୁଝାଇଦେଲେ- କମିଶନର ସାହେବ ଜଣେ ଆଦର୍ଶବାଦୀ ଲୋକ। ଅନ୍ୟ ଅର୍ଥରେ ଜଣେ ସମାଜ ସଂସ୍କାରକ। ତାଙ୍କର ବଡ଼ ପୁଅ ପରମାଣୁ ଶକ୍ତି ସମ୍ପର୍କରେ ଗବେଷଣା କରିବାକୁ ଆମେରିକା ଯାଇ ସେଠାରେ ଜଣେ ନିଗ୍ରୋ ମହିଳାଙ୍କୁ ବାହା ହୋଇ ସୁଖରେ ଅଛନ୍ତି। ବାକି ସାନ ପୁଅ ରାଜୁ ଆଉ ଏଇ ଗୋଟିଏ ମାତ୍ର ଝିଅ। ନୃତତ୍ତ୍ୱ ବିଦ୍ୟାରେ ପି.ଜି. କଲାବେଳେ ଆଦିବାସୀ ସମାଜ ପ୍ରତି ତାଙ୍କ ମନରେ କିପରି ଏକ ଗଭୀର ଆକର୍ଷଣ ଆସିଯାଇଛି। ଆଉ ତମକୁ ଦେଖିଲା ପରେ ସେ ପ୍ରେମରେ ପଡ଼ିଯାଇଛନ୍ତି। ତମେ ତ ଲକ୍ଷ୍ୟ କରିଥିବ ଛେନା ଜାତୀୟ ଖାଦ୍ୟ ଖାଇଲେ ମୋଟା ହୋଇଯିବ ବୋଲି ତମ ପ୍ଲେଟ୍‌ରୁ ସେ ମିଠା ଦୁଇଟା କିପରି ଉଠାଇ ନେଲେ-

କଥା ଅଧା ରଖି ବିଶ୍ୱାଳ ବାବୁ କାହ୍ନୁ ମୁହଁକୁ ଅନେଇଲେ ତା'ର ପ୍ରତିକ୍ରିୟା ଜାଣିବା ପାଇଁ।

ସେତେବେଳକୁ କାହ୍ନୁ ମନରେ ସାତ ସମୁଦ୍ରର ପାଣି ଲହଡ଼ି ଭାଙ୍ଗୁଛି। ମନେ ପଡ଼ିଯାଉଛି ତା'ର ଧାନୀ କଥା। ଦିଶିଯାଉଛି ତା'ର ବୁଢ଼ାବାପର ଦାଢ଼ି କଣ୍ଟକିତ ଶିରାଳ ମୁହଁର ଛବି। ତା'ର ଦୁଇଟି ଉଜ୍ଜ୍ୱଳ ଆଖିର ଚାହାଣି। କାନରେ ଶୁଭିଯାଉଛି ଆଶ୍ରମ ବିଦ୍ୟାଳୟର ଗୁରୁମାଆଙ୍କ ସେଇ ଗଭୀର ପ୍ରତ୍ୟୟର ବାଣୀ- ଖାଲି ମାଝିପଡ଼ା ନୁହଁ; ସବୁ ଅବହେଳିତ, ଦରିଦ୍ର ଆଦିବାସୀମାନଙ୍କ ଦାୟିତ୍ୱ ତୋ କାନ୍ଧ ଉପରେ ଲଦାହୋଇଛି କାନୁ! ସେମାନେ ସମସ୍ତେ ବଡ଼ ଆଶା ନେଇ ତୋ ମୁହଁକୁ ଚାହିଁ ବସିଛନ୍ତି-

ସେଇ ବଣପାହାଡ଼, ଝୋଲା, ଗଛଲତା, ଆଲୁଅ ଅନ୍ଧାର ଛନ୍ଦାଛନ୍ଦି ହୋଇ ତା'ର ଅସ୍ତିତ୍ୱକୁ ଘେରି ରହିଛନ୍ତି। ସେ ବନ୍ଧନର ଡୋରକୁ ଛିଣ୍ଡାଇ ଦେଇ ସେ ଆଲୋକିତ ସଭ୍ୟ ସବର୍ଣ୍ଣ ସମାଜ ସହିତ ନିଜକୁ ଯୋଡ଼ି ଦେଇପାରିବ କିପରି ?

ସେ ଥ'ଥ ମ'ମ ହୋଇ କହିଲା- ମୁଁ ମାଝି ଘରର ପିଲା ବିଶ୍ୱାଳ ବାବୁ।

ଆମର ସମାଜ ଅଲଗା। ଚଳଣି ଭିନ୍ନ। ମୁଁ ଅଫିସର ହେଲେ ବି ମୋ ବାପା ଖୁବ୍ ଗରିବ-

ଶୂନ୍ୟ ଜଳଖିଆ ପ୍ଲେଟକୁ ଦୂରକୁ ଠେଲିଦେଇ ପାଣି ପିଇଲେ ବିଶ୍ୱାଳ ବାବୁ!

କଣ୍ଠ ଭିଜାଇଦେଇ କହିଲେ- ଦରିଦ୍ର ଘରେ ଜନ୍ମ ହେବା କିଛି ଅପରାଧ ନୁହେଁ; କିନ୍ତୁ ସେଇ ଦାରିଦ୍ର୍ୟକୁ ଜାବୁଡ଼ି ଧରି ପଡ଼ି ରହିବା ହେଉଛି ମସ୍ତବଡ଼ ପାପ। ଆଦିବାସୀମାନଙ୍କୁ ଉଠାଇବାକୁ ହେଲେ ନିଜକୁ ଉଠାଇବାକୁ ପଡ଼ିବ। କମିଶନର ନାୟକ ବାବୁ ତମ ହାତ ଧରି ଉପରକୁ ଉଠାଇନେବାକୁ ଚାହାନ୍ତି। ତମେ ଚାହିଁଲେ ତମ ପାଇଁ କ୍ୟାପିଟାଲରେ ଘର ଦେଇପାରନ୍ତି। ମେଘମାଳା ତ ତାଙ୍କର ଏକମାତ୍ର ଝିଅ! ସେ ଇଚ୍ଛା କଲେ ଚାକିରୀରେ ତମର ଦୃତ ପଦୋନ୍ନତି ଘଟିପାରେ।

ତଥାପି ନିଜକୁ ବୁଝାଇପାରିଲା ନାହିଁ କାହ୍ନୁ।

ସେ ସ୍ୱଗତୋକ୍ତି କଲାଭଳି କହିଲା- ମୁଁ କମିଶନର ସାହେବଙ୍କ ଝିଅକୁ ବାହା ହେଲେ ସେ ମୋର ଆଦର୍ଶ ସ୍ତ୍ରୀ ହୋଇପାରନ୍ତି; କିନ୍ତୁ ମୋ ବୁଢ଼ା ବାପାର ବୋହୂ ତ ହୋଇପାରିବେ ନାହିଁ!

- ତମେ ଖୁବ୍ ଇମୋସନାଲ୍ ହୋଇଯାଉଛ କାହ୍ନୁ ବାବୁ! ଏଇ ଅତିରିକ୍ତ ଭାବପ୍ରବଣତା ପ୍ରଶାସନିକ ଦକ୍ଷତାର ପ୍ରଧାନ ଶତ୍ରୁ। ସରକାର ତମକୁ ଷ୍ଟାଇପେଣ୍ଡ୍ ଟଙ୍କା ଦେଇ ପାଠ ପଢ଼ାଇଛି। ସ୍ୱତନ୍ତ୍ର ସ୍ଥାନ ସଂରକ୍ଷଣ ବ୍ୟବସ୍ଥା କରି ଚାକିରୀ ଦେଇଛି। କାହିଁକି ? କେବଳ ମାଝିପଡ଼ାର କାନୁ ହୋଇ ରହିବା ପାଇଁ ନୁହଁ; ଓଡ଼ିଶାର ସ୍ୱାର୍ଥରକ୍ଷା ପାଇଁ ନିଶ୍ଚୟ ଜଣେ ସୁଦକ୍ଷ ପ୍ରଶାସକ ହେବା ଲାଗି। ତମେ ଯଦି ଯିଦ୍ ଧରି ବସ ଯେ ଯାହା ଥିଲି ସେଇଆ ହୋଇ ରହିବି, ତା'ହେଲେ ସରକାର ତମ ପାଇଁ ଏତେ ଟଙ୍କା ଖର୍ଚ୍ଚ କଲା କାହିଁକି ? ଏତେ ପ୍ରକାର ଅଲଗା ସୁବିଧାସୁଯୋଗ ଦେଲା କାହିଁକି ?

କାହ୍ନୁ ତଥାପି ପ୍ରତିବାଦ କଲା- ଯାହାହେଲେ ବି ମୁଁ ସିଧୁ ମାଝିର ପୁଅ- ମାଝିପଡ଼ାର ଧାଙ୍ଗଡ଼ା- ଅଣଆଦିବାସୀ ଝିଅ ବାହାହେଲେ ସେମାନେ ମତେ ସମାଜରୁ ଅଲଗା କରିଦେବେ-

- ତମ ଗୁରୁ ମାଆ ମୀରୁ ତ ଅଣଆଦିବାସୀ ପବିତ୍ର ପାତ୍ରକୁ ବାହାହୋଇ ମେରୀ ହୋଇଗଲେ, ତମ ଆଦିବାସୀ ସମାଜ ତାଙ୍କୁ ବାଛନ୍ଦ କରିଛି ? ତମେ କମିଶନର ସାହେବଙ୍କ ଝିଅକୁ ବାହା ହେଲେ ସେମାନେ ସମାଜରୁ ଅଲଗା କରିଦେବେ କାହିଁକି ? କାନୁ! ତମେ କ'ଣ ସିଗାରେଟ ବଦଳରେ ଆଉ ଧୂଆଁପତ୍ରର ଶୁଠା ଟାଣି ପାରିବ ? ସୁସ୍ୱାଦୁ ବିଦେଶୀ ମଦ ଛାଡ଼ି ହାଣ୍ଡିଆ ପିଇ ମାତାଲ ହେବାକୁ ଚାହିଁବ ? ବଣର କିଆକନ୍ଦା, ମୂଷା ମାଂସ ଖାଇ ରହିପାରିବ ? ପାରିବ ନାହିଁ।

ବିଶ୍ୱାଳ ବାବୁଙ୍କ କଥା ଶୁଣି କାହ୍ନୁ ମାଝି ଜଳକାଙ୍କ ଭଳି ତାଙ୍କ ମୁହଁକୁ ଚାହିଁ ରହିଲା। ସତେ ତ ! ସେ ତ ସତକୁ ସତ ତା'ର ଖାଦ୍ୟରୁଚି, ବେଶପୋଷାକ ବଦଳାଇ ଦେଇଛି। ରନ୍ଧା ମହୁଲି ମଦ ଗନ୍ଧ ସେ ଆଉ ସହିପାରେ ନାହିଁ। ପିଟର ସ୍ୱଚ୍ ନହେଲେ ତା'ର ଚଳେ ନାହିଁ। ଆଣ୍ଠୁଲୁଚା ଖଦି ପିନ୍ଧି ବାହାରକୁ ବାହାରିବା କଥା ଭାବିଲେ ତାକୁ ଲଜ୍ଜା ଲାଗେ। ଶୁଠା ବଦଳରେ ତା'ର ସବୁବେଳେ ଦରକାର ହୁଏ ଦାମୀ ସିଗାରେଟ। ଆଜି ଚାହିଁଲେ ମଧ୍ୟ ସେ ପିଠିରେ ତଲ୍ଲା ଘୋଡ଼େଇ ବର୍ଷାଦିନେ ବିଲରେ ଧାନ ବାଛିପାରିବ ନାହିଁ। କାଉଡ଼ିରେ ବୋଝ ବୋହି ସେ ହାଟକୁ ଯାଇପାରିବ ନାହିଁ। ତା'ହେଲେ ଧାନୀ ଭଳି ଅପାଠୋଇ ଝିଅକୁ ବାହା ହୋଇ ସେ ଜଣେ ବଡ଼ ସରକାରୀ ଅଫିସର ଭାବରେ ଚଳିପାରିବ କିପରି ?

ସେ ତଥାପି କମିଶନର ସାହେବଙ୍କ ଝିଅକୁ ବାହାହେବ ବୋଲି ହଁ କରିଦେଇ ପାରିଲା ନାହିଁ। ପିଅନ୍ ଦୁଇ କପ୍ କଫି ନେଇଆସିଲା। ଗୋଟିଏ କପ୍ ନିଜ ହାତରେ ଟେକିନେଇ ଓଠରେ ଲଗାଇଲା କାହ୍ନୁ।

ମୁହଁ ତଳକୁ ପୋତି କହିଲା- ମତେ ଟିକିଏ ଭାବିବାକୁ ସମୟ ଦିଅନ୍ତି। ମୁଁ ବାପାର ମତ ନନେଇ ହଁ କରି ଦେଇପାରିବି ନାଇଁ-

ତା' ସହିତ ସାଙ୍ଗେସାଙ୍ଗେ ଏକମତ ହୋଇ ବିଶ୍ୱାଳ ବାବୁ କହିଲେ-

- ନିଶ୍ଚୟ, ନିଶ୍ଚୟ। ବାହାଘର ଜୀବନ-ସଉଦା କଥା। ତମେ ଆଜି ଏସ୍.ଡି.ଓ. ଅଛ, କାଲି ସକାଳେ କଲେକ୍ଟର ହେବ। ତମର ଯେ ସ୍ତ୍ରୀ ହେବ, ସେ ମନ୍ତ୍ରୀଙ୍କଠାରୁ ଆରମ୍ଭ କରି ଅଫିସର-ମାନଙ୍କର ଚର୍ଚ୍ଚା କରିବ। ସଭାରେ ପୁରସ୍କାର ବିତରଣ କରିବ। ସଭାରେ ସଭାନେତ୍ରୀ ହେବ। ମିସ୍ ବାବା ସେଥିପାଇଁ ଉପଯୁକ୍ତ ହେବେ କି ନାହିଁ- ତମେ ଭଲ କରି ଭାବ। ଭାବପ୍ରବଣ ହୋଇ ଥରେ ଗୋଟିଏ ଭୁଲ କଲେ ସାରା ଜୀବନ ଅନୁତାପ କରୁଥିବ- ସମସ୍ତେ ଦୃଢ଼ ପାଦରେ ଆଗେଇ ଯାଉଥିବେ- ତମ ସ୍ତ୍ରୀ ସେମାନଙ୍କ ସହିତ ପାଦ ମିଳେଇ ଚାଲି ନପାରିଲେ ତମକୁ ମଧ୍ୟ ପଛରେ ପଡ଼ି ରହିବାକୁ ହେବ- ଏଇ ନିଅ- କମିଶନର ସାହେବ ମିସ୍ ବାବାଙ୍କର ଦୁଇଟା ଫଟୋ ଦେଇଛନ୍ତି- ଘରେ ଯେଉଁମାନେ ଅଛନ୍ତି- ସେମାନଙ୍କୁ ଦେଖିବାକୁ ପଠାଅ। ମୁଁ କହୁଛି ବୋଲି ନୁହଁ; ଥଣ୍ଡା ମନରେ ସବୁ କଥା ଭାବି ମନ ସ୍ଥିର କର- ଆସନ୍ତା ସପ୍ତାହରେ ମୁଁ ଫୋନ୍ କରି ବୁଝିବି-

କଥା ଶେଷ କରି କାନ୍ହୁ ହାତକୁ ମେଘମାଳାର ଫଟୋ ଦୁଇଟି ବଢ଼ାଇଦେଲେ ବିଶ୍ୱାଳ ବାବୁ। କମ୍ପିତ କର ସମ୍ପ୍ରସାରଣ କରି ସେ ଫଟୋ ଦୁଇଟି ଗ୍ରହଣ କଲା କାହ୍ନୁ।

ସେଦିନ ସାରା ରାତି ତା'ର ଆଉ ଆଖିପତା ଯୋଡ଼ି ହେଲା ନାହିଁ। ମେଘମାଳାର ରଙ୍ଗୀନ ହସ ହସ ମୁହଁର ଫଟୋ ଆଡ଼କୁ ଚାହିଁବା ମାତ୍ରେ ଅଭିମାନିନୀ ଧାନୀର ଲୁହ

ଛଳଛଳ ଆଖିର ଦୃଶ୍ୟ ତା' ସାମ୍ନାରେ ଭାସିଉଠିଲା। ସେଦିନ ନୈଶ ଭୋଜିରେ ତା' ପ୍ଲେଟରୁ ମିଠା ଦୁଇଟା ଉଠାଇ ନେଲାବେଳେ ମେଘମାଳା ଦେହରୁ ଉଡ଼ିଆସି ସୁଗନ୍ଧି ନିର୍ଯାସର ବାସ୍ନା ତା'ର ଘ୍ରାଣେନ୍ଦ୍ରିୟକୁ ଉଚ୍ଚକିତ କରିଦେଇଥିଲା। ଧାନୀର ହଳଦୀଲଗା ଦେହ ଆଉ ଜଡ଼ା ତେଲରେ ବନ୍ଧା ହୋଇଥିବା ଜୁଡ଼ାର ବାସ୍ନା ସେ ବିଦେଶୀ ସୁଗନ୍ଧ ନିର୍ଯାସ ପାଖରେ ହାର ମାନି ଯାଇଥିଲା। ଆଜି କମିଶନର କନ୍ୟାଙ୍କ ମୁହଁର ସୌନ୍ଦର୍ଯ୍ୟ ପାଖରେ ଧାନୀର ସରଳ, ନିଷ୍ପାପ ମୁହଁର ଛବି ମଳିନ ଦେଖାଗଲା।

କାହ୍ନୁ ମାଝି ବୁଝିପାରିଲା ନାହିଁ ଯେ ଗୋଟିଏ ଝିଅର ତୁଳନା ଆଉ ଜଣେ ଝିଅ ସହିତ କରାଯାଏ ନାହିଁ। ପ୍ରତି ଝିଅ ନିଜ ନିଜ ଗୁଣରେ ଅତୁଳନୀୟା !

କମିଶନର ନାୟକ ବାବୁ ଆକାଶରେ ଭାସମାନ ବାଦଲ ସହିତ ନିଜ କନ୍ୟାର ସାଦୃଶ୍ୟ ଲକ୍ଷ୍ୟ କରି ହୁଏତ ଝିଅର ନାମ ରଖିଥିଲେ ମେଘମାଳା। ଆଉ ଅରଣ୍ୟର ନାଲି ଘାସର ନାମ ସହିତ ମିଳାଇ ମୁନିଆ ମାଝି ଝିଅର ନାମ ରଖିଥିଲା ଧାନୀ।

ମେଘମାଳା ଆକାଶୀ-କନ୍ୟା, ଧାନୀ ଏଇ ପୃଥିବୀର ଲୋହିତ କୋମଳ ଦୁର୍ବାଦଳ !

ଜଣେ ତାକୁ ମାଟିର ପୃଥିବୀରେ ଧରି ରଖିବାକୁ ଚାହୁଁଥିବା ବେଳେ ଆଉ ଜଣେ ତାକୁ ଆକାଶକୁ ଉଡ଼ାଇ ନେବାକୁ ଚାହେଁ।

କୁଆଡ଼େ ଯିବ କାହ୍ନୁ ମାଝି ?

।। ନଅ ।।

ଗୁଲାବ ଦାସ ସକାଳୁ ଉଠି ଦେଖେ ତ ତା' ଦୋକାନ କାନ୍ଥରେ କିଏ ଗୋଟାଏ କାଗଜ ମଡ଼ାଇଦେଇ ଯାଇଛି । ସେ କାଗଜରେ ଲେଖା ଅଛି- "ସାବଧାନ ! ଆଦିବାସୀ ଝିଅବୋହୂଙ୍କୁ ଠିକାଦାର ଟ୍ରକ୍‌ରେ ଉଠାଇଦେବାର ଶାସ୍ତି- ମୃତ୍ୟୁ !"

ତଳେ ଦୁଇଟା ମଣିଷ ହାଡ଼ର ଛକି ଚିହ୍ନ ଅଙ୍କା ହୋଇଛି ।

ପ୍ରଥମ ଦିନ ସେ କାଗଜଟା ପଢ଼ି ଗୁଲାବ ଦାସ ଛାନିଆ ହୋଇ ଯାଇଥିଲା । ରାତିରେ ନିଦ ହେଇନଥିଲା । ଲୋକମାନେ ଦେଖିବା ଆଗରୁ ସେ କାଗଜଟା କାନ୍ଥରୁ ଛଡ଼ାଇ ଚିରି ଫୋପାଡ଼ି ଦେଇଥିଲା ।

କିନ୍ତୁ କାଗଜ ଚିରି ଦେଇଥିଲେ ସୁଦ୍ଧା ମନରୁ ଭୟ ଦୂର କରିଦେଇ ପାରିନଥିଲା । ଗଂଜିଆକୁ ପାଖକୁ ଡାକି ସବୁ କଥା ଖୋଲି କହିଥିଲା ।

ଗଂଜିଆ ତା'ର ଆପଣାର ଲୋକ ।

ତା' କଥା ଶୁଣିବା ମାତ୍ରେ ଭୟରେ ଥରିଉଠି ଗଂଜିଆ କହିଥିଲା- ଯେ ନିଶ୍ଚୟ ସେଇ ଝାଡ଼ଖଣ୍ଡୀମାନଙ୍କ କାମ । ଚିନିର ବର ମନୁ ହେମ୍ବ୍ରମ୍ ଧାନକାଟି ଆନ୍ଦୋଳନରେ ଯୋଗ ଦେଇ ଫେରାର ହୋଇଯାଇଛି । ତା' ସ୍ତ୍ରୀକୁ ମିଛ କହି ତୁ ତା'ର ସ୍ୱାମୀ ସହିତ ଦେଖା କରାଇଦେବା ନାଁରେ ଠିକାଦାର ପାଖରେ ଭୋଗ ଲଗାଇବା ପାଇଁ ଟ୍ରକ୍‌ରେ ଉଠାଇଦେଲୁ । ଗଡ଼ରୁ ଫେରି ଚିନି ସବୁ କଥା ତା' ବାଆକୁ କହିଦେଇଛି । ତା' ବର ପ୍ରତିଦିନ ରାତିରେ ଲୁଚି ଲୁଚି ଶଶୁର ଘରକୁ ଆସୁଛି । ସେ ସବୁକଥା ଶୁଣିଲା ପରେ ଯଦି ଧନୁରେ ଗୁଣ ବଢ଼ାଇ ତୋ ଆଡ଼କୁ ଶର ଛାଡ଼ିଦିଏ-

ଗଂଜିଆ କଥା ଶୁଣି ଗୁଲାବ ଦାସର ଆଖି ବୁଜି ହୋଇ ଯାଇଥିଲା ଭୟରେ !

ସେ ଡରି ଡରି ପଚାରିଥିଲା- ଚିନିର ବରକୁ ତ ପୋଲିସ ଗୋଡ଼େ ଗୋଡ଼େ ଜଗି ବସିଛି- ଦେଖା ହେବା ମାତ୍ରେ ଗୁଡୁମ୍- ତା' ବର ମାଝିପଡ଼ା ଆସୁଛି କେତେବେଳେ ?

ଗଂଜିଆ ଦାସ ବାବୁ ମୁହଁକୁ ଚାହିଁ ଆଖିକୋଣରେ ହସି ଦେଇଥିଲା ।

- ତୁ କ'ଣ ରାତିରେ ଶିଙ୍ଗାଧ୍ୱନି ଶୁଣିନାହୁଁ ବାବୁ ! ପ୍ରତିଦିନ ଶିବୁ ସୋରେନ୍‌ର ମୁକ୍ତିମୋର୍ଚ୍ଚାର ଲୋକେ ବଣ ଭିତରେ ବସି ମିଟିଂ କରୁଛନ୍ତି । ଚିନିର ବାପା ତ ନିତି ଯାଉଛି ସେଠାକୁ- ଏ କାଗଜ ଲେଖା ନିଶ୍ଚୟ ମନୁ ହେମ୍ବ୍ରମର କାମ- ମତେ ଡର ମାଡୁଛି ବାବୁ ! ତୋ ସାଙ୍ଗରେ ଥିଲେ ମୋ ପ୍ରାଣଟା ମଧ୍ୟ ଯିବ-

ଗଂଜିଆର କଥା ଶୁଣି ଖୁବ୍ ଭୟ ପାଇ ଯାଇଥିଲା ଗୁଲାବ ଦାସ । ଏ ଅଞ୍ଚଳରେ ଝାଡ଼ଖଣ୍ଡୀମାନଙ୍କର ଭୟ ତ ବଢ଼ିଯାଉଛି । ଶୁକୁଟା ମାଝି ନାମରେ ଥାନାରେ ଏତେଲା ଦେବାକୁ ହେବ । ଗଂଜିଆକୁ ହାତରେ ରଖିବାକୁ ପଡ଼ିବ ।

ସେ ତା' ଆଡ଼କୁ ଦଶ ଟଙ୍କିଆ ନୋଟ୍‌ଟାଏ ବଢ଼ାଇ ଦେଇ କହିଥିଲା-

- ଦେଖ୍ ଗଂଜିଆ ! ତୁ ମୋର ସାନ ଭାଇ ଭଳି । ବିପଦ ବେଳେ ତୁ ମତେ ଛାଡ଼ି ଚାଲିଯିବା କ'ଣ ଠିକ୍ ହେବ ? ମୁଁ ତତେ ପ୍ରତିଦିନ ଦଶ ଟଙ୍କା ଲେଖାଁଏ ଦେବି । ତଣ୍ଟିଯାଏ ମାଲ୍ ପିଆଇବି । ତୁ ରାତିରେ ଦୋକାନ ପିଣ୍ଡାରେ ଚାରପାଇ ପକାଇ ଶୁଅ- ମୁଁ ଥାନା ଦାରୋଗା ବାବୁକୁ କହି ରଖୁଛି-

ରାଜି ହୋଇଯାଇଥିଲା ଗଂଜିଆ । ରାତିରେ ଚାରପାଇ ଉପରେ ଶୋଇବା ପାଇଁ ଦଶଟଙ୍କା ।

ସେଦିନ ରାତିରେ ସତକୁ ସତ ଗହନ ବଣ ଭିତରେ କେଉଁଠି ଶିଙ୍ଗାଧ୍ୱନି ଶୁଣାଗଲା । ଅଧରାତିରେ ଗୁଲାବ ଦାସର ନିଦ ଭାଙ୍ଗିଗଲା । ଛାତି ଭିତର ଧଡ଼ ଧଡ଼ ହେବାକୁ ଲାଗିଲା । ସେ ଗଂଜିଆ ଗଂଜିଆ ବୋଲି ପାଟିକରି ଉଠିଲା ।

ଗଂଜିଆ ନିଦ ମଳ ମଳ ଆଖିରେ ଉଠିବସି ପଚାରିଲା-କ'ଣ ହେଲା ଦାସ ବାବୁ ? ରାତି ଅଧରେ ଚିଲଉଛୁ କାହିଁକି ?

- ଶିଙ୍ଗା ଧ୍ୱନି- ଶିଙ୍ଗା-

ଗୁଲାବ ଦାସର ପାଟି ଖନି ମାରି ଯାଇଥିଲା ଭୟରେ ! ଆତଙ୍କରେ ।

ଗଂଜିଆର ନିଦୁଆ ମୁହଁରେ ଚହଟି ଯାଇଥିଲା ଚେନାଏ ଚୋରା ହସ ।

ସେ ତାକୁ ଅଭୟ ଦେଇଥିଲା- ବଣ ଭିତରେ ଶିଙ୍ଗା ବଜାଇ ଝାଡ଼ଖଣ୍ଡୀମାନେ ଡକାଡକି ହେଉଛନ୍ତି । ତୁ ଛାନିଆ ହେଉଛୁ କାହିଁକି ? ମୁଁ ତ ତତେ ଜଗିକରି ଶୋଇଛି- ଯା- ଶୋଇପଡ଼-

ଗଂଜିଆ ନିଜେ ଶୋଇଯାଇଥିଲା ।

ଭୋଅରର ଆଲୁଅ ଶାଳ ଗଛର ପତ୍ରରେ ଝଲମଲ ହୋଇଉଠିବା ମାତ୍ରେ ଭିତରର ଦରଜା ଖୋଲି ଗୁଲାବ ଦାସ ପାଦ ଚିପି ଚିପି ସତର୍କତାର ସହିତ ବାହାରକୁ

ଆସିଲା । ମୁର୍ଦ୍ଦାରଟାଏ ଭଳି ଚାରିକାତ ମେଲିଦେଇ ଗଂଜିଆ ଦଉଡ଼ିଆ ଖଟ ଉପରେ ଶୋଇ ଯାଇଛି । କାନ୍ଥରେ ମଡ଼ା ହୋଇଛି ଆଉ ଗୋଟାଏ କାଗଜ-

"ତୁ ସରଳ ଆଦିବାସୀମାନଙ୍କୁ ଠିକି ପଇସା କମାଉଛୁ । ଦୋକାନ ଉଠାଇ ଚାଲିନଗଲେ ତୋ ଲାଶ୍ ରାସ୍ତାରେ ଫୋପାଡ଼ି ଦେବୁ । - ତୋର ଯମ ।"

କାଗଜ ଛିଣ୍ଡାଇ ଫୋପାଡ଼ି ଦେଲାବେଳେ ଗୁଲାବ ଦାସର ଛାତି ଭିତରେ ଭୟର ଧୁର୍ମୁସ ପାହାର ଶୁଣାଯାଉଥିଲା ।

ତା' ଆରଦିନ ସେ ବାହାରି ଯାଇଥିଲା ଥାନା ବାବୁଙ୍କ ପାଖକୁ ।

ତାଙ୍କ ପାଦ ଧରି କାନ୍ଦି ଉଠିଥିଲା । ସବୁ କଥା ବର୍ଣ୍ଣନା କରିଥିଲା ।

ଦାରୋଗା ବାବୁ ନିଜର ଗୋଡ଼ ଛଡ଼ାଇନେଇ କହିଥିଲେ- ସରଳ ଆଦିବାସୀମାନଙ୍କୁ ଠକିଲେ ତମକୁ ଦଣ୍ଡ ଭୋଗ କରିବାକୁ ହେବ ଦାସ ! ମୁଁ କ'ଣ କରିବି ? ଖାଲି ହାତରେ ସଉଦା କରିବାକୁ ସକାଳୁ ସକାଳୁ ବାହାରିଆସିଲୁ ଯେ !

ଦାରୋଗା ବାବୁଙ୍କ କଥାର ଇଙ୍ଗିତ ବୁଝିପାରି ଗୁଲାବ ଦାସ ଫତେଇର ଚୋରା ପକେଟରୁ ଚାରିଭାଙ୍ଗ କରି ଯତ୍ନରେ ରଖିଥିବା ପଚାଶ ଟଙ୍କିଆ ନୋଟ୍‌ଟି ତାଙ୍କ ପାଦତଳେ ଥୋଇଦେଇ କାନ୍ଦ କାନ୍ଦ ହୋଇ କହିଲା- ଏସବୁ ଚିନିର ବାପା ଶୁକୁଟା ମାଝିର କାମ ବାବୁ ! ଆପଣ ଏହାର ଗୋଟାଏ ଫଏସଲା କରନ୍ତୁ-

ଶୁକୁଟା ମାଝିର ନାମ ଶୁଣି ଦାରୋଗା ବାବୁଙ୍କର ଜଙ୍ଗଲ ଅଧିକାରୀଙ୍କ କଥା ମନେ ପଡ଼ିଗଲା । ସେ ପଚାଶ ଟଙ୍କିଆ ନୋଟ୍‌ଟା ଉଠାଇନେଇ କହିଲେ- ମୁଁ ଶୁକୁଟା ମାଝିକୁ ହାଜତରେ ପୂରାଇ ଦେବି- କିନ୍ତୁ ଜଙ୍ଗଲ ପୋଡ଼ି, ଚୋରା ମଦ ରାନ୍ଧୁଥିବା ପ୍ରମାଣ ଦେବା ପାଇଁ ତମକୁ ସାକ୍ଷୀ ଯୋଗାଡ଼ କରିବାକୁ ହେବ । ପାରିବ ?

ନପାରି ଅବା ତା'ର ଆଉ ଉପାୟ କ'ଣ ଥିଲା ? ଏ ତ ଜୀବନ ମରଣ କଥା ! ତାକୁ ପାରିବାକୁ ହିଁ ହେବ । ଯାହା ଖର୍ଚ୍ଚ ହେବ, ସେଥିକି ତା'ର ଭୟ କଲେ ଚଳିବ ନାହିଁ । ଟଙ୍କା ଖର୍ଚ୍ଚ କଲେ ସାକ୍ଷୀ ଅଭାବ ହେବେ ନାହିଁ । ଜଙ୍ଗଲ ଠିକାଦାରର ଲୋକ ଅଛନ୍ତି । ତା' ଦୋକାନରୁ ବାକି ସଉଦା ନେଉଥିବା ଆଦିବାସୀ ଅଛନ୍ତି ।

ସେ ହଁ ଭରିଦେଲା ।

ଦାରୋଗା ବାବୁ ତାକୁ ସାବଧାନ କରିଦେଲେ- ଏକଥା ଯେପରି ଅନ୍ୟକେହି ନଜାଣନ୍ତି । ଖୁବ୍ ଗୋପନରେ ସାକ୍ଷୀ ଯୋଗାଡ଼ କରିବାକୁ ହେବ । ଝାଡ଼ଖଣ୍ଡୀମାନେ ଜାଣିଲେ ସାକ୍ଷୀମାନଙ୍କୁ ଧମକେଇ ହୁରୁଡ଼େଇଦେବେ । ମନେ ରହିଲା ?

ଗୁଲାବ ଦାସ ହନୁମାନଜୀଙ୍କ ନାମରେ ନିୟମ କରି ସବୁ କଥା ଗୋପନ ରଖିବ ବୋଲି ପ୍ରତିଶ୍ରୁତି ଦେଇ ଫେରିଆସିଲା ।

ତା' ଆରଦିନ ଖରାବେଳେ ସେ ଖାଇସାରି ଉଠୁଛି, ମାଝିପଡ଼ା ଆଡୁ ଧଇଁସଇଁ ହୋଇ ଦଉଡ଼ିଆସିଲା ଗଂଜିଆ।

କହିଲା- ଦାସ ବାବୁ! ଶୁକୁଟା ମାଝିକୁ ପୋଲିସ ଧରି ନେଇଛି। ସେ ସକାଳୁ ଏକୁଟିଆ ବଣକୁ ଯାଇଥିଲା କାଠ ଗୋଟାଇବା ପାଇଁ- ନାଲି ପଗଡ଼ିଆ ପୋଲିସ ତାକୁ ଜୋର୍ କରି ଟେକିନେଇ ହାଜତରେ ପୂରାଇଦେଇଛି।

ଗୁଲାବ ଦାସ ତିଳେ ମାତ୍ର ବିଚଳିତ ନହୋଇ ଉତ୍ତର ଦେଲା-

- ଯିଏ ଯେମିତି କର୍ମ କରିବ ସେଇଭଳି ଫଳ ପାଇବ। ତୁ କାହିଁକି ମିଛଟାରେ ମୂର୍ଚ୍ଛା ଯାଉଛୁ!

- କିନ୍ତୁ ଚିନିର ବାପା ତ କିଛି ଦୋଷ କରି ନାଇଁ ଦାସ ବାବୁ! ମାଝିପଡ଼ା ଲୋକେ ତାତିକରି ରହିଛନ୍ତି। ବନୁ ବାବୁ ଯାଇ ଥାନା ଦାରୋଗା ସାଙ୍ଗରେ ଝଗଡ଼ା କରିଆସିଛି। ଖୁବ୍ ଗୋଟାଏ ଗଣ୍ଡଗୋଳ ହେବ- ମତେ ପଡ଼ାରେ ସମସ୍ତେ ତାଗିଦ କରି ଦେଇଛନ୍ତି- ଏ ମିଛ ମକଦ୍ଦମାରେ ଯିଏ ସାକ୍ଷୀ ହେବ, ତା'ର ମୁଣ୍ଡକାଟ ହେବ - ଏସବୁ ତୋର କାରସାଦି ଦାସ ବାବୁ-

ଗୁଲାବ ଦାସ ସାକ୍ଷୀମାନଙ୍କ ମୁଣ୍ଡକାଟ ଶୁଣି ଅତର୍କରେ କହି ପକାଇଲା-

- ହନୁମାନଜୀଙ୍କ ମୁଣ୍ଡ ଛୁଇଁ କହୁଛି ଗଂଜିଆ! ମୁଁ କାହାରି ଭଲରେ ମନ୍ଦରେ ନଥାଏ। ଏଇଟା ଜଙ୍ଗଲ ଅଧିକାରୀଙ୍କର କାମ। ପୋଡୁଚାଷ ଯୋଗୁଁ ସରକାର ଖୁବ୍ ରାଗି ଯାଇଛନ୍ତି। ଓଷଧ ରାଗରେ ତାଟିଆ କାମୁଡ଼ିବା ନ୍ୟାୟରେ ଶୁକୁଟାକୁ ବାନ୍ଧି ନେଇଛନ୍ତି- ମୁଁ କିଛି କରି ନାହିଁ- ତୁ ଟିକିଏ ମାଝିପଡ଼ାର ଲୋକଙ୍କୁ ବୁଝାଇ ଦେ-ନେ- ଦଶଟଙ୍କା ଦଉଛି-

- ଥାଉ ଥାଉ ତୋ ଟଙ୍କା। ମତେ ଆଉ ଲୋଭ ଦେଖା ନାଇଁ- ଏପଟେ ଝାଡ଼ଖଣ୍ଡୀ- ସେପଟେ ବନୁ ଆଉ କାନୁ- ସମସ୍ତଙ୍କ ରାଗ ମୋ ଉପରେ- ତୁ କୁଆଡ଼େ କୁରାଢ଼ୀ ଆଉ ମୁଁ ତୋର ବେଣ୍ଟ! ଚୋଟଟା ମୋ ବେକ ଉପରେ ପଡ଼ିବ ଦାସ ବାବୁ! ମୁଁ ଚାଲିଲି-

ଏକା ଡିଆଁକେ ଗଂଜିଆ ରାସ୍ତା ପାରହୋଇ ଶାଳ, କରଞ୍ଜ ଗଛ ଉଚ୍ଛୁଆଳରେ ଲୁଚିଗଲା।

ମନେ ମନେ ହସିଲା ଗୁଲାବ ଦାସ। ସେ ଜାଣିଥିଲା, ନିଶା ଘାରିଲେ ପୁଣି ସଞ୍ଜ ବେଳକୁ ଆସି ତା' ପାଖରେ ହାତ ପତାଇବ ଗଂଜିଆ। ମହୁଲି ମଦର ନିଶା ଅଦୃଶ୍ୟ ଦଉଡ଼ି ଭଳି ତାକୁ ଏଠାକୁ ଟାଣି ଆଣିବ।

ଦାରୋଗା ବାବୁ ତାକୁ ଅଭୟ ଦେଇଛନ୍ତି। ତା'ର ଡରିବାର କିଛି ନାହିଁ।

XXX

ଥାନାରୁ ଫେରିଆସି ବନୁ ମାଆଙ୍କ ପାଖରେ କହିଲା- ସେମାନେ ହାଜତ ଭିତରେ ପୂରାଇ ଚିନିର ବାପାକୁ ଖୁବ୍ ମାଡ଼ ଦେଇଛନ୍ତି। ତାକୁ ଛାଡ଼ିବେ ନାହିଁ। ପୋଡୁଚାଷ ପାଇଁ ଲୋକଙ୍କୁ ମତାଇବା ଆଉ ଚୋରାମଦ ରାନ୍ଧିବା ଅଭିଯୋଗରେ କେଶ୍ ଦେଇଛନ୍ତି। କେନ୍ଦୁଝର ଗଡ଼ରୁ ଫଉଜ ଆସି ଥାନା ପାଖରେ ଜମା ହୋଇଛନ୍ତି।

ସରକାର ଲଢ଼େଇ ପାଇଁ ତିଆରି ହୋଇଛନ୍ତି। ଆମେ କ'ଣ କରିବା ?

ଆମେ କ'ଣ କରିବା ?- ସମସ୍ତଙ୍କ କଣ୍ଠରେ ସେଇ ଗୋଟିଏ ସ୍ୱର।

ମାଆ ମେରୀ ଉତ୍ତର ଦେଲେ- ମତେ ଆଉ ପଚାର ନାହିଁ। କାନୁ ପାଖକୁ ଯାଆ, ସେ ସରକାରଙ୍କର ବଡ଼ ଅଫିସର। ସେ ଚାହିଁଲେ ଅସାଧ୍ୟ ସାଧନ କରିପାରିବ। ମୋର ଅବା ସାଧ୍ୟ କ'ଣ ଅଛି ?

କାନୁ !

ବନୁ କହିଲା- ହଁ, ମାଆ ! ମୁଁ ଯିବି- ତା'ଠାରୁ ପଚାରି ବୁଝିଆସିବି, ଏ ଜଙ୍ଗଲ କାହାର ? କାହିଁକି ସେମାନେ ଚିନିର ବାପାକୁ ଧରିନେଇ ମାଡ଼ ଦେଇଛନ୍ତି !

ବନୁ କାନୁ ପାଖକୁ ଯିବ ବୋଲି ଶୁଣି ଧାନୀ ଗୁରୁପୁଣି ପିଠା କଲା। କହିଲା - ସେ'ତ ଗୁରୁପୁଣି ପିଠା ଖାଇବାକୁ ଭଲପାଏ। ତୁ ଖାଲି ହାତରେ ତା' ପାଖକୁ ଯିବୁ କାହିଁକି ? ଏ ପିଠା ନେଇ ଯାଆ-

ଏତେ ଦୁଃଖ ଭିତରେ ବି ଧାନୀର କଥା ଶୁଣି ହସିଦେଲା ବନୁ।

କହିଲା- ଦେ, ଧୋବ କନାରେ ବାନ୍ଧି ପୁଡ଼ା କରିଦେ- ତୋ ହାତର ପିଠା ଦେଖିଲେ ତା' ପାଟିରୁ ନାଳ ବୋହିପଡ଼ିବ- କାନୁ ଭାରି ପିଠାରଙ୍କୁଣା। ନା ?

ଧାନୀ କିଛି ଜବାବ ଦେଲା ନାହିଁ।

ମୁଣ୍ଡ ତଳକୁ ପୋତି ଗୋଡ଼ ନଖରେ ମାଟିରେ ଗାର କାଟିବାକୁ ଲାଗିଲା।

।। ଦଶ ।।

ବସ୍‌ରେ ଗୋଡ଼ହାତ ଜାକି ବସି ବସି ବନୁର ଗୋଡ଼ହାତ ଲାଠି ମାରି ଯାଇଥିଲା। ଧାନୀ ଦେଇଥିବା ଗୁରୁପୁଣି ପିଠାଗୁଡ଼ାକୁ ସମ୍ଭାଳିବା ଥିଲା ତା'ର ଅନ୍ୟ ଏକ ସମସ୍ୟା। ବସ୍‌ର ସବୁ ଯାତ୍ରୀ ସେ ପୁଡ଼ାଟି କ'ଣ ବୋଲି ପଚାରି ପଚାରି ତାକୁ ବ୍ୟସ୍ତ କରି ପକାଇଥିଲେ। ସେ ସେମାନଙ୍କୁ କିପରି ବୁଝାନ୍ତା ଯେ ସେ ପିଠା ଭିତରେ ଧାନୀର ଅନେକ ସ୍ନେହମମତା, ଆଶାଭରସା ପୂର ହୋଇ ଭର୍ତ୍ତି ହୋଇଛି ବୋଲି !

ବସ୍‌ରୁ ଓହ୍ଲାଇ କାନ୍ଧରେ ପିଠା ପୁଡ଼ାଟି ଝୁଲାଇ ସେ କୁଆଡ଼େ ଯିବ ବୁଝିପାରିଲା ନାହିଁ। ବସ୍ ଭିତରେ ସେ ଜଣେ ଦୁଇ ଜଣଙ୍କୁ କାନୁ କଥା ପଚାରିଥିଲା। ସମସ୍ତେ ତାକୁ ଆବାକାବା ହୋଇ ଅନେଇଥିଲେ।

କାନୁ ? କେଉଁ କାନୁ ?

ବସ୍‌ରୁ ଓହ୍ଲାଇ ଗୋଟିଏ ଚା' ଦୋକାନରେ ପଚାରିଲା-

- ଆମ କାନୁ ବାବୁ କେଉଁଠି ରହୁଛି କହିପାରିବ ? ଖୁବ୍ ବଡ଼ ଅଫିସର- ଅନେକ ପାଠ ପଢ଼ି ହାକିମ ହୋଇଛି-

ଚା' ଦୋକାନୀ ଉତ୍ତର ଦେଲା- ମୋ ଦୋକାନକୁ କେହି ବଡ଼ ଅଫିସର୍ ଚା' ପିଇବାକୁ ଆସନ୍ତି ନାଇଁ। ମୁଁ କେମିତି ଜାଣିବି ? ଏଠି ଚା' ମିଳେ- ଠିକଣା ମିଳେ ନାଇଁ- ଠିକଣା ଡାକବାଲାକୁ ଜଣା- ଡାକଘରେ ଯାଇ ପଚାର-

ଚା' ଦୋକାନୀର କଥାରେ ଏପରି ବିରକ୍ତି ଆଉ ବେଖାତିର ଭାବ ମିଶି ରହିଥିଲା ଯେ, ତା' କଥା ଶୁଣି ବନୁ କାନ୍ଦ କାନ୍ଦ ହୋଇଗଲା।

ତା'ର ସେ ଦୁଃଖୀ ଦୁଃଖୀ ଭାବ ଦେଖି ଚା' ପିଉଥିବା ଜଣେ ଭଦ୍ରଲୋକ ସମବେଦନା ଜଣାଇ ପଚାରିଲେ- ଆଚ୍ଛା ତୋ ହାକିମ ବାବୁଙ୍କ ସଂଜ୍ଞା କ'ଣ ?

- ମାଝିପୁଅ ବାବୁ ! କାନୁ ମାଝି-

- ଓଃ, କାହ୍ନୁଚରଣ ମାଝି ! ଏସ୍.ଡ଼ି.ଓ- ?

ବନୁର ମନେ ପଡ଼ିଗଲା ଡାକ ପିଅନ କଥା। ମନି ଅର୍ଡ଼ର ଫାରମ୍‌ରେ ଲେଖା ହୋଇଥିଲା- ଏସ୍.ଡ଼ି.ଓ।

ସେ ହଁ ହଁ କହିଲାବେଳେ ପାଖରେ ବସିଥିବା ଦୁଇଜଣ କଲେଜ ପିଲା ଖେଁ ଖେଁ ହସି ଉଠିଥିଲେ। ମନ୍ତବ୍ୟ କରିଥିଲେ- ଆଜିକାଲି ହାଡ଼ିପାଣ ସମସ୍ତେ ଅଫିସର୍- ରାମରାଜ୍ୟ ଚାଲିଛି ଯେ!

ଯେଉଁ ଭଦ୍ରଲୋକ କାହ୍ନୁ ମାଝିଙ୍କୁ ଏସ୍.ଡି.ଓ. ବୋଲି ଚିହ୍ନଟ କରିଥିଲେ ତାଙ୍କ ମନରେ କଲେଜ ପିଲା ଦୁହିଁଙ୍କ କଥା ଶୁଣି ସନ୍ଦେହ ଜାତ ହେଲା। ସେ ଆଉଥରେ ପଚାରିଲେ- ତମେ ତାଙ୍କର କ'ଣ ହୁଅ-

-କ'ଣ ଆଉ ହେବି? ସାନ ଭାଇ-

- ତା'ହେଲେ ଗୋଟିଏ କଥା କର। ଏଇ ସେ ରିକ୍‌ସା ଛିଡ଼ା ହୋଇଛି; ତାକୁ କୁହ ସେ ତମକୁ ଏସ.ଡ଼ି.ଓ.ଙ୍କ ଅଫିସ୍‌ରେ ଛାଡ଼ିଦେବ। ତମ ଭଳି ମଫସଲି ଲୋକ ଯେତେ ଛକ କାଟି ବୁଝାଇଲେ ବି ଅଫିସ୍ ଖୋଜି ପାଇବ ନାହିଁ।

ଭଦ୍ରଲୋକ ଚାଲିଗଲେ।

ଗୁରୁପୁଣି ପିଠା ଗଣ୍ଠିଲି ହାତରେ ଝୁଲାଇ ରିକ୍‌ସା ଉପରେ ଗୋଡ଼ହାତ ଜାକି ବସି ବନୁ ଯାଇଥିଲା କାନୁ ପାଖକୁ। ଖରାବେଳ। ରାସ୍ତା ଦୁଇପଟେ ଧାଡ଼ି ଧାଡ଼ି କୋଠାଘର। ଦୋକାନ ବଜାର। ବିଜୁଳିବତୀ ଖୁଣ୍ଟି। କଳ ଗାଉଣାର ଗୀତ। କେଉଁଠି ଗୋଟାଏ ପାହାଡ଼ ନାହିଁ। ଗହଳ ଗଛର ଛାଇ ନାହିଁ। ବଣ ଚଢ଼େଇର ଗୀତ ନାହିଁ। ଏ କି ସହରରେ ବାବା! ଏଠି କାନୁ ରହିଛି କେମିତି? ବିସ୍ମୟରେ ବନୁର ଆଖିପତା ତଳ ଉପର ହେଉଥାଏ।

ଅଫିସ୍ ବାରଣ୍ଡାରୁ ସିଧା କାନୁ ପାଖକୁ ଚାଲିଯାଇଥିଲା ବନୁ।

ପିଅନ ବାଧା ଦେଲା। ହୋ ମଫସଲି ବାବୁ! ତେଣେ କୁଆଡ଼େ ମାଡ଼ିଯାଉଛ?

- କାନୁ ପାଖକୁ ଯିବି ବୋଲି ଏତେ ବାଟରୁ ଆଇଛି- କାନୁ ସାଙ୍ଗରେ ଦେଖା କରିବି-

ଆକାଶରୁ ଖସିପଡ଼ିଲା ଭଳି ବିସ୍ମୟଚକିତ ଭାବରେ ପିଅନ ପାଟିକରି ଉଠିଲା-

- କୋଉ କାନୁ ବେ? ଯା- ଯା- ଏଠି କେହି କାନୁ ନାଇଁ- ଏଇଟା- ଏସ୍.ଡ଼ି.ଓ. ଅଫିସ। ବାବୁ ଭାରି କଡ଼ା ଲୋକ। ନୂଆ ହାକିମ- ଯା ପଳା ଯା-

ଖୁବ୍ ଚେଷ୍ଟା କରି ହସିଲା ବନୁ।

କହିଲା- ହଁ, ତମ ଏସ.ଡି.ଓ. ଆମ କାନୁ-

- ଆରେ ସତେ ତ! କାହ୍ନୁ ବାବୁ ଏସ୍.ଡ଼ି.ଓ! ସେକଥା କହୁନ! ନା- ନା-

ବର୍ତ୍ତମାନ ଦେଖା ହୋଇପାରିବ ନାହିଁ। ବାବୁ ଫାଇଲ୍ କାମ କରୁଛନ୍ତି - ଆଗରୁ ଖବର ଦେଇ କାଲି ଆସିବ-

ପିଅନ୍‌ର କଥା ଶୁଣି ବନୁର ହଁସା ଉଡ଼ିଗଲା। ଏତେ କଷ୍ଟ, ଏତେ ଆଶା କରି ଏତେ ବାଟ ଆସିଛି। ଦେଖା ନକରି ଫେରିଯିବ? ଦାରୋଗା ବାବୁ ପରିହାସ କରି କହିବେ- ଯାଇଥିଲୁ ପରା? ଦେଖା ପାଇଲୁ? ଚିନି ଚାହିଁ ବସିଥିବ ଜାଣିବା ପାଇଁ ତା' ବାପାକୁ ହାଜତରୁ ମୁକୁଳାଇବା ପାଇଁ କାନୁ କ'ଣ କଲା! ଆଉ ଧାନୀ! ସେ ଆସିଲାବେଳେ ତା' ଆଡ଼କୁ କେମିତି ଚାତକୀ ଆଖିରେ ଅନେଇ ରହିଥିଲା!

ସେ କାନ୍ଦୁଣିମାନ୍ଦୁଣି ହୋଇ କହିଲା- ଭାରି ଜରୁରୀ କାମ ବାବୁ! ଆଜି ଦେଖା ନହେଲେ ଚଳିବ ନାହିଁ-

ବନୁର ବିକଳ ଅବସ୍ଥା ଦେଖି ପିଅନ୍ ମନରେ ହଠାତ୍ କରୁଣା ଉଦ୍ରେକ ହେଲା। ସେ ତା'ର ତାଳୁରୁ ତଳିପା ଯାଏ ଥରେ ସର୍ଭେ କରିନେଇ ପଚାରିଲା- କ'ଣ ହୋଇଛି? ଘର ପୋଡ଼ି ଯାଇଛି? ଘରତୋଳା ସାହାଯ୍ୟ ପାଇଁ ଆସିଛ? କାଢ଼ ଦୁଇ ଟଙ୍କା- ମୁଁ ଚେଷ୍ଟା କରି ଦେଖେ- ବାବୁ ଭାରି କଡ଼ା ଲୋକ-

ବାଟ ଖରଚ ଟଙ୍କାରୁ ଦୁଇଟି ଟଙ୍କା ଫତେଇ ପକେଟରୁ କାଢ଼ି ଧରିବା ମାତ୍ରେ ପିଅନ୍ ଚିଲ ଭଳି ଝାମ୍ପିନେଇ ନିଜ ପକେଟରେ ଭର୍ତ୍ତି କରିଦେଲା। ତା'ପରେ ଏସ.ଡ଼ି.ଓ.ଙ୍କ କୋଠରୀ ଭିତରେ ପଶି ବାହାରି ଆସିଲା।

କହିଲା- ଦେଖ, ସାର୍ ମୋତେ ତମକୁ ଦେଖା କରିବାକୁ ରାଜି ହେଉନଥିଲେ। ମୁଁ ବହୁତ କୁହାବୋଲା କଲି। ଢେର୍ ଢେର୍ ବୁଝାଇଲି। ବହୁ କଷ୍ଟରେ ସେ ତମ ସହିତ ଦେଖା କରିବାକୁ ଅର୍ଡ଼ର-ଅର୍ଥାତ୍ ଆଦେଶ ଦେଲେ। ଯାଅ- ହେଲେ ଟୁ ରୁପିଜ୍ କଥା ଅଫିସରଙ୍କୁ କହିବ ନାହିଁ- କହିଲେ ମୁଁ ଆଉ ମାନିବି ନାହିଁ କି ଆଉ କେବେ ଏ ଅଫିସ୍ ଦୁଆରମୁହଁ ମଡ଼ାଇଦେବି ନାହିଁ- ମନେ ରହିଲା?

ମୁଣ୍ଡ ହଲାଇ ସମ୍ମତି ଜଣାଇଲା ବନୁ। ଭିତରକୁ ଗଲା। ତାକୁ ଦେଖି ଆନନ୍ଦ ଓ ବିସ୍ମୟରେ ଚେୟାର ଛାଡ଼ି ଉଠିପଡ଼ିଲା କାନୁ। ତାକୁ କୁଣ୍ଢେଇ ପକାଇ କହିଲା- ଆରେ ବନୁ! ତୁ- ତୁ ଆସିଛୁ-

ପରଦା ଏପଟେ ସେ ଦୃଶ୍ୟ ଦେଖି ପିଅନଟାର ପିଳେହି ପାଣି! ଆରେ ଏ ମଫସଲିଆଟା କ'ଣ ସାହେବଙ୍କର ଭାଇ ନା ବନ୍ଧୁ! ଯଦି କହୁ କହୁ ସେ ଟୁ ରୁପିଜ୍ କଥା କହିଦିଏ, ତା'ର ଚାକିରୀ ଗୋଲ୍ ହୋଇଯିବ! ହେ ଭଗବାନ!

କାନୁ ଗୋଟାଏ କାଉଚ ଉପରେ ବନୁକୁ ବସାଇଦେଇ ପଚାରିଲା- ବାବା କେମିତି ଅଛିରେ? ଭଲ! ଆଉ ଗୁରୁମାଆ? ତୁ ତ ସକାଳପହରୁ ଆସିବୁଣି। କ'ଣ ଖାଇବୁ?

କାନୁ ଯେ ସମସ୍ତଙ୍କ କଥା ମନେ ରଖିଛି; ତା' ଖାଇବା କଥା ପଚାରି ବୁଝୁଛି, ଏକଥା ଲକ୍ଷ୍ୟକରି ତା' ମନ ଆନନ୍ଦରେ କୁଣ୍ଢେମୋଟ ହୋଇଗଲା।

ସେ ଆଖି ମିଟି ମିଟି କରି କହିଲା- ସମସ୍ତେ ଭଲ ଅଛନ୍ତି। ଏକା ଚିନିର ବାପାକୁ ପୋଲିସ୍ ଧରିନେଇ ହାଜତରେ ରଖିଛି। ତା'ର କିଛି ଦୋଷ ନାଇଁ। ତୁ ତ ଆଉ ପଢ଼ା, ପାଲ୍ଲି ଆଡ଼େ ଯାଉ ନାଉଁ- ଆମକୁ ସବୁ ହାକିମ ହୋଇ ଭୁଲି ଗଲୁରେ କାନୁ!

କାନୁ ହସିଦେଇ କହିଲା- ଭୁଲିନି- ଭୁଲିନି ବନୁ। କିଛି ଭୁଲି ନାଇଁ, ଶାସନକଳର ଜଙ୍ଗଲରେ ପଶି ମୁଁ କେବଳ ବାଟବଣା ହୋଇଯାଇଛି। ଏଇ ଦେଖ୍, ଅସଲ ପଥର ପାହାଡ଼ ଛାଡ଼ି ମୁଁ ଏଇ ଫାଇଲ୍ ପାହାଡ଼ ଭିତରେ ବସିଛି-

ଗୁରୁପୁଣି ପିଠା କଥା କହିବ ବୋଲି ଭାବୁଥିଲା ବନୁ।

କିନ୍ତୁ ତା' ଆଗରୁ କାନୁ କହିଲା- ମୋର ଲଞ୍ଚ୍ ଟାଇମ୍ ହୋଇଗଲାଣି। ଖରାବେଳ। ଚାଲ- କ୍ୱାଟର୍ସକୁ ଯିବା- ସାଙ୍ଗ ହୋଇ ଖାଇବା।

କାନୁ ସହିତ କାର୍‌ରେ ବସି ଏସ୍.ଡି.ଓ. କ୍ୱାଟର୍ସକୁ ଗଲା ବନୁ।

ଟେବୁଲ ଚେୟାରରେ ବସି, ଚୀନାମାଟିରେ ତିଆରି ଧୋବ ଫରଫର ପ୍ଲେଟ୍‌ରେ ସୁସ୍ୱାଦୁ ଖାଦ୍ୟ ଖାଇଲା। ବରଫ-ଥଣ୍ଡା ପାଣି ପିଇଲା।

ଆଃ, କି ଆରାମ୍। କାନୁ ଖୁବ୍ ସୁଖରେ ଅଛି। ମନେ ମନେ ଖୁବ୍ ଖୁସି ହୋଇଗଲା ବନୁ।

କିଛି ସମୟ ପରେ ଆଲମୀରା ଭିତରୁ ମେଘମାଳାର ଫଟୋ ଦୁଇଟି କାଢ଼ି କାହ୍ନୁ ଧରାଇଦେଲା ବନୁକୁ। କହିଲା- ଦେଖ୍, ମନକୁ ପାଉଛି?

ବନୁ କମିଶନର ସାହବେଙ୍କ ଝିଅକୁ ଚିହ୍ନିବାର କଥା ନୁହେଁ। ସେ ଛବି ଦୁଇଟାକୁ ଓଲଟାଇ ପାଲଟାଇ ଦେଇସାରି କାନୁକୁ ଫେରାଇ ଦେଲାବେଳେ କହିଲା-

- ଏ ଛବି କ'ଣ ହେବ? ବହିରେ ଛପା ହେବ?

- ବହି ନୁହେଁରେ ବୋହୂ! ଏ ତୋ ଭାଉଜ ହେବ। ଆମ କମିଶନର ସାହେବଙ୍କ ଝିଅ। ମୋ ସହିତ ବାହାଘର ପ୍ରସ୍ତାବ ପଡ଼ିଛି। ଏ ଫଟୋ ତମ ସମସ୍ତଙ୍କୁ ଦେଖାଇବା ପାଇଁ ନେଇଥାଆନ୍ତି- ତୁ ତ ଆସିଗଲୁ। ଭଲ ହେଲା। ଏ ଛବି ଦୁଇଟା ବାପା ଆଉ ଗୁରୁମାଆଙ୍କୁ ଦେଖାଇବୁ-

- ତୁ ଏ ଚିତ୍ରକୁ ବାହାହେବୁ? ଏ ମୋର ଭାଉଜ ହେବ?

ବନୁର ମନେ ହେଲା କାନୁର କଥା ଶୁଣି ତା' ମୁଣ୍ଡ ଘୂରିଗଲା। ତା' ସହିତ ସେ ଯେଉଁ ଚେୟାରରେ ବସିଥିଲା, ସେ ଚେୟାର, ସେ ଘର ସବୁ ଘୂରିବାକୁ ଲାଗିଲା। ସେ ଦୁଇ ହାତ ପାପୁଲିରେ ନିଜ ମୁଣ୍ଡକୁ ଚାପି ଧରି କହିଲା-

– ଆଉ ଧାନୀ! ସେ ତତେ ବାହାହେବ ବୋଲି ସଜବାଜ ହୋଇ ଚାତକ ପକ୍ଷୀ ଭଳି ଚାହିଁ ବସିଛି। ତା'ର କ'ଣ ହେବ?

– ବନୁ! ଧାନୀ କଥା ମୁଁ ଭୁଲି ନାଇଁ। ଜୀବନରେ କେବେ ଭୁଲିପାରିବି ନାଇଁ। ତା' କଥା ଭାବି ଭାବି ରାତିରେ ମୋ ଆଖିପତା ଯୋଡ଼ି ହୋଇନାଇଁ। ସେ ମୋର ସ୍ତ୍ରୀ ହୋଇପାରେ, କିନ୍ତୁ ଏସ୍.ଡି.ଓ. କିମ୍ବା କଲେକ୍ଟରଙ୍କ ମିସେସ୍ ହୋଇପାରିବ ନାହିଁ। ମୁଁ ଯେଉଁ ଉଚ୍ଚ ସମାଜରେ ଚଳପ୍ରଚଳ ହେଉଛି, ସେଠାରେ ସେ ଚଳିଜାଣି ନାହିଁ। ମୁଁ ତାକୁ ବାହାହୋଇ ରାଣୀ କରି ଆଣିଲେ ବି ଅନ୍ୟମାନେ ତାକୁ ଚାକରାଣୀ ବୋଲି ଭାବିବେ। ହଁ- ମୁଁ ଯଦି ଚାକିରି ଛାଡ଼ି ମାଝିପଡ଼ା ଚାଲିଯାଏ- କାନ୍ଧରେ ଧନୁ ଆଉ ହାତରେ ତୀର ଧରି ବଣକୁ ଶିକାର କରିଯାଏ- ସେ ମୋର ସ୍ତ୍ରୀ ହୋଇ ପାଖେ ପାଖେ ରହିପାରିବ। ମୁଁ ଯେଉଁ ପଶୁକୁ ଶିକାର କରି ଆଣିବି, ତା'ର ମାଂସ ରାନ୍ଧି ସମସ୍ତଙ୍କୁ ଖୁଆଇପାରିବ। ଆଦିବାସୀମାନଙ୍କର ଆଦିମ ଜୀବିକା ଥିଲା ଶିକାର- ଚାକିରୀ ନୁହେଁ। ଏପରିକି ଚାଷ ମଧ୍ୟ ନୁହେଁ। ତମେ ସମସ୍ତେ ତ ମତେ ହାକିମ ଚାକିରି କରିବା ପାଇଁ ତଡ଼ିକରି ସହରକୁ ପଠାଇଲ- ମୁଁ ଏବେ କରିବି କ'ଣ? ଧାନୀକୁ ବାହା ହୋଇ ଏଠାକୁ ଆଣିଲେ ପିଅନ, କିରାଣୀମାନେ ହସିବେ- ଅନ୍ୟମାନେ ଥଟ୍ଟା ପରିହାସ କରିବେ- ମୁଁ ତ ହାକିମ ହେବାକୁ ଚାହିଁନଥିଲି- ଗୁରୁମାଆ ମୋର କାନ ମୋଡ଼ି- ହାତ ଧରି- ପାଠ ପଢ଼ାଇ ହାକିମ ହେବାକୁ ପଠାଇଦେଲେ- ମୋ ଧାନୀ- ଧାନୀ-

ଝର ଝର ହୋଇ କାନ୍ଦି ପକାଇଲା କାନୁ।

ବନୁର ବୁଦ୍ଧିବଣା ହୋଇଗଲା। ସେ କ'ଣ କରିବ ଜାଣି ପାରିଲା ନାହିଁ। ତୁ କାନ୍ଦ୍‌ନା- କାନ୍ଦ୍‌ନା- ବୋଲି ସେ ଯେତେ କହୁଥାଏ କାନୁର କୋହ ସେତିକି ତୁହାକୁ ତୁହା ଉଠୁଥାଏ।

ହଠାତ୍ ଘର ଭିତରର ଟେଲିଫୋନ୍ ବାଜି ଉଠିବା କ୍ଷଣି କାହ୍ନୁର କାନ୍ଦ ବନ୍ଦ ହୋଇଗଲା। କିନ୍ତୁ ରୁମାଲରେ ଆଖିର ଲୁହ ପୋଛିନେଇ ପ୍ରକୃତିସ୍ଥ ହେଲା ପରେ ମଧ୍ୟ ସେ ଟେଲିଫୋନ୍ ଧରିଲା ନାହିଁ।

ପିଅନ୍ ଆସି ମନେପକାଇ ଦେଇଗଲା- ସାର୍ ଟେଲିଫୋନ୍-

– ତୁ ଟେଲିଫୋନ୍ ଧର୍। କହ, ସାହେବ ନାହାନ୍ତି। ଟୁର୍‌ରେ ବାହାରି ଯାଇଛନ୍ତି-

ତା'ପରେ ସେ ବନୁକୁ କହିଲା- ମୁଁ ଆଜି ଚାକିରିରୁ ଇସ୍ତଫା ଦେଇଦେଉଛି। ମୁଁ ତୋ ସାଙ୍ଗରେ ପଡ଼ାକୁ ଯିବି- ଧାନୀକୁ ବାହାହେବି- ତୋ ଭଳି ଜଙ୍ଗଲ ପୋଡ଼ି ଚାଷ କରିବି- ଗଛର କନ୍ଦା ଖାଇବି- ମହୁଲି ମଦ ପିଇ ମାତାଲ ହେବି- ଡୁଙ୍ଗ୍‌ଡୁଙ୍ଗା ଧରି ଗୀତ ଗାଇବି-

ସତକୁ ସତ ମହୁଆ ମାତାଲଙ୍କ ଭଳି ଢଳି ଢଳି ଗୋଟାଏ ଗୀତର ସୁର୍ ଧରି ନାଚିବାକୁ ଲାଗିଲା କାହ୍ନୁ।

ବନ୍ନୁ ଡରିଗଲା। ସତରେ ସେ ଚାକିରୀ ଛାଡ଼ି ତା' ସାଙ୍ଗରେ ସେଇ ବଣପାହାଡ଼ ଘେରା ମାଝିପଡ଼ାକୁ ଫେରିଯିବ? ଏକଥା ଜାଣିଲେ ସମସ୍ତେ ତାକୁ ହିଁ ଦୋଷ ଦେବେ। ଏତେ ପାଠଶାଠ ପଢ଼ି ହାକିମ ହୋଇଛି- କେବଳ ଧାନୀକୁ ବାହାହେବା ପାଇଁ ସବୁ ଛାଡ଼ିଛୁଡ଼ି ଦେଇ ଚାଲିଯିବ?

ସେ କାନୁର କାନ୍ଧକୁ ହଲାଇଦେଇ କହିଲା- ଏ କ'ଣ କରୁଛୁ? ତୁ ଥୟ ହ- ମୁଁ ଏ ଚିତ୍ର ନେଇ ଯାଉଛି- ତୋ ବାବା, ମୋ ମାଆ ଆଉ ଧାନୀକୁ ପଚାରି ବୁଝିବି। ସେମାନେ ରାଜି ହେଲେ ତୁ ଚାକିରୀ ଛାଡ଼ିବୁ। ମନେ ରହିଲା?

ଯେପରି ଭାବରେ ଆସିଥିଲା, ସେହିପରି ଏକମୁହାଁ ହୋଇ ବସ୍‌ଷ୍ଟାଣ୍ଡକୁ ଫେରିଗଲା ବନ୍ନୁ। ଯିବା ଆଗରୁ କାନୁ ବାଟଯାକ କେତେ କଥା ବୁଝାଇଲା, ହେଲେ ତା'ର ଗୋଟିଏ ହେଲେ କଥା ତା' ମନକୁ ପାଇଲା ନାହିଁ।

।। ଏଗାର ।।

କାନୁ ପାଖକୁ ଗଲାବେଳେ ଆଶା ଆଉ ଆନନ୍ଦରେ ବନୁର ଆଖି ଦୁଇଟା ଜଳୁଥିଲା; କିନ୍ତୁ ତା' ପାଖରୁ ଫେରିଲାବେଳେ ଆଶାଭଙ୍ଗର ଦୁଃଖରେ ଆଖି ଡୋଳା ଦୁଇଟା ପାଣିଚିଆ ଆଉ ମୁହଁ ରକ୍ତହୀନ, ରୋଗଣା ଦେଖା ଯାଉଥିଲା ।

ଗୁରୁପୁଣି ପିଠା ପୁଡ଼ାଟି ଯେମିତି ଗାମୁଛାରେ ବାନ୍ଧି ନେଇଥିଲା, ସେମିତି ଫେରିଆସିଲା । ସେ ତାକୁ ଦେଇପାରିଲା ନାହିଁ କି କହିପାରିଲା ନାହିଁ ଯେ କେତେ ସୁଆଗରେ ଧାନୀ ତା' ପାଇଁ ସେ ପିଠା ପଠାଇଛି । ସେ ତ ଅନ୍ୟ ଜାତିର ଗୋରୀ-ସୁନ୍ଦରୀ, ଡେଣାକଟା ପରୀକୁ ବାହା ହେବ ବୋଲି ଗୋଡ଼ ଟେକି ବସିଛି, ଧାନୀ ପଠାଇଥିବା ପିଠା ଯାଚିକରି ଦେଇଥିଲେ ସେ କ'ଣ ନେଇଥାଆନ୍ତା ନା ଖାଇଥାଆନ୍ତା !

ନା, ସରକାର କାନୁକୁ କିଣିନେଇଛି । ସେ ଆଉ ସେମାନଙ୍କର ହୋଇ ନାହିଁ । ସରକାରର ପୋଷା ପୁଅ । କି ଅୟସରେ ରଖିଛି ତାକୁ ସରକାର ! ଟିପ ମାଇଲେ ଆଲୁଅ; କଳ ମୋଡ଼ିଲେ ପାଣି ! କି ନରମ ଗଦି ! ମିଠା ମିଠା ବାସ୍ନା ପିଠା । ଭାତ ତରକାରୀ ଯେଉଁଥିରେ ବଢ଼ା ହୋଇଛି ସେ ବାସନ କି ସୁନ୍ଦର ! ବଗ ପକ୍ଷୀ ପରି ଧୋବ ଫର ଫର ।

କାନୁ ଠିକ୍ କହୁଛି, ଧାନୀକୁ ବାହାହୋଇ ରାଣୀ କରି ନେଲେ ବି ଲୋକେ ତାକୁ ଚାକରାଣୀ ବୋଲି କହିବେ !

ଧାନୀ ପାଠଶାଠ ପଢ଼ିଲା ନାଇଁ । ସେ କହି କହି ଥକିଲା । ପାଠ ପଢ଼ିଲା ବୋଲି ସିନା କାନୁ ବଣରେ ଜନମ ହୋଇ ସହରରେ ରାଜା ହେଲା, ଧାନୀ ପାଠପଢ଼ି ଆଧୁନିକ ହୋଇଥିଲେ କାନୁର ରାଣୀ ହୋଇନଥାନ୍ତା ?

ବନୁ ଦେଖିଛି, ରାଞ୍ଚିରୁ ଯୋଉ ଖୀରସ୍ତାନୀ ଆଦିବାସୀ ସ୍ତ୍ରୀଲୋକମାନେ ମାଆଙ୍କ ପାଖକୁ ଆସନ୍ତି, ସେମାନେ କେତେ ସୁନ୍ଦର ସୁନ୍ଦର ପୋଷାକ ପିନ୍ଧିଥାଆନ୍ତି, କେତେ ଭଲ ଇଂରାଜୀ କଥା କହିପାରନ୍ତି ! ଧାନୀ ତ ସେମାନଙ୍କ ଭଳି ହୋଇ ପାରିଥାଆନ୍ତା ! ହେଲା ନାଇଁ ତ କାନୁର ଦୋଷ କ'ଣ ?

ଏଥର ସବୁ ଦୋଷ କାନୁ ଉପରୁ ଓଲଟି ଯାଇ ଧାନୀ ଉପରେ ଠୁଳ ହେଲା।

ଆସିଲାବେଳେ କାନୁ ତାକୁ ବାରବାର ବୁଝାଇ କହିଛି- ବାବା ଆଉ ଗୁରୁମାଆ ଯଦି କହିବେ, ଧାନୀ ଯଦି ଚାହିଁବ, ମୁଁ ଚାକିରି ଛାଡ଼ି ଚାଲିଯିବି। ଏ ଚାକିରିରେ ରହିଲେ ମତେ କମିଶନରଙ୍କ ଝିଅକୁ ବାହାହେବାକୁ ପଡ଼ିବ। ହାକିମ ହୋଇ ଚଉକିରେ ବସିବାକୁ ଗଲେ ଲେଙ୍ଗୁଟି ମାରି ଫତେଇ ପିନ୍ଧି ଯେପରି ଯାଇ ହୁଏ ନାଇଁ, ଧାନୀ ଭଳି ଅପାଠୋଇ ଝିଅକୁ ବାହାହୋଇ ସେମିତି ଚଳିହେବ ନାଇଁ। ଏଠାରେ ମୋର କେହି ଆଗକୁ ନାହିଁ କି ପଛକୁ ନାଇଁ। କମିଶନରଙ୍କ ଝିଅକୁ ବାହାହେଲେ ଉପରକୁ ଉଠିବାର ସାହାରା ମିଳିବ। ଖାଲି ଅଫିସର ହୋଇଗଲେ କଥା ସରେ ନାଇଁ, ଆଗ ଧାଡ଼ିରେ ଠିଆ ହୋଇଥିବା ଅନେକଙ୍କୁ ପଛକୁ ଠେଲି ଆଗକୁ ମାଡ଼ି ଯିବାକୁ ହୁଏ। କମିଶନର ମତେ ଠେଲିପେଲି ଆଗକୁ ନେଇଯିବେ। ସେମାନେ ଯେ ମୋ ଭଳି ଗରିବ ମାଝି ପିଲାକୁ ପସନ୍ଦ କରିଛନ୍ତି ସେଇଟା ମୋର ଭାଗ୍ୟ।

ତା'ର ସେ ଶେଷ କଥା ଶୁଣି ବନ୍ନୁ କଟମଟ କରି ତା' ମୁହଁକୁ ଅନେଇଥିଲା। ଭୟ ପାଇ ଯାଇଥିଲା କାନୁ। କଣ୍ଠସ୍ୱର ନରମ କରି କହିଥିଲା-

- ଧାନୀକୁ ମୁଁ ଭୁଲିନାଇଁରେ ବନ୍ନୁ, ସେଥିପାଇଁ ଚାକିରି ଛାଡ଼ି ତା' ପାଖକୁ ପଳାଇବି ବୋଲି ଛଟପଟ ହେଉଛି। ଯଦି ସେ ରାଜି ହୁଏ, ମୁଁ କମିଶନର ସାହେବଙ୍କ ଝିଅକୁ ବାହା ହୁଏ; ତୁ ଧାନୀ ପାଇଁ ଭଲ ପାତ୍ରଟିଏ ଦେଖ୍। ଯାହା ଟଙ୍କା ଖରଚ ହେବ ମୁଁ ତା' ପାଇଁ ଖରଚ କରିବି-

ଟଙ୍କା- ଟଙ୍କା- ଟଙ୍କା-

ଚାରିଆଡ଼େ ଖାଲି ଟଙ୍କାର ଭେଳିକି।

ଟଙ୍କାରେ ସବୁ ଜିନିଷ କିଣାଯାଏ। ସାହୁକାରର ଦୋକାନରୁ ମାଟିତେଲ, ଲୁଣଠାରୁ ଆରମ୍ଭ କରି ମାଝିପଡ଼ାର ମଣିଷର ମୁଣ୍ଡ ପର୍ଯ୍ୟନ୍ତ- ସବୁକିଛି। ଟଙ୍କା ଦେଇ କାନୁ ବି ଧାନୀ ପାଇଁ ସୁଖ କିଣିଦେବ ବୋଲି କହିଛି।

ଥୁଃ-

ବସ୍ ଆସି ଘାଉଁ କିନା ବୁଲିପଡ଼ି ଗୋଟାଏ ଜାଗାରେ ଠିଆହୋଇ ଫଁ ଫଁ ନିଃଶ୍ୱାସ ଛାଡ଼ିଲା। ଏଇଟା ବସ୍ ଠିଆହେବା ଜାଗା। ଏଇଠୁ ଓହ୍ଲାଇ ବନ୍ନୁକୁ ଜଙ୍ଗଲି ରାସ୍ତା ଦେଇ ମାଝିପଡ଼ା ଯିବାକୁ ହେବ।

ବାଟରେ ଗୁଲାବ ଦାସର ଦୋକାନ। ପଛରେ ସେ ଏବେ ଗୋଟାଏ ନୂଆ ମଦଭାଟି ଖୋଲିଛି। ଦିନବେଳା ବି ସେଠି ଗହଳଚହଳ।

ସେଇ ଭାଟି ପାଖରେ ଚିନିର ବାପା ସହିତ ଦେଖା ହୋଇଗଲା।

ଚମକିଗଲା ବନୁ ପାତ୍ର।

ପଚାରିଲା- ଇୟେ ବାବା ! ତୁ ଖଲାସ ହୋଇଗଲୁ ?

ବନୁକୁ ଦେଖି ଶୁକୁଟା ମାଝି ଦାନ୍ତ ଦେଖାଇ କହିଲା- ଆଜି ସକାଳୁ ସକାଳୁ କାନୁର ଫୋନ୍ ଆଇଲା- ପୋଲିସ ବାବୁ ଅବସ୍ଥା ଘାଇଲ୍- ମତେ କହିଲା କାନୁ ବାବୁ ଏସ.ଡ଼ି.ଓ. ଫୁନ୍ କରିଥିଲେ- ବଡ଼ ହାକିମ- ତାଙ୍କ କଥା ମାନି ତତେ ଛାଡ଼ିଦେଉଛି ମାଝି- ଆଉ ଚୋରାମଦ ରାନ୍ଧିବୁ ନାଇଁ- ପୋଡୁଚାଷ ପାଇଁ ଲୋକଙ୍କୁ ମତାଇବୁ ନାଇଁ- ଆସିଲାବେଳେ ପାଞ୍ଚଟା ଟଙ୍କା ବି ଦେଲା- ଦାରୋଗା ବାବୁ। ଆ- ସାହୁକାର ଭାଟିରୁ ଦିଢ଼ୋକ ପିଇ ଦେଇଯିବା-

କାନୁର କରାମତି କଥା ଶୁଣି ବନୁ ତଟସ୍ଥ ହୋଇ ଠିଆ ହୋଇଗଲା। ସେ କେତେ କାନ୍ଦୁଣି ମାନ୍ଦୁଣି ହୋଇ ଦାରୋଗା ବାବୁର ହାତଗୋଡ଼ ଧରିଥିଲା- ଶୁକୁଟାକୁ ଛାଡ଼ିଦେବା ପାଇଁ କହିଥିଲା- ଦାରୋଗା ତା' କଥା ଶୁଣିନଥିଲା। ନାଲି ଆଖି ଦେଖାଇ, ଟେବୁଲ ବାଡ଼େଇ ତାକୁ ଥାନାରୁ ତଡ଼ି ଦେଇଥିଲା। ଆଉ କାନୁର ଗୋଟାଏ ଫୋନ୍ ଶୁଣି ପାଞ୍ଚ ଟଙ୍କା ବକ୍‌ସିସ୍ ଦେଇ ଚିନିର ବାପାକୁ ସେ ଛାଡ଼ିଦେଲା ?

କାନୁ ଉପରେ ଜମା ହୋଇ ରହିଥିବା ତା'ର ସବୁ ରାଗ, ଅଭିମାନ ଜଳ ହୋଇ ବହିଗଲା। ଧାନୀକୁ ପଛେ ସେ ବାହା ନହେଉ, ଚାକିରି ନଛାଡୁ ବୋଲି ମନେ ମନେ ଭାବି ସେ ଭାଟି ଛାଡ଼ି ତା'ର ମାଟିର କୁଡ଼ିଆକୁ ଫେରିଆସିଲା। ଧାନୀ ସାଙ୍ଗରେ କାଳେ ଦେଖା ହୋଇଯିବ, ସେଇ ଭୟରେ ସେ ଲୁଚି ଲୁଚି ଅନ୍ୟବାଟେ ଆଶ୍ରମ ସ୍କୁଲ ପାଖକୁ ଉଠିଗଲା।

କଥାଟାକୁ କିନ୍ତୁ ସେ ବେଶୀ ସମୟ ଲୁଚାଇ ରଖିପାରିଲା ନାହିଁ।

ଗୁରୁପୁଣି ପିଠା ପୁଡ଼ିଆ ଫେରି ଆସିଥିବା ଦେଖି ଧାନୀ ଘଟଣାଟା ଅନୁମାନ କରିନେଲା। ସିଧୁ ଆଉ ମାଆକୁ ସବୁ କଥା ଖୋଲି କହିଲା ବନୁ। ଧାନୀକୁ ଛାଡ଼ି କମିଶନର ଝିଅକୁ ବାହା ହେବା କଥା କହିଲାବେଳେ କାନୁ କିପରି କଇଁକଇଁ ହୋଇ କାନ୍ଦୁଥିଲା, ସେକଥା ମଧ୍ୟ ବର୍ଣ୍ଣନା କରିଗଲା।

ଲୁହ ଆସିଗଲା ସିଧୁ ଆଉ ମାଆଙ୍କ ଆଖିକୁ। ଆଶ୍ରମ ସ୍କୁଲ ବାରଣ୍ଡା କାଠ ଖୁଣ୍ଟକୁ ଆଉଜି ପାଷାଣ ମୂର୍ତ୍ତି ଭଳି ବସି ରହିଥାଏ ଧାନୀ। ତା' ପାଟିରେ କଥା ନଥାଏ କି ଆଖିରେ ଲୁହ ନଥାଏ।

ସେମାନେ ପାଞ୍ଚଜଣ ସେମିତି ଶ୍ମଶାନ ଫେରନ୍ତା ଶବବାହକମାନଙ୍କ ଭଳି ଶୋକାଚ୍ଛନ୍ନ ଭାବରେ ବସି ରହିଥାଆନ୍ତି। ମୂକ ପାହାଡ଼ ଭଳି। କେହି କାହାରି ମୁହଁକୁ ଚାହିଁପାରୁ ନଥାନ୍ତି। କାନୁ ଯେ ସେମାନଙ୍କୁ ଏଭଳି ଏକ ଗୋଲକଧନ୍ଦାରେ

ପକାଇଦେଇ ହାକିମ ବାବୁ ହୋଇଯିବ, ସେକଥା ହୁଏତ ସେମାନେ କେବେହେଲେ ଭାବିନଥିଲେ ।

ଏଇଟା ସେମାନଙ୍କ ପାଇଁ ଧର୍ମସଙ୍କଟ ନୁହେଁ, ଜୀବନ-ସଙ୍କଟ କଥା । କାନୁକୁ ବାହା ନହେଲେ ଧାନୀର କପାଳ ପୋଡ଼ିଯିବ, ସେ ହୁଏତ ଶୁଖି ଶୁଖି କଣ୍ଟା ହୋଇଯିବ ।

ଉପରଓଳି ଗଡ଼ିଯାଇ ସନ୍ଧ୍ୟା ହେଲା ।

ନୀଡ଼ ଫେରନ୍ତା ବନ ବିହଙ୍ଗଙ୍କ ମଧୁର କାକଳିରେ ମୁଖରିତ ହୋଇଉଠିଲା ବନଭୂମି । ବାଦୁଡ଼ିର ଡେଣାଭଳି ଛିଣ୍ଡା ଛିଣ୍ଡା ଅନ୍ଧକାର ଉଡ଼ିଆସି ଚାରିଆଡ଼ ବ୍ୟାପୀଗଲା । ହଠାତ୍ ସେ ସ୍ତବ୍ଧ ନୀରବତାକୁ ଛିନ୍‌ଛତ୍ର କରିଦେଇ ଶରାହତ ବାଘ ଭଳି ଗର୍ଜି ଉଠିଲା ସିଧୁ ମାଝି- ତାକୁ କହ, ସେ ଚାକିରି ଛାଡ଼ି ଚାଲିଆସୁ । ମୋର ଟଙ୍କା ଦରକାର ନାଇଁ- ଧାନୀ ମୋର ବୋହୂ ହବ- ମର ବହୂ-

ଆଉ ଠିକ୍ ସେତିକିବେଳେ ଭାସି ଆସିଲା ଧାନୀର ପ୍ରତିବାଦର ସ୍ୱର-

- ନା, ନା- ମୁଁ ତାକୁ ବାହାହେବି ନାଇଁ- ସେ ସୁଖରେ ରହୁ- ପାଠୋଇ ଝିଅ ବାହାହେଉ- ମୁଁ ଏ ବଣଜଙ୍ଗଲ ଛାଡ଼ି କୁଆଡ଼େ ଯିବି ନାଇଁ- ଯିବି ନାଇଁ-

ଧାନୀର ବାପା ମୁନିଆ ମାଝି ଆଉ ମାଆ ମେରୀ କହିଲେ- ଧାନୀ ଠିକ୍ କହିଛି । କାନୁକୁ ବାହା ହେଲେ ବି ଧାନୀ ସୁଖୀ ହେବ ନାଇଁ । କାନୁ ଏକା ଆମ ମାଝିପଡ଼ା ନୁହଁ- ସାରା ବଣୁଆ ଜାତିର ରାଜା- ତାକୁ ଚାକିରି ଛାଡ଼ିବାକୁ କୁହ ନାଇଁ-

ନିଷ୍ପତ୍ତି ହୋଇଗଲା । ମୁଣ୍ଡ ତଳକୁ ପୋତି ଚାଲିଯାଉଥିଲା ଧାନୀ ।

ତା'ର ଶାଢ଼ୀ କାନି ଧରି ଅଟକାଇ ଦେଲେ ମାଆ ମେରୀ ।

କହିଲେ- ତତେ ଆଉ ପଢ଼ାକୁ ଯିବାକୁ ପଡ଼ିବ ନାଇଁ । ତୁ ଏଇ ଆଶ୍ରମ ସ୍କୁଲରେ ମୋ ପାଖରେ ରହିବୁ । ମୁଁ ତତେ ପାଠ ପଢ଼ାଇବି- ତୁ ମୋର ଝିଅ- ମୁଁ ତତେ ମଣିଷ କରିବି-

ଆଉ ମାଆ ମେରୀଙ୍କଠାରୁ ନିଜକୁ ଛଡ଼ାଇ ନେଇପାରିଲା ନାହିଁ ଧାନୀ । ଆଉ ଏକ ଅଜଣା ବନ୍ଧନରେ ଛନ୍ଦି ହୋଇପଡ଼ିଲା ।

॥ ବାର ॥

ଗୁଲାବ ଦାସ ତେଜରାତି ଦୋକାନ ପଛପଟେ ମଦଭାଟି ଖୋଲିବା ଦିନୁ ଜଙ୍ଗଲ ଦୁଇପଟ ମଝି ରାସ୍ତାରେ ଜନଗହଳି ବଢ଼ିବାରେ ଲାଗିଛି। ତେଜରାତି ଦୋକାନରେ ବିକ୍ରି ମଧ୍ୟ ସେଇ ଅନୁସାରେ ବଢ଼ିବାରେ ଲାଗିଛି। ନୂଆ ନୂଆ ଜିନିଷ ଆଣି ରଖୁଛି ଗୁଲାବ। ବାସନା ତେଲ, ସାବୁନ, ସ୍ନୋ, ପାଉଡ଼ର, ମୁଣ୍ଡଫିତା, ମୁଣ୍ଡ କଣ୍ଟା, ଟିକିଲି-ଭଳିକି ଭଳି ଜିନିଷ।

ବନବାସୀ ମିଣିପେ ମାଇପେ ଭିଡ଼ କରିବାରେ ଲାଗିଛନ୍ତି। ସୂରୁଜ ଦେବତା ପଶ୍ଚିମ ପାହାଡ଼ ଉଢୁଆଳରେ ମାଆ କୋଳକୁ ଯିବା ପରେ ପରେ ଭିଡ଼ ଜମିଯାଏ। ସୋରିଷ, ହିଁଗା, ରାଶି ମାପି ଦେଇ ଯେଉଁ ପଇସା ସେମାନେ ପାଆନ୍ତି, ସେଥିରୁ ଗୋଟାଏ ବଡ଼ ଅଂଶ ଚାଲିଯାଏ ଗୁଲାବ ଦାସର ମଦଭାଟି ଆଉ ତେଜରାତି ଦୋକାନରେ। ଯେଉଁମାନେ ପ୍ରଥମେ ପ୍ରଥମେ ହିଁଗା, ସୋରିଷ ଗୁଲାବ ସାହୁକାରକୁ ବିକିରି କରିବାକୁ ରାଜି ହେଉନଥିଲେ, ଚାଉଳି ମଦର ନିଶାରେ ସେମାନେ ଗଣ୍ଡିଲି ଗଣ୍ଡିଲି ସୋରିଷ, ରାଶି, ହିଁଗା ଧରି ସଞ୍ଜହେଲେ ଗଡ଼ିଆସିଲେ ତା'ର ଦୋକାନକୁ।

ଗୁଲାବ ଦାସର ଦୋକାନ ଏଇ ବିକାକିଣା ଯୋଗୁ ଗୋଦାମ ହୋଇଯାଇଛି।

ମଦର ନିଶାରେ ଟଳମଟଳ ଆଦିବାସୀଙ୍କ ପାଞ୍ଚ କିଲୋ ସୋରିଷକୁ ତିନି କିଲୋ ହିସାବ ଲଗାଇଦେଉଛି ଗୁଲାବ।

କାନ୍ଥଠଣାରେ ଗଦା କାନ୍ଧରେ ପକାଇ ହନୁମାନଜୀ ସବୁ ଦୃଶ୍ୟ ଦେଖୁଛନ୍ତି; ଲାଙ୍ଗୁଡ଼ ବାଡ଼େଇ ପ୍ରତିବାଦ ସୁଦ୍ଧା କରୁନାହାନ୍ତି।

ଦିନେ ସକାଳୁ ଲେମ୍ବ ମାଝି ଆସି ଅଭିଯୋଗ କଲା-

: ଦାସ ବାବୁ! କାଲି ମୁଁ ମାପିକରି ପାଞ୍ଚ କିଲୋ ସୋରିଷ ଆଣିଥିଲି। ତୁ ତିନି କିଲୋ ହିସାବ କରିଛୁ। ବାକି ଦି' କିଲୋ ପଇସା ଦେ।

ଗୁଲାବ ଦାସ ଆଖିର ଭ୍ରୂଲତା ତଳ ଉପର ନଚାଇ ନଚାଇ କହିଲା-

: କାଲି ରାତିରେ ଠେକିଏ ପିଇ ଯାଇଥିଲୁ। ଏତେବେଳ ଯାଏ କ'ଣ ନିଶା

ଛାଡ଼ି ନାହିଁ ? ଦୁଇ କିଲୋ ସୋରିଷ ତତେ ଠକିଦେଲି ବୋଲି ଅଭିଯୋଗ କରିବାକୁ ଆସିଛୁ। ଏ ଯୁଗରେ ଆଉ ନ୍ୟାୟ ନାହିଁ। ତମ ଭଲ ପାଇଁ ଦଶହଜାର ଟଙ୍କା ସରକାରଙ୍କୁ ଗଣିଦେଇ ଖାଣ୍ଟି ମଦଭାଟି ଖୋଲିଲି। ଆଉ ତମେ ମୋରି ଭାଟିରୁ ମଦପିଇ ମାତାଲ ହୋଇ ମତେ ଅପବାଦ ଦେଉଛ ଯେ ମୁଁ ହିସାବରେ ଠକିଦେଉଛି ? ଏଇ ହନୁମାନ ମହାପ୍ରଭୁ ଜଳଜଳ କରି ଅନେଇଛନ୍ତି। ତାଙ୍କ ସାମ୍ନାରେ ତୁ ତାଙ୍କ ଭକ୍ତଙ୍କ ନାମରେ ମିଛ କହୁଛୁ ? ପବନକୁମାର ଶୁଣିଲେ ତତେ ଉଡ଼ାଇନେବେ। ଯା- ଯା- ଆଉ ମୋର ଭାଟିକୁ ଆସିବୁ ନାଇଁ- ଆସିଲେ ନଗଦ ନାରାୟଣ ଧରି ଆସିବୁ- ମୋର ସୋରିଷ, ହଳଦୀ ଦରକାର ନାହିଁ-

ଲେମ୍ବ ମାଝି ଆଡ଼କୁ ପିଠି କରି ଗାଧୋଇବା ପାଇଁ ଚାଲି ଯାଉଥିଲା ଗୁଲାବ ଦାସ। ମାଝି ପାଟିକରି କାନ୍ଦିଉଠିଲା। କହିଲା- ମୁଁ କାନ ମୋଡ଼ି ହେଉଛି, ମାଟିରେ ନାକ ଘଷୁଛି- ଆଉ କେବେ ତମ ଭାଟିକୁ ଆସିବି ନାଇଁ- ତମେ ଦୟାକରି ମୋ ଦୁଇକିଲୋ ସୋରିଷ ପଇସା ଦେଇଦିଅ- ନହେଲେ ମୁଁ ତମ ଦୋକାନ ସାମ୍ନାରେ ଅଖିଆଅପିଆ ବସିରହିଲି- ଟଙ୍କା ନଦେବା ପର୍ଯ୍ୟନ୍ତ ଉଠିବି ନାଇଁ।

ସତକୁ ସତ ନିଜର ମଇଳା ଗାମୁଛା ଦୋକାନ ଘର ପିଣ୍ଡାତଳେ ପକାଇଦେଇ ତା'ଉପରେ ବସିପଡ଼ିଲା ଲେମ୍ବ ମାଝି।

ଏ ଶଳା ଗାନ୍ଧି ମହାତ୍ମାରେ! ଅନଶନରେ ବସିପଡ଼ିଲା।

ଘଟଣାଟା ଏପରି ନାଟକୀୟ ଭାବରେ ଘଟିଗଲା ଯେ ଗୁଲାବ ଦାସର ଅକଲ ଗୁଡୁମ୍ ହୋଇଗଲା।

ସେ ବଡ଼ ପାଟିରେ ଡାକ ପକାଇଲା ଧରମୁ- ଧରମୁ-

ଧରମୁ ଦାସ ତା' ମଦଭାଟିର ଜଗୁଆଳ ଆଉ ଲାଠିଆଳ।

ଆଶ୍ରମ ସ୍କୁଲ ପିଲାଙ୍କ ହାତରେ ଧମକାଣ କାଗଜ ଲେଖି ନିଜେ ଗଂଜିଆ ମାଝି ତା' ଦୋକାନ କାନ୍ଥରେ ମଡ଼ାଉଥିଲା ବୋଲି ଜାଣିଲା ପରେ ଆଉ ଆଦିବାସୀ ଲୋକଙ୍କ ଉପରେ ତା'ର ଭରସା ନାହିଁ। ଗଂଜିଆ ମାଝି ଭଳି ବୋକା ଲୋକ ଯଦି ଏତେ ସିଆଣିଆ ହୋଇ ନିଜେ କାଗଜ ଲଗାଇ ଜଗି ଶୋଇବା ପାଇଁ ରାତିକୁ ଦଶଟଙ୍କା ତା'ଠାରୁ ଆଦାୟ କରି ନେଇପାରିଲା, ଆଉ କେଉଁ ଆଦିବାସୀ ଲୋକ ଉପରେ ବିଶ୍ୱାସ ରଖି ସେ ଭାଟି ଜଗାଇଥାଆନ୍ତା ?

ଧରମୁ ଦାସ ତାଙ୍କ ଜାତିପୁଅ। ଗୋଟାଏ ଗେଂଜି କାରଖାନାରେ ଦରଓ୍ୱାନ କାମ କରୁଥିଲା। ଷଣ୍ଢାମାର୍କା ମର୍ଦ୍ଦ। ତା'ର ସବୁଠାରୁ ଭଲ ଗୁଣ ହେଲା ସେ ତା'ଭଳି

ମଦ ଛୁଏଁ ନାହିଁ। ତା'ର ଅଫିମ ନିଶା। ଗୋଟିଏ ଛୋଟ ଟେଳାଏ କଳା ଅଫିମ ହେଲେ ରାତି ଅନିଦ୍ରା ହୋଇ ଜଗି ବସିଥିବ। ଆଖିପତା ତା'ର ଯୋଡ଼ି ହେବ ନାହିଁ।

ଗୁଲାବ ଦାସର ପାଟି ଶୁଣି ଲାଠି ଘୂରାଇ ଘୂରାଇ ଆସି ପହଞ୍ଚିଲା ଧରମୁ ଦାସ। ପଚାରିଲା- କ୍ୟା ଗଡ଼୍‌ବଡ଼୍ ହେ ମାଲିକ୍।

- ଏଇ ଦେଖ୍- ଦେଖ୍ ଧରମୁ- ଏ ଲେମ୍ବ କାଲି ତିନି କିଲୋ ସୋରିଷ ଆଣି ପାଞ୍ଚ କିଲୋର ପଇସା ପାଇଁ କଟାଳ କରୁଛି।

ମାଲିକର କଥା ଶୁଣି ରାଗିଗଲା ଧରମୁ ଦାସ।

କହିଲା- ଏସବୁ ବନୁ ପାତ୍ରର ଶିକ୍ଷା। ତା'ନହେଲେ ମିଛ କହି ଟଙ୍କା ନପାଇଲେ ଅନଶନ କରିବା ବୁଦ୍ଧି ତା'ର କୋଉଠୁ ଆସନ୍ତା ? ମୁଁ ଯାଉଛି ଥାନା ବାବୁଙ୍କୁ ଡାକିଆଣେ। ଥାନା ବାବୁର ବନ୍ଧୁକ ଭୁସା ଖାଇଲେ ମାଝିପୁଅର ମନ ଘର ଧରିଯିବ-

ପାଟିତୁଣ୍ଡ ଶୁଣି କାମକୁ ଯାଉଥିବା ଆଉ ପାଞ୍ଚଜଣ ବନବାସୀ ସେଠାରେ ଆସି ରୁଣ୍ଡ ହୋଇଗଲେ। ଭାଟି ଜଗୁଆଳର ଧମକ ଶୁଣି ପାଟିକରି ଉଠିଲେ-

- କ'ଣ କହିଲୁ ? ଥାନାର ପୋଲିସକୁ ଡାକି ଆମ ଜାତି ଭାଇଙ୍କୁ ମାଡ଼ ଖୁଆଇବୁ ? ଡାକ୍- ଆମେ ସମସ୍ତେ ଏଠାରେ ବସିଲୁ-ଆମକୁ ମାଡ଼ଦେଇ ଥାନାକୁ ନେଇଗଲେ- ଆହୁରି ଲୋକ ଆସିବେ- ଆମେ ଥାନା ଘର ଭର୍ତ୍ତି କରିଦେବୁ-

ଗୁଲାବ ଦାସ ମୁହଁରେ ଟୋପିଟୋପି ଝାଳ ନିଗିଡ଼ି ଆସିଲା।

ସକାଳୁ ସକାଳୁ ଇଏ କି ଝାମେଲା ! ଦୁଇ କିଲୋ ସୋରିଷର ଦାମ୍ ଫାଙ୍କିଦେଇ ସେ ବିରୁଡ଼ି ବସାରେ ହାତ ମାରି ଦେଇଛି। ଦଳ ଦଳ ବିରୁଡ଼ି ତାକୁ ବିନ୍ଧିବା ପାଇଁ ବଣଜଙ୍ଗଲରୁ ଛୁଟି ଆସୁଛନ୍ତି।

ସେ ମୁହଁରୁ ଝାଳ ପୋଛିଦେଇ କହିଲା-

- ଆରେ ମାଝି ପୁଅ ! ଉଠ୍- ଉଠ୍- ତଳେ ବସିପଡ଼ିଲୁ କାହିଁକି ? ଦୁଇ କିଲୋ ସୋରିଷ ପଇସା ଚାହୁଁଛୁ ତ ? ନେ- ଏ ପାଞ୍ଚ ଟଙ୍କା- ହେଲା ଏବେ ମୋର ପାଞ୍ଚ ଟଙ୍କା ଲୋକସାନ୍- ଏଥିପାଇଁ ଏତେ ରାଗରୋଷ କାହିଁକି ? ଅଖିଆଅପିଆ ମୋ ଓଳି ତଳେ ବସିବୁ କାହିଁକି ? ନେ- ଗୋଟାଏ ପିକା ନେ-

ସାହୁକାର ସତକୁ ସତ ଠକେଇ ସୋରିଷର ଦାମ୍ ପାଞ୍ଚ ଟଙ୍କା ଦେବ- ଏକଥା କେହି ବିଶ୍ୱାସ କରିନଥିଲେ। ପାଞ୍ଚ ଟଙ୍କା ଧରି ପିକା ଟାଣି ଟାଣି ଲେମ୍ବ ମନଖୁସିରେ ଚାଲିଗଲା। ତା' ପଛେ ପଛେ ଅନ୍ୟ ପାଞ୍ଚଜଣ।

ଜଗୁଆଳ ଧରମୁ ଦାସ ପ୍ରତିବାଦ କଲା- ଏ କ'ଣ କଲ ମାଲିକ ! ବିଲେଇକୁ ହାତକାମୁଡ଼ା ଶିଖାଇଲ ? ଏଥର କଥା କଥାକେ ସେମାନେ ଚକା ପକାଇ ବସିପଡ଼ିବେ।

ଟଙ୍କା ପାଇଁ ମେଳି କରିବେ। ତମେ ଦେଇ ଦେଇ ଫଟୁଆ ହୋଇଯିବ। ବିଜିନେସ୍ କ'ଣ କରିବ?

ଆଖି ମିଟି ମିଟି କରି ହସିଲା ଗୁଲାବ ଦାସ।

କହିଲା- ଥୟ ଧର ଧରମୁ! ଆଦିବାସୀମାନେ ଯିଦ୍‌ଖୋର ଲୋକ। ସେମାନଙ୍କୁ ଥରେ ରଗାଇଦେଲେ ଆମକୁ ଏଠାରୁ ଲୋଟା କମଳ ଧରି ବାବାଜି ହୋଇ ଯିବାକୁ ପଡ଼ିବ। ବିଜିନେସ୍ କରିବାକୁ ହେଲେ ସେମାନଙ୍କୁ ରସାଇ ମତାଇ ମାତାଲ କରି ଟଙ୍କା ଲୁଟି କରିବାକୁ ପଡ଼ିବ। ଆଜି ପାଞ୍ଚ ଟଙ୍କା ଦେଇଛି- ଯଦି ପଚାଶ ଟଙ୍କା ସଞ୍ଜବେଳେ ମୁଁ ଅନ୍ୟ ବାଟରେ ସେମାନଙ୍କଠାରୁ ଆଦାୟ କରି ନନେଇଛି ମୁଁ ସାହୁକାର ବରକନ୍ଦାଜ ଗୋଲିଆ ଦାସର ପୁଅ ନୁହଁ- ହଁ- !

ସଞ୍ଜବେଳେ ଆଦିବାସୀ ପୁରୁଷମାନେ ମଦଭାଟି ଆଡ଼କୁ ମୁହାଁଇଲା ବେଳେ ସ୍ତ୍ରୀଲୋକମାନେ ଆସନ୍ତି ତା' ଦୋକାନକୁ ସଉଦା କରିବା ପାଇଁ। ଏବେ ରାଶି, ସୋରିଷ ଫସଲ ଆମଦାନୀ ହୋଇଛି। ସବୁ ଆଦିବାସୀ ଚାଷୀଙ୍କ ହାତରେ କଞ୍ଚା ପଇସା। ପାଖରେ ବନ୍ଧବାଡ଼ କାମ ହେଉଛି। ଦିନକୁ ମଜୁରି ପୁରୁଷମାନଙ୍କର ପାଞ୍ଚଟଙ୍କା- ସ୍ତ୍ରୀ ଲୋକମାନଙ୍କର ମୂଳ ଚାରିଟଙ୍କା। ବଡ଼ି ଭୋଅରୁ ଖାଇବା ଜିନିଷ ରସ ବାଟିରେ ଧରି ସେମାନେ ମାଟି କାମ କରି ଯାଆନ୍ତି। ମଜୁରି ଟଙ୍କା ଧରି ଫେରନ୍ତି ଦିନ ରତ ରତ ସଞ୍ଜ ପହରକୁ। ମଜୁରି ଟଙ୍କା ଧରି ଘରେ ପହଞ୍ଚିବା ଆଗରୁ ବାଟରେ ପଡ଼େ ଗୁଲାବ ଦାସର ଦୋକାନ। ସେମାନେ ସଉଦା ପାଇଁ ଦୋକାନ ପିଣ୍ଡାକୁ ଉଠନ୍ତି। ଲଣ୍ଠନ ଜଳାଇ ବସି ରହିଥାଏ ସାହୁକାର। ସେମାନଙ୍କ ଆଖିରେ ଭେଲିକି ଲଗାଇ ସେ ମଜୁରି ଟଙ୍କା ସେ ଲୁଟିନିଏ।

ସେଦିନ ଖୁବ୍ ଖୁସି ହୋଇ ଗୁଲାବ ଦାସ ଆଦିବାସୀ ତୀର୍ଲାମାନଙ୍କୁ ଦୋକାନକୁ ଆଣିଥିବା ନୂଆ ନୂଆ ଜିନିଷ ସବୁ ଦେଖାଇବାକୁ ଲାଗିଲା।

ଏଇ ଦେଖ ବାସନା ସାବୁନ। ଶୁଙ୍ଘ, ଆଃ, କି ମିଠା ବାସ୍ନା!

ସାଙ୍ଗେ ସାଙ୍ଗେ ଜଣକ ପରେ ଜଣେ ଆଦିବାସୀ ସ୍ତ୍ରୀଲୋକ ସାବୁନ୍ ଶୁଙ୍ଘିବାକୁ ଲାଗିଲେ।

ଗୁଲାବ ଦାସ କଅଁଳେଇ କଅଁଳେଇ କହିଲା- ଆଲୋ ଗୋବରା ମାଆ! ପଦୀ ବୋଉ, ନବରଙ୍ଗୀ! ଖାଲି ଶୁଙ୍ଘିଲେ କ'ଣ ହେବ? ସାବୁନ ଖଣ୍ଡେ ଖଣ୍ଡେ କିଣି ନିଅ। ଅଳ୍ପ ମାଲ୍ ଆସିଛି- ସରିଯିବ- ଏ ସାବୁନ ଲଗାଇ ଗାଧୋଇଲେ ଦିନରାତି ଚବିଶ ଘଣ୍ଟା ଦିହ ମହ ମହ ବାସୁଥିବ- ଗୋବରା ବାପା, ପଦୀ ବାପା ସେ ବାସ୍ନା ବାରି ଭଅଁର ଭଳି ଘର ସାରା ଗୁଣୁ ଗୁଣୁ ହେଉଥିବେ- ନିଅ - ଟଙ୍କା ବାହାର କର- ଖଣ୍ଡି ମାତ୍ର ଦୁଇ ଟଙ୍କା-

- ଏଇ, ଏଇଟା ବାସ୍ନା ତେଲ। ନାକରେ ଲଗାଇ ଦେଖ।

ବୋତଲ ଠିପି ଖୋଲି ନିଜ ହାତ ନେଡ଼ିରେ ତେଲ ଟିକିଏ ମାରି ଜଣକ ପରେ ଜଣକର ନାକ ପାଖରେ ଶୁଙ୍ଘାଇବାକୁ ଆରମ୍ଭ କଲା ଗୁଲାବ ଦାସ।

ବାସ୍ନା ତେଲର ସୁଗନ୍ଧ ଆଘ୍ରାଣ କରିବା ପାଇଁ ଯେତେବେଳେ ଲେମ୍ବ ମାଝିର ଝିଅ ଫୁଲୁରି ଆଗେଇ ଆସିଲା, ଗୁଲାବ ଦାସର ମୁହଁର ଭଙ୍ଗୀ ବଦଳିଗଲା,

ସେ ପଚାରିଲା- ତୁ ଲେମ୍ବ ମାଝିର ନନୀ ନା ?

ଫୁଲୁରିର ଯୌବନ ପଲ୍ଲବିତ ଦେହ ଉପରେ ଥରେ ପହଁରିଗଲା ତା'ର ଭୋକିଲା ଚାହାଣି, ସଦ୍ୟ-ଯୌବନା ଫୁଲୁରିର ତରଙ୍ଗାୟିତ କଜ୍ଜ୍ୱଳ-କଳା ଦେହ ତା'ର ମତିଭ୍ରମ ଘଟାଇଦେଲା।

ସେ ତାକୁ ତେଲର ଖୁସ୍‌ବୁ ଶୁଙ୍ଘାଇ ଶୁଙ୍ଘାଇ ସେ ତେଲତକ ତା' ଗାଲରେ ମାଖିଦେଇ କହିଲା- ଏ ତେଲ ମୁଣ୍ଡରେ ଲଗାଇଲେ ମାଇଲିଏ ଦୂରକୁ ବାସିବ ଲୋ ଫୁଲୁରି !

ଫୁଲି ଉଠିଲା ଫୁଲୁରିର ନାସାରନ୍ଧ୍ର। ଅନ୍ଧାର ରାତିରେ ବାଘର ଆଖି ଭଳି ଜଳିଉଠିଲା ତା'ର ଦୁଇ ଆଖିଡୋଳା।

ପଥରଭଙ୍ଗା ଶକ୍ତ ସବଳ ହାତ ଉଠାଇ ସେ ଗୁଲାବ ଦାସର ଗାଲରେ ଗୋଟାଏ ଶକ୍ତ ଚଟକଣା ବସାଇଦେଲା।

ଗୋଟାଏ ବିପ୍ଲବ ଘଟିଗଲା ସାହୁକାର ଗୁଲାବ ଦାସର ମାଉଁସିଆ ଗାଲର ସାମ୍ରାଜ୍ୟରେ !

ତା'ର ଏ ଅସୀମ-ସାହସୀ ବୈପ୍ଳବିକ କାର୍ଯ୍ୟ ଦେଖି ସମବେତ ବନବାସିନୀମାନଙ୍କ ଓଠରେ ହସର ହୁଇସିଲ ବାଜି ଉଠିଲା।

ସେମାନେ ଚାଲିଗଲା ପରେ ଅନ୍ଧକାରରେ ଗାଲ ଆଉଁସୁ ଆଉଁସୁ ଗୁଲାବ ଦାସ ନିଜେ ନିଜକୁ ବୁଝେଇବାକୁ ଲାଗିଲା- ବାପା ଅହିଂସାମାର୍କା ଗାନ୍ଧିବାଦୀ ହେଲେ କ'ଣ ହେବ, ଝିଅଟା ପୂରା ହିଂସ୍ର ଝାଡ଼ଖଣ୍ଡୀ ! ମୋ ଗାଲଟାକୁ କାଠଗୋଲା କରି ଦେଇଗଲା ଶାଳୀ !

।। ତେର ।।

ଗଂଜିଆ ମାଝି ଆଜିକାଲି ଆଉ ଗୁଲାବ ଦାସ ଦୋକାନ ମାଡ଼େ ନାଇଁ। ସେ ଯେ ଗୁଲାବ ଦାସ ନାମରେ ଆଶ୍ରମ ସ୍କୁଲ ପିଲାଙ୍କ ହାତରେ ଧମକଦିଆ କାଗଜ ଲେଖି ନିଜେ ତା' ଦୋକାନ କାନ୍ଥରେ ଲଗାଇ ଦେଉଥିଲା, ସେକଥା ଦାରୋଗା ବାବୁ କେଉଁଠୁ ଖବର ପାଇଗଲେ। ଖବରଟା ଗୁଲାବ ଦାସ କାନରେ ପଡ଼ିଯିବା ମାତ୍ରେ ସେ ରାଗରେ ପାଚି ନିଆଁ। ବିଷଧର ସାପକୁ ଦୁଧ ଦେଇ ପାଳିଥିଲା ବୋଲି ସେ ତାକୁ କହିବା ମାତ୍ରେ ଗଂଜିଆ ମୁଣ୍ଡକୁ ବି ରକ୍ତ ଚହଲି ଯାଇଥିଲା।

ସେ ସମସ୍ତଙ୍କୁ ଶୁଣାଇ ଶୁଣାଇ ଚିତ୍କାର କରି ଉଠିଥିଲା-

- ମୁଁ ତୋର ପୋଷା କୁକୁର ନୁହଁ। ମୁଁ ଆଦିବାସୀ ପିଲା। ଏ ବଣଜଙ୍ଗଲର ରାଜା ଆମେ। ତୁ ମତେ ଦୁଧ ପିଆଇ ନଥିଲୁ- ମଦପିଆଇ ମାତାଲ କରି ଫାଇଦା ଉଠାଉଥିଲୁ। ଆମ ଆଦିବାସୀ ଝିଅ ଚିନିକୁ କଣ୍ଟ୍ରାକ୍ଟର ଟ୍ରକ୍‌ରେ ଉଠାଇଦେଇ ତୁ ହାରାମୀ କାମ କରିଛୁ ଦାସ ବାବୁ! ତତେ ସେ ପାପ କାମରେ ସାହାଯ୍ୟ କରି ମୁଁ ବଡ଼ ଦୋଷ କରିଛି। ସେଥିପାଇଁ ଚାନ୍ଦବଙ୍ଗା ପାଖରେ ମୁଁ ଦୋଷ ମାନିଛି। ନିଜ ଗାଲରେ ନିଜ ହାତରେ ଗୋଟାକ ପରେ ଗୋଟାଏ ଚଟକଣା ମାରି ପ୍ରାୟଶ୍ଚିତ କରିଛି। ଚିନିକୁ ବେଇଜ୍ଜତ କରି ତୁ ତୁନି ପଡ଼ିଲୁ ନାଇଁ। ତୋ ମୁହଁରେ ପଇସାର ମୋହ ଲାଗିଗଲା। ମତେ ଫୁସୁଲେଇଲୁ ଧାନୀକୁ କଣ୍ଟ୍ରାକ୍ଟର ଟ୍ରକ୍‌ରେ ଉଠାଇ ଗଡ଼କୁ ପଠାଇଦେବା ପାଇଁ। ମୁଁ ଆଉ ସହିପାରିଲି ନାଇଁ ସାହୁକାର! ତତେ ଡରାଇବା ପାଇଁ ଇସ୍କୁଲ ପିଲାଙ୍କ ହାତରେ କାଗଜ ଲେଖି ତୋ ଦୋକାନ କାନ୍ଥରେ ଛାପିଦେଲି।

ତା'ପରେ ସେ ଦମ୍ ନେଇ ରାଗ ଶାନ୍ତକରି କହିଥିଲା- ତୁ ମତେ ଥରକୁ ଥର ଖାଲି ଧାନୀ କଥା କହିଛୁ। କାନୁ ତ ଯାଇ ମଥୁରାରେ। ମାମୁଁର ଧନୁଯାତ ଦେଖି ଯାଇଚି... କଂସ ଏତିକିବେଳେ ଦୂତ ପଠାଇଚି ଗୋପପୁରକୁ। ସେ ସିଂହ ବାବୁ ମତେ ବସାଇ ଉଠାଇ ଦଉନାଇଁ। ଧାନୀ ଉପରେ ଆଖି ପଡ଼ିଲା ଦିନୁ ସେ ଖାଲି ତା' ନାଁ ଭଜି ହେଉଚି। ତୁ ଟିକିଏ ଅଣ୍ଟା ଭିଡ଼୍। ତାକୁ ବୁଝାଇ ଶୁଝାଇ ରାଜି କର। ମୁଁ ତାକୁ ସିଂହ

ବାବୁ ଟ୍ରକ୍‌ରେ ଉଠାଇଦିଏ। ତୁ ଯାହା ମାଗିବୁ ତା' ଦେବି। ମାଝିପଡ଼ା, ଭୂଇଁଆପାଲିର ଏତେ ଝିଅବୋହୂ ମୋ ଦୋକାନକୁ ମୁଣ୍ଡଫିତା, ବାସନା ତେଲ କିଣିବାକୁ ଆସୁଛନ୍ତି- ଧାନୀର ଦେଖା ନାଇଁ-

ମୁଁ ତତେ ହାତ ଯୋଡ଼ି ମନା କଲି। କହିଲି- ଯଦି କହିବୁ, କାନତରାଟି ଟ୍ରକ୍‌ରେ ପାଞ୍ଚଟା ସୋରିଷ ବସ୍ତା ଚୋରିକରି ଆଣି ଉଠାଇଦେବି, ଧାନୀ କଥା କହ ନାଇଁ। ଚିନି ଗଡ଼ରୁ ଫେରିଲା ପରେ ସମସ୍ତେ ଧନୁତୀର ଧରି ସିଂହ ବାବୁଙ୍କୁ ଛକି ଅନେଇ ରହିଛନ୍ତି- ଆଉ ଧାନୀ କଥା ଶୁଣିଲେ ବଣଜଙ୍ଗଲରେ ନିଆଁ ଲାଗିଯିବ। ଏ ପାପ କାମରେ ମୁଁ ଭାଗୀଦାର ହୋଇଛି ବୋଲି ଶୁଣିଲେ ମୋ ପିଠିରେ ପଡ଼ାଲୋକେ ପୋଖରୀ ଖୋଳିଦେବେ। କାନୁ ସିନା ମଥୁରା ଯାଇଛି, ହେଲେ ତା' ଭୋଗଡାଲାକୁ ଜଗି ବସିଛି ବନୁ ପାତର।

ମୋ କଥା ଶୁଣି ତୁ ପାତିମାଙ୍କଡ଼ ଭଳି ମତେ ଖତେଇ ହୋଇ କହିଲୁ- ଗରିବ ଲୋକର ଇଜ୍ଜତ କ'ଣରେ ଗଂଜିଆ? ଏଠି ଭଲ ଜିନିଷଟାଏ ଖାଇବାକୁ ପାଉନାହାନ୍ତି- ଭଲ ଶାଢ଼ି ଖଣ୍ଡେ ପିନ୍ଧିବାକୁ ପାଉନାହାନ୍ତି- ବଣ କାନତରାଟି ଝିଅବୋହୂଙ୍କ ଦୁଃଖ ସହିନପାରି ସେମାନଙ୍କୁ ସୁଖ ଦେବା ପାଇଁ ଗଡ଼କୁ ବୁଲାଇ ନେଉଛି- ଏଥିରେ କାହାର କାହିଁକି ପାପ ହେବ?

ତୋ କଥା ଶୁଣି ମୁଁ ବୁଝିଗଲି ତୁ ସହଜରେ ଧାନୀ ପିଛା ଛାଡ଼ିବୁ ନାଇଁ। ସେଥିପାଇଁ ତତେ ବାଟକୁ ଆଣିବା ପାଇଁ କାଗଜ ଲେଖାଇ ଛାପିଦେଲି। ଭଲ କଲି ନା ନାହିଁ?

କଥା କହି ସାରି ଗୁଲାବ ଦାସ ମୁହଁକୁ ଅନେଇ ରହିଥିଲା ଗଂଜିଆ।

ଦାସ ବାବୁ ମୁହଁରେ ଫୁଟି ଉଠିଥିଲା ଏକ ନୃଶଂସ ହସ।

ସେ ତାକୁ ଖତେଇ ହୋଇ କହିଥିଲା- ହଁ, ଖୁବ୍ ଭଲ କାମ କଲୁ। ମତେ ଡରେଇ ଡରେଇ ଅଧାପ୍ରାଣ ନେଲୁ- ମତେ ଜଗିବା ବାବଦ ରାତିକୁ ଦଶଟଙ୍କା ମଜୁରି ନେଲୁ। ମତେ ଭଲ ବୁଦ୍ଧି ଶିଖାଇଲୁ ପୁଅ! ଆଉ ତୁ ମୋ ଦୋକାନ ପିଣ୍ଡାକୁ ଉଠିବୁ ନାଇଁ। ତେଣେ କାନୁ ବାବୁ ତ ଆଉ ଗୋଟାଏ ମାଇ ପିଲାକୁ ବାହା ହୋଇଗଲା- ସିହଂ ବାବୁ କହୁଥିଲା- ଖୁବ୍ ଜାକଜମକରେ ବାହାଘର ହେଲା। ଧାନୀକୁ ବାହାଘର ଭୋଜି ଖାଇବାକୁ କାନୁ ଡାକିଥିଲା ନା ନାଇଁ?

ଧାନୀକୁ ଛାଡ଼ି କାନୁ ଆଉ କାହାକୁ ବାହା ହୋଇଯିବା କଥା ଗଂଜିଆ ବି ଶୁଣିଥିଲା। ସତ କି ମିଛ କିଛି ଜାଣିନଥିଲା। ଦାସ ବାବୁ କଥା ଶୁଣି ତା' ମନରେ ବିଶ୍ୱାସ ଆସିଗଲା।

ସେ ପଚାରିଲା- ସତ କହୁଛୁ ସାହୁକାର? ଏଇଟା କିନ୍ତୁ ଭଲ କଥା ହେଲା ନାଇଁ। କାନୁ ହାକିମ ହୋଇ ଏମିତି ହାରାମି କାମ କଲା? ଧାନୀର ଏଥର ହେବ କ'ଣ?

ଗୁଲାବ ଦାସ ହସିଦେଇ କହିଲା- ହବ ଆଉ କ'ଣ? କାନୁ ଗଲେ ତ ବନୁ ଅଛି। ବନୁ ନହେଲେ ବଣ କାନତରାଟି ଅଛି। ଧାନୀ ଭଳି ଚିଜ କ'ଣ ଆଉ ପଚିସଢ଼ି ଗନ୍ଧିଆ ହୋଇଯିବ? କାନତରାଟି ପୁଅର ବି ତା'ଉପରେ ଆଖି!

କାନତରାଟି ନାଁ ଶୁଣି ଗର୍ଜିଉଠିଲା ଗଂଜିଆ।

ଚିତ୍କାର କରି ଉଠିଥିଲା- ଆଉଥରେ ସେ କାନତରାଟି କଥା କହିବୁ ତ ତୋ ଜିଭ ଉପାଡ଼ି ଆଣିବି ସାହୁକାର! କାନତରାଟି ପାଖରେ ଭୋଗ ଲଗେଇ ଯଦି ଟଙ୍କା ଲୁଟିବାକୁ ଇଚ୍ଛା, ତୋ ମାଇପକୁ ଟ୍ରକ୍‌ରେ ଉଠାଇଦେ- ଦେ-

ଜୋରରେ ଗଣ୍ଡଗୋଳ ଲାଗିଗଲା। ଗୁଲାବ ଦାସ ଗୋଟାଏ ଲାଠି ଧରି ତାକୁ ମାରିବା ପାଇଁ ଉଠିଆସିଲା। ଚମକିଗଲା ମଧ୍ୟ ଗଂଜିଆ। ଲୋକ ଜମା ହୋଇଗଲେ। ତା' ନହୋଇଥିଲେ ସେ ଦାସ ବାବୁର ତଣ୍ଟି ଚିପି ଦେଇଥାଆନ୍ତା।

ସେଇଦିନୁ ଆଉ ଗଂଜିଆ ତା' ଦୋକାନ ପିଣ୍ଡାକୁ ଉଠେ ନାଇଁ।

ଦାସ ବାବୁର ମଦଭାଟିକୁ ଯାଏ ନାଇଁ। ଏବେ ନିଜ ଗାଁ ପାଖରୁ ଗୋଟାଏ ଲାଠିଆଳ ଆଣି ଜଗୁଆଳ କରି ରଖିଛି। ଗୋଟାଏ ନାଲି ପଗଡ଼ିଆ ମଧ୍ୟ ଆସି ଭାଟି ପାଖରେ ଟହଲ ମାରୁଛି।

ଅନ୍ୟ ଧନ୍ଦା ଆଦେରି ନେଇଛି ଗଂଜିଆ। ଆଜିକାଲି ସେ ବଣ ଭିତରକୁ କାଠ କାଟିବାକୁ ଯାଏ। ସରକାର ଆଦିବାସୀମାନଙ୍କୁ ସୁବିଧା କରିଦେଇଛି ଯେ ସେମାନେ ମୁଣ୍ଡରେ ବୋହି ଆଣିପାରିଲା ପରିମାଣର କାଠ ଜଙ୍ଗଲରୁ କାଟି ଆଣିପାରିବେ। ସେଇ ସୁଯୋଗରେ ଅନେକ ବନବାସୀ ନିଜ ଗୁଜୁରାଣ ମେଣ୍ଟାଇବା ପାଇଁ ବଡ଼ ବଡ଼ ଗଛ ହାଣି ତାକୁ ଛୋଟ ଛୋଟ ଗଡ଼ କରି ମୁଣ୍ଡରେ ଲଦି ବଜାରକୁ ନେଇ ଯାଆନ୍ତି। ଭଲ ଦାମରେ ସେ କାଠ ଗୋଲାବାଲା କିଣି ନିଅନ୍ତି। ମୁଣ୍ଡ ବୋଝିଆ କାଠ ଭିତରେ ଶାଳ, ପିଆଶାଳ, କଷି କାଠ ଗଛ ପଡ଼େ ନାହିଁ। ସେଭଳି ଗଛ କାଟିବା ପାଇଁ ମନା। ଧରାପଡ଼ିଲେ ବଣ ଗାରଡ଼ ଫାଣ୍ଡିକୁ ଧରିନିଏ। କାଠ ଜବତ୍ ହୋଇଯାଏ। ବେଆଇନ ଗଛ କାଟିବା ଅପରାଧରେ ଜୋରିମାନା ଗଣିବାକୁ ହୁଏ। ଜୋରିମାନା ଟଙ୍କା ଦେଇ ନପାରିଲେ ଜେଲ୍‌ରେ ପଶିବାକୁ ପଡ଼େ।

କିନ୍ତୁ ଗଂଜିଆକୁ ତଣ୍ଟିଯାଏ ସଡ଼ପ ଗଛର ବାସୀ ରସ ପିଆଇଦେଲେ ତା'ର ଡରଭୟ ରହେ ନାହିଁ। କାଠ ଗୋଲାବାଲା ତାକୁ ମଦ ପିଆଇ ଜଙ୍ଗଲକୁ ପଠାଇଦିଅନ୍ତି।

କୁରାଢ଼ି ଚୋଟରେ ଜଙ୍ଗଲ କମ୍ପାଇ ସେ ଶାଳ, ପିଆଶାଳ ଗଛ କାଟି ତଳେ ଶୁଆଇଦିଏ। ଧରା ପଡ଼ିଲେ ଫାଣ୍ଡିକୁ ଯାଏ। କାଠଗୋଲା ବାଲା ଟଙ୍କା ଦେଇ ତାକୁ ମୁକୁଳାଇ ଆଣନ୍ତି। ବଣ ଗାରଡ଼୍ ଆଜିକାଲି ସେଥିପାଇଁ ତାକୁ ଆଉ ଥାନାକୁ ଧରିନିଏ ନାହିଁ। ଅଧାକାଠ ତା' ମୁଣ୍ଡରେ ବୁହାଇ ନିଜ ଘରକୁ ନେଇଯାଏ। କାଠଗୋଲା ଲୋକେ ଟଙ୍କା ଦେଇ ବଣ ଗାରଡ଼୍ ଘରୁ କାଠ ମୁକୁଳାଇ ଗୋଲାକୁ ନେଇଯାନ୍ତି !

ସେଦିନ କଞ୍ଚା ଶାଳ ଗଛର ସନ୍ଧାନରେ ଗଂଜିଆ ଅରଣ୍ୟର ଅନେକ ଭିତରକୁ ଚାଲି ଯାଇଥିଲା, ଡେଙ୍ଗା ଡେଙ୍ଗା ଗଛର ସବୁଜ ପତ୍ର, ଲାଲ୍, ଧଳା, ହଳଦିଆ ଫୁଲର ଆଖି ଝଲସା ରଙ୍ଗ, ଚଢ଼େଇମାନଙ୍କ କିଚିରିମିଚିରି ଗୀତ ଆଉ ଓଦା ବଣୁଆ ମାଟିର ବାସ୍ନା ଶୁଙ୍ଘି ଶୁଙ୍ଘି ସେ କାନ୍ଧରେ କୁରାଢ଼ି ପକାଇ ବହୁତ ଭିତରକୁ ଚାଲି ଯାଇଥିଲା।

ସାମ୍ନାରେ ଗୋଟାଏ ବାଘ ଦେଖି ସେ ଚମକିଗଲା।

ପଶୁ ବାଘ ନୁହେଁ, ମଣିଷ ବାଘ- ଡେମ୍‌କା ମୁଣ୍ଡା !

ପଳାଇଯାଇ ପାରିଲେ ପଶୁ ବାଘ ମୁହଁରୁ ରକ୍ଷା ମିଳିଯାଇ ପାରେ; କିନ୍ତୁ ଏ ଝାଡ଼ଖଣ୍ଡୀ ଡେମ୍‌କା ମୁଣ୍ଡା ହାବୁଡ଼େ ପଡ଼ିଲେ ତା' ଧନୁରୁ ଛୁଟି ଆସୁଥିବା ବିଷାକ୍ତ ତୀର ମୂନରୁ ରକ୍ଷା ନାହିଁ। ସେଥିପାଇଁ ବଣ ଗାରଡ଼୍ କି ଫାଣ୍ଡିର ଦାରୋଗା ଅପେକ୍ଷା ଏଇ ଡେମ୍‌କା ମୁଣ୍ଡାକୁ ତା'ର ପ୍ରାଣ ଭୟ।

ଗଛ କାଟିନେଇ ବାହାରେ ବିକ୍ରି କରୁଥିବା କାଠୁରିଆ-ମାନଙ୍କର ପ୍ରଧାନ ଶତ୍ରୁ ଏଇ ଝାଡ଼ଖଣ୍ଡୀ ମୁଣ୍ଡା। ତା' କାନ୍ଧରେ କୁରାଢ଼ି ଦେଖି ସେ ତାକୁ ସାହୁକାର ଆଉ ବଣ କାନତରାଟିର କାଠୁରିଆ ଭାବି ଯଦି ତୀର ଛୁଟାଇଦିଏ, ତା'ହେଲେ ଆଖି ପିଛୁଡ଼ାକେ ସେ କଟାଗଛ ଭଳି ମାଟିରେ ଲୋଟିଯିବ।

ନିଜ ଜୀବନ ପ୍ରତି ଗଂଜିଆର ଖୁବ୍ ମାୟା।

ପିତୃମାତୃହୀନ ସେ ମାଝିପଡ଼ାର ଛେଉଣ୍ଡ ପିଲା। ବଡ଼ ଦୁଃଖକଷ୍ଟରେ ସେ ଏତେବଡ଼ ହୋଇଛି। ତା'ର ଡେମ୍‌କା ମୁଣ୍ଡା ହାତରେ ଅକାଳରେ ପ୍ରାଣ ଯିବ, ଏକଥା ଭାବିବା ମାତ୍ରେ ତାଳୁରୁ ତଳିପା ଯାଏ ତା'ର ଦେହ ଝାଳେଇଗଲା।

ଦୂରରୁ ଡେମ୍‌କା ମୁଣ୍ଡାର ହୁଇସିଲ ଶବ୍ଦ ଶୁଣାଗଲା।

ତା'ପରେ କଡ଼ା ଆଦେଶ- କୁରାଢ଼ି ତଳେ ଥୋଇ ଦୁଇ ହାତ ଉପରକୁ ଟେକ୍-

ଛାନିଆରେ କୁରାଢ଼ି ଫୋପାଡ଼ିଦେଇ ଦୁଇ ହାତ ଉପରକୁ ଟେକି ଗଂଜିଆ କହିଲା- ମୁଁ- ମୁଁ- ଜଙ୍ଗଲର ଲୁକ- ଠିକାଦାରର କାଠୁରିଆ ନୁହଁ-

ପାଖକୁ ଆସି ଡେମ୍‌କା ମୁଣ୍ଡା ହସିଦେଲା।

ତା'ର ସେ ହସରେ ଜୀବନ ପଶିଲା ଗଂଜିଆ ଦେହରେ। ହାତ ତଳକୁ କରି ସେ କହିଲା- ମୁଁ ଗୁଲାବ ଦାସ ସାଙ୍ଗରେ ଝଗଡ଼ା କରି ଆସିଛି ସର୍ଦ୍ଦାର !

ସର୍ଦ୍ଦାର ସମ୍ବୋଧନ ଶୁଣି ଡେମ୍କା ମୁଣ୍ଡା ଖୁବ୍ ଖୁସି ହୋଇଗଲା। କହିଲା-

- ସେଥିପାଇଁ ତ ମୁଁ ତତେ ସାବାସୀ ଦଉଛି। ତୁ କମାଲ୍ କାମ କରିଛୁ- ସ୍କୁଲ ପିଲାଙ୍କ ହାତରେ ଧମକାଣ କାଗଜ ଲେଖି ସମତଳିଆ ସାହୁକାର ଦୋକାନ କାନ୍ଥରେ ଲଗାଇ ତୁ ଜଣେ ବିପ୍ଳବୀ ଭଳି କାମ କରିଛୁ- ମୁଁ ତତେ ପ୍ରତିଦିନ କାଗଜ ଲେଖିଆଣି ଦେବି- ଝାଡ଼ଖଣ୍ଡ ଦଳର କାଗଜ ଯାହା ଘର କାନ୍ଥରେ ଲଗାଇବାକୁ କହିବି- ତୁ ଲୁଚିଛପି ଲଗାଇଦେବୁ- ରାଜି ?

- କିନ୍ତୁ ସେ କାଗଜରେ କ'ଣ ଲେଖା ଥିବ ସର୍ଦ୍ଦାର।

ଡେମ୍କା ମୁଣ୍ଡା ହସିଦେଲା ଆଉଥରେ।

କହିଲା- ତୁ ତ ଗଣ୍ଡ ମୂରୁଖ ଲୋକ- କାଗଜରେ କ'ଣ ଲେଖା ହୋଇଛି ଜାଣିବୁ କେମିତି ? ସେଇଟା ଝାଡ଼ଖଣ୍ଡ ଦଳର ଆଜ୍ଞା ପତ୍ରିକା।

ନିଜର ମୂର୍ଖାମୀରେ ନିଜେ ଲାଜେଇଗଲା ଗଂଜିଆ।

କହିଲା- ଠିକ୍ କଥା। କୋଉଠି କୋଉଠି କାଗଜ ମରା ହେବ ? ମୁଁ କ'ଣ ଏତେ ଜାଗାରେ ଏକା ରାତି ଅଧରେ କାଗଜ ଲଗାଇପାରିବି ?

ମୁଣ୍ଡା କହିଲା- ତମ ଆଦିବାସୀ ଲୋକଙ୍କ ଉପରେ ବିପଦ ମାଡ଼ି ଆସୁଛି ଗଂଜିଆ ! ସରକାର ଏ ସାରା ଜଙ୍ଗଲ ଅଞ୍ଚଳ ବୁଲି ସରଜମିନ୍ ତଦନ୍ତ କରୁଛନ୍ତି। ତମର ଏ ଅରଣ୍ୟ ଅଞ୍ଚଳ ମାଟିତଳେ ସୁନା ଅଛି। ସରକାର ଏ ଅରଣ୍ୟର ଗଛ କାଟି ଏଠାରେ କାରଖାନା ବସାଇବ। ତମର ପଡ଼ା, ପାଲ୍ଲି ସବୁ ଉଠିଯିବ- ମାଟିତଳୁ ଯେଉଁ ଖଣିଜ ପଦାର୍ଥ ବାହାରିବ, ତାକୁ ସବୁ ଜାହାଜରେ ବିଦେଶ ପଠାଯିବ- ଭୂତତ୍ତ୍ୱବିତ୍‌ମାନେ ଏ ଜଙ୍ଗଲ ପାହାଡ଼ର ମାଟି ପରୀକ୍ଷା କରି କେଉଁ କେଉଁ ଖଣିଜ ପଦାର୍ଥ ଅଛି, ତା'ର ତାଲିକା ସରକାରକୁ ଦେଇ ସାରିଲେଣି। ଜଙ୍ଗଲ ସର୍ଭେ କରିବାକୁ ସରକାରୀ ଲୋକ ଆସୁଛନ୍ତି। ସେମାନଙ୍କୁ ଏ ଅରଣ୍ୟରେ ପୂରାଇ ନଦେବା ପାଇଁ ଆନ୍ଦୋଳନ ଗଢ଼ି ତୋଳିବାକୁ ହେବ। ସମସ୍ତଙ୍କ ବେକ ଚାରିପଟେ ଶାଗୁଆ ରୁମାଲ ଗୁଡ଼ାଇ ହାତରେ ତୀର, କାନ୍ଧରେ ଧନୁ ପକାଇ ପ୍ରତିରୋଧ କରିବାକୁ ପଡ଼ିବ- ସେଇସବୁ କଥା ମୁଁ କାଗଜରେ ଲେଖି ଆଣିବି- ଆମ ଝାଡ଼ଖଣ୍ଡୀ ଲୋକେ ତୋ ସାଙ୍ଗରେ ଥିବେ- ତୁ ସେ କାଗଜ ଗଛରେ, କାନ୍ଥରେ, ରାସ୍ତାର ବିଜୁଳିବତି ଖୁଣ୍ଟରେ- ଚାରିଆଡ଼େ ଅଠା ଲଗାଇ ମାରିଦେବୁ।

- କିନ୍ତୁ ଆମ ପଡ଼ା, ପାଲିର ସବୁ ଆଦିବାସୀ ତ ମୋଭଳି ମୂରୁଖ ଲୋକ। ସେମାନେ କାଗଜ ପଢ଼ି କ'ଣ ବୁଝିବେ ?

ପକେଟରୁ ଗୋଟାଏ ସିଗାରେଟ ପ୍ୟାକେଟ କାଢ଼ି ନିଜେ ଖଣ୍ଡକରେ ଡିଆସିଲି ମାରି ନିଆଁ ଲଗାଇଲା ଡେମ୍‌କା ମୁଣ୍ଡା। ଆଉ ଖଣ୍ଡେ ଗଂଜିଆ ଆଡ଼କୁ ବଢ଼ାଇଦେଲା।

ଝାଡ଼ଖଣ୍ଡୀ ସର୍ଦ୍ଦାର ହାତରୁ ଧଳାପିକା ନେବ କି ନାହିଁ ଦ୍ୱନ୍ଦ୍ୱରେ ପଡ଼ିଗଲା ଗଂଜିଆ। ନେବା ଆଗରୁ ମୁଣ୍ଡାକୁ ପଚାରିଲା-ନେବି ?

-ନେ, ଦିଆସିଲି ନେ। ନିଆଁ ଜଳା। ଯଦି ଏ ଜଙ୍ଗଲ କାଟି ସରକାର ଏଠାରେ ଖଣି ଖୋଲେ, କାରଖାନା ବସାଏ, ତା'ହେଲେ ଚାରିଆଡ଼େ ନିଆଁ ଜଳିବ। ଆମେ ସରକାରୀ ଲୋକଙ୍କୁ ଏ ଝାଡ଼ଖଣ୍ଡ ଅଞ୍ଚଳରେ ପୂରାଇଦେବୁ ନାଇଁ- ତତେ ଏ ବାର୍ତ୍ତା ଚାରିଆଡ଼େ ପ୍ରଚାର କରି ଦେବାକୁ ହେବ-

ଗଂଜିଆ ଏତେ କଥା ବୁଝେ ନାହିଁ। ତାଙ୍କ ଜଙ୍ଗଲ ମାଟିତଳେ ସୁନା ଅଛି, ଖଣି ଖୋଲି ସେ ସୁନା ସରକାର ନେଇଯିବ, ସେମାନଙ୍କୁ ପଡ଼ା ଛାଡ଼ି ଉଠିଯିବାକୁ ହେବ- ଏକଥା ଶୁଣି ତା' ମନରେ କ୍ରୋଧ ଜାତ ହୋଇଥିଲା।

ସେ ଡେମକା ମୁଣ୍ଡାଠାରୁ ଧଳା ପିଳା ଖଣ୍ଡେ ନେଇ ସେଥିରେ ନିଆଁ ଲଗେଇଲା ଏବଂ ଧୂଆଁ ତଣ୍ଟିରେ ଲାଗିବାରୁ କାଶି କାଶି ନୟାନ୍ତ ହୋଇଗଲା।

॥ ଚଉଦ ॥

ଶାଳ, ପିଆଶାଳ, କରଞ୍ଜ ଗଛର ଛାୟା ଶୀତଳ ପଥୁରିଆ ମାଟି ଉପରେ ଆସିଥିଲା ରଜ ଉତ୍ସବ। ମାଝିପଡ଼ାର ଧାଂଡ଼ିମାନେ ଦୋଳିରେ ଝୁଲି କଟାଇଦେଲେ ତିନୋଟି ଦିନ। ଧାନୀ ଦୋଳି ଖେଳରେ ଯୋଗ ଦେଇନି। ତା'ର ସେ ତିନିଦିନ କଟିଗଲା ଆଶ୍ରମ ବିଦ୍ୟାଳୟରେ, ମାଆ ମେରୀଙ୍କ ପାଖରେ। ଏବେ ସେ ମାଆଙ୍କ ସାଙ୍ଗରେ ଚର୍ଚ୍ଚକୁ ଯାଏ। ଯୀଶୁଖ୍ରୀଷ୍ଟଙ୍କ ବାଣୀ ଶୁଣେ। ରାତିରେ ମାଆ ତାକୁ ପାଠ ପଢ଼ାନ୍ତି। ଅକ୍ଷର ଶିଖାନ୍ତି। ସେ ବହି ପଢ଼େ। ପ୍ରଥମେ ପ୍ରଥମେ ଲାଜ କରୁଥିଲା- ଏବେ ବହିର ଲେଖା ଗୀତ ବୋଲେ। ତା'ର କଣ୍ଠସ୍ୱରଟି ଏଡ଼େ ମଧୁର, ଏକଥା ସେ ନିଜେ ଜାଣିନଥିଲା। ଅନ୍ୟମାନଙ୍କ ପ୍ରଶଂସା ଶୁଣି ଲାଜରେ ଜଡ଼ସଡ଼ ହୋଇ ଯାଇଥିଲା।

ରଜ ପରେ ମାଘ ପରବ।

ବନବାସୀମାନଙ୍କର ବରଷକର ବଡ଼ ପରବ।

ଧାନ ଅମଳ ସରିଥାଏ। ବୁଣା ସରିଥାଏ ଜମିରେ ସୋରିଷ, ରାଶି। ହାତକୁ ଆସିଥାଏ କଞ୍ଚା ପଇସା। ସେଥିପାଇଁ ପ୍ରତି ଛୁଆ, ପିଲା, ଧାଂଡ଼ା, ଧାଂଡ଼ୀ ନୂଆ ଖଦି ପିନ୍ଧି ମଣ୍ଡଘର ପାଖରେ ରୁଣ୍ଡ ହୁଅନ୍ତି। ନାଚଗୀତ ହୁଏ। ସେମାନଙ୍କ ମିଳିତ ନାଚଗୀତରେ ମାଝିପଡ଼ା ଉଠ୍‌ପଡ୍ ହୁଏ। ନୂଆ ଲୁଗା, ପିଠାପଣା ସାଙ୍ଗକୁ ମହୁଲି ରନ୍ଧା ମଦ ଆଉ ସଢ଼ପ ଗଛର ରସ- ଖୁବ୍ ଜମିଉଠେ ମାଘ ପରବ।

ଏ ଉତ୍ସବର ଆନନ୍ଦରେ ଭାଗ ନିଏ ନାଇଁ ଧାନୀ। ସିଧୁ ମାଝି ଶରଧାରେ ଖଣ୍ଡେ ହଳଦିଆ ଶାଢ଼ୀ କିଣି ଆଣି ଦେଇଥିଲା। ତା' ବାବା ବି ଆଣି ଦେଇଥିଲା ମୁଣ୍ଡ ଫିତା, ବାସନା ସାବୁନ୍। କିଛି ବ୍ୟବହାର କରେନାଇଁ ଧାନୀ। ସେସବୁ ସେମିତି କାଠ ଢାବଲ ଉପରେ ଥୁଆ ହୋଇଥାଏ।

ଉଦାସ ଭାବରେ ସେ ବସି ରହିଥାଏ। ଚିନି, ଫୁଲୁରି ଓ ଅନ୍ୟମାନେ ତାକୁ ଡାକି ଡାକି ଥକନ୍ତି। ସେ ବସିଲା ଜାଗାରୁ ଉଠେ ନାହିଁ।

ଦିନେ ଦିନେ ସେ ଏକୁଟିଆ ଚାଲିଯାଏ ଝୋଲା କୂଳକୁ ନହେଲେ ମୁଣ୍ଡା

ପାହାଡ଼ ଉପରକୁ। ଏଇ ପାହାଡ଼ ଝୋଲା ଆଉ ମୁଣ୍ଡା ପାହାଡ଼ ଉପରେ ବିଞ୍ଚିହୋଇ ପଡ଼ିଥାଏ ହଜିଗଲା ଦିନର ଅନେକ ଅପାଶୋରା ସ୍ମୃତି- ଖୁବ୍ ଦାମିକା ମଣିମୁକ୍ତା ମାଳା ଭଳି। କାନୁର ସ୍ମୃତି, କାନୁର ପ୍ରୀତି। ତା'ର କଥା, ତା'ର ହସ। ସବୁ ଶୁଭିଯାଏ, ଦିଶିଯାଏ ଆଖିକୁ। ତା'ର ପ୍ରେମ, ତା'ର ଦଗାଦିଆ କାମ- ସବୁ ମନେ ପଡ଼ିଯାଏ।

ମନ ଉଦାସ ହୋଇଯାଏ। ଆଖିକୁ ଲୁହ ଆସିଯାଏ। କିନ୍ତୁ ସେ କାନ୍ଦେ ନାହିଁ। କାନ୍ଦିପାରେ ନାଇଁ।

ତା'ର ବାପା କହେ- କାନୁର ବାପା ତ କହୁଥିଲା ସେ ଚାକିରି ଛାଡ଼ି ଆସୁ। ତତେ ବାହା ହୋଇ ଘରସଂସାର କରୁ। ତୁ ତ ନିଜେ ନାହିଁ କଲୁ। ଏବେ ମନ ମାରି ବସି ରହୁଛୁ କାହିଁକି ?

ବାବା କଥାର କୌଣସି ଉତ୍ତର ଦିଏ ନାଇଁ ଧାନୀ।

ତା'ପାଇଁ କାନୁ ହାକିମ ଚାକିରି ଛାଡ଼ି ଆସି ବଣରେ ରହିବ, ପୋଡୁଚାଷ କରି ରାଶି, ସୋରିଷ, ଧାନ ଆମଦାନି କରିବ, ବଡ଼ ସାହୁକାରର ଚାଷଜମିରୁ ହାତୀ ଖେଦେଇବ କି ଗଛ କନ୍ଦା ଖାଇ ସଡ଼ପ ରସ ପିଇ ଢୁଙ୍ଗୁଡୁଙ୍ଗା ଧରି ଗୀତ ଗାଇବ, ଏକଥା ତା'ର ସେଦିନ ପରତେ ହୋଇନଥିଲା କି ଆଜି ମଧ୍ୟ ହୁଏ ନାଇଁ। ଆଜିକାଲି କେତେ ଆଦିବାସୀ ପାଠଶାଠ ପଢ଼ି ହାକିମ ହୋଇ ସହରକୁ ଚାଲି ଯାଉଛନ୍ତି। ଏ ବଣଜଙ୍ଗଲ, ପାହାଡ଼ପର୍ବତ ସେମାନଙ୍କୁ ଆଉ ଟାଣି ଧରି ରଖି ପାରୁନାଇଁ। ଆଉ ସେ ଅବା କେଉଁ ପାଠୋଇ, ସୁନ୍ଦରୀ ଧାଙ୍ଗ୍ଡ଼ୀ ଯେ କାନୁ ହାକିମକୁ ଶାଢ଼ି କାନିରେ ବାନ୍ଧି ମାଝିପଡ଼ାରେ ଅଟକାଇ ରଖି ପାରିଥାଆନ୍ତା !

ବେଳେବେଳେ ଧାନୀର ମନ ଖରାପ ହୋଇଯାଏ, ଆଉ ବେଳେବେଳେ ସେ ହସିଦିଏ। ସେ ଖୁସିରେ ହସେ, କାରଣ ଚାକିରି ଛଡ଼ାଇ ସେ ବାହା ହୋଇଥିଲେ କାନୁକୁ ପାଇଥାନ୍ତା; କିନ୍ତୁ ପଡ଼ାଲୋକେ, ଏ ଅଞ୍ଚଳର ଆଦିବାସୀମାନେ ହରାଇଥାଆନ୍ତେ ତାଙ୍କର ସୁଖଦୁଃଖର ସାଥି, ଆଦିବାସୀ ହାକିମ କାନୁ ବାବୁକୁ।

ଏଇ ସେଦିନ ପୋଡୁଚାଷ ପାଇଁ ଲୋକଙ୍କୁ ମତାଇବା ଆଉ ବେଆଇନ ମଦ ରାନ୍ଧିବା ମିଛ ଅଭିଯୋଗରେ ଚିନିର ବାପୁକୁ ପୋଲିସ ବାନ୍ଧି ନେଇଥିଲା; କାନୁ କହିଦେବା କ୍ଷଣି ଡରିମରି ପୋଲିସ ସାଇବ ତାକୁ ତା' ମଟରରେ ବସାଇ ପଡ଼ାମୁଣ୍ଡରେ ଛାଡ଼ି ଦେଇ ଗଲା। ଗଲା କି ନାହିଁ।

ମାଝିପଡ଼ା, ଭୂଇଁଆପାଲି, ନାଇକପଡ଼ା ସାଆଁତାଳ ଭୂଇଁଆମାନେ ସଭିଏଁ କାନୁ ମୁହଁକୁ ଚାହିଁ ବସିଛନ୍ତି। ସେମାନଙ୍କ ସୁଖଦୁଃଖରେ ସେ ପାଖରେ ଆସି ଠିଆ ହେବ। ବଣ ଉପରେ ଫେରାଇ ଦେବ ସେମାନଙ୍କର ଆଦିମ ଅଧିକାର। ବଣର ଗଛ ଅରଣ୍ୟ

ସେମାନଙ୍କର ମାଆ। ସେମାନେ ବଣଜଙ୍ଗଲର ଗଛ ଫୁଲ, ଫଳ ଭୋଗ କରିବେ। ଗଛର କାଠ, ମହୁଲଫୁଲ, ଶାଳମଂଜି ହେବ ସେମାନଙ୍କର। ଆଶ୍ରମ ବିଦ୍ୟାଳୟ ମାଆ କହୁଥିଲେ- କେନ୍ଦୁପତ୍ର ଆଉ ଶାଳମଂଜି ବିକି ସମତଳ ଅଞ୍ଚଳର ସାହୁକାର, କଣ୍ଟ୍ରାକ୍ଟର କୋଟି କୋଟି ଟଙ୍କା ଲୁଟି ନେଉଛନ୍ତି। ଏ ଶୋଷଣ ବନ୍ଦ ହେବ। ଆଦିବାସୀମାନଙ୍କଠାରୁ ସରକାର ସିଧାସଳଖ କେନ୍ଦୁପତ୍ର, ଶାଳମଂଜି କିଣିନେବେ। ସେଇ ଟଙ୍କାରେ ଆଦିବାସୀ ଅଞ୍ଚଳରେ ଡାକତରଖାନା, ଇସ୍କୁଲଘର ତିଆରି ହେବ। ଆଦିବାସୀ ଲୋକେ କାମ ପାଇବେ। ଗଛ କାଟିଲେ କି ମହୁଲି ରାନ୍ଧିଲେ ସରକାର ବାଧା ଦେବେ ନାଇଁ। ଆମ ପାହାଡ଼ରେ କୁଆଡ଼େ ଖୁବ୍ ଦାମିକା ଖଣିଜ ପଦାର୍ଥ ଅଛି। ସରକାର ଖଣି ଠିକାଦାରଙ୍କୁ ଠିକା ଦେଇ କୋଟି କୋଟି ଟଙ୍କା ଅର୍ଜନ କରୁଛନ୍ତି। ସେ ଟଙ୍କା ଏଇ ଅଞ୍ଚଳର ଉନ୍ନତି ପାଇଁ ଖରଚ ହେବ।

କୋଟିଏ ଟଙ୍କା କେତେ ବୋଲି ପଚାରିଲେ ଗୁରୁମାଆ ହସି ଦିଅନ୍ତି।

କହନ୍ତି- ଏକ, ଦଶ, ଶହ, ହଜାର, ଅୟୁତ, ଲକ୍ଷ, ନିୟୁତ, କୋଟି। କେତେ ହେଲା ?

ଦୁଇ ହାତରେ ଆଞ୍ଜୁଳା କରି ଧାନୀ ଦେଖାଇ ଦେଇଥିଲା - ଏତେ !

ହଁ, ଏତେ ଟଙ୍କା ଯଦି କାନୁ ହାକିମ ହୋଇ ଆଣି ସାନ୍ତାଳ, ଭୂଇଁଆ, ମୁଣ୍ଡା, କନ୍ଧମାନଙ୍କର ଉପକାର କରେ, ସେଇଟା ତ ସବୁଠାରୁ ବଡ଼ କଥା ହେବ। ସେ ତାକୁ ବାହା ନ ହେଲା ତ କ'ଣ ହେଲା ?

ମନେ ମନେ କାନୁକୁ କ୍ଷମା କରିଦେଇ ଉଠିପଡ଼େ ଧାନୀ।

ମୁଣ୍ଡା ପାହାଡ଼ ଆରପଟେ ସୂରୁଜ ଦେବତା ବୁଡ଼ି ଯାଉଥାଆନ୍ତି। ଅନ୍ଧାର ଘୋଟି ଆସୁଥାଏ। ବଣ ଭିତରୁ ହେମାଳ ପବନ ବହି ଆସି ଦେହ ସାରା ଶୀତେଇ ଦେଉଥାଏ। କସ୍ତା ଶାଢ଼ି କାନିକୁ ଆଉ ପରସ୍ତେ ଦେହରେ ଗୁଡ଼େଇ ଦେଇ ଧାନୀ ଓହ୍ଲାଇ ଆସୁଥାଏ ପାହାଡ଼ ଉପରୁ ତଳକୁ।

ହଠାତ୍ ତା' ଆଗରେ ଭୂତ ଭଳି ଠିଆ ହୋଇଗଲା ଆସି ଅର୍ଘାଡିଆ ଧାଙ୍ଗଡ଼ାଟାଏ।

କାନ୍ଧରେ ଧନୁ, ହାତରେ ତୀର। ଦେହରେ ଛିଟ କନା ଜାମା। ବେକରେ ଗୁଡ଼ାଇଛି ଗୋଟାଏ ଶାଗୁଆ ରୁମାଲ।

ଏ ଲୋକଟା କିଏ ?

- ଏ ନୁନି ! ମୁଁ ଡେମ୍‌କା ମୁଣ୍ଡା। ଚିହ୍ନିଛୁ ?

ଡେମ୍‌କା ମୁଣ୍ଡା ? ନାଆଁ ତ ଅନେକ ଥର ଶୁଣିଛି। ଝାଡ଼ଖଣ୍ଡୀ। ସ୍ୱାଧୀନ ଝାଡ଼ଖଣ୍ଡ

ରାଇଜ ବସାଇବା ପାଇଁ ଲୋକଙ୍କୁ ମତାଉଛି । ସରକାରୀ ଲୋକଙ୍କୁ ମାରିବା ପାଇଁ ପଡ଼ା ପଡ଼ା ବୁଲି ଲୋକଙ୍କୁ ଶିଖାଉଛି ।

ଝାଡ଼ଖଣ୍ଡୀମାନେ ସରକାର ଶତ୍ରୁ । କାନୁ ତ ସରକାରୀ ହାକିମ । ଡେମ୍‌କା ତା'ହେଲେ କାନୁର ମଧ୍ୟ ଶତ୍ରୁ !

- ଉଠ୍, ସଞ୍ଜ ହେଲାଣି । ମୁଁ ପଡ଼ାକୁ ଯିବି-

- ଦେଖ୍, କାନୁକୁ ତ ସରକାର କିଣିନେଲା । କାନୁ ତତେ ଛାଡ଼ି ସହରୀ ଝିଅକୁ ବାହା ହେଲା । ତୁ ତାକୁ ଭୁଲି ଯା-

ଧାନୀ ତାକୁ କଟମଟ କରି ଅନେଇଲା ।

ମୁହଁର ମାଂସପେଶୀକୁ ଟାଣ କରିନେଇ କହିଲା- ଉଠ୍, ମୋର ଡେରି ହୋଇଯାଉଛି- ବାପୁ ଦକ ଦକ ହେଉଥିବ- କେତେବେଳୁ ଆସିଲିଣି-

ଡେମ୍‌କା ମୁଣ୍ଡା ତା' ସାମ୍ନାରୁ ପାଦେ ହେଲେ ଘୁଞ୍ଚିଲା ନାଇଁ ।

ଦୁଇଭାଡ଼ି ଦାନ୍ତ ଦେଖାଇ କହିଲା- କାନୁ ତତେ ବାହା ହେଲା ନାଇଁ ବୋଲି ମୋ ଉପରେ ରାଗ କରୁଛୁ କାହିଁକି ? ବନୁକୁ କେତେଥର କହିଛି- ଚାକିରୀ, ଏମ.ଏଲ.ଏ. ଆଉ ମନ୍ତ୍ରୀପଦ ହେଲା ଲାଞ୍ଚ । ଅଣଆଦିବାସୀମାନେ ପିଲାଙ୍କୁ ଗୁଡ଼ ମିଠେଇ ଦେଇ ଭଣ୍ଡିଲା ଭଳି ଆମ ଭିତରୁ ଆମ କେଇଜଣଙ୍କୁ ଏମିତି ଲାଞ୍ଚ ଦେଇ ଆମର ହକ୍ ଅଧିକାରରୁ ସେମାନେ ଆମକୁ ବଞ୍ଚିତ କରୁଛନ୍ତି । ଝାଡ଼ଖଣ୍ଡ ଆମର ଦାବି । ସେତେବେଳେ ଆମ କଥା ମାଝିପଡ଼ା, ଭୂଇଁଆପାଲି ଲୋକେ ଶୁଣିଲେ ନାଇଁ- ଏବେ କାନୁ ଧୋକା ଦେଲା ପରେ ବି ତମର ସବୁ ମୋହ ଭାଙ୍ଗିନାଇଁ- ଲୋଭ ଛାଡ଼ି ନାଇଁ- ଏ ଅଞ୍ଚଳରେ ଆଦିବାସୀମାନଙ୍କ ଉପରେ ବିପଦ ମାଡ଼ି ଆସୁଛି- ଧାନୀ !

କାନୁର ବିରୁଦ୍ଧରେ କୌଣସି କଥା ଶୁଣିବା ପାଇଁ ଧାନୀର ଧୈର୍ଯ୍ୟ ନଥିଲା । ମୁଣ୍ଡାକୁ ସେ ତା' କହୁଣିରେ ଗୋଟାଏ ଧକ୍‌କା ଦେଇ ରାସ୍ତାରୁ ଘୁଞ୍ଚାଇଦେଲା । ତା'ପରେ ଗୋଟିଏ ପାହାଡ଼ି ଝରଣା ଭଳି ଗଡ଼ିଗଲା ଉପରୁ ତଳକୁ- ମାଝିପଡ଼ାକୁ ।

ପାଣି ମାଠିଆ କାଖରେ ଧରି ଝୋଲା ପାଖରେ ଠିଆ ହୋଇଥିଲା ଚିନି ।

ପଚାରିଲା- ସେ ଧାଙ୍ଗଡ଼ାଟା କିଏଲୋ ଧାନୀ ! ତୋ ବାଟ ଓଗାଳି ଠିଆ ହୋଇଥିଲା-

- ଡୁମା । ଚାଲ୍-

ଦୁହେଁ ସାଙ୍ଗ ହୋଇ ପଶିଲେ ପଡ଼ା ଭିତରେ ।

।। ପନ୍ଦର ।।

ମାଝିପଡ଼ା, ଭୂଇଁଆପାଲିକୁ ସରକାରୀ ଜିପ୍‌ଚଢ଼ି ଲୋକ ଆସିଲେ ଗାଁ ଭିତରେ ହଇଚଇ ପଡ଼ିଯାଏ। କାରଣ ପଥୁରିଆ ଅଣଓସାରିଆ ଅଙ୍କାବଙ୍କା ଜଙ୍ଗଲ ରାସ୍ତାରେ କ୍ୱଚିତ୍ ଆସେ ମଟର ଗାଡ଼ି। ସବୁ ବସ୍, ଟ୍ରକ୍, କାର୍ ପିଚୁଢ଼ଳା ରାସ୍ତା ଦେଇ ଚାଲିଯାଏ। ମୁହଁ ବୁଲାଇ ମାଝିପଡ଼ା କି ଭୂଇଁଆପାଲିକୁ ବଡ଼ ଗାଡ଼ି ଆସେ ନାହିଁ।

ଭୋଅଟ ବେଳେ ନେତାମାନେ ଆସନ୍ତି ଜିପ୍ ଚଢ଼ି। କାଗଜ ବାଣ୍ଟନ୍ତି। ଆଦିବାସୀମାନେ କାଗଜର ଲେଖା ପଢ଼ିପାରନ୍ତି ନାହିଁ। କେବଳ ଭୋଟ ଚିହ୍ନକୁ ମନେ ରଖନ୍ତି। କାହାର ହାତ, କାହାର ଚକଲଙ୍ଗଳ ଆଉ ଅବା କାହାର ଧନୁଶର!

ହାଟପାଲି ଦିନ ସଭା ହୁଏ। ଚୁଙ୍ଗା ଲଗାଇ କୁଜି ନେତାମାନେ ଘୋଷଣା କରିଯାଆନ୍ତି ସଭାର ଦିନ। ସ୍ଥାନ ଆଉ ସମୟ। ମାଇକ ଲଗାଇ ସଭାରେ ନେତାମାନେ କାହାକୁ କେମିତି କେବେ କେଉଁ ଚିହ୍ନରେ ମୋହର ମାରି ଭୋଟ ଦେବାକୁ ହେବ ବୁଝାନ୍ତି। ଭୋଟ୍ ପାଖ ହୋଇଆସିଲେ କୁଜି ନେତାମାନେ ପଡ଼ାରେ ବୁଲି ମଣ୍ଡଘର ଆଉ ଧାଙ୍ଗଡ଼ୀ ବସା କାନ୍ଥରେ କାଗଜ ଲଗାନ୍ତି। ପଡ଼ାର ମୁଖିଆ ସାଙ୍ଗରେ ଭୋଟ କିଣାବିକା ସମ୍ପର୍କରେ ମୂଳଚାଲ କରନ୍ତି। ଭୋଟ ପ୍ରଚାର ଆଉ, ଭୋଟରମାନଙ୍କୁ ଭୋଟକେନ୍ଦ୍ରକୁ ନେବା ପାଇଁ ସ୍ଥାନୀୟ ସାନ୍ତାଳ, ଭୂଇଁଆ, ମୁଣ୍ଡା, ଜୁଆଙ୍ଗ ଜାତିର ଦଶଜଣଙ୍କୁ 'କର୍ମୀ' ଭାବରେ ନିଯୁକ୍ତି ମିଳେ। ସେମାନେ ନେତା ବାବୁମାନଙ୍କଠାରୁ କମ୍ବଳ, ଖଦି, ଗଂଜି ଆଣି ଭୋଟ ଆଗରୁ ଲୋକଙ୍କୁ ବାଣ୍ଟନ୍ତି। ମଦ ପିଇବାକୁ ଟଙ୍କା ପାଆନ୍ତି। ଭୋଟ ଦିନ ନୂଆ ଶାଢ଼ୀ, ଖଦି ପିନ୍ଧି ମେଣ୍ଟବାନ୍ଧି ଭୋଅଟ ଦେବାକୁ ଯାଆନ୍ତି। ସେଥିପାଇଁ ଗାଁ ଭିତରକୁ ଜିପ୍ ଆସିଲେ ଲଙ୍ଗଳା ଛୁଆମାନେ ଚାରିପଟେ ଘେରିଯାଆନ୍ତି। ଭୋଟ ଚିହ୍ନ କାଗଜ ମାଗନ୍ତି। ମାଝିପଡ଼ାର ମଣ୍ଡଘର ଆଉ ଭୂଇଁଆପାଲିର ଆଖଡ଼ାଘର ଚିହ୍ନାଇ ଦିଅନ୍ତି। ଧାଇଁ ଯାଇ ଦୁଇ ଗାଁର ମୁଖିଆମାନଙ୍କୁ ଡାକି ଆଣନ୍ତି।

ଏଥର ଯେଉଁ ଜିପ୍ ଗାଡ଼ି ଆସିଲା, ତା' ଆଗରେ ପତାକା ଉଡୁନଥିଲା। ଲୋକେ ରୁଣ୍ଡ ହେଲେ। ଭୋଟ କାଗଜ ମାଗିଲେ। ଜିପ୍ ଭିତରେ ବସିଥିବା ବାବୁମାନେ

ହସିଦେଇ ଉତ୍ତର ଦେଲେ- ଭୋଟ ଋତୁ ଆସି ନାହିଁ। ଆହୁରି ଅନେକ ଡେରି ଅଛି। ଆଜିଠାରୁ ଉତ୍ତଳା ହେଉଛ କାହିଁକି ?

ଜିପ୍ ଭିତରୁ ତିନିଜଣ ପ୍ୟାଣ୍ଟ୍ କୋଟ୍ ପିନ୍ଧା ଲୋକ ଓହ୍ଲାଇଲେ। ସେମାନଙ୍କ ଭିତରୁ ଦୁଇଜଣ ପଡ଼ା ପାଖ ପଥୁରିଆ ଜାଗାରୁ ପଥର ଖୋଳି ବାହାର କଲେ। ଜଣେ ନାକରେ ଶୁଙ୍ଘିଲା। ଆଉ ଜଣେ ତା' ଉପରେ କାଚଦେଇ କଅଣ ଦେଖିଲା। ତା'ପରେ ସେମାନେ ସେଇସବୁ ପଥର ଟୁକୁରା ଧରି ଜିପ୍ ଚଢ଼ି ଫେରିଗଲେ।

ମାଝିପଡ଼ା କିମ୍ବା ଭୂଇଁଆପାଲିର ଲୋକେ କିଛି ବୁଝି ପାରିଲେ ନାହିଁ। ସେଇ ରହସ୍ୟମୟ ଜିପ୍ ଗାଡ଼ି କିଛିଦିନ ଝରଣା କୂଳ, ପାହାଡ଼ ଚୂଳ ଆଉ ତୋଟାମାଳରେ ଆଲୋଚନାର ବିଷୟ ହୋଇ ପୁଣି ବନବାସୀଙ୍କ ମନରୁ ଲିଭିଗଲା।

କିନ୍ତୁ କଥାଟା ଫୁଟି ବାହାରିଲା ଛପା ହୋଇଥିବା କାଗଜରେ। ମାଝିପଡ଼ା ମାଟିତଳେ ମୂଲ୍ୟବାନ ଖଣିଜ ପଦାର୍ଥ ଅଛି। ଭୂତତ୍ତ୍ୱ ବିଭାଗ ଲୋକେ ସେ ଖଣିଜ ପଥର ଭାରତ ସରକାରଙ୍କ ଭୂତତ୍ତ୍ୱ ବିଭାଗ ଅଧିକାରୀଙ୍କ ପାଖକୁ ପଠାଇଥିଲେ। ସରକାର ନିଷ୍ପତ୍ତି କରିଛନ୍ତି ମାଝିପଡ଼ା ଏକ ଖଣି ଅଞ୍ଚଳ। ସେଠାରୁ ଜନବସତି ଉଠିଯିବ। ଖଣି ଖୋଳାହୋଇ ମଣି ବାହାରିବ। କାରଖାନା ବସିବ। ମାଝିପଡ଼ାର ବନବାସୀମାନେ ଅନ୍ୟ ଇଲାକାକୁ ଉଠିଯିବେ।

କଥାଟା ଗୁଲାବ ଦାସର ଦୋକାନରେ ମଧ୍ୟ ସରଗରମ ଆଲୋଚନାର ବିଷୟ ହୋଇଗଲା। ଦିନେ ଟ୍ରକ୍ ଡ୍ରାଇଭରରୁ ଜଙ୍ଗଲ ଠିକାଦାର ହୋଇଥିବା ଚୂହାଡ଼ ସିଂର ଯବାନ୍ ବେଟା ହିମ୍ମତ୍ ସିଂ ଗୋଟାଏ ଜିପ୍ ଚଢ଼ି ଆସି ପହଞ୍ଚିଗଲା ଗୁଲାବ ଦାସ ଦୋକାନରେ।

କହିଲା- ଅଙ୍କଲ୍! ଏଥର ଏ ମାଝିପଡ଼ାର ମୁଁ ହେବି ମାଲିକ। ଏଠାରେ ଯେଉଁ ଖଣି ଖୋଳାହେବ, ଆମେ ସେ ଖଣିର ଲିଜ୍ ନେଇଗଲୁ। ମାଝିପଡ଼ା ସାନ୍ତାଳ ଆଉ ଭୂଇଁଆପାଲିର ଭୂଇଁଆମାନଙ୍କୁ ଘରୁ ଖେଦାଇବା ପାଇଁ ପୋଲିସ୍ ଆକସନ୍ ନେବ। ତମକୁ ମଧ୍ୟ ମଦତ୍ ଦେବାକୁ ହେବ।

ଗୁଲାବ ଦାସ ପଚାରିଲା- ମାଝିପଡ଼ା ଭୂଇଁଆପାଲି ଖଣିପଟ୍ଟା ତମେ ପାଇଲ କେମିତି ସିଂହ ପୁଅ! ଖଣି ଖୋଳା ନ ହେଉଣୁ ଖଣିପଟ୍ଟା!

ଜିପ୍‌ର ବନେଟ୍ ଉପରେ ହିନ୍ଦି ଫିଲ୍ମର ହିରୋଙ୍କ ଷ୍ଟାଇଲ୍‌ରେ ବସି ହିମ୍ମତ୍ ସିଂ ଉତ୍ତର ଦେଲା- ଏଥିପାଇଁ ଟେବୁଲ ତଳେ ଆଉ ଟେବୁଲ ଉପରେ ଅନେକ ଟଙ୍କା ହାତବଦଳ ହେଲା। ଅନେକ ଟଙ୍କା। ଟଙ୍କା ଥିଲେ ଏ ଦେଶରେ ଅସାଧ କିଛି ନାହିଁ।

ଗୁଲାବ ଦାସ ମନ ଦୁଃଖ କରି କହିଲା- ଏତେ ଟଙ୍କା ଦେଇ ପଟ୍ଟା ନେଲ

ସିନା, ଦଖଲ ପାଇବ ନାଇଁ। ବାପା ଅଜା ଅମଳରୁ ଜଙ୍ଗଲ ଲୋକେ ଏଠାରେ ଘର କରି ଅଛନ୍ତି। ସେମାନେ କ'ଣ ସହଜରେ ଘର ଛାଡ଼ି ଉଠିଯିବେ ?

- ସେମାନେ ଯେଉଁ ଜମି ଉପରେ କୁଡ଼ିଆ କରି ଅଛନ୍ତି, ସେ ଜମି ସରକାରଙ୍କର। ସରକାର ଚାହିଁଲେ ସେମାନଙ୍କୁ ଉଠାଇଦେବ ନାହିଁ କାହିଁକି ? ସେମାନେ ଉଠିବେ- ଅଲବତ୍ ଉଠିବେ- ସେମାନେ ଘରବାଡ଼ି ଜାଗା ପାଇଁ ସରକାରଙ୍କୁ ଖଜଣା ଦିଅନ୍ତି ନାଇଁ-

- ଖଜଣା ନଦେଲେ କ'ଣ ହେଲା- ମାଝିପଡ଼ାର କାନୁ ମାଝି ଗଲା ମାସରେ ଏ ଜିଲ୍ଲା କଲେକ୍ଟର ହୋଇ ଆସିଛି। ତା' ଘର ଏଇ ମାଝିପଡ଼ାରେ। କଲେକ୍ଟର ଘର ଭାଙ୍ଗିବାକୁ ଏଠାକାର ପୋଲିସ ସାହସ କରିବ ?

- କାନୁ ମାଝି କଲେକ୍ଟରର ଘର ତୋଳା ହେଉଛି କ୍ୟାପିଟାଲ ଭୁବନେଶ୍ୱରରେ। ତାଙ୍କ ଶଶୁର ସେଠାରେ ତାଙ୍କ ଝିଅ ନାମରେ ଗୋଟାଏ ଜାଗା କିଣିଥିଲେ। ଆମେ ସେଇ ଜାଗା ଉପରେ ଗୋଟାଏ ଘର ତିଆରି କରିଦେଉଛୁ, ଘର ନୁହେଁ ଅଙ୍କଲ ! ରାଜପ୍ରାସାଦ। ଯେଉଁ ଟୁରିଷ୍ଟମାନେ ଦର୍ଶନୀୟ ସ୍ଥାନ ଦେଖିବା ପାଇଁ ଭୁବନେଶ୍ୱର ଆସିବେ, ସେମାନଙ୍କ ତାଲିକାରେ କାନୁ ମାଝିଙ୍କ ନବନିର୍ମିତ ପ୍ରାସାଦ 'ମେଘ'ର ନାମ ଯୋଡ଼ି ଦିଆଯିବ।

- ମେଘ ? ମେଘ କ'ଣ ସିଂହ ପୁଅ ?

- କାନୁ ମାଝିଙ୍କ ମିସେସ୍‌ଙ୍କ ନାମ ମେଘମାଳା। ତାଙ୍କର ନାଁ ଅନୁସାରେ ସେ ଘରର ନାମ ରଖାଯାଇଛି 'ମେଘ'। କଲେକ୍ଟରଙ୍କ ସାନ ଶଳା ରାଜୁ ମୋ ସାଙ୍ଗରେ କଲେଜରେ ପଢୁଥିଲା। ତା'ର ମଧ୍ୟ ଏ ଖଣିରେ ଗୋଟାଏ ଅଲିଖିତ ଅଂଶ ଅଛି, ଅଙ୍କଲ୍ ! ଏସବୁ କଥା ମୁଁ ତମକୁ ବିଶ୍ୱାସରେ କହୁଛି। ଏହା ଯେପରି ଦୁଇ କାନରୁ ଚାରିକାନ ନହୁଏ- ଟପ୍ ସିକ୍ରେଟ୍। ଜଣାଶୁଣା ହୋଇଗଲେ ଅସୁବିଧା ହୋଇଯିବ।

ଗୁଲାବ ଦାସ ସେତେବେଳକୁ ବିସ୍ମୟରେ ବିମୂଢ଼ ହୋଇ ଯାଇଥିଲା। ଏ କଲେଜ ପଢୁଆ ଟୋକା କଳକୌଶଳରେ ତା' ବାପାକୁ ବି ବଳିଯିବ। ମାଝିପଡ଼ା ଖଣି ପଟ୍ଟା ନେବାପାଇଁ ଖଣି ଖୋଳା ଜାଗା ସରକାର ଦଖଲ କରିବା ଆଗରୁ ପଟ୍ଟା ପାଇବା ପାଇଁ ଟେବୁଲ ତଳେ ଟଙ୍କା ଦିଆନିଆ ଆଉ କ୍ୟାପିଟାଲରେ ଘର ତୋଳା ଚାଲିଲାଣି। କିନ୍ତୁ ଏ ଟଙ୍କା ନିଶ୍ଚୟ ଚୂହାଡ଼ ସିଂର ପାଣିରେ ପଡ଼ିବ। ଗୋଟିଏ ପଟେ ଝାଡ଼ଖଣ୍ଡୀମାନେ ଲାଲ ଚହ ଚହ ପାଚିଲା ଲୁହା ଭଳି ତାତିକରି ଅଛନ୍ତି, ଏଣେ ବନୁ ପାତ୍ର ତା'ର ସାଆଁତାଳି ବାହିନୀ ଧରି ଯୁଦ୍ଧ ପାଇଁ ରେ'ରେକାର ଡାକ ଦେଉଛି। ଆଶ୍ରମ ସ୍କୁଲରେ ଘନ ଘନ ମିଟିଂ ବସୁଛି। ସାନ୍ତାଳ ପ୍ରଗନା, ମୟୁରଭଞ୍ଜର ସାନ୍ତାଳୀ

ନେତାମାନେ ସେ ମିଟିଂକୁ ଆସି କ'ଣସବୁ ପରାମର୍ଶ ଦେଉଛନ୍ତି। ସେ ନିଜେ ଏ ଖବର ଶୁଣି ଆସିଛି ଥାନାର ଦାରୋଗାଙ୍କ ପାଖରୁ। ଭାଟି ଖୋଲିଲା ଦିନୁ ପ୍ରତି ମାସରେ ସେ ଦୁଇ ହଜାର ଟଙ୍କାର ଗୋଟିଏ ଥଳି ଥାନା ବାବୁଙ୍କୁ ଭେଟି ଦେଇଆସେ। ଏଥର ଥଳିଟି ଦେଇ ତାଙ୍କ ପାଦ ଛୁଇଁ ପ୍ରଣାମ କରିବାକୁ ଗଲାବେଳେ ପାଦଟା ଦୂରକୁ ଘୁଞ୍ଚାଇ ନେଇଥିଲେ ଦାରୋଗା ବାବୁ।

ତାଙ୍କର ପାଦପଦ୍ମର ସ୍ପର୍ଶ କରିନପାରି ଭୟରେ କାଠ ହୋଇଯାଇଥିଲା ଗୁଲାବ।

ପଚାରିଲା- ମୁଁ କ'ଣ ଅପରାଧ କଲି ସାର୍! ଆପଣଙ୍କ ପାଦ ଛୁଇଁବାର ସୌଭାଗ୍ୟରୁ ମତେ ବଞ୍ଚିତ କରୁଛନ୍ତି କାହିଁକି ?

ଦାରୋଗା ବାବୁ ଗମ୍ଭୀର ହୋଇ ଉତ୍ତର ଦେଇଥିଲେ- ମାଝିପଡ଼ା ଖଣିକୁ ନେଇ ଆମେ ବଡ଼ ବିପଦରେ ପଡ଼ିଛୁ ଗୋଲାମ୍!

ଗୁଲାବକୁ ଥାନା ବାବୁ ସ୍ନେହରେ ଗୋଲାମ ବୋଲି ସମ୍ବୋଧନ କରନ୍ତି। ସେଥିରେ ହିଁ କୃତକୃତ୍ୟ ବୋଧ କରେ ଗୁଲାବ ଦାସ। ହଠାତ୍ ଥାନା ବାବୁଙ୍କର ବିପଦ କଥା ଶୁଣି ସେ ବଡ଼ ଭୟ ପାଇଗଲା।

ପଚାରିଲା- ବିପଦ କ'ଣ ବାବୁ!

- ମାଝିପଡ଼ାରୁ ଉଠି ନଯିବା ପାଇଁ ମୟୂରଭଞ୍ଜ-ସିଂହଭୂମିର ସାନ୍ତାଳ ସର୍ଦ୍ଦାରମାନେ ଆସି ସେମାନଙ୍କୁ ବୁଝାଉଛନ୍ତି; ଏଣେ ପୋଲିସ୍ ଫଉଜ ନେଇ ଜବରଦସ୍ତ ଦଖଲ ସ୍ୱତ୍ୱ ନେବା ପାଇଁ ଗଲେ ଝାଡ଼ଖଣ୍ଡୀମାନେ ସଶସ୍ତ୍ର ପ୍ରତିରୋଧ କରିବେ ବୋଲି ପ୍ରସ୍ତୁତ ହେଉଥିବା ଖବର ଆମ ପାଖରେ ପହଞ୍ଚିଛି। ଯାହା ମନେହେଉଛି, ମାଝିପଡ଼ା କୁରୁକ୍ଷେତ୍ର ହୋଇଯିବ ଗୋଲାମ୍! ଏତେବେଳେ କାହାକୁ ପାଦ ଛୁଇଁବାକୁ ଦେବାପାଇଁ ଗୋଡ଼ ବାହାରୁ ନାହିଁ।

ଗୁଲାବ ଥାନା ଛାଡ଼ି ଆସିବା ଆଗରୁ ଶେଷକଥା ଜାଣିବା ପାଇଁ ପଚାରିଥିଲା-

- ତାହାହେଲେ କ'ଣ ହେବ ବାବୁ ?

ଥାନାର ବଡ଼ବାବୁ ଗୋଟାଏ ଦୀର୍ଘଶ୍ୱାସ ଟାଣି ଉତ୍ତର ଦେଇଥିଲେ-

- ଏକମାତ୍ର କାହ୍ନୁ ଭରସା। ଭୂଇଁଆପାଲି ଆଉ ମାଝିପଡ଼ାର ଆଦିବାସୀଙ୍କୁ ସାହାଯ୍ୟ ଦେବା ପାଇଁ ଜୁଆଙ୍ଗ, ମୁଣ୍ଡା ମୁଖିଆମାନେ ଏକଜୁଟ୍ ହେଉଛନ୍ତି। ଜୋର୍ ପ୍ରୟୋଗ କଲେ ରକ୍ତନଦୀ ବହିଯିବ-

ଥାନାରୁ ଫେରିଲା ପରେ ଗୁଲାବ ଦାସ ନିଜେ ମଧ୍ୟ ଖୁବ୍ ଅସ୍ୱସ୍ତି ଭିତରେ ଥିଲା। ଗୁମାନ ସିଂର କଥା ଶୁଣି ତା'ର ସେ ଅସ୍ୱସ୍ତି ଆହୁରି ଅଧିକ ବଢ଼ିଗଲା।

ସେ ପଚାରିଲା- ତମେ ଯେ ମାଝିପଡ଼ା ଖଣି ପଟ୍ଟା ନେବା ପାଇଁ ଖର୍ଚ୍ଚ କରୁଛ, କ୍ୟାପିଟାଲରେ 'ମେଘ' ପ୍ରାସାଦ ତୋଳୁଛ, ଏକଥା କାନୁ ମାଝି ଜାଣେ?

ଗୋଟାଏ ଦମ୍ ସିଗାରେଟ ଟାଣିନେଇ ଗୁମାନ ସିଂ ଧୂଆଁର କୁଣ୍ଡଳି ସୃଷ୍ଟି କଲା। ତା'ପରେ ଧୂଆଁ ଛାଡ଼ିସାରି କହିଲା- ଅଙ୍କଲ୍! ତମେ ଏ ଆଦିବାସୀ ଅଞ୍ଚଳରେ ରହି ନିର୍ବୁଦ୍ଧିଆ ହୋଇଗଲଣି। ଖଣିପଟ୍ଟା କ'ଣ କଲେକ୍ଟର ଦେବ? ସେଇଟା ତ କ୍ୟାପିଟାଲ୍‌ରେ ଶାସକ ଦଳର ନେତା ନିଲାମ କରିବେ! କାନୁ ମାଝି ଜାଣିବେ କାହିଁକି? ଆଉ କମିଶନର ନାୟକ ବାବୁ ତାଙ୍କ ଝିଅ ପାଇଁ ପ୍ରାସାଦ ତୋଳୁଛନ୍ତି। କାନୁ ମାଝି ତ ଟଙ୍କା ଦେଉନାହାନ୍ତି! ସେ ଏସବୁ କଥା ଜାଣିବା କି ଦରକାର? ସେ ଜିଲ୍ଲାପାଳ। ଜିଲ୍ଲାର ଶାସକ। ଖଣି ଅଞ୍ଚଳ ଦଖଲ କରିବା ପାଇଁ ଉପରୁ ଆଦେଶ ଆସିଛି। ସେ କାମ ତାଙ୍କୁ କରିବାକୁ ହିଁ ହେବ। କେମିତି ସେ ସରକାରୀ ଆଦେଶ କାର୍ଯ୍ୟକାରୀ କରିବେ ସେଇଟା ତାଙ୍କର ଦାୟିତ୍ୱ। ଯଦି ସେ ତାହା କରି ନପାରିବେ, ତା'ହେଲେ ତାଙ୍କ ଜାଗାରେ ଆଉଜଣେ କଲେକ୍ଟର ଆସି ରହିବେ। ହାଃ-

ଶେଷରେ ହସିଦେଇ କଥାଟାର ଗୁରୁତ୍ୱକୁ ଲାଘବ କରିଦେଲା ହିମ୍ମତ ସିଂ।

ତା'ପରେ ଜିପ୍‌ରୁ ଓହ୍ଲାଇ ଗୁଲାବ ଦାସ ପାଖକୁ ଚାଲି ଚାଲି ଗଲା।

ଫିସ୍ ଫିସ୍ କରି ଚାପା କଣ୍ଠରେ ପଚାରିଲା- ଧାନୀର ଖବର କ'ଣ ଅଙ୍କଲ୍! କାନୁ ତ ତାକୁ ଛାଡ଼ିଗଲା। ସେ କ'ଣ ସେମିତି ଅପୂଜା ଭୋଗ ହୋଇ ରହିଯିବ?

ଗୁଲାବ ଦାସ ଚମକିଗଲା ଏଇ ଟୋକା ସିଂହର କଥା ଶୁଣି?

ଧାନୀ ଉପରେ ତା' ବାପାର ଲୋଭ ଥିଲା। ଏବେ ପୁଅର ଆଖି ପଡ଼ିଲାଣି। ଯୁଗ ବଦଳୁଛି। ଲୋଭ ବଦଳୁ ନାଇଁ।

ସେ ଅସନ୍ତୁଷ୍ଟ ହୋଇ ଉତ୍ତର ଦେଲା- ସେକଥା ମତେ ପଚାର ନାଇଁ ସିଂହପୁଅ! ମୁଁ ହନୁମାନଜୀଙ୍କୁ ଆଶ୍ରା କରି ପଡ଼ିରହିଛି। ମତେ ସେକଥା କିଛି ଜଣା ନାହିଁ।

।। ଷୋହଳ ।।

କାହ୍ନୁ ଜିଲ୍ଲା କଲେକ୍ଟର ଭାବରେ ଯେଉଁଦିନ ଅଫିସ୍‌ରେ ଯୋଗଦେଲା, ସେଇଦିନ ଭୁବନେଶ୍ୱରରୁ ଆସି ପହଞ୍ଚିଲା ତା'ର ସାନ ଶଳା ରାଜୁ। ବି.ଏ. ପାଶ୍ କରି ଗୋଟିଏ ବର୍ଷ କ୍ୟାପିଟାଲ୍‌ରେ ମସ୍ତାନୀ କଲାପରେ ଆଉ ବାବାଙ୍କ ସହାୟତା ପାଇଲା ନାହିଁ। ଶଶୁର ଗତବର୍ଷ ଚାକିରୀରୁ ଅବସର ନେଇଛନ୍ତି। ପ୍ରତିଦିନ ଥାନାରୁ ଟେଲିଫୋନ୍ କରିଦେଲେ ପୋଲିସ୍ ଆଉ ରାଜୁବାବୁଙ୍କୁ ଛାଡ଼ିଦେଲା ନାହିଁ। ସେଥିପାଇଁ ଅବସରପ୍ରାପ୍ତ ଆଇ.ଏ.ଏସ୍. ରଘୁନନ୍ଦନ ନାୟକଙ୍କୁ ନିଜେ ଥାନାକୁ ଯିବାକୁ ପଡ଼ିଲା। ଦାନ୍ତ ନିକୁଟି ଗୋଡ଼ଭାଙ୍ଗି ଥାନା ବଡ଼ବାବୁଙ୍କ ପାଖରେ ଠିଆ ହେବାକୁ ହେଲା। କେବେ ଜବରଦସ୍ତ ଦୋକାନରୁ ଚାନ୍ଦା ଆଦାୟ କରୁଥିବା ଅଭିଯୋଗରେ ଆଉ ଅବା କେବେ ମହିଳା ମହାବିଦ୍ୟାଳୟର ଛାତ୍ରୀଙ୍କ ରିକ୍‌ସା ପଛେ ପଛେ ସାଇକେଲରେ ପିଛା କରି ଅସଭ୍ୟ ଭାଷାରେ ଟିପ୍‌ପଣୀ କରିବା ଅଭିଯୋଗରେ ରାଜୁକୁ ପୋଲିସ ଧରି ନେଉଥିଲା। ଅବସ୍ଥା ଏପରି ଜଟିଳ ହୋଇଗଲା ଯେ କେବଳ ମୌଖିକ ଅନୁରୋଧରେ ପୋଲିସ ଆଉ ତାକୁ ଛାଡ଼ିଲା ନାହିଁ। ଅବସରପ୍ରାପ୍ତ ଆଇ.ଏ.ଏସ୍.ଙ୍କୁ ସେଥିପାଇଁ ମୁଚାଲିକା ଲେଖି ଦେବାକୁ ପଡ଼ିଲା।

ସାନପୁଅକୁ ନେଇ ଘରେ ଲାଗିରହିଲା ଦୈନନ୍ଦିନ ଅଶାନ୍ତି, ଅସନ୍ତୋଷ।

ଖବର ପାଇବା ମାତ୍ରେ ତାକୁ ନିଜ ପାଖକୁ ଡକାଇନେଲା ମେଘମାଳା।

ସ୍ୱାମୀଙ୍କୁ ଡାକି କହିଲା- ଏଇ ଶୁଣୁଛ ! ରାଜୁ ଆସିଛି। ତାକୁ ଆସିବା ପାଇଁ ହିମ୍ମତ ସିଂ ହାତରେ ମୁଁ ପ୍ରାୟ ଶହେଥର ଖବର ପଠେଇଥିବି। ଆସୁନଥିଲା। କହୁଥିଲା- ଭଉଣୀ ଘରେ ଭାଇ କୁକୁର ! ମୁଁ ତାକୁ ଅନେକ ରାଣ ନିୟମ ପକାଇ ଡାକିବାରୁ ଆସିଛି। ତମେ ତାକୁ ଟିକିଏ ବୁଝାଇ କୁହ- ସବା ସାନପୁଅ ବୋଲି ମାଆ ତାକୁ ଖୁବ୍ ଗେହ୍ଲାରେ ବଢ଼ାଇଛି। ଭାରି ଅଭିମାନୀ। ତମେ ନ କହିଲେ ତା'ର ଅଭିମାନ ହୋଇପାରେ-

କାନ୍ହୁ ହସିଦେଇ କହିଲା- ତମେ ରାଣ ପକାଇ ଡାକି ଆଣିଛ, ସେଇଟା ହେଲା ନାହିଁ। ମତେ ପୁଣି କହିବାକୁ ହେବ ?

ମେଘମାଳା ପ୍ରତିବାଦ କରିପାରିଲା ନାହିଁ; କିନ୍ତୁ ତା'ର ସାନଭାଇକୁ ଏଠାରେ ବେଶୀଦିନ ରହିବା ଲାଗି କହିବା କଥାକୁ ସେ ଏପରି ହସିଦେଇ ଏଡ଼ାଇଯିବେ, ଏଇଟା ତାକୁ ଭଲ ଲାଗିଲା ନାହିଁ। ସେ ଜାଣେ ତା'ର ବନବାସୀ ସ୍ୱାମୀଙ୍କର ଏଇ ବଣ୍ୟ ପ୍ରକୃତି କୌଣସି ଦିନ ଯିବ ନାହିଁ। ସେ ଯାହା ବୁଝିଥିବେ, ସେଇଆ। ଏକଜିଦିଆ।

ତା'ପ୍ରତି ତାଙ୍କର ଯେତିକି ସ୍ନେହ, ପ୍ରେମ; ତା'ର ପିତୃ ପରିବାର ପ୍ରତି ସେ ସେତିକି ଉଦାସୀନ। ମେଘମାଳା ବୁଦ୍ଧିମତୀ ନାରୀ। ସେ ସ୍ୱାମୀଙ୍କର ଏ ଉଦାସୀନତାର କାରଣ ମଧ୍ୟ ଜାଣେ। ସେ ତାକୁ ବିବାହ କଲାପରେ ସେ ନିଜ ପରିବାର ଓ ସମାଜଠାରୁ ବିଚ୍ଛିନ୍ନ ହୋଇପଡ଼ିଛନ୍ତି। ସେ ତାକୁ ଆଦିବାସୀ ଧାଙ୍ଗଡ଼ି କରିବାକୁ ଚାହୁଁଥିଲେ; ସେ ତାଙ୍କୁ ସଭ୍ୟ, ସହରୀ ମଣିଷ ଭାବରେ ଗଢ଼ିବାକୁ ଚାହୁଁଛି। ଆଦିମ ମଣିଷକୁ ଆଧୁନିକ ମଣିଷରେ ରୂପାନ୍ତରିତ କରିବାର ଲଢ଼େଇରେ ସେ ଜିତିଯାଇଛି। ସେ ହାରି ଯାଇଥିଲେ ମଧ୍ୟ ହାର୍ ମାନିବାକୁ ରାଜି ନୁହନ୍ତି।

ବିଶ୍ୱାଳ ବାବୁ କହୁଥିଲେ- ବାହାଘରକୁ ତାଙ୍କର ବାପୁ ଆଉ ପଡ଼ାର ଅନ୍ୟ ଆଦିବାସୀ ଆତ୍ମୀୟମାନଙ୍କୁ ଆଣିବା ପାଇଁ ନିଜେ ଗାଡ଼ି ଧରି ବାହାରିଥିଲେ। ବାଧା ଦେଇଥିଲେ ବିଶ୍ୱାଳ ବାବୁ। ସେ କାନୁକୁ ବୁଝାଇ ଦେଇଥିଲେ- ମୁଁ ଥାଉ ଥାଉ ତମେ ଯିବ କାହିଁକି କାହ୍ନୁ ବାବୁ! ମୁଁ ନିମନ୍ତ୍ରଣପତ୍ର ନେଇ ଯିବି। ତାଙ୍କରି ସାମ୍ନାରେ ଜିପ୍ ନେଇ ସେ ମାଝିପଡ଼ା ଉଦ୍ଦେଶ୍ୟରେ ଯାତ୍ରାରମ୍ଭ କରିଥିଲେ। ତାଙ୍କର ଭୟ ଥିଲା, କାହ୍ନୁ ନିଜେ ଗଲେ ସେମାନେ ତାକୁ ଅଟକାଇ ରଖି ଦେଇପାରନ୍ତି। ଅନ୍ୟ କାହା ସହିତ ବାହା ମଧ୍ୟ ଦେଇ ଦେଇପାରନ୍ତି। ଧାନୀ ବୋଲି କୋଉ ଧାଙ୍ଗଡ଼ି କୁଆଡ଼େ ତାଙ୍କୁ ବାହାହେବ ବୋଲି ଛକି କରି ବସିରହିଛି। ବିଶ୍ୱାଳ ବାବୁ ମାଝିପଡ଼ା ନଯାଇ ବାଟରୁ ଓହ୍ଲାଇ ଯାଇଥିଲେ। ମାଝିପଡ଼ାରୁ କେହି ବାହାଘରକୁ ଆସିଲେ ନାହିଁ। ଖାଲି ଜିପ୍ ଫେରିଆସିଲା। ସେଥିପାଇଁ କାହ୍ନୁ କୁଆଡ଼େ ଖୁବ୍ ମନ ଖରାପ କରିଥିଲେ।

ବିଶ୍ୱାଳ ବାବୁ ଚାଲାକ ଲୋକ। ସେ ବୁଝାଇଦେଲେ- ଆଜି ନହେଲେ କାଲି ସେମାନେ ଆସିବେ। ବାପ ହୋଇ ପୁଅକୁ କିଏ ସବୁଦିନ ପାଇଁ ଦୂରେଇ ଦେଇ ରହିପାରେ! ଯେତେ ହେଲେ ରକ୍ତର ସମ୍ପର୍କ ତ!

ବାହାଘର ସୁରୁଖୁରୁରେ ସରିଗଲା ପରେ ବିଶ୍ୱାଳ ବାବୁ ତାକୁ ପାଖକୁ ଡାକି ସ୍ନେହ-ସଜଳ କଣ୍ଠରେ କହିଥିଲେ- ବଣର ବାଘକୁ ମଣ କରିବାକୁ ହେବ ମାଆ! ତମେ ତ ନାୟକ ପରିବାରର ଝିଅ। ମୁଁ କ'ଣ ତମକୁ କାନରେ ମନ୍ତ୍ର ଦେବି? ମନେ ରଖିଥାଅ- କାନୁକୁ କାନିରେ କଞ୍ଚନେନ୍ଥା କରି ଝୁଲାଇ ନପାରିଲେ; ତମେ ତା'ର ହାତ ଆଙ୍ଗୁଠିରେ ମୁଦି ହୋଇଯିବ।

ମେଘମାଳା ବୁଝି ଯାଇଥିଲା- ଯେଉଁ ନାରୀ ନିଜ ସ୍ୱାମୀଙ୍କୁ ଚାବିନେନ୍ଥା ଭଳି ଅଣ୍ଟାରେ ଖୋସି ଦେଇନପାରେ, ସୁଖର ତାଲା ସବୁ ତା'ପାଇଁ ଅଖୋଲା ରହିଯାଏ। ସେ ନିଜେ ହୋଇଯାଏ ସ୍ୱାମୀଙ୍କ ହାତ ଆଙ୍ଗୁଠିରେ ମୁଦି!

ସେ ନାୟକ ପରିବାରର କନ୍ୟା।

ଜଣେ ଗୁହାବାସୀ ପୁରୁଷଙ୍କୁ ସେ ଜଣେ ଗୃହବାସୀ ମଣିଷ କରିପାରିବ ନାହିଁ?

କାହ୍ନୁଙ୍କର ସବୁଠାରୁ ପୁରୁଣା ବଦଭ୍ୟାସ, ଥରେ ଯେଉଁ ପୋଷାକ ପିନ୍ଧିଥିବେ ସେ ପୋଷାକ ଝାଳଗନ୍ଧ ଆଉ ମଇଳାରେ ଅପରିଚ୍ଛନ୍ନ ନହେବା ପର୍ଯ୍ୟନ୍ତ ଅନ୍ୟ ଗୋଟିଏ ସେଟ୍ ପୋଷାକ ବଦଳାଇବେ ନାହିଁ। ଝାଳଗନ୍ଧ ଆଦୌ ସହ୍ୟ କରିପାରେ ନାହିଁ ମେଘମାଳା। ସେ ଝାଳରେ କିପରି ମିଶିଥାଏ ଏକ ଆଦିମ ବର୍ଣ୍ୟତା। ସ୍ୱାମୀ ଅଫିସ୍‌ରୁ ଫେରି ପୋଷାକ ବଦଳାଇଲେ ସେ ସେଥିପାଇଁ ସୁଗନ୍ଧ-କଲୋନ୍ ସ୍ପ୍ରେ କରିଦିଏ। ଦିନକୁ ଅନ୍ତତଃ ତିନି ସେଟ୍ ପୋଷାକ ବଦଳାଇ ଦିଏ। ଅଫିସ୍‌କୁ ଗଲାବେଳେ ଗୋଟିଏ ସେଟ୍, ଘରେ ରହିଥିବା ସମୟରେ ହାଲ୍‌କା ଟ୍ରାଉଜର୍ ଆଉ ପଞ୍ଜାବୀ ଏବଂ କ୍ଲବ୍‌କୁ ଗଲାବେଳେ ଆଉ ଗୋଟାଏ ସେଟ୍ ସୁଟ୍।

ଥରେ କାହ୍ନୁ ବାବୁ ପ୍ରତିବାଦ କରିଥିଲେ- କଲେକ୍ଟର ହେଲି ବୋଲି ଦିନକୁ ତିନି ସେଟ୍ ପୋଷାକ ବଦଳାଇବି- ଏହାର କିଛି ମାନେ ହୁଏ? ତମେ ଜାଣ- ମୋ ବାପୁ ଲେଙ୍ଗୁଟି ମାରି ଜୀବନଟା କଟାଇଦେଲା-

ମେଘମାଳା ସ୍ୱାମୀଙ୍କ ବେକରେ ଟଇର ନଟ୍ ସଜାଡୁ ସଜାଡୁ ଉତ୍ତର ଦିଏ-

- ବାପୁ ତ ଲେଙ୍ଗୁଟି ମାରନ୍ତି, ଆମେ ଗାଧୁଆ ଘରେ ଲଙ୍ଗଳା ହୋଇ ସ୍ନାନ କରୁ। ଏହା ବୋଲି ଗାଧୁଆ ଘରୁ ବାହାରି ଆସିଲା ପରେ ଦେହରେ ଲୁଗା ରଖିବା ନାହିଁ? ପୋଷାକ ହିଁ ପୁରୁଷର ପର୍ସନାଲିଟି! ଆମେ ଏକ ପୋଷାକୀ ସଭ୍ୟତାର ମଣିଷ। ତମେ ଏକଥା ଭୁଲିଯାଉଛ କାହିଁକି?

ତା'ପରେ ସ୍ୱାମୀଙ୍କୁ ଆଉ କିଛି ଅତୀତ ଜୀବନର ସ୍ମୃତିଚାରଣ କରିବାକୁ ସୁଯୋଗ ନଦେଇ ତାଙ୍କ ଦେହ ସହିତ ଘନିଷ୍ଠ ହୋଇ ସେ ଠିଆ ହୁଏ। ତା'ପରେ ସ୍ନିଗ୍ଧ କଣ୍ଠରେ କହେ-

- ପ୍ରତି ପ୍ରଜାପତିର ଗୋଟିଏ ଗୋଟିଏ ଲୋମଶ ସଁବାଳୁଆର ଅତୀତ ଥାଏ। ନଥାଏ? କିନ୍ତୁ ପ୍ରଜାପତି ଦିନେ ସଁବାଳୁଆ ଥିଲା ବୋଲି କ'ଣ ସେ ତା'ର ଡେଣାରୁ ରଙ୍ଗ ପୋଛିଦିଏ?

ତା' ଦେହର ଉଷ୍ମତା, ତପ୍ତ ନିଃଶ୍ୱାସର ମାଦକତା ଆଉ କଥାର ଯୁକ୍ତିର ଯଥାର୍ଥତା କାହ୍ନୁବାବୁ କଲେକ୍ଟରଙ୍କୁ ସମ୍ମୋହିତ କରିଦିଏ। ମୁହଁରେ ତାଙ୍କର ହସ ଫୁଟିଉଠେ। ସେ

ତାଙ୍କୁ ଗେହ୍ଲାକରି କହନ୍ତି- ତମର ସାନ୍ନିଧରେ ଆସି ମୁଁ ଆଉ ନିଜକୁ ଖୋଜି ପାଉ ନାହିଁ ମେଘମାଳା ! ମୁଁ ଗୋଟାଏ ଅଲଗା ପ୍ରକାର ମଣିଷ ହୋଇଯାଇଛି । ନା ?

କିନ୍ତୁ ଗତ ସପ୍ତାହରେ ମାଝିପଡ଼ା ଖଣି ଅଞ୍ଚଳ ହେବ, ସେ ପଡ଼ାର ଅଧିବାସୀମାନଙ୍କୁ ଅନ୍ୟତ୍ର ସ୍ଥାନାନ୍ତରିତ କରିବାକୁ ତୁରନ୍ତ ପଦକ୍ଷେପ ନିଆଯିବା ଦରକାର ବୋଲି ସରକାରୀ ନିର୍ଦ୍ଦେଶନାମା ପାଇ କାହ୍ନୁଚରଣ ମାଝି ହଠାତ୍ ନିଜକୁ ଆଉଥରେ ଖୋଜି ପାଇଲେ ।

ଅଫିସ୍‌ରୁ ଫେରି ସ୍ତ୍ରୀକୁ ଡାକି କହିଲେ- ମାଳା ! ମୁଁ ଏ ସରକାରୀ ଆଦେଶ ପାଳନ କରିପାରିବି ନାଇଁ । ନିଜ ଭିଟାମାଟିକୁ ଖଣିର ଅତଳସ୍ପର୍ଶୀ ଅନ୍ଧକାର ଭିତରେ ବିସର୍ଜନ ଦେଇପାରିବି ନାଇଁ । ମୁଁ ଚାକିରିରୁ ଇସ୍ତଫା ଦେଇଦେବି-

ରାଗିଗଲେ କାହ୍ନୁ ଇଂରାଜୀରେ କଥାବାର୍ତ୍ତା କରନ୍ତି । ଓଡ଼ିଆ ଭାଷା ପାଟିରେ ପଶେ ନାହିଁ । ସେଦିନ ତାଙ୍କର ଇଂରେଜି ବକ୍ତବ୍ୟ ଶୁଣି ମେଘମାଳା ବୁଝିଯାଇଥିଲା କଲେକ୍ଟର କାହ୍ନୁ ମାଝି ଆଦିବାସୀ ପଡ଼ା ଗାଁର କାନୁ ହୋଇ ଯାଇଛନ୍ତି ।

ସେ ପଚାରିଲା- ମାଝିପଡ଼ାରୁ ଯେଉଁମାନେ ଉଠିଯିବେ, ସେମାନଙ୍କ ପାଇଁ ଗଡ଼ ପାଖରେ କୋଠାଘର ତୋଳା ହେଉଛି । କୁଡ଼ିଆ ଛାଡ଼ି ସେମାନେ କୋଠାରେ ରହିବେ । ଏଥିରେ ତ ତମର ଖୁସି ହେବା କଥା ! କୋଠାଘରେ ରହିବେ, ଅଗ୍ରାଧିକାର ଭିତ୍ତିରେ ଖଣି ଅଞ୍ଚଳରେ କାମଧନ୍ଦାର ସୁଯୋଗ ପାଇବେ । ସେମାନଙ୍କ ଆର୍ଥିକ ଅବସ୍ଥାର ଉନ୍ନତି ଘଟିବ । ସରକାର ଆଦିବାସୀମାନଙ୍କୁ ଦାରିଦ୍ର୍ୟର ସୀମାରେଖା ତଳୁ ଉଠାଇ ଉପରକୁ ନେଇଯିବାକୁ ଏ ଯୋଜନା କରିଛନ୍ତି । କଲେକ୍ଟର ହିସାବରେ ତମର ତାହା ହିଁ ପବିତ୍ର କର୍ତ୍ତବ୍ୟ । ତମେ ନିଜେ ଜଣେ ଆଦିବାସୀ ହୋଇ ସେମାନଙ୍କର ଉନ୍ନତି କ'ଣ ଚାହୁଁ ନାହଁ !

ଏସବୁ ଯୁକ୍ତି, ତଥ୍ୟ ବାବା ତାକୁ ଗୋଟି ଗୋଟି କରି ମୁଖସ୍ଥ କରାଇ ଦେଇଯାଇଛନ୍ତି । ମାଝିପଡ଼ା ଖଣିର ଲିଜ୍ ନେବ ହିମ୍ମତ ସିଂର ବାବା ଚୂହାଡ଼ ସିଂ । ସେଥିରେ ରାଜୁର ମଧ ଗୋଟାଏ ଅଂଶ ରହିବ । ଲିଜ୍ କରାଇଦେବା ବାବଦ ଏକ ଲକ୍ଷ ଟଙ୍କା ବାବାଙ୍କୁ ଦେବ ଚୂହାଡ଼ ସିଂ । ତା' ନାମରେ ଭୁବନେଶ୍ୱର ନୂଆପଲ୍ଲୀରେ ଗୋଟାଏ ପ୍ରାସାଦ ତୋଳୁଛନ୍ତି । ପଲ୍ଲୀରେ ପ୍ରାସାଦ ! ଏଇପରି ଭାବରେ ଘରତୋଳା ପାଇଁ ଟଙ୍କା ସଂଗ୍ରହ କରୁଛନ୍ତି ବାବା । ତାକୁ ବାରମ୍ବାର କୁହାଯାଇଛି- କାହ୍ନୁ ଚାହିଁଲେ ବନୁ ପୋଷା ମାନିବ । ବନୁ ପାତ୍ର ସେଠାରେ ଆଦିବାସୀମାନଙ୍କୁ ମତାଇ ଜମିର ଦଖଲ ନ ଛାଡ଼ିବା ପାଇଁ ଆନ୍ଦୋଳନ କରୁଛି । କାହ୍ନୁ ବ୍ୟତୀତ ଆଉ କେହି ମାଝିପଡ଼ାରେ ଖଣି ଖୋଲାଇବା ପାଇଁ ଜାଗା ଖାଲି କରାଇପାରବେ ନାହିଁ ।

ସ୍ତ୍ରୀର କଥା ଶୁଣି କାହ୍ନୁ ଏଥର ରାଗିଗଲା ।

କହିଲା- ଏଇଟା ସେଣ୍ଟିମେଣ୍ଟ୍‌ର କଥା । ସମୃଦ୍ଧି କିମ୍ବା ସମ୍ପତ୍ତିର ପ୍ରଶ୍ନ ନୁହେଁ- ମାଝିପଡ଼ାର ଲୋକେ କେବେ ନିଜର ଭିଟାମାଟି ଛାଡ଼ି ଯିବେ ନାଇଁ । ଏସ୍.ପି. ରିପୋର୍ଟ ପଠାଇଛନ୍ତି, ଅବସ୍ଥା ଅତ୍ୟନ୍ତ ଉତ୍ତେଜନାପୂର୍ଣ୍ଣ । ଜୋର୍ କରି ଭୂଇଁଆପାଲି, ମାଝିପଡ଼ା ଦଖଲ କରିବାକୁ ଗଲେ ପୋଲିସ୍‌କୁ ଗୁଳି ଚଳାଇବାକୁ ପଡ଼ିବ । ସେଥିପାଇଁ କଲେକ୍ଟରଙ୍କ ଅର୍ଡ଼ର ଦରକାର । ଏସ୍.ପି. ସେଥିପାଇଁ ମୋର ଲିଖିତ ଆଦେଶ ଚାହାନ୍ତି । ମୁଁ ଚାକିରୀ କରି ସୁଖରେ ରହିବି ବୋଲି ନିଜ ବାପ ଭାଇ ମାଆ ଭଉଣୀଙ୍କ ଉପରେ ଗୁଳି ଚଳାଇବା ପାଇଁ ଲିଖିତ ଆଦେଶ ଦେଇଦେବି ? ନା- ନା-ନା-

କ୍ରୋଧ, ଅନୁଶୋଚନା ଆଉ ଉତ୍ତେଜନାରେ ସେ ନିଜର ମୁଣ୍ଡବାଳ ଝିଙ୍କିବାକୁ ଆରମ୍ଭ କଲା । ତା'ର ଶକ୍ତ ସବଳ ଦେହର ମାଂସପେଶୀ ଫୁଲି ଉଠିଲା । ଦୁଇ ଆଖି ମହୁଆ ପିଇ ମାତାଲ ହେଲା ଭଳି ଦେଖାଗଲା ।

ଭୟ ପାଇଗଲା ମେଘମାଳା ।

ଶିକ୍ଷିତ, ସଭ୍ୟ ଆଇ.ଏ.ଏସ୍. କାହ୍ନୁ ମାଝି ତା'ର ଆଦିବାସୀ ଅତୀତକୁ ଫେରିଗଲେ ବଡ଼ ହିଂସ୍ର ଦେଖାଯାଏ । ତାକୁ ବାହା ହୋଇ ଭୁଲ୍ କରିଥିବା ଯୋଗୁଁ ଅସହାୟତାରେ ସେ ଭାଙ୍ଗିପଡ଼େ । କିନ୍ତୁ ଆଜି ଭାଙ୍ଗିପଡ଼ିଲେ ଚଳିବ ନାହିଁ । ସବୁଦିନ ପାଇଁ ମାଝିପଡ଼ାକୁ ବୁଲଡୋଜର ଚଳାଇ ମାଟିରେ ମିଶାଇ ନଦେଲେ ସେ କୌଣସି ଦିନ ତା' ସ୍ୱାମୀକୁ ତା'ର ଅତୀତଠାରୁ ବିଚ୍ଛିନ୍ନ କରିପାରିବ ନାହିଁ ।

ଏଇ ତା' ପାଇଁ ଶେଷ ସୁବର୍ଣ୍ଣ ସୁଯୋଗ ।

ସେ ନିଜ ମନର ସମସ୍ତ ଅସନ୍ତୋଷକୁ ଚାପି ରଖି ହସିଲା ।

କହିଲା- ତମେ ଆଜି ଯେଉଁ ଧର୍ମ-ସଂକଟର ସମ୍ମୁଖୀନ ହୋଇଛ, ଦିନେ କୁରୁକ୍ଷେତ୍ର ରଣାଙ୍ଗନାରେ ଶତ୍ରୁ ଶିବିରରେ ନିଜର ଆତ୍ମୀୟସ୍ୱଜନ, ଗୁରୁଦେବ ପ୍ରଭୃତିଙ୍କୁ ଦେଖି ଅର୍ଜୁନ ସେଇ ସଂକଟର ସମ୍ମୁଖୀନ ହୋଇଥିଲେ । କାନ୍ଧରୁ ଗାଣ୍ଡିବ ଧନୁ କାଢ଼ି ତଳେ ଥୋଇ ଦେଇଥିଲେ । ନିଜର ଆତ୍ମୀୟସ୍ୱଜନଙ୍କୁ ହତ୍ୟାକରି ରାଜ୍ୟ କିମ୍ବା ବିଜୟ ଗୌରବ ଚାହାନ୍ତି ନାହିଁ ବୋଲି ସଖା ଶ୍ରୀକୃଷ୍ଣଙ୍କୁ ସ୍ପଷ୍ଟ କହି ଦେଇ ସାରିଥିଲେ । ଭଗବତ୍ ଗୀତା ତମର ପ୍ରିୟ ପୁସ୍ତକ । ସେ ଧର୍ମ-ସଙ୍କଟ କାଳରେ ଶ୍ରୀକୃଷ୍ଣ ଅର୍ଜୁନଙ୍କୁ କି ପରାମର୍ଶ ଦେଇଥିଲେ, ସେକଥା ମୁଁ ତମକୁ ବୁଝାଇ କହିବା ଦରକାର ନାହିଁ । ଆଉ ତମେ ତ ମାଝିପଡ଼ାବାସୀଙ୍କୁ ସଂହାର କରିବାକୁ ନୁହେଁ, ସମୃଦ୍ଧି ପାଇଁ ସେମାନଙ୍କୁ ସ୍ଥାନାନ୍ତରିତ କରିବାକୁ ଯାଉଛ । ଏଥିରେ ଦ୍ୱିଧା କରିବାର କ'ଣ ଅଛି ? ଆଉ ଏ'ଯେ ସାତପୁରୁଷର ଭିଟାମାଟି କଥା କହୁଛ- ଦୁଇ ପୁରୁଷ ତଳେ ତମର ପୂର୍ବପୁରୁଷ ଥିଲେ ରାଇରଙ୍ଗପୁର

ପାହାଡ଼ ଅଞ୍ଚଳର ଅଧିବାସୀ- ସେଠାରେ ଖଣିଖୋଳା ହେଲାପରେ ଉଠି ଆସିଛ କେନ୍ଦୁଝର- ପ୍ରାକୃତିକ ନିୟମରେ ଯେପରି ପୃଥିବୀର ଭୂଗୋଳ ବଦଳିଯାଏ, ସେଇପରି ଆବଶ୍ୟକତା ଦୃଷ୍ଟିରୁ ମଣିଷ ବଦଳାଇଦିଏ ତା'ର ବାସସ୍ଥାନ-

ପତ୍ନୀର ପ୍ରାଞ୍ଜଳ ଯୁକ୍ତି ପାଖରେ କାହ୍ନୁ ସବୁଦିନେ ହାରି ନିଜ ବିବେକ ସହିତ ନିଜେ ସାଲିସ୍ କରିଚାଲିଛି। ସେଦିନ ମଧ୍ୟ ସେ ମେଘମାଳାର ଯୁକ୍ତିର ମାୟାଜାଲରେ ଛନ୍ଦି ହୋଇପଡ଼ିଲା। ଏକଥା ସେ ନିଜେ ଥରେ ନିଜ ସ୍ତ୍ରୀକୁ କହିଥିଲା ଯେ ଦୁଇ ପୁରୁଷ ତଳେ ରାଇରଙ୍ଗପୁର ସାଆନ୍ତାଳ ପଡ଼ାରୁ ସେମାନେ ଉଠିଆସିଥିଲେ, କେନ୍ଦୁଝର ମାଝିପଡ଼ା ସେମାନଙ୍କର ଆଦି ଜନ୍ମଭୂମି ନୁହେଁ।

- କିନ୍ତୁ ମାଳା ! ସେମାନେ ପଡ଼ା ଛାଡ଼ିବେ ନାଇଁ ବୋଲି ଜିଦ୍ ଧରି ବସିଛନ୍ତି। ଜିଦ୍ ଯୁକ୍ତି ମାନେ ନାହିଁ। ଆଉ ଆଦିବାସୀମାନେ ଜିଦିଆ ଜାତି। ଥରେ ସେମାନେ ମାତିଗଲେ ତାତିଯାଆନ୍ତି। ସେମାନଙ୍କୁ ଯୁକ୍ତି ଦେଇ ବୁଝାଇ ହୁଏ ନାଇଁ; ଧନସମ୍ପତ୍ତି ଲୋଭ ଦେଖାଇ ବଦଳାଇ ଯାଇପାରେ ନାହିଁ। ଆଉ ଏଥର ଯଦି ପୋଲିସ୍ ସଶସ୍ତ୍ର ଫଉଜ ନେଇ ମାଝିପଡ଼ା ଯାଏ, ତା'ହେଲେ ବାପୁଙ୍କୁ ସେମାନେ ଆଗରେ ରଖିବେ- ପୋଲିସ ଗୁଳିର ପ୍ରଥମ ଶିକାର ହେବ ବାପୁ- କୁରୁକ୍ଷେତ୍ର ଯୁଦ୍ଧରେ ଅର୍ଜୁନ ତ ପିତୃହତ୍ୟା କରିନଥିଲେ।

ଶଶୁର ସିଧୁ ମାଝି କଥା ମନେ ପଡ଼ିଯିବା ମାତ୍ରେ ମେଘମାଳାର ସାରା ଦେହ ଭୟରେ ଶିର୍ ଶିର୍ ହୋଇଗଲା। ସେ ଏଭଳି ଅବୁଝା ଆଉ ଜିଦ୍‌ଖୋର ଲୋକ ଯେ ବାହାଘର ପରେ ଥରେ ହେଲେ ସେମାନଙ୍କ ପାଖକୁ ଆସିନାହାନ୍ତି। ମନି ଅର୍ଡ଼ରରେ ଟଙ୍କା ପଠାଇଲେ ଫେରସ୍ତ କରି ଦେଉଛନ୍ତି। ଜିନିଷପତ୍ର, ଲୁଗାପଟା ପଠାଇଲେ ରଖୁନାହାନ୍ତି। ସତକୁ ସତ ଯଦି ଝାଡ଼ଖଣ୍ଡୀମାନେ ତାଙ୍କୁ ଶିଖଣ୍ଡି କରି ଆଗରେ ରଖି ପୋଲିସ ବାହିନୀର ପ୍ରତିରୋଧ କରନ୍ତି, ତେବେ ଶଶୁର ହେବେ ସେ ନରମେଧ ଯଜ୍ଞର ପ୍ରଥମ ବଳି ! ତା'ହେଲେ ତା'ର ସ୍ୱାମୀ ତାକୁ ଆଉ କୌଣସି ଦିନ କ୍ଷମା କରିବେ ନାହିଁ। ତା'ର ସଂସାର ଭାଙ୍ଗିଯିବ।

- କ'ଣ କରିବାକୁ ହେବ ? ଇସ୍ତଫା ଦେବା ଭିନ୍ନ ଅନ୍ୟ ଉପାୟ ମୁଁ କିଛି ଦେଖିପାରୁ ନାହିଁ ?

ଇସ୍ତଫା କଥା ଶୁଣି ମେଘମାଳା ଆତଙ୍କିତ ହୋଇଉଠିଲା।

ସେ ଆଇ.ଏ.ଏସ୍. ଅଫିସର କାହ୍ନୁ ମାଝିକୁ ବାହା ହୋଇଥିଲା; ସେଥିପାଇଁ ନାନା ଜାତିଆଣ ଭେଦଭାବ, ସାମାଜିକ ପ୍ରତିବନ୍ଧକକୁ ଉପେକ୍ଷା କରିଥିଲା। କିନ୍ତୁ ଚାକିରୀ ଛାଡ଼ିଦେଲେ ଆଉ ତା'ର ରହିବ କ'ଣ ? ଆଇ.ଏ.ଏସ୍. ପଦବୀ ବିହୀନ କାହ୍ନୁ ମାଝି ତ ସାମାନ୍ୟ ଜଣେ ଶିକ୍ଷିତ ଆଦିବାସୀ ଧାଙ୍ଗଡ଼ା !

ସେ କହିଲା- ତମେ ଜିପ୍ ପଠାଇ ବନୁକୁ ଡକାଇଆଣ। ଆମେ ତାଙ୍କୁ ବୁଝାଇଦେଲେ ସେ ବାପୁଙ୍କୁ ନେଇ ଏଠାକୁ ଚାଲି ଆସିବେ। ବନୁ ତମକୁ ଖୁବ୍ ମାନନ୍ତି। ତମ କଥାରୁ ସେ ବାହାରି ଯିବେ ନାଇଁ।

ମେଘମାଳାର କଥା ଶୁଣି ସୁଡ଼ଙ୍ଗ ଶେଷରେ ସୂର୍ଯ୍ୟୋଦୟ ଦେଖିପାରିଲା କାହ୍ନୁ। ଠିକ୍ କଥା। ବନୁ ପାଠୁଆ ପିଲା। ତାକୁ ବୁଝାଇ ଦେଲେ ସେ ଅନ୍ୟମାନଙ୍କୁ ବୁଝାଇ ଦେଇପାରିବ। ସମତଳ ଅଞ୍ଚଳରେ, ସ୍ଥାନାନ୍ତରିତ ଆଦିବାସୀଙ୍କ ପାଇଁ ଯେଉଁ 'ନେହେରୁ ନିବାସ' ନିର୍ମାଣ ଯୋଜନା ଆରମ୍ଭ ହୋଇଛି ତାକୁ ସେ ଘରସବୁ ବୁଲି ଦେଖାଇ ଆଣିଲେ ତା' ମନରେ ବିଶ୍ୱାସ ଆସିଯିବ।

ସ୍ୱାମୀଙ୍କ ମୁହଁରେ ମୃଦୁ ହସର ଆଲୋଡ଼ନ ଦେଖି ମେଘମାଳାର ମୁହଁର ଅନ୍ଧାର ଅପସରି ଯାଇ ଫର୍ଚ୍ଚା ଦେଖାଗଲା।

।। ସତର ।।

ଗଛର ଚେର ଭଳି ସେମାନଙ୍କର ଆସକ୍ତି ଓ ଆକର୍ଷଣ ଏ ଅରଣ୍ୟ ଭୂମିର ଅନେକ ଗହୀରକୁ ମାଡ଼ି ଯାଇଥାଏ। ସେଥିପାଇଁ ଦୁଧଖିଆ ସାନ ଶିଶୁକୁ ମାଆର ଛାତିରୁ ଜୋର କରି ଛଡ଼ାଇ ନେଲା ଭଳି ମାଝିପଡ଼ାର ଅଧିବାସୀମାନଙ୍କୁ ଘର ଛାଡ଼ି ଉଠିଯିବା ଧମକ ଖୁବ୍ ବାଧୁଥାଏ। ଦୁଃଖରେ ଛାତି ଫାଟି ଯାଉଥିଲା।

କିନ୍ତୁ କିଏ ଶୁଣୁଛି ସେମାନଙ୍କର ଗୁହାରି ?

ଏସ୍.ଡି.ଓ. ସାହେବ ଘରଛାଡ଼ ନୋଟିସ୍ କାନ୍ଥରେ ଲଗାଇ ଦେଇ ଯାଇଛନ୍ତି। ବୁଝାଇଦେଇ ଯାଇଛନ୍ତି ସେମାନଙ୍କ ପାଇଁ ନୂଆ ଜାଗା ଠିକ୍ ହୋଇଛି। ସେମାନଙ୍କୁ ଟ୍ରକ୍‌ରେ ବସାଇ ସେଠାରେ ଓହ୍ଲାଇ ଦିଆଯିବ। ସରକାରୀ ଆଦେଶ ଅମାନ୍ୟ କଲେ ଗୁଳି ଚାଲିବ। ବୁଲ୍‌ଡୋଜର୍ କୁଡ଼ିଆ ଘର ତାଡ଼ି ଫୋପାଡ଼ିଦେବ।

ବନୁ ପ୍ରତିବାଦ କରିଥିଲା- ଆମେ କ'ଣ ଶାଳ ଗଛ ନା କରଞ୍ଜ ଗଛ ଯେ ଆମକୁ କାଟି କାଠ କଣ୍ଟ୍ରାକ୍ଟର ଭଳି ଟ୍ରକ୍‌ରେ ବୁହାଇ ନେବ? ପୋଡୁଚାଷ କି ତଇଲା ଚାଷ ପାଇଁ ଗଛ କାଟିଲେ ଆମକୁ ଧରିନେଇ ଫାଣ୍ଡିରେ ପୂରାଇ ଦେଉଥିଲ। ଗଛକଟା ବେଆଇନ୍ ବୋଲି ଆଇନ୍ କାଢୁଥିଲ। ଜଙ୍ଗଲ କାଟିଲେ ପରିବେଶ ଧ୍ୱଂସ ହୋଇଯିବ ବୋଲି ନୀତିବାଣୀ ଶୁଣାଉଥିଲ। ବର୍ତ୍ତମାନ ସରକାର ନିଜେ କେମିତି ଗଛ କାଟି, କୁଡ଼ିଆ ଘର ତାଡ଼ି ଖଣି ଖୋଲିବାକୁ ଜିଦ୍ ଧରି ବସିଛନ୍ତି ! ଏଇଟା କେଉଁ ରାଇଜର ନ୍ୟାୟ !

ଏସ୍.ଡି.ଓ. ହସିଦେଇ କହିଲେ- ତମେ କ'ଣ ଏଥର ଇଲେକ୍‌ସନ୍‌ରେ ଠିଆ ହେବ କି ବନୁ ବାବୁ! ଭୋଟ ପ୍ରାର୍ଥୀ ରାଜନୀତିଜ୍ଞଙ୍କ ଭଳି ମତାଣିଆ କଥା କ'ଣ ଏ ବନବାସୀଙ୍କ କାନରେ ବରଷି ଯାଉଛ ! ଜଙ୍ଗଲ କାଟି ଏଇ ପ୍ରଥମ ଖଣି ଖୋଲା ହେବ ନା କାରଖାନା ବସିବ ? ଆଗରୁ ଏମିତି ଅନେକ ଥର ହୋଇଛି- ଏଥର ମଧ୍ୟ ହେବ। ଏହା ବଣପାହାଡ଼ ଭୂଇଁ ନୁହଁ! ସମତଳ ଅଞ୍ଚଳରେ ବନ୍ଧବାଡ଼ ତିଆରି ହେଲେ, ରେଳ ଲାଇନ୍ ପଡ଼ିଲେ ସରକାର ଘରୋଇ ସମ୍ପତ୍ତି ଦଖଲ କରନ୍ତି। ଜମି ବାବଦ କ୍ଷତିପୂରଣ

ଦିଅନ୍ତି । ଆଦିବାସୀ, ଗ୍ରାମବାସୀମାନେ ଘର, ଚାଷଜମି ଛାଡ଼ିନଥିଲେ ହୀରାକୁଦ ବନ୍ଧ ତିଆରି ହୋଇପାରିଥାଆନ୍ତା ? ରାଉରକେଲା କାରଖାନା ବସି ପାରିଥାଆନ୍ତା ? ତମେ ଗୁରୁମାଆଙ୍କ ପାଠୁଆ ପୁଅ- ମୂରୁଖ ଆଦିବାସୀମାନଙ୍କୁ ଏମିତି କୁଶିକ୍ଷା ଦେଲେ ସେମାନଙ୍କର ସର୍ବନାଶ ହେବ ।

ଜଙ୍ଗଲ ଅଧିକାରୀ ଭଞ୍ଜବାବୁ ନିଜର ମେଦବହୁଳ ଶରୀରକୁ ସାମାନ୍ୟ ଆନ୍ଦୋଳିତ କରି କହିଲେ- ଦେଖ ଆଦିବାସୀ ଭାଇ ଓ ଭଉଣୀମାନେ ! ଆମେ ତମକୁ ଘର ଛାଡ଼ି ଯିବାକୁ କହୁନାହୁଁ; ସରକାର କହୁଛି । ସରକାର ମାନେ ଖୋଦ୍ ଭାରତ ସରକାର । ଏ ବଣ ଭୂଇଁ ମାଟି ଉପରେ ସିନା ହଜାର ହଜାର, ଲକ୍ଷ ଲକ୍ଷ ଟଙ୍କାର କାଠ ଗଛ ଅଛି; କିନ୍ତୁ ମାଟିତଳେ ରହିଛି କୋଟି କୋଟି ଟଙ୍କାର ମୂଲ୍ୟବାନ ଖଣିଜ ପଦାର୍ଥ । ଭାରତ ସରକାର ଜିଦ୍ ଧରି ବସିଛନ୍ତି- ଜଙ୍ଗଲ ତାଡ଼ । ଖଣି ଖୋଳ । ପୋତା ଧନ ଉଦ୍ଧାର କର । ବୈଦେଶିକ ମୁଦ୍ରାଭଣ୍ଡାର ଗଢ଼ିତୋଳ । ଆମେ ସରକାରୀ ଆଦେଶ ପାଳନ କରୁଛୁ । ତମେ ଆମ ଉପରେ ଦୋଷ ଦେଉଛ କାହିଁକି ? ସରକାର ଯାହା କରୁଛି- ତମ ଭଲ ପାଇଁ କରୁଛି-

ମାଝିପଡ଼ା, ନାଏକପଡ଼ା, ଭୂଇଁଆପାଲିର ସବୁ ଲୋକେ ଏକ ସ୍ୱରରେ ଚିତ୍କାର କରିଉଠିଲେ- ଆମେ ତମର ପାଦତଳେ ଜୁହାର କରୁଛୁ ବାବୁ ! ଆମର ଭଲ ଦରକାର ନାହିଁ- ଏ ବଣ ଭୂଇଁରୁ ଆମକୁ ତଡ଼ ନାଇଁ- ଆମେ ଉଠିବୁ ନାଇଁ- ତମେ ସରକାରକୁ ସେକଥା କହିଦି--

ଏସ୍.ଡ଼ି.ଓ. ବାବୁ ଆଉ ସମ୍ଭାଳି ପାରିଲେ ନାଇଁ ।

ସେ ଶେଷ କଥା ଶୁଣାଇଦେଲେ-

- ମାଝିପଡ଼ାରେ ଖଣି ଖୋଳା ହେବ । କାରଖାନା ପ୍ରତିଷ୍ଠା ହେବ- ତମେସବୁ ଆପେ ଆପେ ଉଠି ନଗଲେ ଫଉଜ ଆସିବ- ଗୁଳି ଚାଲିବ-

ଜିପ୍ ଚାଲିଗଲା ।

ଫେରିଗଲେ ଏସ୍.ଡ଼ି.ଓ. ଆଉ ଜଙ୍ଗଲ ଅଧିକାରୀ ଭଞ୍ଜ ବାବୁ ।

ଉତ୍ତେଜନାରେ ଅଗ୍ନିକଣିକା ବିଛାଡ଼ି ହୋଇ ପଡ଼ିଲା ସାରା ବଣଭୂଇଁ । ସଞ୍ଜବେଳେ ଆଶ୍ରମ ବିଦ୍ୟାଳୟରେ ସମସ୍ତେ ଏକାଠି ହେଲେ । ସଭା ବସିଲା ।

ମାଆ ମେରୀ ସେମାନଙ୍କର ଶେଷ ଆଶା ଭରସା । ସବୁ ବିପଦରେ ସେ ସେମାନଙ୍କୁ ଘଣ୍ଟ ଘୋଡ଼ାଇ ରକ୍ଷା କରି ଆସିଛନ୍ତି । କାହାକୁ ପୋଲିସ ଧରିନେଲେ ସେ ଥାନାକୁ ଦଉଡ଼ିଛନ୍ତି । ମରୁଡ଼ିରେ ଫସଲ ହାନି ଯୋଗୁଁ ଦୁର୍ଭିକ୍ଷ ପଡ଼ିଲେ ସେ ମିଶନ ତରଫରୁ ଚୁଡ଼ା ଚାଉଳ ଆଣି ବାଣ୍ଟିଛନ୍ତି । ସଂକ୍ରାମକ କୌଣସି ରୋଗ ବ୍ୟାପିଲେ ସେ ଘର ଘର ବୁଲି ଚିକିତ୍ସା କରିଛନ୍ତି ।

ଆଜି ବନବାସୀମାନଙ୍କ ଉପରେ ସବୁଠାରୁ ବଡ଼ ବିପଦ- ଘରଛାଡ଼ ନୋଟିସ୍ ଜାରି ହୋଇଛି ।

ସେଥିପାଇଁ ସମସ୍ତେ ତାଙ୍କୁ ଘେରି ବସିଛନ୍ତି- ଏ ବିପଦରୁ ନିବର୍ତ୍ତିବା ପାଇଁ ଉପାୟ କହିଦିଅ ମାଆ !

ଏଇ ଅଳ୍ପଦିନ ହେଲା ମେଲେରିଆ ଜ୍ୱରରୁ ଉଠିଛନ୍ତି ମାଆ ମେରୀ । ରୋଗ ପାଣ୍ଡୁର ମୁହଁ କିନ୍ତୁ ରାଗରେ ଥମ ଥମ ହେଉଛି ।

ସେ ନିଜେ ନିଜକୁ ବୁଝାଇଲା ଭଳି କହୁଛନ୍ତି- ଏ କିନ୍ତୁ ଠିକ୍ କଥା ନୁହଁ । ଏମିତି କରିବା ଠିକ୍ ନୁହେଁ । ସମତଳ ଅଞ୍ଚଳରେ ଚାଷ ଜମିରେ ରାସାୟନିକ ସାର ପକାଇ ମାଟିରୁ ରସ ଟାଣି ନିଆ ଯାଉଛି । ମାଟି ଧୀରେ ଧୀରେ ଉର୍ବରାଶକ୍ତି ହରାଇ ବନ୍ଧ୍ୟା ହୋଇ ଯାଉଛି । ଏଣେ ବଣ ଭୂଇଁର ମାଟିତଳେ ଥିବା ଖଣିଜ ଧାତୁକୁ ଖୋଳି ବାହାର କରି ନିଆଯାଉଛି । ବନଭୂମିର ମାଟି ଦୁର୍ବଳିଆ ହୋଇଯାଉଛି । ଗଛ ଉଧାଉ ନାହିଁ । ବନଭୂଇଁ ଉପରୁ ତଳୁ ପଦା ହୋଇଯାଉଛି । ପୃଥିବୀ ମାତା ଧରି ରଖିବାର କ୍ଷମତା ହରାଉଛି । ଆମର ଭବିଷ୍ୟତ ବଂଶଧରଙ୍କ ପାଇଁ ଆମେ ଆଉ କିଛି ସଞ୍ଚି ରଖୁ ନାହୁଁ । ଏଇଟା ଠିକ୍ ହେଉ ନାହିଁ । ନିଜ ପେଟ ପୂରାଇବା ପାଇଁ ପର ଅଣ୍ଟିରୁ ଖୁଦକଣା ଛଡ଼ାଇ ନେଲା ଭଳି ଆମେ ନିଜ ସୁଖ ସୁବିଧା ପାଇଁ ଭବିଷ୍ୟତ ବଂଶଧରଙ୍କ ପାଇଁ ଧରଣୀ ମାତା ସାଇତି ରଖି ଥିବା ସଂପଦ ଲୁଟି କରି ନେଉଛୁ । ଏଇଟା ଠିକ୍ ହେଉନାହିଁ ।

- କିନ୍ତୁ ସରକାର ତ ଆମ କଥା ଶୁଣୁନାଇଁ ମାଆ ! କହୁଛି- ଆପେ ଆପେ ଘର ଭାଙ୍ଗି ଚାଲିନଗଲେ ଫଉଜ ଆସିବ । ଗୁଳି ଚାଲିବ । ଲୋକେ ଲହୁଲୁହାଣ ହୋଇ ମରି ଶୋଇବେ । ଆମେ କ'ଣ କରିବୁ ମାଆ ?

ମାଆ ମେରୀ ବେକରେ ଝୁଲୁଥିବା କ୍ରଶ ଚିହ୍ନକୁ କାନମୁଣ୍ଡରେ ଆଙ୍ଗୁଠି ଛୁଇଁ କହୁଛନ୍ତି- ପ୍ରତିରୋଧ କର । ନିଜର ଅଧିକାର ଛାଡ଼ ନାହିଁ ।

- ତା'ହେଲେ ଝାଡ଼ଖଣ୍ଡୀ ଲୋକେ ଯାହା କହୁଛନ୍ତି, ସେଇ କଥା କରିବା ? ତୀରକୁ ପଥରରେ ଘଷି ଶାଣ ଦେବା । ଧନୁରେ ଗୁଣ ଚଢ଼ାଇବା ? ଜଙ୍ଗଲ ଇଲାକା ଭିତରକୁ ଯିଏ ଆସିବ, ତାକୁ ଲକ୍ଷ୍ୟ କରି ତୀର ଛାଡ଼ିବା ?

ଭୂଇଁଆପାଲିର ନବଘନ କହିଲା- ଆମେ ଧରଣୀଧରର ବଂଶଧର । ମରିବା ପଛେ ଛାଡ଼ିବା ନାହିଁ । କାନ୍ଧରେ ଧନୁଶର, ହାତରେ ନିଆଁହୁଳା ଧରି ରାତି ସାରା ଗାଁକୁ ଜଗି ବସିବା । ପୋଲିସ୍ ଆସିଲେ ଶର ମାରିବା । ମରିବା ପଛେ ଛାଡ଼ିବା ନାଇଁ-

ନବଘନର କଥା ଶୁଣି ମାଆ ମେରୀଙ୍କ ଦୁଇ ଆଖି ଭୟରେ ବୁଜି ହୋଇଗଲା ।

ସେ ହିଂସାରେ ବିଶ୍ୱାସ କରନ୍ତି ନାହିଁ। ସେଥିପାଇଁ ସେ ଝାଡ଼ଖଣ୍ଡୀ ଆନ୍ଦୋଳନକୁ ସମର୍ଥନ କରନ୍ତି ନାହିଁ। ସେମାନଙ୍କର ତାଙ୍କ ଉପରେ ସେଥିପାଇଁ ସବୁଠାରୁ ବଳି ବେଶୀ ରାଗ।

ସେ ସମବେତ ବିକ୍ଷୁବ୍ଧ ଆଦିବାସୀମାନଙ୍କୁ ବୁଝାଇ କହିଲେ- କାହ୍ନୁ ଆମ ଜିଲ୍ଲା କଲେକ୍ଟର। ବଡ଼ ହାକିମ। ବନୁ ଯାଇ ତାକୁ ସବୁକଥା ବୁଝାଇ କହୁ। ସେ ଚାହିଁଲେ ଆମକୁ ଏ ବିପଦରୁ ରକ୍ଷା କରିପାରିବ। ସେ ତ ଆମରି ଭିତରୁ ଜଣେ-

ମାଆଙ୍କ କଥାରେ ସମସ୍ତେ ରାଜି ହୋଇଗଲେ। ରାଗ ଥଣ୍ଡା ପଡ଼ିଗଲା।

।। ଅଠର ।।

ଅଫିସ୍‌ରେ ହଠାତ୍ ବନୁକୁ ଦେଖି କାହ୍ନୁ ଖୁସି ହେଲା, କିନ୍ତୁ ଚକିତ ହେଲା ନାହିଁ। ସେ ଜାଣିଥିଲା ଘରଛାଡ଼ ନୋଟିସ୍ ପାଇଲା ପରେ ମାଝିପଡ଼ାରୁ କେହି ଜଣେ ତା' ପାଖକୁ ନିଶ୍ଚୟ ଆସିବେ। କାରଣ ସେ ହେଉଛି ସେମାନଙ୍କର ଶେଷ ଆଶା ଭରସା।

କିନ୍ତୁ ସେ ଅବା କ'ଣ କରିପାରିବ?

ସେ ଏଠାକୁ କଲେକ୍ଟର ହୋଇ ଆସିବା ଆଗରୁ ଭୂତତ୍ତ୍ୱ ବିଭାଗର ଅନୁସନ୍ଧାନ ରିପୋର୍ଟ ଉପରେ ସରକାର କର୍ମପନ୍ଥା ଗ୍ରହଣ କରିବା ପାଇଁ ନିଷ୍ପତ୍ତି ନେଇସାରିଥିଲେ। ମାଝିପଡ଼ା, ଭୂଇଁଆପାଲି ଲୋକଙ୍କୁ ଘର ଛାଡ଼ି ଉଠିଯିବାକୁ ନିର୍ଦ୍ଦେଶନାମା ଲେଖା ସରିଥିଲା। ଯେଉଁ ମାଟିତଳେ ମୂଲ୍ୟବାନ ଖଣିଜ ପଦାର୍ଥ ଅଛି, ସେ ପାହାଡ଼ିଆ ମାଟି ଉପରେ ମାଝି-ଭୂୟାଁ ଆଦିବାସୀମାନେ କୁଡ଼ିଆ ଘର କରି ରହି ପାରିବେ ନାହିଁ। ସେମାନଙ୍କୁ ଉଠି ଯିବାକୁ ହିଁ ହେବ!

ସେମାନଙ୍କୁ ବାସଚ୍ୟୁତ ନକରି କେବଳ ମୁଣ୍ଡା ପାହାଡ଼ ତଳେ ଖଣି ଅଞ୍ଚଳକୁ ସୀମାବଦ୍ଧ କରି ରଖି ହେବ କି ନାହିଁ ସେକଥା ଆଉଥରେ ପରୀକ୍ଷା କରି ଦେଖିବାକୁ ସେ ଭୂତତ୍ତ୍ୱ ବିଭାଗ ଆଉ ଖଣି ଦପ୍ତରକୁ ଅନେକ ଚିଠି ଲେଖିଛି। କିନ୍ତୁ ସୁଫଳ ଫଳି ନାହିଁ।

ସେ ଜାଣେ ସରକାରୀ ନିଷ୍ପତ୍ତି ଆଉ ବଦଳିବ ନାହିଁ, ସେ ଏକଥା ମଧ୍ୟ ଜାଣିଛି ଯେ ମାଝିପଡ଼ା ଆଉ ଭୂଇଁଆପାଲିର ଲୋକେ ସହଜରେ ଅରଣ୍ୟ ଛାଡ଼ି ଯିବେନାହିଁ। ସେମାନଙ୍କର ଝାଟିମାଟି ଘର, ଢୋଲ, ମାଦଳ, ଡୁଙ୍ଗ୍‌ଡୁଙ୍ଗା, କାଣ୍ଡ, ଶର, ମଣ୍ଡଘର ସେମାନଙ୍କ ପାଇଁ ବହୁମୂଲ୍ୟ ହୀରାମୁକ୍ତାଠାରୁ ମଧ୍ୟ ଅଧିକ ଲୋଭନୀୟ। ସେମାନଙ୍କୁ ଘର ଛାଡ଼ି ଯିବା ପାଇଁ ବାଧ୍ୟ କଲେ ଲଙ୍କାକାଣ୍ଡ ଘଟିଯିବ।

ଏଭଳି ଏକ ସଂଘର୍ଷମୟ ନାଟକର ସେ ନାୟକ ହେବାପାଇଁ ଚାହେଁ ନାହିଁ। ସେଥିପାଇଁ ସେ ପ୍ରଥମେ ଚାକିରୀରୁ ଇସ୍ତଫା ଦେବା କଥା ଭାବୁଥିଲା। କିନ୍ତୁ ଥରେ ହାକିମ ହୋଇସାରିଲା ପରେ ଚେୟାର ଛାଡ଼ି ଉଠିଯିବା ଏଡ଼େ ସହଜ ନୁହେଁ। ଶାସନ

କ୍ଷମତାର ନିଶା ମହୁଲି ମଦର ନିଶାଠାରୁ ଆହୁରି ଅଧିକ ଗାଢ଼। ସହଜରେ ଛାଡ଼ି ହୁଏ ନାହିଁ। ତା'ର ଇସ୍ତଫା କଥା ଶୁଣି ମେଘମାଳାର ମୁହଁ ମଲାମଣିଷର ମୁହଁ ଭଳି ରକ୍ତହୀନ ହୋଇ ଯାଇଥିଲା। ରାଗ ଥଣ୍ଡା ହୋଇଗଲା ପରେ ସେ ମଧ୍ୟ ବୁଝିପାରିଲା, ଏତେ କଷ୍ଟରେ ପାଇଥିବା ଏତେ ବଡ଼ ହାକିମ ଚାକିରିଟା ଛାଡ଼ିଦେବା ଚରମ ନିର୍ବୋଧତା ହେବ।

ତା'ପରେ ତା'ର ହଠାତ୍ ଖିଆଲ ହେଲା, ସେ ନିଜ ଜିଲ୍ଲାରୁ ବଦଳି ହୋଇଗଲେ ସବୁ ସମସ୍ୟା ସମାଧାନ ହୋଇଯିବ। ନିଜ ଜାତିଭାଇ, ଆତ୍ମୀୟସ୍ୱଜନଙ୍କୁ ପୋଲିସ ଲଗାଇ ଖୋଦାଇ ଥିବାର ଅପବାଦ ତାକୁ ଆଉ ମୁଣ୍ଡାଇବାକୁ ପଡ଼ିବ ନାହିଁ। ସେ ମଧ୍ୟ ଭାବିଥିଲା, ଯଦି ସରକାର ତାକୁ ସାଙ୍ଗେ ସାଙ୍ଗେ ବଦଳି ନକରନ୍ତି ସେ ଛୁଟିରେ ଚାଲିଯିବ।

କିନ୍ତୁ ସେଥିରେ ମଧ୍ୟ ବାଦ ସାଧିଲା ମେଘମାଳା, ତା'ର ପ୍ରିୟତମା ପତ୍ନୀ।

- ଏଇଟା କ'ଣ ଗୋଟାଏ ପୁରୁଷୋଚିତ କାର୍ଯ୍ୟ ହେବ? ଦାୟିତ୍ୱ ଏଡ଼ାଇବା ପାଇଁ ତମେ ଛୁଟିରେ ରହିବ? ଅଣଆଦିବାସୀ ଅଫିସର୍‌ମାନେ ହସିବେ। ଆଇ.ଏ.ଏସ୍. ଚାକିରୀର ମର୍ଯ୍ୟାଦା ତମେ ତଳେ ପକାଇବ। ମୋର ଧାରଣା ଥିଲା ମୁଁ ଜଣେ ସାହସୀ ବୀରପୁରୁଷଙ୍କୁ ବିବାହ କରିଛି। ବର୍ତ୍ତମାନ ମୁଁ ବୁଝିପାରୁଛି ତମେ ଜଣେ କାପୁରୁଷ। ଏ ଲଜ୍ଜା ମୁଁ କେଉଁଠି ଲୁଚାଇ ରଖିବି? ଅନ୍ୟମାନଙ୍କ ପାଖରେ ମୁହଁ ଦେଖାଇବି କିପରି?

ସ୍ତ୍ରୀଙ୍କର କଥା ଶୁଣି କାହ୍ନୁର ବୁଦ୍ଧି ହଜି ଯାଇଥିଲା। ମେଘମାଳା ଠିକ୍ କହୁଥିଲା। ସେ ନିଜ ସବର୍ଣ୍ଣ ଜାତିର ବହୁ ଯୋଗ୍ୟ ବରପାତ୍ରଙ୍କୁ ଛାଡ଼ି, ତା'ଭଳି ଜଣେ ଦରିଦ୍ର ଆଦିବାସୀ ସଂପ୍ରଦାୟର ଲୋକଙ୍କୁ ବାହା ହୋଇଥିଲା। କାପୁରୁଷଙ୍କ ଭଳି ଦାୟିତ୍ୱ ଏଡ଼ାଇବା ପାଇଁ ଛୁଟିରେ ଗଲେ ସମାଜରେ ସେ ଆଉ କାହାକୁ ମୁହଁ ଦେଖାଇ ପାରିବ ନାହିଁ। ଯୁଦ୍ଧକ୍ଷେତ୍ରରୁ ପ୍ରାଣଭୟରେ ଛତ୍ରଭଙ୍ଗ ଦେଇ ସେ ପଳାଇ ଯାଉଥିବା ଜାଣିଲେ ତା'ର ଅଫିସ୍‌ର କିରାଣୀ, ପିଅନମାନେ ମଧ୍ୟ ତାକୁ ଟିଟ୍‌କାର କରିବେ।

ସ୍ୱେଚ୍ଛାରେ ଘର ଛାଡ଼ି ନଗଲେ ନିଜ ଆତ୍ମୀୟସ୍ୱଜନଙ୍କ ଉପରେ ଗୁଳି ଚଳାଇବା ପାଇଁ ଆଇନ୍ ଶୃଙ୍ଖଳା ରକ୍ଷା ଦାୟିତ୍ୱରେ ଥିବା ପୋଲିସ୍ ଏସ୍.ପି.ଙ୍କୁ ସେ ଅବା ଲିଖିତ ଆଦେଶ ଦେଇପାରିବ କିପରି?

ପତ୍ନୀ ମେଘମାଳା ତାକୁ ବାଟ ଦେଖାଇଥିଲା-

- ତମେ ଗୁଳି ଚାଲିଲା ଭଳି ଅବସ୍ଥା ସୃଷ୍ଟି ହେବ ବୋଲି ଭାବୁଛ କାହିଁକି? ତମର ପ୍ରଥମ କାମ ହେଲା ଏଭଳି ପରିସ୍ଥିତି ଯେପରି ସୃଷ୍ଟି ନହୁଏ, ସେଥିପାଇଁ ଯତ୍ନ କରିବା। ବାବା ଥରେ ଏଇଭଳି ଏକ ଜଟିଳ ସମସ୍ୟାର ସମ୍ମୁଖୀନ ହୋଇଥିଲେ।

ଗୋଟିଏ ନଦୀବନ୍ଧ ନିର୍ମାଣ କରିବା ଫଳରେ ନଦୀ ସ୍ରୋତର ଗ୍ରାସରେ ଦୁଇଟି ଗ୍ରାମ ବୁଡ଼ି ଯାଇଥିଲା। ସେମାନେ ଅରଣ୍ୟବାସୀ ଆଦିବାସୀ ନୁହଁନ୍ତି; ସମତଳ ଅଞ୍ଚଳର ଅଧିବାସୀ। ଲୋକେ ନିଜ ଗ୍ରାମ ଛାଡ଼ି ଉଠିଯିବା କଥା ଶୁଣିବା ମାତ୍ରେ ଉତ୍‌କ୍ଷିପ୍ତ ହୋଇ ଉଠିଥିଲେ। ନଦୀବନ୍ଧ ତିଆରି କରାଇଦେବେ ନାହିଁ ବୋଲି ଅସ୍ତ୍ରଶସ୍ତ୍ରରେ ସଜ୍ଜିତ ହୋଇ ବନ୍ଧନିର୍ମାଣ କାର୍ଯ୍ୟରେ ଲାଗିଥିବା ଶ୍ରମିକ, ଓଭରସିଅର୍‌, ଇଂଜିନିୟରଙ୍କ ଉପରେ ଚଢ଼ାଉ ଆରମ୍ଭ କରିଦେଲେ।

ଉତ୍କଣ୍ଠିତ ଭାବରେ ସେ ମେଘମାଳାକୁ ପଚାରିଥିଲା-

- ବାବା ସେ ରାଗୀଲୋକମାନଙ୍କୁ ସମ୍ଭାଳିଥିଲେ କିପରି ?

ତା'ର ସେ ପ୍ରଶ୍ନ ଶୁଣି ମେଘମାଳା ହସି ଦେଇଥିଲା।

ଉତ୍ତର ଦେଇଥିଲା- ବାବା ଜଣେ ସୁଦକ୍ଷ ଆଇ.ଏ.ଏସ୍‌. ଅଫିସର୍‌ ଭାବରେ ଉତ୍‌କ୍ଷିପ୍ତ ଗ୍ରାମବାସୀମାନଙ୍କୁ ଦେଖାଇଥିଲେ ସେମାନଙ୍କ ପାଇଁ ତିଆରି ହେଉଥିବା ନୂତନ ନଗରୀର ନକ୍‌ସା। ନଈ ମୁହାଣ ପାଖରେ ଥିବା ଗ୍ରାମରେ କୋଠାଘର ନଥିଲା। ପାଖରେ ଡାକ୍ତରଖାନା କି ଖେଳପଡ଼ିଆ ନଥିଲା। ସିନେମା ହଲ୍‌ ତ ଦୂରର କଥା ! କିନ୍ତୁ ସେମାନଙ୍କ ପାଇଁ ବିକଳ୍ପ ବାସ ପାଇଁ ଯେଉଁ ଉଦ୍‌ବାସ୍ତୁ କଲୋନି ନିର୍ମାଣ କରାଯାଉଥିଲା ସେଠାରେ କୋଠାଘର, ଡାକ୍ତରଖାନା, ଡାକଘର, ସ୍କୁଲଘର ଆଉ ସିନେମା ହାଉସ୍‌ର ଛବି ଦେଖି ଗ୍ରାମବାସୀମାନେ ସାଙ୍ଗେସାଙ୍ଗେ ସେଠାକୁ ଉଠି ଆସିବା ପାଇଁ ରାଜି ହୋଇଯାଇଥିଲେ।

- ତାହାହେଲେ ମତେ କ'ଣ କରିବାକୁ ହେବ ?

- ମାଝିପଡ଼ା ଆଉ ଭୂଇଁଆପାଲିର ଲୋକଙ୍କ ପାଇଁ ବିକଳ୍ପ ବସବାସର ବ୍ୟବସ୍ଥା କର। ସମସ୍ତଙ୍କ ପାଇଁ କୋଠାଘର, ନଳକୂପ, ପ୍ରତି ପରିବାର ପାଇଁ ଛେଳି, ଗାଈ, କୁକୁଡ଼ା ଫାର୍ମ, ଆଖଡ଼ା ଘର, ସ୍କୁଲ, ଡାକ୍ତରଖାନା ଶୀଘ୍ର ନିର୍ମାଣ କାର୍ଯ୍ୟ ଶେଷ କରିବାର ଯୋଜନା କର। ମୁଁ ବିଶ୍ୱାଳ ମାମୁଁଙ୍କୁ ଫୋନ୍‌ କରିଦେଉଛି- ସେ ଲାଗିପଡ଼ି ଏ ନେହେରୁ-ନଗରୀ ନିର୍ମାଣ ପାଇଁ ସମସ୍ତ ବ୍ୟୟବରାଦ ଟଙ୍କା ମନ୍ତ୍ରୀଙ୍କୁ କହି ମଞ୍ଜୁର କରିଦେବେ। ନଗରୀ ନିର୍ମାଣ ଶେଷ ହୋଇଗଲେ ଦେଖିବ ସେଠାକୁ ସ୍ୱେଚ୍ଛାରେ ପଳାଇ ଆସିବା ପାଇଁ ସେ ଦୁଇ ଗ୍ରାମର ଲୋକେ ଉଚ୍ଛନ୍ନ ହେବେ। କିନ୍ତୁ ତମ ବାପୁଙ୍କୁ ମୁଁ ସେଠାରେ ରହିବାକୁ ଦେବି ନାଇଁ। ସେ ଆମରି ପାଖରେ ରହିବେ- ଭଲ ଜିନିଷ ତିଆରି କରି ଖୁଆଇବି-

ମେଘମାଳାର କଥା ଶୁଣି ସେ ବଦଳି ପାଇଁ ଲେଖିଥିବା ଦରଖାସ୍ତକୁ ଚିରି ପବନରେ ଉଡ଼ାଇଦେଇଥିଲା କାନୁ।

ଚିଫ୍‌ ଇଂଜିନିଅର୍‌ଙ୍କୁ ଡାକି ତିଆରି କରାଇ ନେଇଥିଲା ନେହେରୁ ନଗରୀର

ମାଷ୍ଟର ପ୍ଲାନ୍। ସେ ମାଷ୍ଟର ପ୍ଲାନ୍‌ର ନକ୍‌ସା ତା' ସରକାରୀ କ୍ୱାର୍ଟର୍ସର ଡ୍ରଇଂ ରୁମ୍‌ରେ ଝୁଲୁଛି। ଘରତୋଳା କାମ ଶେଷ ହେଲେ ଦୁଇ ଗାଁର ମୁଖିଆମାନଙ୍କୁ ଡାକିଆଣି ଦେଖାଇବ। ଆଜି ସେ ନୂତନ ନଗରୀର ନକ୍‌ସା ଦେଖାଇ ସେ ବନୁକୁ ବୁଝାଇ ଦେବ- ମାଝିପଡ଼ା ଆଉ ଭୂଇଁଆପାଲିର ଆପୁ, ଆୟା, ଦାଦା, କାକାମାନଙ୍କ ଭଲ ପାଇଁ ସେ କାମ କରୁଛି। ସେମାନେ ଘର ଛାଡ଼ି ଉଠିଯିବା ପାଇଁ ଆପତ୍ତି କରିବା ଉଚିତ ନୁହେଁ।

ସରକାର ଆଉ ଦେଶରେ କୁଡ଼ିଆ ଘର, ଗରିବ ଲୋକ ରଖାଇଦେବେ ନାହିଁ। ସେଥିପାଇଁ ପ୍ରଥମେ ମାଝିପଡ଼ା-ଭୂଇଁଆପାଲି ଲୋକଙ୍କ କୁଡ଼ିଆଘର ଭାଙ୍ଗି ସେମାନଙ୍କ ପାଇଁ କୋଠାଘର ତୋଳୁଛନ୍ତି। ଦାରିଦ୍ର୍ୟ ଦୂର କରିବା ପାଇଁ ଅଗ୍ରାଧିକାର ଭିତ୍ତିରେ ଅଧିକ ମଜୁରିରେ ଖଣିଖୋଳା କାମରେ ସେମାନଙ୍କୁ ନିଯୁକ୍ତି ଦେବାପାଇଁ ସ୍ଥିର କରିଛନ୍ତି। ଯେଉଁମାନେ କାମ କରି ନପାରିବେ ସେମାନଙ୍କୁ ପାଳିବା ପାଇଁ ମାଗଣା ଛେଳି, ଗାଈ ଆଉ କୁକୁଡ଼ା ଛୁଆ ଯୋଗାଇଦେବାର ବ୍ୟବସ୍ଥା ମଧ୍ୟ କରାଯାଇଛି !

ଅଫିସ୍‌ରୁ ଖୁବ୍ ଆଦର ଯତ୍ନ କରି ବନୁକୁ ସେ ନେଇଗଲା ନିଜ ବସାକୁ।

ମେଘମାଳାକୁ ଡାକି କହିଲା- ଏଇ ଦେଖ, ବନୁ ଆସିଛି। ମୁଁ ମାଝିପଡ଼ା ଯିବା ଆଗରୁ ସେ ଆସି ପହଞ୍ଚିଯାଇଛି।

ବନୁର ହାତଧରି ଭିତରକୁ ନେଇଗଲା ମେଘମାଳା।

କହିଲା- ତମ ଭାଇଙ୍କୁ ଅନେକ ଥର କହିଲିଣି। ମତେ ସାଙ୍ଗରେ ନେଇ ମାଝିପଡ଼ା ଯିବେ ବୋଲି ଥରକୁ ଥର କଥା ଦେଇ କଥା ରଖିପାରୁ ନାହାନ୍ତି। ସେ କ'ଣ କରିବେ ? ଜିଲ୍ଲାର ସବୁ ଭଲ ମନ୍ଦ ତାଙ୍କ ମୁଣ୍ଡ ଉପରେ ଲଦା ହୋଇଛି। ମାଝିପଡ଼ା ଯିବେ ବୋଲି ଯେତେଥର ଗାଡ଼ି ବାହାର କରିଛନ୍ତି, ସେତେଥର ଅଫିସରୁ ଫୋନ୍ ଆସିଛି। କାମ- କାମ- ମନ୍ତ୍ରୀ ଡାକୁଛନ୍ତି- କମିଶନର ଆସୁଛନ୍ତି- ଜିଲ୍ଲାପାଳ ବୋଝ ମୁଣ୍ଡାଇ ବୁଲୁଛନ୍ତି-

ବନୁ ମୁଣ୍ଡରେ ହାତଦେଇ ଚଟାଣ ଉପରେ ବସିପଡ଼ିଲା।

କହିଲା- ଆଉ ମାଝିପଡ଼ା ଯିବେ କ'ଣ ? ମାଝିପଡ଼ା ତ ତଡ଼ା ହୋଇ ଖଣି ହେବ। କାରଖାନା ହେବ। ପାହାଡ଼ ତଡ଼ା, ଖଣି ଖୋଳା ପାଇଁ ଯନ୍ତ୍ରସବୁ ଆସି ଖଞ୍ଜା ହୋଇଗଲାଣି। ଗାଁ ଲୋକେ ମତେ ତଡ଼ିକରି ପଠାଇଛନ୍ତି ତମକୁ କହିବାକୁ- ତମେ ଚାହିଁଲେ କାନୁର ଗୋଟାଏ କଲମ ଗାରରେ ପଡ଼ାଟା ରହିଯିବ ମାଆ !

ଭାଉଜ ନୁହେଁ; ତାକୁ ମାଆ ବୋଲି ସମ୍ବୋଧନ କରି ଝରଝର ହୋଇ କାନ୍ଦି ପକାଇଲା ବନୁ। ତା' ମୁଣ୍ଡରେ କିଏ ପୂରାଇ ଦେଇଛି ଯେ ସେ ଚାହିଁଲେ କାନୁ

କଲମ ଗାର ମାରିବେ- ଲୋକଙ୍କ ଉପରେ ଜାରି ହୋଇଥିବା ଘରଛାଡ଼ ନୋଟିସ୍ ପ୍ରତ୍ୟାହୃତ ହୋଇଯିବ !

ମେଘମାଳା ହଠାତ୍ ନଇଁପଡ଼ି ନିଜ ଶାଢ଼ୀକାନିରେ ବନୁର ଆଖିରୁ ଲୁହ ପୋଛିଦେଲା । କହିଲା- ଆରେ, ତମେ ମିଛୁଟାରେ କାନ୍ଦୁଛ କାହିଁକି ? ତମ କାନୁଭାଇ ସରକାରଙ୍କ ସାଙ୍ଗରେ ମାଝିପଡ଼ା ପାଇଁ କମ୍ ଲଢ଼େଇ କରିନାହାନ୍ତି । ସରକାର ତାଙ୍କ କଥା ଶୁଣିଲେ ନାଇଁ । ତମେସବୁ ଯାହାକୁ ଭୋଟ ଦେଇ ପଠାଇଛ, ସିଏ ମନ୍ତ୍ରୀ ହୋଇଛନ୍ତି । ସରକାର ଚଳାଉଛନ୍ତି । ସେ ଚାହୁଁଛନ୍ତି ମାଝିପଡ଼ା ଆଉ ଭୂଇଁଆପାଲି ମାଟିତଳେ ଯେଉଁ ଖଣିଜ ଅସରପି ପୋତାହୋଇ ରହିଛି- ତାକୁ ଖୋଳି ବାହାର କରିବେ । ଇଏ ଆଉ କ'ଣ କରିପାରିବେ ?

ଘରଛାଡ଼ ନିଷ୍ପତ୍ତିକୁ ସ୍ୱାମୀଙ୍କ କାନ୍ଧରୁ ଓହ୍ଲାଇ ନେଇ ମନ୍ତ୍ରୀଙ୍କ ମୁଣ୍ଡରେ ଲଦିଦେଲା ମେଘମାଳା । ବନୁର ପ୍ରତିକ୍ରିୟା ଲକ୍ଷ୍ୟ କଲା-

ବନୁ ସେ ଥୋପ ଗିଳିଲା ନାହିଁ ।

ଉତ୍ତର ଦେଲା- ମନ୍ତ୍ରୀ ତ ଆମ ପଡ଼ା ଲୋକ ନୁହେଁ; ସେ ଆମ ଦୁଃଖ କ'ଣ ବୁଝିବ ? ମନ୍ତ୍ରୀ କ'ଣ ଜାଣେ ଆମ ମାଝିପଡ଼ାର ପାହାଡ଼ ତଳେ ଆଚିଙ୍ଗି ନଟିର କଅଁଳ ପତର କେମିତି ଧଳା ଫୁଲ ଭଳି ଦେଖା ଯାଉଥାଏ । ଆସ୍ତେ ଆସ୍ତେ ସେ କଅଁଳ ପତର ପାକଳ ହୋଇ ଶାଗୁଆ ହୋଇଗଲେ ଆଉ ପରସ୍ତେ ନୂଆ ପତର କଅଁଳି ପୁଣି ଧଳା ଫୁଲ ପରି ଦିଶିଥାଏ ! ଏଇ ଆଚିଙ୍ଗି ନଟି ପାଖରେ କାନୁ ତ କେତେ ଖେଳିଛି, ବୁଲିଛି- ସେଇ ଆଚିଙ୍ଗି ନଟା ସହିତ ସାରା ମାଝିପଡ଼ାକୁ ସରକାରୀ ବୁଲ୍‌ଡୋଜର ହଳ କରିଦେବ- ଏକଥା ସେ ସେଇ ପଡ଼ାର ପିଲା ହୋଇ ସହିବ କେମିତି ?

ମେଘମାଳା ଆଉ ଯୁକ୍ତି ଦେଖାଇ ବନୁକୁ ବୁଝାଇ ପାରିଲା ନାହିଁ । ପାଠୁଆ ଲୋକଙ୍କୁ କଥା କହି ବୁଝାଇ ହୁଏ, ମୂର୍ଖମାନଙ୍କୁ ବୁଝାଯାଏ ଛବି ଦେଖାଇ ।

ସେ ବନୁକୁ ଧରିନେଲା ଡ୍ରଇଂରୁମ୍ କାନ୍ଥରେ ଝୁଲିଥିବା 'ନେହେରୁ ନଗରୀ'ର ନକ୍‌ସା ପାଖକୁ । ମାଷ୍ଟ୍ରାଣୀ ଛାତ୍ରକୁ ମାନଚିତ୍ର ଦେଖାଇ ଦେଶ ଚିହ୍ନାଇଲା ଭଳି ସେ ଗୋଟିଏ ପେନସିଲ ଅଗରେ ନକ୍‌ସା ଦେହରୁ ଚିହ୍ନାଇଦେଲା- ଦେଖ ଏ ଘରସବୁ ତମ ପାଇଁ ତିଆରି ହେଉଛି- ଇଟାସିମେଣ୍ଟର କୋଠାଘର- ଛାତରୁ ପାଣି ଗଳିବ ନାହିଁ କି କଣାବାଟେ ଚନ୍ଦ୍ର ସୂର୍ଯ୍ୟ ଭିତରକୁ ଦେଖାଯିବେ ନାଇଁ । ଏଇଟା ସ୍କୁଲ, ପିଲାମାନେ ପାଠ ପଢ଼ିବେ- ଏଇଟା ମଣ୍ଡଘର- ଏଇଟା ଡାକ୍ତରଖାନା- ଏଇଟା ଖେଳପଡ଼ିଆ- ଏଇଟା ସିନେମା ହଲ୍- ତମେସବୁ ଗାଁ ଛାଡ଼ି ଚାଲିଆସିଲେ ଏ ସରକାରୀ ଘରେ

ମାଗଣା ରହିବ- ତମ ପାଇଁ ତମ ଭାଇ ଲଢ଼େଇ କରି ଏ ସୁବିଧା ଜୋର୍ କରି ସରକାରଙ୍କ ପାଖରୁ ଆଦାୟ କରି ଆଣିଛନ୍ତି !

ମେଘମାଳା ଆଶା କରିଥିଲା ନୂତନ ବିକଳ୍ପ ବାସସ୍ଥାନର ଆଧୁନିକ ମନୋରମ ନକ୍ସା ଦେଖି ବନୁ ଆନନ୍ଦରେ ଆତ୍ମହରା ହୋଇଉଠିବ। ତା' ମୁହଁରୁ ଅନ୍ଧକାର ଅପସରିଯାଇ ଆନନ୍ଦର ଆଲୋକ ଝଲସିଉଠିବ।

କିନ୍ତୁ ଫଳ ହେଲା ବିପରୀତ।

ବନୁ ତା'ର ପାଦଧରି ବସିପଡ଼ି କହିଲା- ଆମର ସମତଳ ଭୂଇଁରେ କୋଠାଘର ଦରକାର ନାଇଁ। ଆମେ ବଣର ମଣିଷ। ଆମର ଅରଣ୍ୟ ଉପରେ ଥିବା ଅଧିକାର ଫେରାଇଦିଅ ମାଆ ! ଆମ ଘରୁ ଆମକୁ ତଡ଼ିଦିଅ ନାଇଁ। ଆମକୁ ଅନ୍ୟ ଜାଗାକୁ କୁଣିଆ କରି ତଡ଼ି ନଦେଇ ଆମ ଉପରେ ଜାରି ହୋଇଥିବା ଘରଛାଡ଼ ନୋଟିସ୍ ଫେରାଇନିଅ- ସେଇଥିପାଇଁ ମୁଁ ଏତେ ବାଟ ଏତେ ଆଶା ନେଇ ଛୁଟିଆସିଛି-

ସ୍ତବ୍ଧ ହୋଇଗଲା ମେଘମାଳା। ନିଜର ପାଦ ଦୁଇଟିକୁ ବନୁର ହାତମୁଠାରୁ ମୁକୁଳାଇ ନେବାପାଇଁ ଚେଷ୍ଟା କରି ଅଣନିଃଶ୍ୱାସୀ ହୋଇଗଲା।

॥ ଉଣେଇଶ ॥

ବନୁ ବସ୍‌ରୁ ଓହ୍ଲାଇ ପ୍ରଥମେ ଖବରଟା ଶୁଣିଲା । ଗୁଲାବ ଦାସ ଦୋକାନରୁ ।

ସରକାରୀ ଲୋକେ ମାଝିପଡ଼ା, ଭୂଇଁଆପାଲିର ଜମି ମାପ କରିବାକୁ ଆସିଥିଲେ । ଘରଭଙ୍ଗା ସରିଲେ ତମ୍ବୁ ପଡ଼ିବ । ଖଣି ଖୋଳାଳି, ପାହାଡ଼ ତଡ଼ାଳି ଲୋକେ ସେଇ ତମ୍ବୁରେ ରହିବେ । ଗଂଜିଆ ସେମାନଙ୍କୁ ଜମିମାପ କାମରେ ବାଧା ଦେଇଥିଲା । କହିଥିଲା- ବନୁ ଯାଇଛି କାନୁ ପାଖକୁ । ଏଠାରେ ଖଣିଖୋଳା, ପାହାଡ଼ତଡ଼ା କାମ ବନ୍ଦ କରିବାକୁ କଲେକ୍ଟର ପାଖରୁ ସେ ଅର୍ଡ଼ର ନେଇ ଆସିବ । ସେ ଫେରିବା ପର୍ଯ୍ୟନ୍ତ ଅପେକ୍ଷା କର- ଗଛ କାଟ ନାଇଁ- ତମ୍ବୁ ପୋତ ନାଇଁ-

ଗଂଜିଆ କଥା ସେମାନେ ନଶୁଣି ତାକୁ ଜିପ୍‌ରେ ବସାଇ ଥାନାକୁ ନେଇ ଯାଇଛନ୍ତି । ଯେତେ କୁହାବୋଲା କଲେ ବି ଛାଡ଼ି ନାହାନ୍ତି । ଆଦିବାସୀମାନଙ୍କ ଭିତରେ ଭୟ, ଉତ୍ତେଜନା ଖେଳିଯାଇଛି ।

ସେମାନେ ବନୁର ଫେରିବା ବାଟକୁ ଚାହିଁ ବସିଥିଲେ ।

ତା'ର ଶୁଖିଲା ମୁହଁ ଦେଖି ସିଧୁ ମାଝି ବୁଝିପାରିଲା-କାନୁ ଘରଛାଡ଼ ନୋଟିସ୍ ଫେରସ୍ତ ନେବାକୁ ରାଜି ହୋଇ ନାଇଁ । ବନୁ ଯିବାବେଳଠାରୁ ତା' ମନ କହୁଥିଲା କାନୁ କାହାରି କଥା ଶୁଣିବ ନାଇଁ । ସେ ଆଉ ତା'ର ପୁଅ ହୋଇ ନାହିଁ, କାନୁ ସେମାନଙ୍କର କେହି ନୁହେଁ ।

ମାଆ ମେରୀ ପଚାରିଲେ- କାନୁ କ'ଣ କହିଲା ?

କାନ୍ଦ କାନ୍ଦ ହୋଇ ବନୁ କହିଲା- ସୁନା ପଞ୍ଜୁରୀରେ ବଣର ଚଢ଼େଇଙ୍କୁ ଦୁଧଭାତ ଖୁଆଇବାର ଲୋଭ ଦେଖାଇ ଅଠାକାଠିର ଫାନ୍ଦ ବସାଇଥିବା ବ୍ୟାଧ ଯାହା କୁହେ- ସେମାନେ ମତେ ସେଇ କଥା କହିଲେ । ମୁଁ କାନୁ ସ୍ତ୍ରୀର ପାଦ ଧରି କେତେ ମିନତି କଲି । ଘରଛାଡ଼ ନୋଟିସ୍ ଫେରାଇ ନେବାକୁ ଅନୁରୋଧ କଲି- କାନୁର ସ୍ତ୍ରୀ ଗୋଡ଼ ଛଡ଼ାଇନେଲା- ମୋ କଥା ଶୁଣିଲା ନାଇଁ-

ବନୁର କଥା ଶୁଣି ମାଝିପଡ଼ାର ମାଝିମାନେ ମାତିଗଲେ ।

ତାତିଗଲେ ଭୂଇଁଆପାଲିର ଆଦିମ ମଣିଷମାନେ।

ବନୁ କହିଲା- ଆମ କାନୁ ଆଉ ଆମର ହୋଇ ନାଇଁ। ତା'ର ସ୍ତୀର ସେ କିଣା ଚାକର। ତା'ର କଥାରେ ସେ ଉଠ୍ ବସ୍ ହେଉଛି। ସେ ଆଉ ଆମ କଥା ମନେ ରଖିନାହିଁ। ଆମର ଅଧିକାର ଆମକୁ ରକ୍ତ ଦେଇ ରକ୍ଷା କରିବାକୁ ହେବ-

ଆଦିବାସୀ ରକ୍ତ ସହଜରେ ଗରମ ହୁଏ ନାହିଁ। କିନ୍ତୁ ଥରେ ତାତିଗଲେ ଚଞ୍ଚଳ ଥଣ୍ଡାପଡ଼େ ନାଇଁ। ବନୁର କଥା ଶୁଣି ସାରିଲା ପରେ ସମବେତ ସବୁ ଭୂଇଁଆ ଆଉ ମାଝି ଉଠି ଠିଆ ହୋଇଗଲେ। ସମସ୍ୱରରେ ସେମାନେ ଚିତ୍କାର କରିଉଠିଲେ-

- ଧନୁଶର ବାହାର କର। ନିଆଁହୁଳା ଲଗାଅ। ଲାଠି କାଢ଼। ଚାଲ, ଥାନାକୁ ଯିବା। ଗଂଜିଆକୁ ଜୋର୍ କରି ଛଡ଼ାଇ ଆଣିବା। ମରିବା ପଛେ ଡରିବା ନାଇଁ- ଡରିବା ନାଇଁ-

ପଡ଼ାରେ ପବନ ବେଗରେ ପ୍ରଚାରିତ ହୋଇଗଲା ଖବର। ଚଞ୍ଚଳ ନବାହାରିଲେ ପୋଲିସ୍ ଗଞ୍ଜିଆକୁ ମାରିପକାଇବ। ଚାଲ- ଚାଲ-

ସରୁ ବଣୁଆ ରାସ୍ତାରୁ ଲମ୍ବିଗଲା ମଶାଲଧାରୀ ଆଦିମ ଆଦିବାସୀମାନଙ୍କର ଧାଡ଼ି। ସବା ଆଗରେ ଧାନୀ, ତା' ପଛରେ ଚିନି, ଫୁଲୁରି, ସିଧୁ, ବନୁ, ମୁନିଆ, ଭୂଇଁଆପାଲିର ମୁଖିଆ ଗଙ୍ଗା ଭୂୟାଁ, ଶଙ୍କର, ସାବ୍‌ନି-

ଢୋଲ ବାଜୁଛି। ଶିଙ୍ଗାର ଶବ୍ଦ ଶୁଣାଯାଉଛି। ଧାଡ଼ିବାନ୍ଧି କାନ୍ଧରେ ଧନୁଶର, ହାତରେ ଜଳନ୍ତା ମଶାଲ ଧରି ମାଡ଼ି ଆସୁଛନ୍ତି ପଚାଶ ଖଣ୍ଡ ଆଖପାଖ ପଡ଼ା ଗାଁର ଆଦିବାସୀ ସ୍ତ୍ରୀ, ପୁରୁଷ, ଛୁଆ, ପିଲା। ସେମାନେ ଥାନା ଘେରାଓ କରିବେ।

ଖବର ପାଇ ଦାରୋଗା ବାବୁଙ୍କର ଛାତିରେ ଛନକା ପଶିଲା। ଏତେ ଉତ୍‌କ୍ଷିପ୍ତ ଆଦିବାସୀଙ୍କୁ ଅଟକାଇବା ପାଇଁ ଥାନାରେ ପୋଲିସ ନାହାନ୍ତି। ଆକ୍ରମଣକାରୀଙ୍କ ଉପରେ ଗୁଳି ଚଳାଇବାକୁ ଉପରୁ ଆଦେଶ ନାହିଁ। ଏସ୍.ପି. କହିଯାଇଛନ୍ତି; ଆଦିବାସୀମାନଙ୍କ ଉପରେ ଗୁଳି ଚଳାଇବା ପାଇଁ କଲେକ୍ଟର କାହ୍ନୁ ମାଝି ନିର୍ଦ୍ଦେଶ ଦେଇନାହାନ୍ତି। କେବଳ ଓଡ଼ିଶା ନୁହେଁ; ବିହାର, ପଶ୍ଚିମବଙ୍ଗ ଆଉ ମଧ୍ୟପ୍ରଦେଶର ଆଦିବାସୀମାନେ ତାତି କରି ରହିଛନ୍ତି। ଭାରତବର୍ଷର ସମଗ୍ର ଅରଣ୍ୟାଞ୍ଚଳ ଅଗ୍ନିଗର୍ଭା, ଉତ୍ତପ୍ତ ଆଗ୍ନେୟଗିରି ହୋଇଯାଇଛି। ବିହାରରେ ଝାଡ଼ଖଣ୍ଡୀମାନେ ରାସ୍ତା ଅବରୋଧ କରି ଖଣିଜ ପଦାର୍ଥ ଅନ୍ୟତ୍ର ନେଇଯିବାକୁ ଦେଉନାହାନ୍ତି। ରେଲ ଲାଇନ୍‌ରୁ ଲୌହଧାର କାଢ଼ି ନିଆଯାଇ ରେଳ ଚଳାଚଳରେ ବାଧା ସୃଷ୍ଟି କରାଯାଉଛି।

ଅବସ୍ଥା ଅସମ୍ଭାଳ। ସାମ୍ନାରେ ସାଧାରଣ ନିର୍ବାଚନ। ଓଡ଼ିଶା ସରକାର କୌଣସି

ପ୍ରତିଶୋଧମୂଳକ କଠିନ ବ୍ୟବସ୍ଥା ଆଦିବାସୀମାନଙ୍କ ଉପରେ ନେବା ପାଇଁ ଚାହାନ୍ତି ନାହିଁ। ଅବସ୍ଥା ଦେଖି ବ୍ୟବସ୍ଥା ଗ୍ରହଣ କରିବାକୁ ନିର୍ଦ୍ଦେଶ ଦିଆଯାଇଛି।

ସେମାନେ ସମୁଦ୍ରର ଜୁଆର ଭଳି, ଏଣେତେଣେ ମାଡ଼ି ଯାଉଥିବା ବନ୍ଧଭଙ୍ଗା ନଦୀର ଜଟିଳ ଜଳସ୍ରୋତ ପରି ଥାନା ଆଡ଼କୁ ମାଡ଼ି ଆସୁଛନ୍ତି। ଥାନାର ବଡ଼ ବାବୁଙ୍କ ଦେହରୁ ଝାଳ ବୋହିଯାଉଛି।

କିନ୍ତୁ ସେମାନଙ୍କୁ ବାଧା ନଦେଲେ ସେମାନେ ହୁଏତ ଥାନାରେ ନିଆଁ ଲଗାଇଦେବେ। ଆଉ କିଛି ଉପାୟ ନଦେଖି ଥାନା ବାବୁ ଶୂନ୍ୟକୁ ଚାରି ରାଉଣ୍ଡ୍ ଗୁଳି ଫାୟାର୍ କଲେ। ଆକାଶରେ ଝଲସି ଉଠିଲା ଆଗ୍ନେୟ ଝଲକ। ବାରୁଦ ଗନ୍ଧରେ ଭରିଗଲା ବାୟୁମଣ୍ଡଳ।

ସାମ୍ନାରେ ଶହ ଶହ ଧନୁର୍ଦ୍ଧାରୀ ଆଦିବାସୀ ଧାଙ୍ଗଡ଼ା।

ପଛରେ ଜ୍ୱଳନ୍ତ ମଶାଲ ହାତରେ ଅଗଣିତ ଆଦିବାସୀ ନାରୀ।

ଦାରୋଗା ବାବୁ ସଶସ୍ତ୍ର ପୋଲିସ୍ ପରିବେଷ୍ଟିତ ହୋଇ ବାରଣ୍ଡାକୁ ବାହାରି ଆସିଲେ। ମାଇକ୍‌ରେ ଘୋଷଣା କଲେ- ସାବଧାନ! ଆଉ ପାଦେ ଆଗକୁ ଆସିଲେ ଗୁଳି ଚାଲିବ-

ଶୂନ୍ୟରେ ଗୁଳିର ଆବାଜ ଶୁଣି ସେମାନେ ସାମାନ୍ୟ ଭୟ ପାଇଯାଇଥିଲେ; କିନ୍ତୁ ବନୁର ବଢ଼ିଯାଇଥିଲା ଉତ୍ସାହ, ଉଦ୍ଦୀପନା। ତା' ଦୁଇ ଆଖିରେ କ୍ରୋଧର ଅଗ୍ନି ସ୍ଫୁଲିଙ୍ଗ। ସେ ଟିକେ ହେଲେ ଭୟଭୀତ ନହୋଇ ଜବାବ୍ ଦେଲା-

- ଗଂଜିଆ ମାଝିକୁ ଛାଡ଼ିଦିଅ। ନହେଲେ ଆମେ ତାକୁ ଛଡ଼ାଇନେବୁ।

ଅଟ୍ଟହାସ୍ୟ କରି ଦାରୋଗା ବାବୁ ପଚାରିଲେ- ତୁ କିଏ? ତୁ ବାପର ପୁଅ ନା ମାଆର ପୁଅ? ତୋ ବାପା ତ ଆଦିବାସୀ ନୁହଁ- ଆଦିବାସୀ ଆମର କାନୁ ମାଝି କଲେକ୍ଟର। ସେ' ତ ଆଇନ୍ ଶୃଙ୍ଖଳା ରକ୍ଷା ପାଇଁ ଫଉଜ ପଠାଉଛନ୍ତି!

ହଠାତ୍ ସିଧୁ ମାଝି ଭିଡ଼ ଠେଲି ଆଗକୁ ମାଡ଼ି ଆସିଲା।

କହିଲା- କାନୁ ମୋର ପୁଅ ନୁହେଁ- ବନୁ ମୋର ପୁଅ- ବନୁ ବନବାସୀ।

ସିଧୁର କଥା ଶୁଣି ଧନୁରେ ତୀର ଯୋଖି ଧନୁ ଉଞ୍ଚାଇ ଅନ୍ୟ ଆଦିବାସୀମାନେ କିଳିକିଳା ଶବ୍ଦରେ ହସିଉଠିଲେ।

ସମବେତ କଣ୍ଠରୁ ଆବାଜ ଆସିଲା- ଗଂଜିଆକୁ ଛାଡ଼ିଦିଅ- ନହେଲେ ତୀର ଚାଲିବ- ଲାଠି ଚାଲିବ- ମଶାଲ ନିଆଁରେ ଥାନା ଜଳିବ-

ଥାନାବାବୁ ଉଠିଯାଇ ଗଂଜିଆକୁ ତାଲା ବନ୍ଦ କୋଠରୀରୁ ସାଙ୍ଗରେ ନେଇଆସିଲେ।

କହିଲେ- ଗଂଜିଆକୁ ଏଥର ଛାଡ଼ିଦେଉଛି; କିନ୍ତୁ ଆଉଥରେ ସରକାରୀ କାମରେ ବାଧା ଦେଲେ ତାକୁ ସିଧା ଗଡ଼ ଜେଲ୍‌କୁ ପଠାଇଦେବି- ସରକାରୀ କାମରେ ଜାଣିଶୁଣି ପ୍ରତିବନ୍ଧକ ସୃଷ୍ଟି କରିବା ଘୋର ଅପରାଧ।

ଗଂଜିଆ ଚାଲିପାରୁ ନଥିଲା। ପୋଲିସ୍‌ର ମାଡ଼ରେ ତା'ର ଦେହସାରା ଆବୁ ହୋଇଯାଇଥିଲା। କିନ୍ତୁ ଦେହରେ କେଉଁଠି ହେଲେ କ୍ଷତ ଚିହ୍ନ ନଥିଲା।

ଗଞ୍ଜିଆକୁ ମୁକ୍ତ କରି ଆଣିଥିବାର ଆନନ୍ଦରେ ତଥାପି ମାଝିପଡ଼ା ଆଉ ଭୂଇଁଆପାଲିର ଲୋକେ ଆନନ୍ଦରେ ଉଦ୍ଦଣ୍ଡ ନାଚ ନାଚି, ଢୋଲ ବଜାଇ ପଡ଼ାକୁ ଫେରିଥିଲେ।

ମାଆ ମେରୀ ପଚାରିଲେ- ପୋଲିସ ତତେ ଏତେ ମାଡ଼ ଦେଇ ଆବୁ ବାହାର କରିଦେଇଛି ବୋଲି କହୁଛୁ; ହେଲେ ତୋ ଦେହରେ ଖଣ୍ଡିଆ ଦାଗ ନାହିଁ କେମିତି ?

ଗଂଜିଆ ଭଲକରି କଥା କହି ପାରୁନଥିଲା। ଆଖି ମିଞ୍ଜି ମିଞ୍ଜି କରି ଥରିଲା ଗଳାରେ ସେ ଉତ୍ତର ଦେଲା- ସେମାନେ ମୋ ଛାତିରେ, ପିଠି ଉପରେ ଅଖା ପକାଇ ମାଡ଼ ଦେଇଛନ୍ତି- ସେଥିପାଇଁ ବୋଧହୁଏ ଖଣ୍ଡିଆ ଦାଗ ନାହିଁ- ମତେ ଆଜି ମୁକୁଳାଇ ଆଣି ନଥିଲେ ସେମାନେ ମତେ ମାରିପକାଇଥାଆନ୍ତେ ମାଆ !

ଅଖାରେ ଗୁଡ଼ାଇ ମାଡ଼ !

ମାଆ ମେରୀଙ୍କ ଆଖି ଲୁହରେ ଛଳଛଳ ହୋଇଆସିଲା।

ସେ ତାକୁ ସ୍କୁଲ ଘରକୁ ନେଇ ଗରମ ପାଣି ସେକ ଦେଇ ମଲମ ଲଗାଇଦେଲେ।

ମାଝିପଡ଼ା ଆଉ ଭୂଇଁଆପାଲିର ଲୋକଙ୍କୁ ଡାକି କହିଲେ-

- ସାବଧାନ ! ଦିନରାତି ଜାଗତିଆର ରୁହ। ପାଳି କରି ପଡ଼ା ପହରା ଦିଅ। ପୋଲିସ୍ ରକ୍ତମୁଖା ହୋଇଉଠିଛି। ତମେ ଯେ ଥାନା ଘେରାଓ କରି ଗଞ୍ଜିଆକୁ ଛଡ଼ାଇ ଆଣିଛ, ସେ ଅପମାନ ସେମାନେ ସହଜରେ ଭୁଲିଯିବେ ନାଇଁ। ହୁଏତ ଗାଁର ଆଉ କାହାକୁ ଉଠେଇନେବେ- ଧାନୀ ମୋ ପାଖରେ ଏଇ ଆଶ୍ରମ ସ୍କୁଲରେ ରହୁ-

ମାଆଙ୍କ କଥା ମାନି ପଡ଼ାରେ ପଡ଼ାରେ ପହରା ପାଳି ଠିକ୍ ହୋଇଗଲା। ଗଛ ଉପରେ ବନ୍ଧା ହେଲା ମଞ୍ଚା। ପଡ଼ାର ଦୁଇ ମୁଣ୍ଡରେ ମଞ୍ଚା ଉପରେ ବସି ଦୁଇଜଣ ଲେଖାଏଁ ପହରା ଦେବେ। ପୋଲିସ୍ ଗାଡ଼ି ଦେଖିବା ମାତ୍ରେ ଶିଙ୍ଗା ବଜାଇବେ। ଅନ୍ୟମାନେ ଲାଠି, ଧନୁଶର ଧରି ବାହାରିଆସିବେ ମଣ୍ଡଘର ପାଖକୁ।

ଆକ୍ରମଣ ହେଲେ ପ୍ରତିରୋଧ।

ଜଣକୁ କାହାକୁ ଧରିନେଲେ ପ୍ରତିଶୋଧ- ପ୍ରତିଶୋଧ !

।। କୋଡ଼ିଏ ।।

କାହ୍ନୁ ମାଝି କଡ଼ା ମିଜାଜର କଲେକ୍ଟର । ଯେଉଁମାନେ ଆଗରୁ ଜିଲ୍ଲାପାଳଙ୍କୁ ହାତବାରିଶି କରି ଜିଲ୍ଲାରେ ଚରିବୁଲି ଖାଉଥିଲେ, ସେମାନେ ତାଙ୍କ ପାଖ ମାଡ଼ି ପାରୁନଥିଲେ । ସ୍ୱୟଂ ଆଦିବାସୀ ବିଭାଗ ମନ୍ତ୍ରୀ ସେଇ ଜିଲ୍ଲାର ଏମ.ଏଲ.ଏ. ହେଲେ ସୁଦ୍ଧା ସେ କେବେ କୌଣସି ଅନ୍ୟାୟ ଅନୁରୋଧ କରିବାକୁ ଇଚ୍ଛା କରୁନଥିଲେ ।

ମିସେସ୍ କଲେକ୍ଟର ମଧ୍ୟ, କମିଶନର ସାହେବଙ୍କ କନ୍ୟା, ବାହାର ଲୋକଙ୍କୁ ଭିତରେ ପ୍ରବେଶ କରିବାକୁ ସୁଯୋଗ ଦିଅନ୍ତି ନାହିଁ । ତାଙ୍କୁ ହାତ କରିବା ସହଜ ନଥିଲା । କେଉଁ ଛିଦ୍ରପଥ ଦେଇ ସେମାନେ ଶନିଗ୍ରହ ଭଳି କଲେକ୍ଟରଙ୍କ ଦୁର୍ଭେଦ୍ୟ ଦୁର୍ଗ ମଧ୍ୟରେ ପ୍ରବେଶ କରିବେ, ତା'ର ଉପାୟ ଖୋଜି ପାଉନଥିଲେ ।

କ୍ୟାପିଟାଲ୍‌ରୁ ଜଙ୍ଗଲ ଠିକାଦାର ଚୂହାଡ଼୍ ସିଂର ପୁଅ ହିମ୍ମତ ସିଂର ହାତ ଧରି କଲେକ୍ଟରଙ୍କ ସାନ ଶଳା ରାଜେନ୍ଦ୍ର ନାୟକ କଲେକ୍ଟରଙ୍କ କ୍ୱାର୍ଟର୍ସରେ ବିଛଣା ବିଛାଇଲା ପରେ ଅନେକ ଶନିଗ୍ରହ ଆଖିରେ ଦୂରବୀକ୍ଷଣ ଯନ୍ତ୍ର ଲଗାଇ କାନୁ ମାଝିଙ୍କ ଦୁର୍ଭେଦ୍ୟ ଦୁର୍ଗରେ ପ୍ରବେଶ ପାଇଁ ଗୋଟିଏ ଛିଦ୍ର ଦେଖିବାକୁ ପାଇଲେ । ସେମାନଙ୍କୁ ହାତବାରିଶି କରି ଜିଲ୍ଲାପାଳଙ୍କ ଅଫିସ କାମରେ ହସ୍ତକ୍ଷେପ କଲେ ।

ହିମ୍ମୁ କେନ୍ଦୁଝରର ପିଲା । ତା' ବାପା ଏଇଠି ଟ୍ରକ୍ ଡ୍ରାଇଭର ଥିଲା । ପରେ କାଠ ଠିକାଦାରୀ ଆରମ୍ଭ କଲା । ଏଇ ଗଡ଼ କଲେଜରୁ ସେ ଆଇ.ଏ. ପାଶ୍ କରି ବି.ଏ. ପଢ଼ିବାକୁ ଯାଇଥିଲା ଭୁବନେଶ୍ୱର । ସେହିଠାରେ ଭୂତପୂର୍ବ କମିଶନର୍ ମିଷ୍ଟର ରଘୁନନ୍ଦନ ନାୟକଙ୍କ ପୁଅ ରାଜୁ ସହିତ ତା'ର ବନ୍ଧୁତ୍ୱ ।

ହିମ୍ମତ ସିଂ, ହିମ୍ମୁ ହିଁ ପ୍ରଥମେ ରାଜୁକୁ ମଦ୍ୟପାନ ଶିଖାଇ ଥିଲା । ହିମ୍ମୁର ଟଙ୍କାର ଅଭାବ ନଥିଲା । ଚୋରା କାଠ ବ୍ୟବସାୟ କରି ଅନେକ ଟଙ୍କା ରୋଜଗାର କରିଛି ତା'ର ବାପା ଚୂହାଡ଼୍ ସିଂ । କ୍ୟାପିଟାଲରେ ରାଜୁ ନାୟକ ପାଇଁ ଖୋଲା ହାତରେ ଟଙ୍କା ଖର୍ଚ୍ଚ କରିବାରେ ତା'ର କୌଣସି କାର୍ପଣ୍ୟ ନଥିଲା; କିନ୍ତୁ କେନ୍ଦୁଝର ଆସିଗଲା ପରେ ଦେଖାଗଲା ତା'ର ଅର୍ଥସଂକଟ । କ୍ୟାପିଟାଲରେ ଥିଲାବେଳେ ସେ ଯେଉଁ ହାତଖର୍ଚ୍ଚ

ପାଉଥିଲା, ତାହା ବନ୍ଦ ହୋଇଗଲା, ଅଥଚ ମଜା କରିବା ପାଇଁ ଟଙ୍କା ନହେଲେ ଚଳୁ ନଥିଲା।

ସଞ୍ଜ ହେଲେ ତାକୁ ସନ୍ନିପାତ ଘୋଟିଯାଏ। ସେଥିରୁ ବର୍ତ୍ତିବା ପାଇଁ ଲୋଡ଼ା ହୁଏ ତିନି ଚାରି ପେଗ୍ ସ୍କଚ୍, ହୁଇସ୍କି। ଥରେ ଦୁଇଥର ବାପାର ଷ୍ଟକ୍‌ରେ ହାତମାରି ଧରା ପଡ଼ିଥିଲା ହିମ୍ମତ। ଖୁବ୍ ଗାଳି ଶୁଣିଥିଲା। ବୃହାଡ୍ ସିଂ ଦିନରାତି ମାଲ୍ ପିଇ ମଜା କରେ; କିନ୍ତୁ ତା'ର ପୁଅ ତା' ମାଲ୍‌ରେ ଭାଗ ବସାଇବ; ଏକଥା ତା'ର ସହ୍ୟ ହୁଏ ନାହିଁ।

କଲେକ୍ଟର ଆନନ୍ଦପୁର ଟୁର୍‌ରେ ବାହାରି ଯାଇଥାଆନ୍ତି।

ରାଜୁକୁ ଡାକି ହିମ୍ମତ କହିଲା- ଦୋସ୍ତ! ମାଲ୍‌ପାଣି ପାଇଁ କିଛି ଟଙ୍କା ବାହାର କର। ନିଶା ନକଲେ ଏ ସଂସାର ମତେ ଅସାର ମନେହୁଏ। ଜୀବନ ତୁଚ୍ଛ ଲାଗେ। ଦେହହାତ କୋହ୍ଲ ମାରିଯାଏ।

ଟଙ୍କା କଥା ଶୁଣି ରାଜୁର ମୁହଁ ଶୁଖିଯାଏ।

ସେ ଜିଭ କାମୁଡ଼ିପକାଇ କହେ- ହିମ୍ମୁ! ଟଙ୍କାପଇସା ବିଷୟରେ ମୋର ଭଉଣୀ ଆଉ ଭିଣୋଇ ଦୁହେଁଯାକ ଗୋଟାଏ ଗୋଟାଏ ସାଇଲକ୍।

ହିମ୍ମୁ ସେକ୍‌ସପିଅର୍ ପଢ଼ିନାହିଁ। ସାଇଲକ୍ ଯେ ସାଇଲୋକ ନୁହେଁ, ଏକଥା ତାକୁ ଜଣାନଥାଏ।

ସେ ହସିଦେଇ କହେ- ଏକଥା ସାଇଲୋକଙ୍କୁ କହିବା କ'ଣ ଦରକାର? ତମ ଅପାଙ୍କ ଆଲମୀରାରୁ କିଛି ଟଙ୍କା ଖସାଇ ଆଣିଲେ ହେଲା। ଅପା ତ ଆଉ ସବୁବେଳେ ଆଲମୀରା ଚାବିନେନ୍ଥା ଅଣ୍ଟାରେ ଖୋସି ବୁଲୁନଥିବେ! ମାଝିପଡ଼ା, ଭୂଇଁଆପାଲିରେ ଖଣିକାମ ଆରମ୍ଭ ହୋଇଗଲେ ଆଉ ଟଙ୍କା ପାଇଁ ଚିନ୍ତା ନାହିଁ-

ହିମ୍ମୁର ପରାମର୍ଶ ଶୁଣି ରାଜୁ ଉତ୍ତର ଦିଏ- କ୍ୟାପିଟାଲରେ ଥରେ ମାଆର ଲକର୍‌ରେ ହାତ ମାରି କେନ୍ଦୁଝରକୁ ନିର୍ବାସନ ଦଣ୍ଡଭୋଗ କରିବାକୁ ଆସିଛି। ଆଉ ଅପାର ଆଲମୀରାରେ ହାତ ମାରିଲେ କେନ୍ଦୁଝରରୁ ସିଧା କଳାପାଣି ପାର୍ ହୋଇ ଅଣ୍ଡାମାନ୍ ନିକୋବର ଯିବାକୁ ହେବ-

ରାଜୁର କଥା ଶୁଣି ମନେ ମନେ ଖୁବ୍ ରାଗିଗଲା ହିମ୍ମତ ସିଂ। ପିଇଲା ବେଳକୁ ହିରୋ, ଟଙ୍କା କାଢ଼ିଲାବେଳକୁ ଜିରୋ!!

ହିମ୍ମତ ନିଜ ମନର ବିରକ୍ତିକୁ ମନ ଭିତରେ ଚାପିରଖି କହିଲା-

- ଠିକ୍ ଅଛି ଦୋସ୍ତ! ବର୍ତ୍ତମାନ ସାର୍ବଜନୀନ ଦୁର୍ଗାପୂଜା ପାଇଁ ଚାନ୍ଦାଖାତା ଛାପିବା ଭିନ୍ନ ଆଉ କିଛି ବାଟ ନାହିଁ।

- ଚାନ୍ଦାଖାତା ? ସେସବୁ କାହିଁକି ?

- ଚାନ୍ଦା ଆଦାୟ ପାଇଁ- ତମକୁ କିଛି କରିବାକୁ ହେବ ନାହିଁ। କହିବାକୁ ପଡ଼ିବ ନାହିଁ। ତମେ ଖାଲି ମୋ ସାଙ୍ଗରେ ଯିବ- ମୁଁ ସବୁ କରିବି। ବାସ୍।

ନାହିଁ କରିବାର କୌଣସି ଯୁକ୍ତି ଖୋଜି ପାଇନଥିଲା ରାଜୁ। ରାଜି ହୋଇଯାଇଥିଲା। ଛାପା ହୋଇଥିଲା ଚାନ୍ଦାଖାତା।

ପ୍ରତିବର୍ଷ ଶରତ ଋତୁ ଆସିଲେ କେବଳ ନଈପଠାରେ କାଶତଣ୍ଡୀ ଫୁଲ ଫୁଟେ ନାହିଁ; ଆଶ୍ୱିନର ଆକାଶରେ ଲଘୁ ମେଘଖଣ୍ଡର ଭେଳା ଭାସେ ନାହିଁ; ହେଲେ ଦୋକାନରେ, ପ୍ରତି ଘରେ ଦୁର୍ଗାପୂଜାର ଚାନ୍ଦାର ଜୁଲୁମ ଆରମ୍ଭ ହୋଇଯାଏ। ଏ ସହରର ଅଧିବାସୀମାନଙ୍କ ପାଇଁ ଏଇଟା କୌଣସି ଅଭିନବ ଘଟଣା ନୁହେଁ। ଦୁର୍ଗାପୂଜା ଆଗରୁ ଗଣେଶ ପୂଜା, ବିଶ୍ୱକର୍ମା ପୂଜା ଚାନ୍ଦା ଦେଇ ଦେଇ କ୍ଲାନ୍ତ ହୋଇପଡ଼ିଥିଲା ବେଳେ ପୁଣି ଆରମ୍ଭ ହୁଏ ଦଶହରା ଚାନ୍ଦା-

କିନ୍ତୁ ଏଥର ସାର୍ବଜନୀନ ଦୁର୍ଗାପୂଜା ଚାନ୍ଦାର ଆକାର ପ୍ରକାର ଭିନ୍ନ। ସହରର ସବୁ ବଡ଼ ବଡ଼ ଦୋକାନରେ ହିମ୍ମତ ସିଂ ନିଜ ଇଚ୍ଛା ଅନୁସାରେ ସକାଳୁ ଚାନ୍ଦାର ରସିଦ କାଟି ଦେଇଯାଇଛି। ଟଙ୍କାର ପରିମାଣ ଏକ ଶହରୁ ଏକ ସହସ୍ର !

ବଜାରର ରେଡ଼ିଓ ଦୋକାନୀ ପ୍ରତିବାଦ କଲା- ଶହେ ଟଙ୍କା ଚାନ୍ଦା ? ପାନ ଶହେ ନା ଟଙ୍କା ଶହେ ?

ରାଜୁ ଆଡ଼କୁ ଆଙ୍ଗୁଠି ଦେଖାଇଦେଇ ହିମ୍ମତ ସିଂ କହିଥିଲା- ଏ ହେଲେ ଜିଲ୍ଲା କଲେକ୍ଟରଙ୍କ ସାନ ଶଳା। ରାଜେନ୍ଦ୍ର ନାୟକ। ସହରରେ ସବୁଠାରୁ ବଡ଼ ମୂର୍ତ୍ତି ମଣ୍ଡପରେ ପୂଜା ହେବ। ବମ୍ବେର ଫିଲ୍ମ ଷ୍ଟାର୍ ଆସିବେ। କଲେକ୍ଟରଙ୍କ ଇଚ୍ଛା ପୂଜା ଏଥର ଖୁବ୍ ଜାକଜମକରେ ହେବ। ଦିଅ- ବାହାର କର ଶହେ।

କେଲକ୍ଟରଙ୍କ ସାନ ଶଳା !

ରେଡ଼ିଓ ଦୋକାନୀ ଭୟରେ ଟଙ୍କା କାଢ଼ି ବଢ଼ାଇ ଦେଇଥିଲା।

କିନ୍ତୁ ହାର୍ଡ୍‌ୱେୟର ଷ୍ଟୋରର ରାମ ଅଗ୍ରୱାଲ ମସ୍ତ ହାରାମୀ।

ପାଞ୍ଚ ଶହ ଟଙ୍କାର ରସିଦ ଦେଖି ଭୂତକୁ ଭେଟିଲା ଭଳି ଚମକି ଉଠିଲେ।

ପ୍ରତିବାଦ କଲେ- ୟେ ତ ଦେଖୁଛି ଚାନ୍ଦା ନୁହେଁ; ଜିଜିଆ କର ! ପାଞ୍ଚଶହ ଟଙ୍କା କିଏ, ମୁଁ କିଏ ? ନିଅ ନିଅ- ଏକ ଶୋ ରୁପୟା-

- ପାଞ୍ଚ ଶହ ଟଙ୍କା ରସିଦ ଲେଖା ସଇଲାଣି- ଏକ ଶୋ ରୂପୟା କ'ଣ ? ଇଏ ହେଲେ କଲେକ୍ଟରଙ୍କ ଶଳା ରାଜେନ୍ଦ୍ର ନାୟକ। କଲେକ୍ଟର ସାହେବଙ୍କ ବ୍ରଦର୍-ଇନ୍-ଲ। ଶହେ ଟଙ୍କା ଚାନ୍ଦା ନେବେ ? ଆମେ କ'ଣ ଭିକ ମାଗୁଛୁ !

ଅଗ୍ରୱାଲା କଂସାଇ ଘରର ପାରା। ଇଲେକ୍‌ସନ୍ ବେଳେ ସବୁ ରାଜନୀତିଜ୍ଞମାନଙ୍କୁ ନିୟମିତ ଚାନ୍ଦା ଦେଇ ଆସିଛନ୍ତି। ମନ୍ତ୍ରୀ କେନ୍ଦୁଝର ଗସ୍ତରେ ଆସିଲେ ତାଙ୍କ ସହ ଦେଖା କରିବାକୁ ଆସନ୍ତି। ଆଉ ଏ କାଠ ଠିକାଦାର ପୁଅ ତାଙ୍କୁ କଲେକ୍ଟରଙ୍କ ବ୍ରଦର୍-ଇନ୍-ଲ ଦେଖାଉଛି!

ସେ ଗଦି ଉପରେ ବସି ଆଖି ତରାଟି ହିମ୍ମତ୍ ସିଂକୁ ସଫା ସଫା ଶୁଣାଇଦେଲେ- ଏକ ଶହରୁ ଆଉ ଗୋଟିଏ ଟଙ୍କା ବି ଅଧିକ ଦେବି ନାହିଁ। ଫିଲ୍ମଷ୍ଟାର ଆଣି ଯଦି ନାଚଗୀତ କରିବ- ନିଜ ଘରୁ ଟଙ୍କା ଆଣି କର- ଆମ ଉପରେ ଜୁଲୁମ କାହିଁକି?

ହିମ୍ମତ ଛାଡ଼ିବା ପିଲା ନୁହେଁ।

ସେ ଚାପା କଣ୍ଠରେ ଧମକ ଦେଲା- ପାଞ୍ଚଶହ ଟଙ୍କା ଦୁର୍ଗାପୂଜା ଚାନ୍ଦା ନଦେଲେ ବଡ଼ ଲୋକସାନ୍‌ରେ ପଡ଼ିବ ଶେଠଜୀ! ରାଜୁ ବାବୁ କଲେକ୍ଟରଙ୍କ ଶଳା। ଦୁଇ ନମ୍ବରୀ ଖାତା କରି ଇନ୍‌କମ୍ ଟ୍ୟାକ୍‌ସ ଫାଙ୍କୁଛ। ଆଉ ପାଞ୍ଚଶହ ଟଙ୍କା ଚାନ୍ଦା ଦେଲାବେଳକୁ ଦମ୍ ନିକିଲି ଯାଉଛି।

ରାମ ଅଗ୍ରୱାଲା ଏଥର ଖୁବ୍ ରାଗିଗଲା।

କହିଲା- ହଇରେ କାଲ୍‌କା ବଚ୍ଚା! ତୋ ବୋପା ଚୋରା କାଠ ବ୍ୟବସାୟ କରି ଜଙ୍ଗଲ ଲୁଟ୍ କରୁଛି। ଆଉ ତୁ ମତେ ଇନ୍‌କମ୍ ଟ୍ୟାକ୍‌ସ ଫାଙ୍କିବା ବିଷୟରେ ଉପଦେଶ ଶୁଣାଉଛୁ? ଯା- ବାହାରି ଯାଆ- ନହେଲେ ଦରୱାନ୍‌କୁ ନିକାଲିଦେବାକୁ ଡାକିବି-

ରାମ ଅଗ୍ରୱାଲର ଦରୱାନ୍ ଡାକିବା କଥା ଶୁଣି ହିମ୍ମତ ସିଂର ହିମ୍ମତ୍ ହେମାଳ ହୋଇଗଲା। ଅପମାନରେ କଳା ପଡ଼ିଗଲା ମୁହଁ। ସେ ରାଜୁ ଆଡ଼କୁ କରୁଣ ଦୃଷ୍ଟିରେ ଚାହିଁ କହିଲା- ଦେଖୁଛ-ଦେଖୁଛ ରାଜୁବାବୁ! ତମେ ଥାଉ ଥାଉ ଏ ମାରୱାଡ଼ି ମତେ ଧକ୍‌କା ଦେଇ ବାହାର କରିଦେବାକୁ ଗୁର୍ଖା ଦରୱାନକୁ ଡାକୁଛି? ଏମାନେ ଲୋଟା କମ୍ବଳ ଧରି ଓଡ଼ିଶା ଆସିଥିଲେ- ଓଡ଼ିଶାରେ ବ୍ୟବସାୟ କରି କୋଟିପତି। ପାଞ୍ଚଶହ ଟଙ୍କା ମାଆ ମହାମାୟାଙ୍କ ପୂଜା ପାଇଁ ଦେବେନାଇଁ! ତମେ ଏଇଟା ବରଦାସ୍ତ କରିବ?

ବରଦାସ୍ତ କଲାଭଳି ଯୁବା ପୁରୁଷ ନୁହେଁ ରାଜୁ ନାୟକ। ହିମ୍ମତ ସିଂ ନିଜେ ପଞ୍ଜାବୀ। ତା' ବାପା ଥିଲା ଟ୍ରକ୍ ଡ୍ରାଇଭର୍। ଜଙ୍ଗଲ କଣ୍ଟ୍ରାକ୍ଟର ନେଇ ସେ ମଧ୍ୟ ଆଜି ଲକ୍ଷପତି। ସେଇଟା ଯଦି ଅପରାଧ ନୁହେଁ ଜଣେ ରାଜସ୍ଥାନର ବ୍ୟବସାୟୀ କୋଠାଘର ପାଇଁ ସିମେଣ୍ଟ ଲୁହାଛଡ଼ ବିକି କୋଟିପତି ହେବା କାହିଁକି ଅପରାଧ ହେବ, ସେକଥା ଶୁଣିବା ପାଇଁ ତା'ର ଧୈର୍ଯ୍ୟ ରହିଲା ନାହିଁ। ସେ ପକେଟରୁ ଗୋଟାଏ ଇସ୍ପାତ ଚାକୁ କାଢ଼ି ରାମ ଅଗ୍ରୱାଲା ଆଡ଼କୁ ମାଡ଼ିଗଲା। ଘଟିଗଲା ମୁହୂର୍ତ୍ତ କେତୋଟି ମଧ୍ୟରେ ପ୍ରଳୟ

କାଣ୍ଡ। ବଜାରର ସବୁ ବ୍ୟବସାୟୀ ଓ ସେମାନଙ୍କର କର୍ମଚାରୀମାନେ ଏକଜୁଟ ହୋଇ ମାଡ଼ି ଆସିଲେ। ଚାଲିଲା ଧସ୍ତାଧସ୍ତି। ପାଟିତୁଣ୍ଡ ହୋ ହଲ୍ଲା। ସେଇ ଭିଡ଼ ଭିତରେ ଖସି ପଳାଇଗଲା ରାଜୁ। ହିମ୍ମ୍ତ ଉପରେ ମାଡ଼ ବୃଷ୍ଟି ହୋଇଗଲା।

ତା'ର ସାତଦିନ ପର୍ଯ୍ୟନ୍ତ ଆଉ ରାଜୁର ହିମ୍ମତ ସହିତ ଦେଖା ହୋଇନଥିଲା। ଭୟରେ ପଦାକୁ ବାହାରି ନଥିଲା ରାଜୁ। କାଳେ ଅପା କିମ୍ବା କଲେକ୍ଟରଙ୍କ କାନରେ ତା'ର ମସ୍ତାନୀ କଥା ପଡ଼ିଯିବ, ସେ ଭୟରେ ସେ ଶଙ୍କିତ ହୋଇ ରହିଥିଲା।

କିନ୍ତୁ ଠିକ୍ ସାତଦିନ ପରେ ହିମ୍ମତ ଆସି ପହଞ୍ଚିଗଲା।

କହିଲା- ଦୋସ୍ତ ! ଭାରି ଖରାପ ଖବର। ଟିକିଏ ବାହାରକୁ ଆସ୍-

- କ'ଣ ହେଲା ? ରାମ ଅଗ୍ରଓ୍ୱାଲ ଆମ ଦୁହିଁଙ୍କ ନାମରେ ଥାନାରେ ଏତଲା ଦେଇଛି ? ତା' ଦୋକାନରେ ପଶି ମାରପିଟ୍ କରିଥିବା ଅଭିଯୋଗରେ ଆମ ନାମରେ ପୋଲିସ୍ କେଶ୍ କରିଛି ?

- ନା, ବାବା ଯାଇ ସେ ଚୋଠା ଅଗ୍ରଓ୍ୱାଲ ସହିତ କଥାବାର୍ତ୍ତା କରି ସମାଧାନ କରିଦେଇଛନ୍ତି। ଖରାପ ଖବର ଖଣି ଲିଜ୍ ନେଇ। ମାଝିପଡ଼ା, ଭୂଇଁଆପାଲି ଆଦିବାସୀମାନେ ଘର ଛାଡ଼ି ଯାଉନାହାନ୍ତି। ପୋଲିସ୍‌କୁ ପଡ଼ା ଭିତରେ ପଶିବାକୁ ନଦେବା ପାଇଁ ଧନୁତୀର ଧରି ଆଉ ମଶାଲ ଜାଳି ଜଗି ବସିଛନ୍ତି। ସେମାନଙ୍କ ଉପରେ ଗୁଳି ଚଳାଇ ଜବରଦସ୍ତ ଜମି ଦଖଲ କରିବା ପାଇଁ କଲେକ୍ଟର ଅର୍ଡ଼ର ଦେବାକୁ ମନା କରିଦେଇଛନ୍ତି। ପୋଲିସ୍ ହାତଗୋଡ଼ ବାନ୍ଧି ବସିରହିଛି। ବାବା ଖବର ପାଇଛନ୍ତି, କଲେକ୍ଟର ସରକାରଙ୍କ ପାଖକୁ କୁଆଡ଼େ ରିପୋର୍ଟ ପଠାଇଛନ୍ତି ଯେ ଜିଦ୍‌ଖୋର ଆଦିବାସୀମାନଙ୍କୁ ଜବରଦସ୍ତ ଘରୁ ତଡ଼ିଦେବାକୁ ଗୁଳି ଚଳାଇଲେ, ବନସ୍ତରେ ନିଆଁ ଲାଗିଯିବ। ତେଣୁ ଖଣିଖୋଳା, କାରଖାନା ବସାଇବା ନିଷ୍ପତ୍ତି ସ୍ଥଗିତ ରଖାଯାଉ। ଦେଖ୍ ରାଜୁ ! ଏଇ ଖଣିପଟ୍ଟା ପାଇବା ଆଶାରେ ଆମେ ତମ ବାବାଙ୍କୁ ଏକ ଲକ୍ଷ ଟଙ୍କା ଚାନ୍ଦା ଦେଇଛୁ। ସେଇ ଟଙ୍କାରେ 'ମେଘ' ପ୍ରାସାଦ ତୋଳା ଚାଲିଛି। ବର୍ତ୍ତମାନ ଯଦି ଖଣିଖୋଳା ବନ୍ଦ ରଖାଯାଏ, ଆମକୁ ଟଙ୍କା ଦେବ କିଏ ? ତମର ମଧ୍ୟ ସେ ଖଣିରେ ଶତକଡ଼ା କୋଡ଼ିଏ ଭାଗ ଅଂଶ ରହିଥାଆନ୍ତା। ବର୍ତ୍ତମାନ ଆମେ କରିବା କ'ଣ ?

ହିମ୍ମତର କଥା ଶୁଣି ରାଜୁର ମଧ୍ୟ ମୁଣ୍ଡ ଘୂରିଗଲା।

ଆଂଶିକ ଭାବରେ ହେଲେ ମଧ୍ୟ ସେ ଖଣିର ମାଲିକ ହୋଇଥାଆନ୍ତା। ଖଣିଖୋଳା ବନ୍ଦ ହେଲେ ତା' ଖାଇବା ପତରରେ ମଧ୍ୟ ଧୂଳି ପଡ଼ିଯିବ। ଆଉ ଭିଣୋଇଙ୍କୁ ବୁଝାଇ ମାଝିପଡ଼ା-ଭୂୟାଁପାଲି ଲୋକଙ୍କୁ ଜବରଦସ୍ତ ସେମାନଙ୍କ ଭିଟାମାଟିରୁ ଉଚ୍ଛେଦ କରିବା ଯେ ସହଜ ନୁହେଁ; ସେକଥା ମଧ୍ୟ ତାକୁ ଜଣାଥିଲା।

ସେ ମଧ୍ୟ ହିମ୍ମତକୁ ପଚାରିଲା- କ'ଣ କରିବାକୁ କହୁଛୁ ? ତୁ' ତ କଲେକ୍ଟରଙ୍କୁ ଜାଣୁ । ସେ ଅପା କଥା ସୁଦ୍ଧା ଶୁଣୁ ନାହାନ୍ତି । ମୋ କଥା କ'ଣ ଶୁଣିବେ ? ଆଉ ତାଙ୍କ ଘରତୋଳା ପାଇଁ ବାପା ଟଙ୍କା ନେବା କଥା ତାଙ୍କୁ ମଧ୍ୟ ଜଣା ନାହିଁ । ବର୍ତ୍ତମାନ କ'ଣ କରିବା ?

ହିମ୍ମତ ସିଂହ ମୁହଁରେ ଏକ କ୍ରୂର ହସର କ୍ଷୀଣ ରଖା ଫୁଟି ଉଠିଲା । ସେ ଖୁବ୍ ଚାପା କଣ୍ଠରେ କହିଲା- ଉପାୟ ଆମେ ଖୋଜି ବାହାର କରିଛୁ । ପୋଲିସ୍‌ର ବିନା ସହାୟତାରେ ମଧ୍ୟ ମାଝିପଡ଼ା, ଭୂଇଁଆପାଲି ଲୋକେ ଘର ଛାଡ଼ି ପଳାଇବାକୁ ବାଟ ପାଇବେ ନାହିଁ । ସବୁ ଯୋଜନା ପ୍ରସ୍ତୁତ ହୋଇ ଅଛି । ମାଝି ସାହେବ କଲେକ୍ଟର ହେଲେ କ'ଣ ହେବ, ବଡ଼ ଡରୁଆ ଲୋକ । ନିଜ ଜାତି- ଆଦିବାସୀମାନଙ୍କ ପାଇଁ ଭିତରେ ଭିତରେ ଖୁବ୍ ଦରଦ । ସେ କେବେହେଲେ ମାଝିପଡ଼ା ଆଉ ଭୂଇଁଆପାଲି ଲୋକଙ୍କୁ ଘରଛାଡ଼ି ଯିବାକୁ ବାଧ୍ୟ କରିବେ ନାଇଁ- ଏକଥା ସେ ଗାଁର ସାନ୍ତାଳ, ଭୂଇଁଆମାନେ ଜାଣିଯାଇଛନ୍ତି । ସେମାନଙ୍କ ବିରୁଦ୍ଧରେ କୌଣସି ଦୃଢ଼ ଆକସନ୍ ନ ନେବା ପାଇଁ କଲେକ୍ଟର ସ୍ଥାନୀୟ ପୋଲିସକୁ ନିର୍ଦ୍ଦେଶ ଦେଇଛନ୍ତି-

- ତାହାହେଲେ ଖଣିପଟା କଥା କ'ଣ ହେବ ? ମୁଁ ତ ସେଇ ଖଣିର ସେୟାର ପାଇଁ ଏଠାରେ ଆସି ବସିରହିଛି ହିମ୍ମୁ !

ହିମ୍ମତ ସିଂ ମୁହଁରେ ଫୁଟିଉଠିଲା ପୁଣିଥରେ ସେଇ ରହସ୍ୟମୟ ହସ ।

ସେ ଖୁବ୍ ଚାପା କଣ୍ଠରେ କହିଲା- ପୋଲିସ୍ ଆକ୍‌ସନ୍ ନନେଲେ ଆମେ ଆକ୍‌ସନ୍ ନେବା । ପୋଲିସ୍ ଆମକୁ ଭିତରେ ଭିତରେ ସାହାଯ୍ୟ କରିବ । ଜଙ୍ଗଲ ଅଧିକାରୀ, ପୋଲିସ୍ ଏସ୍.ପି.ଙ୍କୁ ବାବା କାଲି ରାତିରେ ଭୋଗ ଲଗାଇଦେଇ ଆସିଛି- ସେମାନେ ମଧ୍ୟ ତମ ଭିଣୋଇ ବାବୁଙ୍କ ସରକାରୀ ସ୍ୱାର୍ଥ ବିରୋଧୀ ଆଦିବାସୀ ପ୍ରୀତି ଯୋଗୁଁ ଖୁବ୍ ରାଗିଯାଇଛନ୍ତି ।

ତା'ପରେ ହିମ୍ମତ ସିଂ ରାଜୁ କାନରେ ମାଝିପଡ଼ା ଆଉ ଭୂଇଁଆପାଲି ଲୋକଙ୍କୁ ଜମିରୁ ବେଦଖଲ କରିବା ପାଇଁ କି ଯୋଜନା କରାଯାଇଛି; ତା'ର ସଂକ୍ଷିପ୍ତ ବିବରଣୀ ଖୁବ୍ ନିମ୍ନ ସ୍ୱରରେ କହିଗଲା ।

ତା'ର ସେ ଆଦିବାସୀ-ହଟାଓ ଯୋଜନା କଥା ଶୁଣି ରାଜୁର ମୁଣ୍ଡ ବୁଲାଇଦେଲା । ତାକୁ ଲାଗିଲା ସତେ ଯେମିତି ଅନେକ ଗୁଡ଼ାଏ ଜୁଳୁଜୁଳିଆ ପୋକ ତା' ଦୁଇ ଆଖିରୁ ବାହାରି ଆକାଶକୁ ଉଡ଼ିଗଲେ !

॥ ଏକୋଇଶି ॥

ଅମାବାସ୍ୟା ତିଥି। ସଞ୍ଜ ପହରୁ ଚାରିଆଡ଼ ଅନ୍ଧାର ଘୋଟି ରହିଛି। ଏ ଅରଣ୍ୟ ଅଞ୍ଚଳରେ ଅମାବାସ୍ୟାର ଅନ୍ଧକାର ବେଶୀ ବହଳ ଆଉ ନିଚ୍ଛିଦ୍ର ଦେଖାଯାଏ। ଲଣ୍ଠନଟି ତେଜିଦେଇ ଗୁଲାବ ଦାସ ତା'ର ଦୋକାନ ଘରେ ବସି ଖାତାରେ ଲାଭକ୍ଷତିର ହିସାବ କରୁଥିଲା।

ହଠାତ୍ ଟ୍ରକ୍‌ର ହର୍ଣ୍ଣ ଶୁଣି ଲଣ୍ଠନ ଧରି ଉଠିଆସିଲା ବାରଣ୍ଡା ଉପରକୁ।

ଆରେ- ଏ ଯେ ଚୁହାଡ଼ ସିଂ !

ଟ୍ରକ୍‌ରୁ ଓହ୍ଲାଇ ତା' ଦୋକାନ ଆଡ଼କୁ ଚାଲି ଚାଲି ଆସୁଛି। ଅନେକ ଦିନ ପରେ ଚୁହାଡ଼ ସିଂକୁ ଦେଖି ତା'ର ଦୁଇ ଆଖି ଲୋଭରେ ଚିକ୍ ଚିକ୍ କରିଉଠିଲା।

- ରାମ୍, ରାମ୍ ଶେଠ୍‌ଜି !

- ରାମ୍ ରାମ୍। ଅନେକ ଦିନ ପରେ ଆମ ଆଡ଼େ ଆସିଲ ସିଂହ ବାବୁ ! କିଛି ଦିନ ତଳେ ପୁଅ ଆସିଥିଲା। ଆଜି କ'ଣ ମାଲ୍ ଉଠାଇବା ପାଇଁ ଲୋକ ଦରକାର ?

ଚୁହାଡ଼ ସିଂ ଅନ୍ଧାରରେ ନିଃଶବ୍ଦରେ ହସିଲା। କିଛି କହିଲା ନାହିଁ। କେବଳ ଆଙ୍ଗୁଠି ଦେଖାଇଦେଲା ଟ୍ରକ୍ ଆଡ଼କୁ। ଟ୍ରକ୍ ଭିତରେ ତିରିଶି ପଇଁତିରିଶି ଜଣ ଶକ୍ତ ସବଳ ଭେଣ୍ଡିଆ ଲୋକ। ଛିଟ କନାର ଅଦ୍ଭୁତ ଜାମାମାନ ପିନ୍ଧିଛନ୍ତି। ସେମାନେ ତା' ଦୋକାନ ଆଡ଼କୁ ପିଠି କରି ଟ୍ରକ୍‌ରେ ବସି ରହିଛନ୍ତି। କିଏ ଏମାନେ ? ଚୋରା କାଠ ପାର ଉଦ୍ଧାର କରିବା ପାଇଁ ଲୋକ ନେଇ ଆସିଛି ଚୁହାଡ଼ ସିଂ ? ଲୋକ ଏଠାରୁ ଯୋଗାଡ଼ କରିବା ଦରକାର ନାହିଁ ?

- ଆଉ କ'ଣ ଦରକାର ?

ଗୁଲାବ ଦାସର ପ୍ରଶ୍ନ ଶୁଣି ଚୁହାଡ଼ ସିଂ ସାଙ୍ଗେ ସାଙ୍ଗେ ଉତ୍ତର ଦେଲା-

- ମାଟି ତେଲ। କେତେ ଟିଣ ଅଛି ଗୋଦାମରେ ?

- ଏଇଟା ଗୁଦାମ୍ ନୁହଁ, ମୋର ଦୋକାନ। ଦୁଇଟା ଟିଣ ଅଛି। ଅଧିକ କେଉଁଠୁ ଆସିବ ? କିନ୍ତୁ ତମ ଟ୍ରକ୍ ତ ଡିଜେଲ୍‌ରେ ଚାଲେ- ମାଟି ତେଲ କ'ଣ ହେବ ?

- ଏ ଦୁଇ ଟିଣର ଦାମ୍ ରଖ। ମୁଁ ଗୋଟାଏ ଜରୁରୀ କାମରେ ବଡ଼ବିଲ ଚାଲିଯାଉଛି। ଏମାନେ ମୋର ନିଜ ଲୋକ। ଯାହା ସାହାଯ୍ୟ ଚାହିଁବେ ଦିଅ- ପୁଅ ସେମାନଙ୍କ ସାଙ୍ଗରେ ଅଛି- ତମର ସବୁ ପାଉଣା ଦେଇଦେବ-

ଟ୍ରକ୍ ପଛରେ ଗୋଟାଏ ଜିପ୍ ଠିଆ ହୋଇଥିଲା। ସେଇ ଜିପ୍ ଚଢ଼ି ବଡ଼ବିଲ ଆଡ଼େ ଚାଲିଗଲା ଚୁହାଡ଼ ସିଂ।

ତା'ପରେ ଟ୍ରକ୍‌ରୁ ଓହ୍ଲାଇଲେ କଳା କଳା ନିର୍ଘାତିଆ ସେଇସବୁ ଶାଳଗଛ ଭଳି ଡେଙ୍ଗା ଡେଙ୍ଗା ଲୋକ। ହାର୍କିନ୍ ଆଲୁଅରେ ଗୁଲାବ ଦାସ ଦେଖିଲା କାହା ମୁହଁରେ କଟାଦାଗ, ଆଉ କାହାର ପ୍ରଜାପତିଆ ନିଶ। କିଏ ରାବଣାସୁର ଭଳି ଡୋଳା ଘୂରାଉଛି; କିଏ ଅବା ଦୁଇ ବାହୁ ଉପରକୁ ଟେକି ଅଳସ ଭାଙ୍ଗୁଛି।

ଏମାନଙ୍କୁ ଆଗରୁ କେବେ ଚୁହାଡ଼ ସିଂ ଟ୍ରକ୍‌ରେ ଆସିବା ଦେଖିନଥିଲା ଗୁଲାବ। ସେମାନଙ୍କୁ ଚିହ୍ନିବା ସହଜ ନଥିଲା।

ସେମାନଙ୍କ ଭିତରୁ ଜଣେ ମାତ୍ର ଥିଲା ତା'ର ପୂର୍ବ ପରିଚିତ- ହିମ୍ମତ୍ ସିଂ।

ହିମ୍ମତ୍ ତା' ଆଡ଼କୁ ଆସି କହିଲା- ଅଙ୍କଲ୍ ଏମାନଙ୍କ ପାଇଁ ମାଲ୍ ଦରକାର। ଭାଟିରେ ଯାହା ମାଲ୍ ଅଛି ବାହାର କରି ଦିଅ- ଯାହା ଟଙ୍କା ଲାଗିବ, ଦେଇଦେବି-

- ନଗଦ?

- ହଁ, ଏସବୁ ମାଲ୍ ବାକିରେ କେହି ମାଗେ ନାହିଁ!

ହସିଲା ହିମ୍ମତ୍ ସିଂ!

ସାଙ୍ଗେ ସାଙ୍ଗେ ଜଗୁଆଳ ଧରମୁ ଦାସକୁ ଡାକି ପଠାଇଲା ଗୁଲାବ।

ଭାଟି ଖୋଲିଗଲା।

ଘଣ୍ଟାଏ ଭିତରେ ଶେଷ ହୋଇଗଲା, ଭାଟିର ସମୁଦାୟ ଷ୍ଟକ୍।

ମାଗଣା ମିଳିଲେ ଲୋକେ ପୋଡ଼ା ମୋବିଲ୍ ମଧ୍ୟ ପିଇ ଯାଆନ୍ତି ବୋଲି କେହି କେହି ପରିହାସରେ କହୁଥିବା ଶୁଣିଥିଲା ଗୁଲାବ! କିନ୍ତୁ ମୋଫତ୍ ମିଳିଲେ ଦେଶୀ ମଦ କେମିତି ଲୋକେ ପ୍ରଚଣ୍ଡ ରୌଦ୍ର ଦଗ୍ଧ ମଧ୍ୟାହ୍ନରେ ଶୀତଳ ଜଳ ଭଳି ବୋତଲ ପରେ ବୋତଲ ନିଃଶେଷିତ କରିଦିଅନ୍ତି ସେକଥା ଚୁହାଡ଼ ସିଂର ଟ୍ରକ୍‌ଭର୍ତ୍ତି ନିଶାଚରମାନଙ୍କ ମଦ୍ୟପାନ ଦେଖି ସେଦିନ ପ୍ରଥମେ ଅନୁଭବ କଲା ଗୁଲାବ।

ସେମାନେ ସମସ୍ତେ ମାଲ୍ ପିଇ ମାତାଲ।

ହିମ୍ମତକୁ ପାଖକୁ ଡାକି ଗୁଲାବ ପଚାରିଲା-

- ସିଂହପୁଅ! ଏ ମାଟି ତେଲ ଦୁଇଟିଣ କ'ଣ କରିବ? ଏ ଲୋକମାନଙ୍କୁ

ଟ୍ରକ୍‌ରେ ଭର୍ତ୍ତିକରି ଆଣି ମୋ ଭାଟି ଖାଲି କରିଦେଲ କାହିଁକି? ଏମାନେ କି କାମ କରିବେ?

ହିମ୍ମତ ମଧ୍ୟ ତଣ୍ଟିଯାଏ ପିଇ ହାକୁଡ଼ି ମାରୁଥିଲା।

ଗୁଲାବ ଦାସ ପାଖକୁ ନିଜ ମୁହଁ ନୁଆଁଇ ଆଣି କହିଲା- ଏମାନେ ରାମଭକ୍ତ ହନୁମାନ, ଜମ୍ବୁବାନ୍- ବାନର- ଭଲ୍ଲୁକ ବାହିନୀ। ତମେ ତ ହନୁମାନଜୀଙ୍କ ଭକ୍ତ। ରାମାୟଣ କାହାଣୀ ଶୁଣିଥିବ ନିଶ୍ଚୟ। ଏଇ ବାନର ଭଲ୍ଲୁକ ବାହିନୀ ଖଣି-ଲକ୍ଷ୍ମୀଙ୍କୁ ଦାନବ-ଆଦିବାସୀମାନଙ୍କ ହାତରୁ ଉଦ୍ଧାର କରିବା ପାଇଁ ଲଙ୍କାପୋଡ଼ି ଅଭିଯାନରେ ବାହାରିଛନ୍ତି।

ଜଙ୍ଗଲ କାନତରାଟି ପୁଅର ରାମାୟଣ ଜ୍ଞାନ ଦେଖି କାବା ହୋଇଗଲା ଗୁଲାବ ଦାସ।

ଅମାବାସ୍ୟା ରାତି। ଘନଘୋର ଅନ୍ଧକାର। ସେଇ ଅନ୍ଧକାରରେ ହିମ୍ମତ୍ ସିଂ ଅଧିନାୟକତ୍ୱରେ ବତିଶି-ତେତିଶି ଜଣ ଦୈତ୍ୟକାୟ ଲୋକ ହାତରେ ଛୁରୀ, ବନ୍ଧୁକ, କିରୋସିନୀ ଟିଣ, ପିଚକାରୀ ଆଉ ଡିଆସିଲି ଧରି ମାଝିପଡ଼ା ଆଡ଼େ ମାଡ଼ିଗଲେ।

ରାମ ରାମ ବୋଲି ଦୁଇଥର ଅଯୋଧ୍ୟାପତିଙ୍କ ନାମ ସ୍ମରଣ କରି ଗୁଲାବ ଦାସ ଦୋକାନ ଘର ବାହାରପଟୁ ତାଲା ପକାଇଦେଇ ଅନ୍ଧାରେ ଅନ୍ଧାରେ ଲଣ୍ଠନ ଧରି ନିଜ ଘରକୁ ବାହାରି ଗଲା।

ଧରମୁ ଦାସକୁ କହିଗଲା- ତୁ ଦୋକାନ ଘର ଉପରେ ଆଖି ରଖିଥିବୁ। ମତେ କେହି ଖୋଜିଲେ କହିଦେବୁ ମୁଁ ସଞ୍ଜବେଳୁ ଗ୍ରାମକୁ ଚାଲିଯାଇଛି। ମନେ ରହିଲା?

ଧରମୁ ଦାସ ନିଜ ଲାଠିକୁ ମାଟିରେ ଦୁଇଥର ପିଟିଦେଇ କହିଲା-

- ହଁ, ମନେ ରହିଲା।

ଟଙ୍କାଥଳିକୁ ଚୋରା ପକେଟରେ ଭର୍ତ୍ତି କରି ରାସ୍ତା ଉପରୁ ତଳକୁ ସାଇକେଲ ଗଡ଼େଇନେଲା ଗୁଲାବ ଦାସ।

ଚୁହାଡ଼ ସିଂକୁ ଦୁଇ ଟିଣ ମାଟିତେଲ ବିକ୍ରି କରିଦେଲା ଯେ ଠିକ୍ ହେଲାନାହିଁ। ସେକଥା ପଛରେ ତା'ର ଖିଆଲ ହେଲା। ତା'ପରେ ସେ ମନରେ କ'ଣ ଭାବିଲା କେଜାଣି ଘରକୁ ଥିବା ରାସ୍ତାରୁ ବାଟ ଭାଙ୍ଗି ଥାନାକୁ ଚାଲିଗଲା।

ଦାରୋଗା ବାବୁଙ୍କୁ ଖବରଟା ଦେଇଯିବାକୁ ହେବ।

ତା'ନହେଲେ ହନୁମାନ ଲାଙ୍ଗୁଡ଼ର ନିଆଁ ଯଦି ତା' ଦୋକାନ ଘର ଉପରେ ପଡ଼ିଯାଏ!

ରାମ୍, ରାମ୍!

॥ ବାଇଶି ॥

ମାଝିପଡ଼ାର ଦୁଇ ମୁଣ୍ଡରେ ଦିଇଟି ମଞ୍ଚରେ ଦୁଇଦଳ ଲୋକ ହାତରେ ମଶାଲ, କାନ୍ଧରେ ଧନୁଶର ଧରି ଜଗି ବସିଛନ୍ତି। ପ୍ରଥମ କେତେଦିନ ପାଳିକରି ଜଗିଲାବେଳେ ଯେଉଁ ଉତ୍ସାହ, ସତର୍କତା ଥିଲା ପୋଲିସ୍‌ବାହିନୀର ନିଷ୍କ୍ରିୟତା ଫଳରେ ସେ ଉତ୍ସାହରେ ଭଟ୍ଟା ଆସିଯାଇଥିଲା, ସେ ସତର୍କତା ଶିଥିଳ ହୋଇ ଆସିଥିଲା।

ଜଗୁଆଳି ଧାଙ୍ଗଡ଼ାମାନେ ମଝିରେ ମଝିରେ ଗୋଟାଏ କୁହାଟ ମାରି ସଢ଼ପ ଗଛର ରସ ପିଇ ମଞ୍ଚା ଉପରେ ଘୁମେଇ ପଡ଼ିଥିଲେ।

ଗହନ ନିଦରେ ଘୁମେଇ ପଡ଼ିଥିଲା ମାଝିପଡ଼ା।

ହଠାତ୍ ଲେଲିହାନ୍ ଅଗ୍ନିଶିଖା ହୁତୁ ହୁତୁ ହୋଇ ଜଳି ଉଠିଲା।

ବଣର ଶୁଖିଲା କାଠ ନୁହେଁ; ହୁ ହୁ ହୋଇ ଜଳି ଯାଉଥିଲା ମାଝିପଡ଼ାର କୁଡ଼ିଆ ଘର।

ଗୋଟିଏ ଘର ନିଆଁ ଦେଖି ଅନ୍ୟମାନେ ପଦାକୁ ବାହାରି ଆସିଲାବେଳକୁ ସେମାନଙ୍କ ନିଜ ଘରେ ନିଆଁ ଧରିଯାଉଥିଲା। କିରୋସିନୀ ଆଉ ପ୍ରେଟ୍ରୋଲ ଗନ୍ଧରେ ଭରିଯାଇଥିଲା ଚତୁର୍ଦ୍ଦିଗ।

ଘରପୋଡ଼ି ନିଆଁର ଆଲୋକରେ କଳା ମୁଖାପିନ୍ଧା ଲୋକ କେତେଜଣଙ୍କୁ ଦେଖି ସେମାନଙ୍କୁ ଧରିବା ପାଇଁ ଲୋକେ ଗୋଡ଼ାଇଲାବେଳେ ବନ୍ଧୁକ ଗୁଳିର ଆବାଜରେ ଗଗନପବନ ପ୍ରକମ୍ପିତ ହୋଇଉଠିଲା।

ଜୀବନ ବିକଳରେ ମାଝିପଡ଼ାର ସ୍ତ୍ରୀ ପୁରୁଷ ଛୁଆ ପିଲା ଏଣେତେଣେ ଦଉଡ଼ାଦଉଡ଼ି କରୁଛନ୍ତି। ହୋ ହୋ ଶବ୍ଦ ଶୁଣାଯାଉଛି। ସ୍ତ୍ରୀଲୋକ ଏବଂ ଛୁଆମାନଙ୍କ କାନ୍ଦଣା ଶବ୍ଦରେ ବନଭୂମି ଫାଟିପଡୁଛି।

ସେଇ ହୋହଲ୍ଲା ଆର୍ତ୍ତ ଚିତ୍କାର ମଧ୍ୟରେ ଗଂଜିଆ ମାଝି ହଠାତ୍ ନିଆଁ ଲଗାଇ ଦଉଡ଼ି ପଳାଉଥିବା ଜଣେ ଲୋକକୁ ଚିହ୍ନି ପକାଇଲା। ଦାସ ବାବୁ ଦୋକାନରେ ଏ ଲୋକଟାକୁ ସେ ଥରେ ଦେଖିଛି- ଚୁହାଡ଼ ସିଂ ପୁଅ। ହିମ୍ମତ!

ଧାନୀକୁ ଚୂହାଡ଼ ସିଂ ଟ୍ରକ୍‌ରେ ଉଠାଇଦେବା ପାଇଁ ଗୁଲାବ ଦାସ ତାକୁ ଅନେକ ଥର କହିଛି। ତା' ପ୍ରସ୍ତାବରେ ରାଜି ହୋଇନାହିଁ ବୋଲି ଦାସବାବୁ ସହିତ ଅନେକ ଥର ଝଗଡ଼ା ହୋଇଛି। ସେଇ ସିଂହ ପୁଅକୁ ଘରେ ନିଆଁ ଲଗାଉଥିବା ଦେଖି ହଠାତ୍ ତା'ର ଧାନୀ କଥା ମନେ ପଡ଼ିଗଲା। ଆଶ୍ରମ ସ୍କୁଲ ଗୁରୁମାଆଙ୍କ ଦେହ ଖରାପ। ଧାନୀ ତାଙ୍କ ପାଖରେ ସ୍କୁଲରେ ଥିଲା। ଚୂହାଡ଼ ସିଂର ଲୋକେ ଧାନୀକୁ ଧରିନେବା ପାଇଁ ଗୁରୁମାଆଙ୍କ ଘର ଉପରେ ହାମଲା କରି ନାହାନ୍ତି ତ!

ସମସ୍ତେ ନିଜ ନିଜ ଜଳି ଯାଉଥିବା ଘରୁ ଲୁଗାପଟା, ପେଡ଼ି, ପେଟେରା, ଘୁମ, ମାଠିଆ, ଧାନ, ସୋରିଷ, ହଳଦୀ ଇତ୍ୟାଦି କାଢ଼ିବାରେ ବ୍ୟସ୍ତ। ଗଞ୍ଜିଆର ନିଜର ଅଲୁଗୁଣିରେ ଝୁଲୁଥିବା ଲୁଗାପଟା କିମ୍ବା ଚାଉଳ, ସୋରିଷ ପ୍ରତି ଧ୍ୟାନ ନାହିଁ। ସେ ଅଣନିଃଶ୍ୱାସୀ ହୋଇ ଛୁଟିଲା ସ୍କୁଲ ଆଡ଼କୁ।

ସେଇ ଅନ୍ଧାର ରାତିରେ କଣ୍ଟାଝଣ୍ଟା ବାଟ ଅବାଟ ନମାନି ସେ ଦଉଡ଼ିବାରେ ଲାଗିଛି।

ସେତେବେଳକୁ ହିମ୍ମତ ସିଂ ଆଉ ତା'ର ଲୋକମାନେ ମାଆ ମେରୀଙ୍କ ଶୋଇବା ଘର ଉପରେ ଚଢ଼ାଉ ଆରମ୍ଭ କରି ଦେଇଛନ୍ତି। ଧକ୍‌କା ମାରି ଖୋଲି ଦେଇଛନ୍ତି ଘରର ଦରଜା।

ଖଟ ଉପରେ ଶୋଇ ରହିଥିଲେ ଅସୁସ୍ଥ ମେରୀ।

ପାଖରେ ତଳେ ଶୋଇ ରହିଥିଲା ଧାନୀ।

ଗୁଣ୍ଡାମାନଙ୍କ ଟର୍ଚ୍ଚ ଆଲୁଅ ତା' ମୁହଁ ଉପରେ ପଡ଼ିଲା ମାତ୍ରେ ହିମ୍ମତ୍ ସିଂର ଦୁଇ ଆଖି ଲାଳସାରେ ଲୋହିତ ହୋଇଉଠିଲା।

ତା' ହାତରେ ଝଲସି ଉଠିଲା ଗୋଟାଏ ଶାଣିତ ଛୁରୀ।

ଭୟରେ ଜଡ଼ସଡ଼ ହୋଇ ସେ ମାଆ ମେରୀଙ୍କୁ କୁଣ୍ଢାଇ ଧରିଲା।

ଠିକ୍ ସେତିକିବେଳେ ଆର ଘରୁ ଶୁଣାଗଲା ବନୁର କ୍ରୁଦ୍ଧ ଚିତ୍କାର। ସାବଧାନ- ଧାନୀକୁ ଛୁଅଁ ନାହିଁ-

କିନ୍ତୁ ବନୁର ଚିତ୍କାର ଶୁଣି ହିମ୍ମତ୍ ସିଂର ଗୁଣ୍ଡାମାନେ ତା' ଉପରକୁ କୁଦି ପଡ଼ିଲେ। ଧସ୍ତାଧସ୍ତି, ଗୁଣ୍ଡାମାନଙ୍କ ସମ୍ମିଳିତ ଆକ୍ରମଣ ନିକଟରେ ବନୁର କଣ୍ଠସ୍ୱର ନୀରବ ହୋଇଗଲା।

ଧଇଁସଇଁ ହୋଇ ଗଞ୍ଜିଆ ଆସି ଦେଖିଲା, ଗୁଣ୍ଡାମାନେ ବନୁକୁ ମାଡ଼ି ବସିଛନ୍ତି; ସେ କେବଳ ଗଁ ଗଁ ହେଉଛି।

ହିମ୍ମତ୍ ସିଂ ଧାନୀକୁ ଟେକିନେଇ ସ୍କୁଲ ଘର ଭିତରେ ପଶିଯାଉଛି।

ସେ ବାଧା ଦେବାକୁ ଚେଷ୍ଟା କରିଥିଲା; କିନ୍ତୁ ଦୁଇଟା ଗୁଣ୍ଡା ତାକୁ ଧକ୍‌କା ଦେଇ ତଳେ ପକାଇଦେଲେ। ଧାନୀକୁ ସ୍କୁଲ ଘର ଭିତରକୁ ନେଇ ଭିତରପଟୁ କବାଟ ବନ୍ଦ କରିଦେଲା ହିମ୍ମତ୍ ସିଂ।

ଧାନୀ ଚିତ୍କାର କରୁଛି। ଜୋର୍‌ରେ କାନ୍ଦିଉଠୁଛି। ଧୀରେ ଧୀରେ ବିକଳ କ୍ରନ୍ଦନ ଧ୍ୱନି ସୁକ୍ ସୁକ୍ କାନ୍ଦର ସ୍ୱର ଲହରୀରେ ପରିଣତ ହୋଇଯାଉଛି।

ନିଆଁ ଲାଗିଯାଇଛି ମାଆ ମେରୀଙ୍କ ଶଯ୍ୟା ଦେହରେ।

ଅସୁସ୍ଥ ମେରୀ ବିଛଣାର ସେ ଅଗ୍ନିବଳୟ ମଧ୍ୟରୁ ବାହାରିଆସି ଚିତ୍କାର କରୁଛନ୍ତି ଧାନୀ- ଧାନୀ-

ଧର୍ଷିତା ଧାନୀ ମାଆ- ମାଆ- ବୋଲି ଚିତ୍କାର କରି ସଂଜ୍ଞା ହରାଉଛି।

ସ୍କୁଲ ଘରର ବନ୍ଦ ଦରଜା ଖୋଲି ହିମ୍ମତ୍ ସିଂ ଏବଂ ତା'ର ଗୁଣ୍ଡାବାହିନୀ ନିରାପଦରେ ମାଝିପଡ଼ା ଛାଡ଼ି ଟ୍ରକ୍‌ରେ ଉଠିଲା ପରେ ଥାନା ବାବୁଙ୍କର ନିଦ ଭାଙ୍ଗୁଛି।

ପୋଲିସ ଜିପ୍ ମାଝିପଡ଼ାରେ ପହଞ୍ଚିଲା ବେଳକୁ ମାଝିପଡ଼ା ଦେଖାଯାଉଛି ଏକ ମହାଶ୍ମଶାନ ଭଳି !

ଅମାବାସ୍ୟା ରାତ୍ରି ଶେଷ ହୋଇ ପୂର୍ବ ଆକାଶରେ ସୂର୍ଯ୍ୟ ଉଉଁଛି।

।। ତେଇଶି ।।

ସେଇ ସକାଳ ପହରରେ ହିଁ କଲେକ୍ଟର କାହ୍ନୁ ମାଝିଙ୍କ ପାଖରେ ଖବର ପହଞ୍ଚିଗଲା- ତା'ର ପ୍ରିୟ ଜନ୍ମଭୂମି ମାଝିପଡ଼ା ପୋଡ଼ି ପାଉଁଶ ହୋଇଯାଇଛି।

ସାଙ୍ଗେସାଙ୍ଗେ ଘଟଣାର ସତ୍ୟାସତ୍ୟ ଜାଣିବା ପାଇଁ ସେ ଏସ୍.ପି.ଙ୍କୁ ଫୋନ୍ କଲେ। ଘଣ୍ଟାକ ମଧ୍ୟରେ ଆସି ପହଞ୍ଚିଗଲେ ଏସ୍.ପି. ସାହେବ।

- ବଡ଼ ଦୁଃଖର କଥା ସାର୍ ! କାଲି ରାତିରେ ଦୁର୍ବୃତ୍ତମାନେ ମାଝିପଡ଼ାର ସବୁ କୁଡ଼ିଆଘର ଜାଳି ପାଉଁଶ କରି ଦେଇଛନ୍ତି। ମାଝିପଡ଼ାର ଆଦିବାସୀମାନେ ପୋଲିସ୍‌କୁ ପଡ଼ାରେ ପ୍ରବେଶ କରିବାକୁ ଦେଉନଥିଲେ। ପୋଲିସ୍ ଦେଖିଲେ ତୀର ମାରୁଥିଲେ। ତେଣୁ ମାଝିପଡ଼ାକୁ ସୁରକ୍ଷା ପ୍ରଦାନ କରିହେଲା ନାହିଁ। ଅବଶ୍ୟ ଆପଣଙ୍କ ବାବା ସିଧୁ ମାଝିଙ୍କୁ ଆମେ ଉଦ୍ଧାର କରି ଥାନାରେ ନିରାପଦରେ ରଖିଆସିଛୁ। କିନ୍ତୁ ମୋର ବିନୀତ ଅନୁରୋଧ ସତ୍ତ୍ୱେ ବି ସେ ଜଳସ୍ପର୍ଶ କରୁନାହାନ୍ତି-

କଲେକ୍ଟର ବିରକ୍ତ କଣ୍ଠରେ ପ୍ରଶ୍ନ କଲେ- କିନ୍ତୁ ଗ୍ରାମବାସୀ ଯଦି ପଡ଼ା ଭିତରେ ପୋଲିସକୁ ପ୍ରବେଶ କରିବାକୁ ଦେଉନଥିଲେ, ଗାଁ ଭିତରେ କିଏ କିପରି ପଶି ନିଆଁ ଲଗାଇଲା ?

- ଅନୁସନ୍ଧାନ ପରେ ସବୁ କଥା ଜଣାପଡ଼ିବ। କିନ୍ତୁ ପ୍ରାଥମିକ ଅନୁସଂଧାନରୁ ଯାହା ମନେହେଉଛି ଏ ଜଙ୍ଗଲ କଣ୍ଟ୍ରାକ୍ଟର ଚୁହାଡ଼ ସିଂର ଲୋକଙ୍କର ଅପକର୍ମ। କାରଣ ମାଝିପଡ଼ାର ଆହତ ଗଞ୍ଜିଆ ମାଝିର ଖବର ଅନୁସାରେ ନିଆଁ ଲଗାଳିଙ୍କ ମଧ୍ୟରେ ଚୁହାଡ଼ ସିଂହର ପୁଅ ହିମ୍ମତ୍ ସିଂ ଥିଲା। ଅବଶ୍ୟ ହିମ୍ମତ୍ ସିଂ ଏପର୍ଯ୍ୟନ୍ତ ଧରା ପଡ଼ି ନାହିଁ; କିନ୍ତୁ ନିଆଁ ଲଗାଇ ପଳାଇ ଯାଉଥିବା ଆଠଜଣ ଗୁଣ୍ଡାଙ୍କୁ ଭୂଇଁଆପାଲି ଲୋକେ ଧରି ଗଛରେ ବାନ୍ଧି ପିଟିଛନ୍ତି। ସେମାନଙ୍କ ଜମାନବନ୍ଦୀରୁ ଜଣାପଡ଼ିଛି, ସେଦିନ ରାତିରେ ଗୁଲାବ ଦାସ ଦୋକାନରୁ ସେମାନେ ଦୁଇ ଟିଣ କିରୋସିନୀ ନେଇଥିଲେ। ଗୁଲାବ ଦାସକୁ ଗିରଫ କରାଯାଇଛି-

କାନୁ ମାଝି ବ୍ୟାକୁଳ କଣ୍ଠରେ ପଚାରିଲେ-

- ମୃତାହତ ଖବର କିଛି ରଖିଛନ୍ତି ?

- ମରିଥିବା ଖବର କିଛି ମିଳିନାହିଁ। ଦାରୋଗା ବର୍ତ୍ତମାନ ସେଠାରେ ଶିବିର ପକାଇ ଅଛନ୍ତି। ଆସିବା ଆଗରୁ ତାଙ୍କ ସହ ଟେଲିଫୋନ୍‌ରେ କଥାବାର୍ତ୍ତା ହୋଇଛି। ବନୁ ପାତ୍ର ଗୁରୁତର ଭାବରେ ଆହତ ହୋଇଛନ୍ତି। ତାଙ୍କୁ ଡାକ୍ତରଖାନାରେ ଭର୍ତ୍ତି କରାଯାଇଛି। ସ୍କୁଲରେ ଜଣେ ଖ୍ରୀଷ୍ଟିଆନ୍ ବୁଢ଼ୀ ଓ ତାଙ୍କ ଝିଅ ଅସୁସ୍ଥ ହୋଇ ପଡ଼ି ରହିଛନ୍ତି। ଝିଅଟିକୁ ବୋଧହୁଏ ରେପ୍ କରାଯାଇଛି- ଯଦିଓ ଥାନାରେ ସେ ସମ୍ପର୍କରେ କେହି କିଛି ଏତେଲା ଦେଇନାହାନ୍ତି-

ହଠାତ୍ କାହ୍ନୁ ମାଝିର ମୁହଁ କଳା ପଡ଼ିଗଲା। ରକ୍ତ ଶୁଖିଗଲା।

ଟେବୁଲ ଉପରେ ହାତ ବାଡ଼େଇ ସେ କୈଫିୟତ୍ ଦାବି କଲେ-

- ମୋ ବାବାଙ୍କୁ ନିରାପଦରେ ଆଣି ଥାନାରେ ରଖାଯାଇଛି। ସ୍କୁଲର ସେ ବୁଢ଼ୀ ଓ ତାଙ୍କ ଝିଅକୁ ନିରାପଦ ଜାଗାକୁ ଅଣା ଯାଇନାହିଁ କାହିଁକି ?

ଏସ୍.ପି. ଉତ୍ତର ଦେଲେ- ସେ ଦୁହିଁଙ୍କୁ ଅନେକ ବୁଝା ଯାଇଛି। କିନ୍ତୁ ସେମାନେ ସେ ଘର ଛାଡ଼ି ଆସିବେ ନାହିଁ ବୋଲି ଜିଦ୍ ଧରି ବସିଛନ୍ତି- ଖାଦ୍ୟ, ପାନୀୟ ଜଳ, ବିଛଣାପତ୍ର ଯୋଗାଇ ଦିଆଯାଇଛି- କିନ୍ତୁ ସେମାନେ ତାହା ଛୁଇଁବେ ନାହିଁ ବୋଲି ମନା କରି ଦେଇଛନ୍ତି।

ପୋଲିସ୍ ସୁପରିଟେଣ୍ଡେଣ୍ଟଙ୍କ କଥା ଶୁଣି କାହ୍ନୁ ନିଜ ମୁଣ୍ଡବାଳ ସବୁ ଦୁଇ ହାତରେ ରାଗରେ ଟାଣିବାକୁ ଲାଗିଲେ। ତାଙ୍କର ମୁହଁର ରେଖାସବୁ ଟାଣ ହୋଇଗଲା। ସେ ଚିତ୍କାର କରି କହିଲେ- ମୁଁ ନିଜେ ମାଝିପଡ଼ା ଯିବି। ଲୋକଙ୍କ ଅବସ୍ଥା ନିଜ ଆଖିରେ ଦେଖି ଆସିବି। ଜିପ୍ ଆଣନ୍ତୁ-

ପୋଲିସ୍ ସୁପରିଟେଣ୍ଡେଣ୍ଟ ଜିପ୍ ପାଇଁ ବାହାରିଗଲେ।

ଅନ୍ତରାଳରେ ଠିଆହୋଇ ସବୁ ଶୁଣୁଥିଲା ମେଘମାଳା।

ଏସ୍.ପି. ଚାଲିଗଲା ପରେ ସେ କୋଠରୀ ମଧ୍ୟରେ ପ୍ରବେଶ କରି କହିଲା-

- ବାବା ତ ଭଲ ଅଛନ୍ତି। ତାଙ୍କୁ ଆମ ପାଖକୁ ଆଣିବା ବ୍ୟବସ୍ଥା କର। ତମର ସେ ପୋଡ଼ା ଗାଁକୁ ଯିବା କ'ଣ ଦରକାର ? ଲୋକେ ତାତିକରି ଥିବେ। ଯଦି କିଛି ଅଘଟଣ ଘଟେ ? ତମେ ଯେ ମାଝିପଡ଼ା ଲୋକଙ୍କୁ ବାସଚ୍ୟୁତ ନକରିବାକୁ ସରକାରଙ୍କୁ କଡ଼ା ନୋଟ୍ ଦେଇଥିଲ- ସେକଥା କ'ଣ ଘର ପୋଡ଼ିଯାଇଥିବା ଲୋକେ ବିଶ୍ୱାସ କରିବେ ?

- କାହାରି କିଛି ବୁଝିବା ଦରକାର ନାହିଁ। ତମେ ଭିତରକୁ ଯାଅ। ମତେ ମୋ କର୍ତ୍ତବ୍ୟ କରିବାକୁ ଦିଅ-

ସ୍ୱାମୀଙ୍କ ମୁହଁରୁ ଏଭଳି କର୍କଶ କଥା ପ୍ରଥମ ଶୁଣିଲା ମେଘମାଳା।

ଏ ଯେପରି କଲେକ୍ଟର କାହ୍ନୁ ମାଝିଙ୍କ କଣ୍ଠସ୍ୱର ନୁହେଁ; କେଉଁ ଆଦିମ ଆଦିବାସୀଙ୍କ ବଂଶଧରର ହିଂସ୍ର ଚିତ୍କାର!

ସେ ଆଉ ବାଧା ଦେବାକୁ ସାହସ କଲା ନାହିଁ। କୋଠରୀ ଛାଡ଼ି ଚାଲିଗଲା।

ବାଟରେ ଯିବା ରାସ୍ତାରେ ଏସ୍.ପି. କହିଲେ- ସାର୍! ଆଦିବାସୀମାନେ ଆପେ ଆପେ ଗ୍ରାମ ଛାଡ଼ି ଚାଲିଯାଉଛନ୍ତି। ଏଇ ହେଉଛି ପ୍ରକୃଷ୍ଟ ସମୟ। ଯନ୍ତ୍ରପାତି, ଲୋକବାକ ପ୍ରସ୍ତୁତ ହୋଇ ରହିଛନ୍ତି। ଖଣିଖୋଳା କାମ ଶୀଘ୍ର ଆରମ୍ଭ କରିଦେବା ଭଲ। ତା' ନହେଲେ ଅନ୍ୟମାନେ ଆସି ରାତାରାତି କୁଡ଼ିଆଘର ତୋଳିଦେବେ। ପୁଣି ସେମାନଙ୍କୁ ଉଠାଇବା କାଠିକର ପାଠ।

କଲେକ୍ଟର କୃଦ୍ଧ ଚାହାଣିରେ ଏସ୍.ପି.ଙ୍କ ମୁହଁକୁ ଚାହିଁଲେ। କିଛି ମନ୍ତବ୍ୟ କଲେ ନାହିଁ।

ସେମାନଙ୍କ ଜିପ୍ ସିଧା ଆଶ୍ରମ ବିଦ୍ୟାଳୟ ଗୁରୁମାଆଙ୍କ କ୍ୱାର୍ଟର୍ସ ପାଖରେ ଠିଆ ହୋଇଗଲା।

କଲେକ୍ଟର ଆଉ ପୋଲିସ୍ ସାହେବଙ୍କୁ ସାଲ୍ୟୁଟ୍ ମାରି କନେଷ୍ଟବଲ୍ ବାଟ ଛାଡ଼ିଦେଲା। ଏସ୍.ପି. ବାହାରେ ରହିଲେ; ଏକାକୀ କଲେକ୍ଟର ଗଲେ ଭିତରକୁ।

ଘର ଭିତରେ ମାଆ ମେରୀ ଆଉ ଧାନୀ।

ସେ ଦୁଇଜଣଙ୍କୁ ଦେଖିବା ମାତ୍ରେ କାହ୍ନୁର ଛାତିରୁ ଅତଡ଼ା ଖସିପଡ଼ିଲା। ଆଖି କୋଣରେ ଜକେଇ ଆସିଲା ବିନ୍ଦୁ ବିନ୍ଦୁ ଲୁହ।

ଧର୍ଷିତା ଧରିତ୍ରୀ ପରି ଶୂନ୍ୟ ଚଟାଣରେ ଶୋଇରହିଛି ଧାନୀ। ତା'ର ମୁହଁ ଦେହରେ ପାଶବିକତାର କ୍ଷତ ଚିହ୍ନ।

ଗୁରୁମାଆଙ୍କ ମୁହଁର ବାମପଟେ ପୋଡ଼ା ଦାଗ।

ତାଙ୍କ ଭୂମିଶଯ୍ୟା ପାଖରେ ଆଣ୍ଠୁମାଡ଼ି ବସି କାନୁ କହିଲା- ମାଆ!

ମେରୀ ଥରେ ତା' ମୁହଁକୁ ଚାହିଁ ଦୃଷ୍ଟି ଫେରାଇନେଲେ କାନ୍ଥରେ ଝୁଲୁଥିବା କ୍ରୁଶବିଦ୍ଧ ଯୀଶୁଙ୍କ ଛବି ପାଖକୁ।

ଧାନୀକୁ ଦେଖି କାନୁର ମନ ଭିତରେ ଜାଗିଉଠିଲା ଏକ ବ୍ୟାକୁଳ ବେଦନାବୋଧ।

ସେ ଧାନୀର ହାତ ଧରିପକାଇ ଅପରାଧୀଟି ଭଳି କହିଲା-

- ଆଖି ଖୋଲ ଧାନୀ! ଦେଖ୍- ମୁଁ ଆସିଛି- ତୋର କାନୁ-

ଧାନୀ ଆଖି ଖୋଲିଲା। ଭୟରେ, ଲଜ୍ଜାରେ, ଅପମାନରେ। ତା'ର ସେ ଭୀରୁ ଆଖିପତାରେ ଫୁଟି ଉଠିଲା ଘୃଣାର ବ୍ୟଞ୍ଜନା। ସେ ନିଜ ଦୁଇ ହାତ ପାପୁଲିରେ ନିଜ ମୁହଁକୁ ଚାପିଧରି କାନ୍ଦିଉଠିଲା- ତୁ ଯା- ତୁ ଯା- ଆଉ କ'ଣ ଦେଖିବାକୁ ଆସିଛୁ- ଯା- ମୁଁ ତୋ ପାଦତଳେ ପଡୁଛି- ତୁ ଦୂର ହୋଇଯାଆ- ଆମକୁ ଶାନ୍ତିରେ ମରିବାକୁ ଦେ-

ତା'ପରେ ତରଙ୍ଗାୟିତ କୋହରେ ଉଦ୍‌ବେଳିତ ହୋଇ ଉଠିଲା ଧାନୀ। ଆଉ କଥା କହିପାରିଲା ନାହିଁ। ସେ ଆରପଟକୁ ମୁହଁ ଫେରାଇନେଲା।

ଧାନୀର ସେଇ ପରିପୂର୍ଣ୍ଣ ପ୍ରତ୍ୟାଖ୍ୟାନ ଏକ ଶକ୍ତ ଚଟକଣା ଭଳି ବାଜିଲା ଆସି କାନୁର ଗାଲରେ। ସେ ବୁଝିପାରିଲା ଆଉ କୌଣସି ଦିନ ସେ ସେମାନଙ୍କର ବିଶ୍ୱାସଭାଜନ ହୋଇପାରିବ ନାହିଁ।

ଏ ଅଗ୍ନିଦଗ୍ଧ ଅରଣ୍ୟରେ ସେ ଏକ ନୀଳବର୍ଣ୍ଣ ଶୃଗାଳ !

॥ ଚବିଶ ॥

ତା' ଆରଦିନ ଦେଖାଗଲା ମାଝିପଡ଼ା ଛାଡ଼ି ସେ ମାଟିର ଆଦିମ ଅଧିବାସୀମାନେ ଧାଡ଼ିବାନ୍ଧି ଚାଲିଛନ୍ତି ଆଉ ଏକ ନୂତନ ଅରଣ୍ୟର ସନ୍ଧାନରେ।

ଆଗେ ଆଗେ ଚାଲିଛି ଧାନୀ। ଜଡ଼ାତେଲରେ ବନ୍ଧା ତା'ର ଜୁଡ଼ା ଫିଟି ପଡ଼ିଛି ପିଠି ସାରା। ଆଖି ତଳେ ଶୁଖିଲା ଲୁହର ଦାଗ। ଗାଲରେ ପାଶବିକ ସଭ୍ୟତାର ଆଞ୍ଚୁଡ଼ା ଦାଗ ସେପର୍ଯ୍ୟନ୍ତ ସୁଦ୍ଧା ଲିଭି ନାହିଁ। ସେ କାନ୍ଦୁ ନାହିଁ; କିନ୍ତୁ ତା'ର ମୁଗୁନି ପଥର ଭଳି ଚିକ୍‌କଣ କଳା ମୁହଁର ଚମଡ଼ା ତଳେ ଅସରା ଅସରା ଅଶ୍ରୁ ଜମାଟ ବାନ୍ଧି ମୁହଁକୁ ବର୍ଷାଧୁଆ ଓଦାମାଟି ଭଳି ପାଣିଚିଆ କରିଦେଇଛି।

ପଛରେ ତା'ର ବାପା ମୁନିଆ ମାଝି ଆହତ ଗଞ୍ଜିଆକୁ ପିଠିରେ ନାଉ କରି ବହିନେଇ ଚାଲିଛି। ସୀତାଙ୍କୁ ଅପହରଣ କରି ନେଇ ପଳାଉଥିବା ବେଳେ ରାକ୍ଷସ ରାବଣକୁ ବାଧା ଦେଇ ଜଟାୟୁ ଯେପରି ଆହତ, କ୍ଷତାକ୍ତ ହୋଇ ପଡ଼ି ରହିଥିଲା ଧାନୀକୁ ଜୋର୍ କରି ହିମ୍ମତ୍ ସିଂ ଟେକି ନେଉଥିବା ବେଳେ ଗଞ୍ଜିଆ ମାଝି ବାଧାଦେଇ ଠିକ୍ ସେଇପରି ତା'ର ଭଡ଼ାଟିଆ ଗୁଣ୍ଡାଙ୍କ ଆଘାତରେ ସ୍କୁଲଘର ବାରଣ୍ଡାରେ ଅର୍ଦ୍ଧମୃତ ଅବସ୍ଥାରେ ପଡ଼ି ରହିଥିଲା। ସମସ୍ତେ ଗାଁ ଛାଡ଼ି ଯାଉଛନ୍ତି ଶୁଣି ସେ ମଧ୍ୟ ବାହାରିଲା ଯିବା ପାଇଁ।

ଆଦିବାସୀ ସ୍ତ୍ରୀଲୋକ କାଖରେ ଛୋଟ ଶିଶୁ, ମୁଣ୍ଡରେ ଲୁଗାପଟାର ପୁଟୁଳା ଧରି ଚାଲିଛନ୍ତି। ପଛେ ପଛେ ପୁରୁଷମାନେ କାଉଡ଼ିରେ ଭାର କରି ଚାଉଳ, ସୋରିଷ ଇତ୍ୟାଦି ଖାଦ୍ୟ ପଦାର୍ଥ ଗୋଟିଏ ପଟେ, ଅନ୍ୟ ପଟେ ରସଥାଳି, ବାଟି, କରେଇ ଡେକ୍‌ଚି ପ୍ରଭୃତି ରୋଷେଇ ସରଞ୍ଜାମ ବାନ୍ଧିଛନ୍ତି। ଏଇ ତ ସେମାନଙ୍କର ସମୁଦାୟ ସମ୍ପତ୍ତି। ଯେଉଁଠି ପାହାଡ଼ ତଳ, ଗଛମୂଳରେ ଜାଗା ପାଇବେ ସେଠାରେ ଗଢ଼ିତୋଳିବେ ନୂତନ ବସତି।

ଆଜି ନୁହେଁ କେଉଁ ଆବହମାନ କାଳରୁ ଭାରତବର୍ଷର ଏଇ ଭୂମିଜ ସନ୍ତାନ- ଭାଗବତ ପୁରାଣରେ ଯେଉଁମାନେ କାକକୃଷ୍ଣ ହ୍ରସ୍ୱାଙ୍ଗ, ହ୍ରସ୍ୱବାହୁ, ମହାହନୁ, ହ୍ରସ୍ୱପାଣି, ନିମ୍ନ-ନାସାଗ୍ର, ରକ୍ତାକ୍ଷ, ତାମ୍ର ମାର୍ଧଜ ଆଦି ଆଦିମ ଅଧିବାସୀ ଭାବରେ ବର୍ଣ୍ଣିତ

ହୋଇଛନ୍ତି- ଗୋଟିଏ ସ୍ଥାନରୁ ଆଉ ଏକ ସ୍ଥାନକୁ ଘୂରି ବୁଲୁଛନ୍ତି। ସେମାନଙ୍କର ଚାଲିବାର ଶେଷ ହୋଇନାହିଁ। ନଦୀ ବିଧୌତ, ଉର୍ବର ସମତଳ ଭୂମି ନୁହେଁ- ପାହାଡ଼ ଅରଣ୍ୟର ସବୁଜ ପ୍ରକୃତିର ଉଷ୍ମ କୋଳ ହେଉଛି ସେମାନଙ୍କର ବାସଭୂମି!

ପାହାଡ଼ି ନଈ, ଝୋଲା, ଝରଣାର ଜଳ, ବଣଜଙ୍ଗଲର ଚେରମୂଳ, ଫଳ ସେମାନଙ୍କର ପ୍ରିୟ ଆହାର। ମହୁଲି ମଦର ନିଶା, ଢୋଲ, ମାଦଳ, ଡୁଙ୍ଗୁଡୁଙ୍ଗାର ବାଜା ସେମାନଙ୍କ ସବୁ ଦୁଃଖ ଭୁଲାଇ ଦିଏ। ସମତଳ ଭୂମିର ସଭ୍ୟତାକୁ ସେମାନଙ୍କର ପ୍ରାଣଭରି ଭୟ। ସେଥିପାଇଁ ମାଝିପଡ଼ାର ପୋଡ଼ାଭୂଇଁ ଛାଡ଼ି ସେମାନେ ନୂତନ ସବୁଜ ବନଭୂମିରେ ବସତି ସ୍ଥାପନର ସ୍ୱପ୍ନ ନେଇ ଚାଲିଛନ୍ତି ଯେ ଚାଲିଛନ୍ତି।

ବର୍ଚ୍ଛାର ଫଳକା ଭଳି ସକାଳର ଉଜ୍ଜ୍ୱଳ ଖରା ଦେହସାରା ଛୁଞ୍ଚିର ମୂନ ଭଳି ଫୋଡ଼ି ହୋଇଯାଉଛି। ମୁହଁ ଆଉ ମୁଣ୍ଡର ଝାଳ ବହିଆସି ପାଟିରେ ପଶୁଛି। ତଥାପି ସେମାନଙ୍କର କ୍ଲାନ୍ତି ନାହିଁ। ଅବସାଦ ନାହିଁ। ସେମାନେ ଏକ ନୂତନ ସ୍ୱପ୍ନର ନିଶାରେ ମାତାଲଙ୍କ ଭଳି ଢଳି ଢଳି ଚାଲିଛନ୍ତି।

ହଠାତ୍ ପଛରୁ କାହାର ଚିତ୍କାର ଶୁଭିଲା, ଧାନୀ-

ଧାନୀ ବେକ ବଙ୍କେଇ ପଛକୁ ଚାହିଁଲା।

ଅଣନିଃଶ୍ୱାସୀ ହୋଇ କିଏ ଜଣେ ଧାଇଁ ଧାଇଁ ଆସୁଛି-

ଧାନୀ ତା'ର ବାପାଙ୍କୁ ଚାହିଁ କହିଲା- ଆପୁ! କାନୁର ବାପୁ-

ସେମାନଙ୍କ ଚାଲିବାର ଗତି ଶିଥିଳ ହୋଇଗଲା।

ସିଧୁ ମାଝି ଧାଇଁ ଧାଇଁ ଆସି ସେମାନଙ୍କ ପାଖରେ ପହଞ୍ଚିଗଲା। ଖର ନିଃଶ୍ୱାସ ତା'ର ଘରେ ପଶୁନଥାଏ। ସେ ଧକେଇ ଧକେଇ କହିଲା-

- ମତେ ଛାଡ଼ି ଯାଅନାରେ ଛାଡ଼ି ଯାଅନା। ମୁଁ କିଲଟରର ବାପା ନୁହଁ, ମୁଁ ତମର ଜାତି ଭାଇ, ବଣୁଆ ମଣିଷ। ସେମାନେ ମତେ ଜବରଦସ୍ତ ଗାଡ଼ିରେ ବସାଇ କିଲଟର କୋଠିକୁ ପଠାଇ ଦେଉଥିଲେ- ମୁଁ ଗାଡ଼ିରୁ ଡେଇଁ ଧାଇଁ ଆଇଛି- ମୁଁ ତମରି କାନ୍ଧରେ ବୁହାହୋଇ ମଶାଣିକି ଯିବିରେ- ମତେ ସାଙ୍ଗରେ ନିଅ-

ତା' ଆଖିରୁ ଧାର ଧାର ଲୁହ ନିଗିଡ଼ିଆସି ଗାଲ ଓଦାକରି ଦେଇଥାଏ। କୋହ ଉଠି ଆସୁଥାଏ ଛାତି ଭିତରୁ।

ସେଇ ସିଧୁ ମାଝିର ହାତ ଧରିଲା ଧାନୀ।

ଚାରିଆଡ଼େ ପଦାବିଲ। ଅପନ୍ତରା ଭୂଇଁ। ଆଗରେ ଦେଖା ଯାଉଛି ପାହାଡ଼ ଆରପଟେ ସବୁଜ ଅରଣ୍ୟ। ସେଇ ଆଦିମ ଅରଣ୍ୟର ଆକର୍ଷଣରେ ଓଦା ମାଟିର ବାସ୍ନା ବାରି ପାଦକୁ ପାଦ କାନ୍ଧକୁ କାନ୍ଧ ମିଳାଇ ସେମାନେ ଧାଡ଼ି ବାନ୍ଧି ଚାଲିଛନ୍ତି।

ସେମାନେ ଆଦିମ ଅରଣ୍ୟର ଆଦିମ ଅଧିବାସୀ। ଉପରେ ସୂରୁଜ ଦେବତା ତଳେ ଧରତୀ ମାତା- ତାଆରି ମଝିରେ ବଞ୍ଚି ଜୀଇଁ ରହିବା ପାଇଁ ସେମାନେ ଆଶ୍ରୟ ଖୋଜି ଚାଲିଛନ୍ତି କେଉଁ ଆଦିମ ଅନନ୍ତ କାଳରୁ- ସେ ଯାତ୍ରା ସେମାନଙ୍କର ଶେଷ ହୋଇ ନାହିଁ- ସେମାନେ ଚାଲିଛନ୍ତି ଯେ ଚାଲିଛନ୍ତି !

ତା. ୧-୯-୯୪
୩, ଏଇଚ୍, ଲୁଇସ୍ ରୋଡ଼
ଭୁବନେଶ୍ୱର-୧୪

■

BLACK EAGLE BOOKS

www.blackeaglebooks.org
info@blackeaglebooks.org

Black Eagle Books, an independent publisher, was founded as
a nonprofit organization in April, 2019. It is our mission to
connect and engage the Indian diaspora and the world at large
with the best of works of world literature published on a
collaborative platform, with special emphasis on
foregrounding Contemporary Classics and New Writing.